让心灵去旅行

CHICKEN SOUP FOR THE SOUL

心灵鸡汤全集

读者文摘百年精华

人民日报出版社

图书在版编目（CIP）数据

让人快乐幸福的读者文摘/杰利·哈普特编著. —北京：人民日报出版社，2003.9
ISBN 7-80153-739-4
Ⅰ. 让… Ⅱ. 杰… Ⅲ. ①散文-作品集-世界-现代 ②随笔-作品集-世界-现代 Ⅳ. I16
中国版本图书馆CIP数据核字（2003）第087230号

书　名：让人快乐幸福的读者文摘
　　　　心灵鸡汤

编　著：杰利·哈普特
责任编辑：曼熳
装帧设计：天地人工作室

出版发行：人民日报出版社（北京金台西路2号　邮政：100733）
经　销：新华书店
印　刷：北京富达印刷厂

开　本：710mm×1010mm　1/16开
字　数：1100千字
印　张：75
印　次：2004年1月第1版　2010年12月第3次印刷

书　号：ISBN 7-80153-739-4/I·056
全套定价：108.00元（本册36.00元）

前 言

愉悦心灵的阅读，在现代人的生活中已成为新的时尚。忙碌的工作之余，诵读一篇篇洋溢着至善至美的真情故事，如澄澈甘甜的泉水滋润着我们的心灵，丰富我们的生命。

本书收录的几百个精彩故事，温馨生动，真挚动人。用心去看去领悟，或许某些故事会给读者以智慧的启迪，有的会让你感动落泪，有的会有特别的感受，有的则会让你会心一笑。你会感受本书如同春风轻轻吹拂你，帮你从平凡的生活中找到一份舒畅甜美的心境。

有意义的作品，能照亮心中的黑暗。本书的故事大多是作者的亲身经历，每位作者都提供了他们的生活体验和处世哲学。书中一个个充满温情和理性的精彩故事，会引导你在生命的各个阶段都壮志满怀，蓬勃向上。

慰藉心灵的阅读，在我们的记忆中会永远留下清香。阅读该书，会给你带来前所未有的喜悦。

目录
CONTENTS

我们要得到的启示就是，把一片雪花当作一条大江的源头，那大江里的一切内容，都是来自雪花的启示。

人有了成就会很孤独。

人生的胜利只有两种结果，那就是爱和善良的光芒真正地到来。其他一切的胜利都是爱和善良的孩子。

影子躺在地上，但它努力在把自己的树扶正。影子躺在地上，

每一个人，当他年轻时，都应该努力地去实现一个梦想，那会使得他在今后的人生旅途中获得一个信念，一种对生活前景的信仰。

火车上的邂逅人们总是因为“自知”而不敢向前迈出蹒那含苞待放的玫瑰花蕾绽开了。我从来也不敢说：“我的玫瑰树开花了。”而我总是这样欢呼着：“大地开花了，妙极啦!”

一生的启示

我们要得到的启示就是，把一片雪花当作一条大江的源头，那大江里的一切内容，都是来自雪花的启示。

“钻石”就在你身上

100多年前，美国费城的6个高中生向他们仰慕已久的一位博学多才的牧师请求：“先生，您肯教我们读书吗?我们想上大学，可是我们没钱。我们中学快毕业了，有一定的学识，你肯教教我们吗?”

这位牧师名叫R·康威尔，他答应教这6个贫家子弟。同时他又暗自思忖：“一定还会有许多年轻人没钱上大学，他们想学习但付不起学费。我应该为这样的年轻人办一所大学。”

于是，他开始为筹建大学募捐。当时建一所大学大概要花150万美元。

康威尔四处奔走，在各地演讲了5年，恳求为有志于学的年轻人捐钱。出乎他意料的是，5年辛苦筹募到的钱不足1000美元。康威尔深感悲伤，情绪低落。当他走向教堂准备做礼拜的演说词时，低头沉思的他发现教堂周围的草枯黄得东倒西歪。他便问园丁：“为什么这里的草长得不如别的教堂周围的草呢?”

园丁抬起头来望着牧师回答说：“噢，我猜想你眼中觉得这地方的草长得不好，主要是因为你把这些草和别的草相比较的缘故。看来，我们是常常看到别人美丽的草地，希望别人的草地就是我们自己的，却很少去整治自家的草地。”园丁的一席话使康威尔恍然大悟。他跑进教堂开始撰写演讲稿。他在演讲稿中指出：我们大家往往是让时间在等待中白白流逝，却没有努力工作使事情朝着我们希望的方向发展。

他在演讲中讲了一个农夫的故事：有个农夫拥有一块土地，生活过得很不错。但是，当他听说要是找到埋有钻石的地方，他只要有一块钻石就可以富得难以想象。于是，农夫把自己的地卖了，离家出走，四处寻找可以发现钻石的地方。农夫走向遥远的异国他乡，然而却从未能发现钻石，最后，他囊空如洗。有一天晚上在海滩自杀死亡。

真是无巧不成书。那个买下这个农夫的土地的人，在散步中无意发现了一块异样的石头，拾起一看，它晶光闪闪，反射出光芒。仔细察看，发现这是一块钻石。这样，就在农夫卖掉的这块土地上，新主人发现了从未被人发现的最大的钻石宝藏。这个故事是发人深省的，康威尔写道：财富不是仅凭奔走四方去发现的，它属于自己去挖掘的人，属于依靠自己的土地的人，属于相信自己能力的人。康威尔作了7年这个“钻石宝藏”的演讲。7年后，他赚得800万美元，这笔钱大大超出了他想建一所学校的需要。

今天，这所学校竖立在宾夕法尼亚州的费城，这便是著名学府坦普尔大学——它的建成只是因为一个人从朴素的故事里得到的启迪。

这个故事告诉我们，生活的最大秘密——在你身上拥有钻石宝藏。你身上的钻石足以使你的理想变成现实。你必须做到的只是更好地开发你的“钻石”，为实现自己的理想付出辛劳。

生活的最大秘密——在你身上拥有钻石宝藏。

一枚金币的代价

一天，一个商人在大岛上沿着一条公路行走，看到一个小包掉在地上。他捡起小包，吃惊地发现里面有3枚金币，每枚值1两黄金。他兴高采烈，准备带着这份意外之财回家去。

这时，过来一个散步的人，说这个包是他的，是他掉在这里的，他当然要求商人把3枚金币还给他。

商人却不以为然，他声称：“谁捡到就是谁的。”

两人都据理力争，吵个没完。他们俩是那样全神贯注，以致不知不觉地调换了他们在争吵中的位置。

金币原来的主人说道：“其实，既然我已经丢了，那就丢了呗。”商人则回答：“总而言之，我是偶然捡到的，这钱不属于我。”

这样，他们的意见仍然完全相反。一个决意要还钱，一个再也不想要。他们又吵了起来。

“还是请你拿去吧……”

“千万别这样，这钱现在是你的了。”

他们又像起初一样，没完没了地争吵起来，不过彼此互换了角色。

他们不知道如何解决才好，于是便一致决定请第三者裁决；对于他的裁决，他们都将不再表示异议。

于是，他们就去拜访当时最著名的法官大冈忠相。

法官仔细地听取了他们两人的申诉，然后作出了裁决：“你们俩都愿意让给另一个人的这3枚金币由官方没收。既然你们都放弃了这笔钱的所有权，那你们是不会反对的。”

这位大法官拿起3枚金币，走进了他的办公室。

两个人都呆在那里发愣，思索着什么，像是有点后悔似的……这时候，法官回来了，手里拿着两个小包。他又对他们说：

“你们是那样固执，每个人都坚持自己有理，所以你们两人都失去了这笔钱。这样，你们就得到了一个很好的教训：顽固坚持自己的想法，而不试图理解对方，那就会受到损失。我也同样得到了一个重大的教训，那就是你们的谦虚和你们的慷慨所给予我的教训。因此，我要给你们每人送一份礼物。”

他递给每人一个小包，每个包里装着两枚金币。

大法官大冈忠相从这件事里得出结论说：

“你们俩现在拿到的这4枚金币，就是你们带给我的那3枚，再加上我为了感谢你们对我的教育从自己口袋里拿出来的1枚。在这以前，你们每个人都认为自己有3枚金币；后来又都失去了。从现在起，你们每个人都有了两枚金币，而且可以保存下去。你们每个人都失去了1枚金币，我给添了1枚，因此我也失去了1枚金币。这就使得我们大家都失去了同样的东西：1枚金币。这就是代价，我们3个人为了刚刚受到的教育都付出了同样的代价。”

我们3个人为了刚刚受到的教育都付出了同样的代价。

灌木丛中的钻石

我并不想迁往阿拉斯加，那是我丈夫特里的梦想。还是在做孩子的时候他就在那里度过了一个难忘的夏天。而对我来说，阿拉斯加只不过是一堂为我早已淡忘了的地理课。那是一块被人叫做希伍德冰箱的土地；在那儿，爱斯基摩人居住在圆顶茅屋里，猎狩北极熊——那是我丝毫不感兴趣的远乡僻壤。

我和特里在华盛顿州的斯波肯过着惬意的郊外生活。然而有一天，他意外地得到了一份去阿拉斯加的工作。于是，我们乘上飞机去了北方，想去仔细瞧瞧。这冰箱突然间不再是笑谈了。我走下飞机，那冰箱的门一下子冲我敞开了。

接下来的三天可真够呛。我是心诚意笃地想喜欢上阿拉斯加，但是，春末对于我同阿拉斯加的初次见面来说可算是糟糕的时候了。一开始，虽时值五月，而湖面上却依然是冰雪皑皑，

举目不见一片绿叶。如同泥土中的那种褐色，呈现着这个季节的色调，到处都是如此。还有大得出奇的蚊蝇，瘦削挺拔的云杉树，以及地上的鹿粪……一切都是真切的了。

房屋大都星星点点地随意散缀在树林中，而不是井然有序地排列成行，坐落在灌木的掩映之中。在这里你见不到草坪之类的东西。我发现乡村里的阿拉斯加人竟然用链锯在院子里割草。

决定了，我们将迁来阿拉斯加。我装作挺快活的样子，可在心里却情绪低落。阿拉斯加使我感到畏惧，她太辽阔、太荒凉，确切地说，它不在我所熟知的美国之中。

回到家里，那几个星期就记忆模糊地全在腾空碗柜、出售车库和道别声中过去了。我不愿意看见我的家具被那些贪婪的生意人一抢而空，一件一件地被运走。最后那天，我在屋子四周转来转去，就像一个被遗弃的孩子，摸着每一面熟悉的墙。

在所有这一切的不愉快之中，有一个特殊的时刻。那是在一个早晨，我独自坐在屋外。这时我年轻的女儿布兰达，赤着双足，穿着睡衣走过来，同我坐在一起。

我们默默地注视着阳光在草丛中的露珠上熠熠生辉。“瞧，布兰达，”我说着，又指了指，“那就是上帝的钻石。”

她朝那一片闪烁的草丛走了过去，小心翼翼地取下一滴露珠。

“啊，你给我摘下了一颗钻石！”我叫道。

她用指尖将它送到我跟前，然后我们一起把它举到阳光下。我们被一粒普通的水珠放射出的耀眼的光芒给迷住了。

七月里出发的日子到了。在那些植物和箱子的空隙里，我们往旅行客车里塞进了四个兴高采烈的孩子和一只迷惑的狗，开始了驶向阿拉斯加毕格湖的二千六百英里旅程。要不是终点错了，这倒是一次了不起的度假。可我们再不会回来了。

我们一直往北行驶，白昼逐渐地变长了，直到夜晚全部消失，而阿拉斯加绵延的山峦也越来越近了。第七天早上两点，我们十分疲惫地到达了毕格湖，遇上了一场猛烈的暴风雨。一位老住户向我这样的新来者表示欢迎，他当初也不想来这里。

雨接连下了两天。第三天早晨，天空晴朗，气候温和。我独自坐在卧室里望着窗外的灌木丛。阳光勾勒出了秀美的白桦树干上树叶的图案。红松鼠在树丛中跳来跳去。这是一个闲散的日子，一切都适得其所，但对我却不然。

在内心里接受搬迁这个事实是经历了一场斗争的。我对阿拉斯加抱有敌意，并且陷入了绝望之中。后来，在那近在咫尺的地方，我看见了绿叶上的一颗雨珠，它在阳光的照射下闪烁着勃勃的生机！刚才还是一粒湿漉漉的水珠，转瞬之间就变成了一颗璀璨的珍珠。我的记忆中立刻闪现出一颗露珠在布兰达的手指上闪耀的情景。虽然它默默无言，但我明白了这颗雨珠所允诺的是什么。它似乎在说：瞧，卡洛尔，世上到处都有钻石呵！

于是，就从这一刻起，我开心地笑了，我感到解脱了，浑身又充满了活力。就是那样一颗普普通通的雨珠驱散了我心中巨大的恐惧。我又望了一眼这令人难以置信的信使，它栖息在那片绿叶上，正冲着我眨眼呢。如今，我们在阿拉斯加已经生活了两年。一个一个的日子如同充满了冒险的骑术。我会在附近的河狸摆尾戏水时划着一只独木舟，或是望着落日的余晖沐浴着一群驯鹿，或是去注视荒野小径上的一只山羊，要不就是坐在蓝莹莹的冰川上，或是眺望着北极光在夜空中闪射着耀眼的光芒——这一度似乎是不可能的事。

我从来没有梦见自己会发现一只黑熊扒在卧室的窗户上窥探，或是惊动一只在院子里吃东西的鹿。我永远不会想到我的洗涤槽里会装满了鲑鱼，或者是炉子上烘烤着塞满了野酸果的面包。我也没有想到过秋天里会有白桦树叶覆盖而成的黄色大海，或者牵引着雪橇的猎狗无声地从雪原上跑过，还有那一望无际、蜿蜒展现于眼前的雄伟山脉。在阿拉斯加，这一切都是真实的。

是呵，我热爱阿拉斯加，我属于这里。只要我一睁开眼，我就会看见到处闪烁的钻石。

她朝那一片闪烁的草丛走了过去，小心翼翼地取下一滴露珠。

敢于异想天开

我想，我们很多人都会回首往事，忆起生活中随着我们生命的延续而起着越来越重要的作用的某些特定时刻。

对于我来说，那样的时刻之一发生在我十七岁的时候。当时我是肯塔基州路易斯维尔一所中学的高年级学生，代表本州参加在阿拉巴马州的莫比尔举行的1963年度美国少年组小组选美比赛。

她是评委之一，一位著名的作家，一个看着你时，一双海灰色眼睛射出激光般的穿透力、出语总是深思熟虑的女人。她知道该用什么话来使一切得以改变。她的名字叫凯瑟琳·马歇尔。

一见到凯瑟琳·马歇尔，我就意识到她在以一种更为严格的标准支配着我——实际上是支配我们所有的人。其他的评委们就最感兴趣的爱好和社交活动提问，她却寻找机会挑战。她认为十七岁的姑娘——或许特别是十七岁的姑娘——应该被促使去审视她们的志向、抱负，并同自身的价值联系起来。露天演出的最后一天，我们正在后台等候时，一位演出负责人说，凯瑟琳·马歇尔想同我们讲几句话。

她的眼睛盯着我们："你们为自己设立的目标，我已听说了。但我认为，你们的目标还不够高。你们有天赋、才智和机会。我认为你们应该攻取那些目标并使之更加高远。要去想你们一生中最能够做的事情，去做你们真正关心的事情。总之，要异想天开。"

这并不太像是一番带有挑战意味的教诲，但我却为之震慑，犹如一只看见了亮光的小动物。

这个让我如此钦佩的女人对我们感到失望了——并不是对我们自身，而是对我们那些微小的追求。

我在那一年的少年组小姐选美比赛中获胜。秋季，我进了威斯勒大学。1967年，我获得了英国文学学士学位，但却不知道拿它做什么好。

我去找了我父亲，他是位律师。“可是，你做什么才感到最有趣呢?”他问。

“写作，”我慢条斯理地答道，“我喜欢文字的魅力，并且喜欢同别人一道工作，还喜欢接触世界上正在发生的事情。”

他想了一会儿：“你想没想到过电视?”

我还没有。

在当时，即使我们那个地方有女电视记者的话，也是寥寥无几。成为这一领域的开路先锋的想法听起来就像是异想天开。于是，我穿上最好看的女记者服，到路易斯威尔的WLKY电视台去见新闻部主任，说服他给我一个机会。

他给了我这个机会——在以后的两年半时间里，我是一名天气和新闻联合报道的播音员。

不过，我终于开始不满足起来，夜不能寐，感到有什么不对劲儿，我要等待事情显露端倪，等待那指向远大梦想的迹象。而我并没有意识到凯瑟琳·马歇尔无疑知晓的那一切——梦想不是目的而是过程。

1969年，我父亲突然在一场车祸中丧生。他的去世，连同我渴求改变自己生活的愿望，催促着我去另找一份工作；看来这也激起了我对政府、法律和政治这个领域的兴趣。我费尽心机，到处试探。后来，我父亲的一位同事对我说：“去华盛顿怎么样?”

几个月后，我乘上了飞往华盛顿的班机。

现在听起来可能是难以置信的天真，但当飞机在国家机场着陆时，我带着自己是来工作的坚定信念下了飞机。

由于我父亲的一位朋友的好心推荐，我见到了白宫新闻秘书容·兹格勒尔。我被雇用了。那可是些繁忙的日子，我起早贪黑地拼命工作，我喜欢我工作的每一个部分。

水门事件发生了。1974年夏天，总统辞职。我立刻被指定为总统在加州圣·克里门特的过渡时期小组成员。

在漫长的流放期间，凯瑟琳·马歇尔和她丈夫有一天打电话说他们来了。他们来拜访了我。

我再次感到那带有探寻意味的凝视和其中包含的那句话，“下一步该干什么?”

我又一次意识到一个人的巨大魅力是勇于将别人控制在一个标准之上。而且，我再次认识到，一句寸步不让的询问会逼使人去重新审视一下生活。今天，在我当了三年的CBS早间新闻的播音员之后，成了电视新闻杂志六十分钟节目的编委。我们以拼命的速度夜以继日地工作，还包括频繁的外出。我随时备有一只手提箱，可以有备无患地根据紧急通知乘飞机出差。

纽约的公寓成了我的避难所。在这里我可以穿着牛仔裤和长袖圆领运动衫自由自在地闲逛。有时弹钢琴，松弛一下神经，有时又做些简单而令人心满意足的事情来消遣——如烘烤一锅小松饼或者整理一只陈旧的抽屉。这是默默地重新估价生活的时候。

当我又重新步入世间——谁知道我下一站将飞往何处呢？——我几乎总能听到一个奇特的女人用她猛烈的挑战激励着我迈步向前，不管那梦想是多么的远大和更加异想天开。

一个人未必要靠额上的汗水来挣得生计。

掀起帷幔

我们公司在曼谷。某日傍晚时分，董事长派给我一个临时任务：第二天陪一位重要商人到泰国北部的观光胜地游览。

我瞪着眼看着乱七八糟的办公桌，闷声不响，气得七窍生烟。虽然我已经好几个星期每星期工作7天，桌上一叠叠的文件说明我仍有大量积压的工作。我心里嘀咕："什么时候才能把文件理清呢？"

第二天大早，我跟一位衣着讲究、彬彬有礼的男子会合。坐了一小时飞机以后，我们挤在几百名观光客之中，游览名胜，直到黄昏。那些观光客大多数都背着照相机，到处抢购纪念品。我仍记得自己当时觉得那些俗客很可笑。

那天晚上我和客人乘一辆小型巴士去吃晚餐，并观看一场以前看过多次的表演。他和其他游客闲聊的时候，我在黑暗中和坐前面的男人礼貌地交谈起来。他是比利时人，能说流利的英语。我心里纳闷，为什么他的头总是奇怪地侧着，而且一动不动，好像正在沉思似的。后来我看到他那根灰色的手杖，才恍然大悟——原来他是失明的。

这个人告诉我，他十多岁时因意外事件眼睛瞎了。不过他并没有因此就不单独旅行。他大概六十七八岁，已经掌握了无视觉旅游技巧，懂得利用健全的另外几种感官在心里勾画景象。

他转过脸来看我，慢慢地伸出一双软绵绵的手，轻摸我的脸，我后面有个人扭亮了一盏灯，于是我看到了这个人的面容。他有一头浓密的银发，面容清癯，神情坚毅，眼睛深陷在眼眶里，模糊不清。“晚餐时我可以坐在你身旁吗?”他问，“假如你肯稍微描述你看到的东西，我会很感激。”

“很乐意效劳。”我回答。

我的客人和他新交的朋友在前面迈步走向餐厅，那盲人和我夹在一长串游客中间跟随。我抓住他的手肘引导他，他毫不犹豫地向前跨出脚步，昂首挺胸，倒好像是他在为我带路。

我们找到一张靠近舞台的桌子。等候饮料时，他说：“这音乐在我们西方人听起来似乎不合调，不过确有迷人之处。麻烦你形容一下乐师。”

舞台一侧有5个男人在为这场表演做暖场演奏，可是我从前一直没注意他们。“他们盘腿坐在那里，穿宽松的白棉布衬衫和宽松的黑裤。扎鲜红腰带。三个年轻人，一个中年人，一个老人。有一个人在敲小鼓，另一个人在弹一个木制的弦乐器，其余三个人用弓拉奏一种大提琴形的小乐器。”

他微笑了。“这些小乐器是用什么造的?”

我再细看了一下，“木头……不过球形的共鸣箱是用整个椰子壳造的。”我说，同时竭力压制自己的惊奇。

灯光逐渐暗了，他又问：“其他游客是什么样子的?”

“什么国籍、肤色和体形的都有。穿得讲究的没几人。”我低声说。

我进一步放低声音并靠近他的耳朵说话，他立刻热切地把头朝我靠过来。以前从来没有人这样聚精会神听我说话。

“我们旁边是位老太太，舞台上的灯光照出了她的部分侧影，”我说，“再过去是个大约5岁的北欧男孩，金头发，有个可爱的翘鼻子。他身向前倾，在日本老太太的侧影之下成了第二个轮廓分明的侧影。他们二人都纹丝不动，等待表演开始。那是童年和老年、欧洲和亚洲完全和谐的活生生写照。”

“对，不错，我看见他们了。”他平静地说，脸上带着微笑。

舞台后方的帷幕拉开了，6名十三四岁的女孩出场，我描述她们纱笼般的丝裙和附彩色肩带的白色罩衫，头上有小后冠状的金色头饰，头饰上的尖角是软的，会随着她们舞蹈的动作有节奏地晃动。“她们的指尖上套着金色的假指甲，也许有10厘米长，”我告诉他，“这些指甲使她们双手的每一个动作更为优雅，有锦上添花的效果。”

他微笑着点了点头。“多么美妙——我真想摸摸这些指甲。”

第一场表演结束了，我找了借口走开，去跟戏院老板谈话。回来时，我告诉我的新朋友：“他们邀请你去后台走走。”

几分钟后，他站在一位舞蹈演员的旁边。那女孩戴着后冠的小头只勉强到他的胸部。她怯生生地向他伸出双手，金属做的假指甲在天花板灯光照射下闪闪发光。他把很大的双手慢慢伸出来抓住她的手，像是兜着两只纤小的珍禽。他轻摸假指甲平滑、微弯、尖锐的末端，那女孩站在那里一动不动，带着畏惧的表情抬头凝望着他的脸。我泪盈于睫。

夜渐深，我描述得越多，他兴奋地点头越频密，我发现的东西也越来越多：舞台上的颜色、式样和设计；柔和灯光下的皮肤肌理；舞蹈演员的头配合音乐优雅地晃动时黑色长发飘拂；

乐师全神贯注演奏时的表情；甚至女侍应生在半昏暗中绽放的纯洁笑容。

回到旅馆大堂，我那位客人还在和其他游客闲聊，我的新朋友伸出大手，热情地抓住我的手，过了一会，那只手慢慢向上移动到我的手肘和肩头。他的手杖咔哒一声掉在大理石地板上，许多人好奇地转过头来看。他没去捡手杖，而是把我朝他拉过去，紧紧地抱住我。“你为我看到了每一样东西，实在太美妙了。”他低声对我说，“我感激不尽。”稍后我才领悟，说感谢的应该是我。瞎眼的其实是我。他帮助我掀开了那块在这个喧闹红尘中遮住我们眼睛并迅速扩大的帷幔，让我看到以前视而不见、未曾击节赞赏的所有美好事物。

那次旅行后大约一星期，董事长召我到他的办公室告诉我说，他接到那位大亨的电话，表示对那趟旅游极满意。“干得好，”董事长笑着说，“我早知道你能够点石成金。”

我不好意思告诉他，被点化的是我。

笑声是生活的点缀。

理解

一店主在门上钉了一个广告，上面写着“出售小狗”。这信息显然把孩子们吸引住了，一名小男孩出现在店主的广告牌下。“小狗卖多少钱呢?”他问道。“30至50美元不等。”

这个小男孩将手伸入口袋掏出一些零钱，“我有2.37美元，请允许我看看它们，好吗?”

店主笑了笑，吹了声口哨，一名负责管理狗舍的女士便跑了出来，她身后跟着5只毛茸茸的小狗。小男孩立即发现了那只落在后面的一跛一跛的小狗，“那只小狗有什么毛病吗?”

店主解释说：那只小狗没有臀骨臼，所以它只能一拐一拐地走路。小男孩说：“就是那只小狗，我要买它。”

店主说：“你用不着花钱，如果你真要它，我送给你好了。”

小男孩十分气愤，他瞪着店主的眼睛，“我不需要你把它送给我，那只狗和其他的狗价值应是一样的，我会付你全价。我现在就要付2.37美元，以后每月付50美分，直到付完为止。”

店主劝说道：“你真的用不着买这只狗，它根本不可能像别的狗那样又蹦又跳地陪你玩。”

听到这句话小男孩儿弯下腰，卷起裤腿，露出他一只严重畸形的腿。他的左腿是跛的，靠一个大大的金属支架撑着。他看着店主轻声说道：“嗯，我自己也跑不好，那只小狗需要有一个能理解它的人。”

那只小狗需要有一个能理解它的人。

“把帽子扔过栅栏”

一天，我在为教堂义卖翻找捐赠品时，偶然发现了一个盛着一套模型船元件的盒子。那是多年前一个朋友送给我的，到现在还没有打开过。

由此我想起了一些我本早该做而一直未做的事情。像我这样遇事不果断、办事拖拖拉拉的人终归难成大事。

我把盒子拿在手里翻来覆去地看着，脑海里浮现出父亲年轻时所拥有的一只真船——“迪克西”号。我从未亲眼看见过他那只心爱的船，但我们家的相册里有几张发黄了的照片：父亲站在他的船上，紧挨着舵轮，神气十足。过去在很长时间里，我不知道这只漂亮的白色摩托艇究竟到哪里去了。当我长到10多岁时，有一天父亲极力劝导我做一件我一直逃避干的事情，他说：“把你的帽子扔过栅栏那边去。”“我不明白您的意思。”

他笑了起来：“当你面对一排难于翻越的栅栏时，先把你的帽子扔过去。然后你就不得不想出到达栅栏那边去的办法来。”他一边笑，一边回忆着往事，“我就是采取这样的方式来芝加哥的。”

父亲在威斯康星州的拉辛市长大。拉辛在芝加哥北面约60英里处。我曾感到疑惑的是，他是如何离开家庭和亲友，只身移居到这个大城市的。

“当时我刚刚20岁。”他说，“除了那只船外，我一无所有。一个夏天的早晨，我包了几件自己的衣服，驾起‘迪克西’向南开去，一直驶进芝加哥的贝尔蒙特港。第二天，我就进城去找工作。工作很难找。我差一点放弃梦想，掉转船头回家去。但我‘帽子扔过了栅栏’。”他叹了口气，接着说：“我卖掉了‘迪克西’。我要想在芝加哥扎下根，总得有一笔钱。没有了船，我也就没有了退路。”

后来的事我都知道了：他在爱迪生集团谋到了一份工作；在一个舞会上认识了我母亲；终于在芝加哥发了迹，过上了富裕的生活。但我尤其不能忘怀的是父亲的经历所给予我的启示：投入才能成功。父亲卖了“迪克西”后，他没有了别的选择，只能把全部能力倾注在为自己创造新生活上。这个道理也为我们生活中无数其他类似的情形所证实。当你作出某种果敢的举动后，就已把自己置于一种成败未卜的境地，这时你不得不想尽一切办法“翻越栅栏”。

例如，我妻子贝蒂和我早就想把我们的起居室油漆一下，可就是老拖着不动工。终于贝蒂“把帽子扔过了栅栏”，她说：“我已经邀请了一些朋友星期日晚上来我们家吃茶点并参观我们的起居室。”于是家里很快买来油漆，两天后屋子就焕然一新了。

我们房子的前主人为了把卧室的一个窗户改成壁橱，就从外面把窗户封堵了。贝蒂和我念叨了好几年，说要把那假墙拆除，以改善室内的光线。但这“工程”对我们来说似乎太艰巨了。后来我弟弟赫布，在个热心而又会干活的小伙子，来我家拜访时听到了关于窗户的事。他先在假墙上钻了个窟窿以示马上动工的决心。“小菜儿”，他肯定地说。使我惊讶的是，他说着就麻利地从窟窿处扯下一块墙板来。我和小儿子基特也动手和他一起干。天黑以前，一个雅致而又明亮的窗户再次出现在我们卧室的墙上。完工了，我们才知道这活儿的确很简单。我们原先想象得太复杂了。但如果不是我弟弟替我们“把帽子扔过了栅栏”，这“工程”不知还要拖到何年何月呢。

今后当你碰到似乎很困难、甚至看上去不可能办到的事情时，不妨也“把你的帽子扔过栅栏去”，哦，你问我在我家阁楼上发现的那盒模型船元件怎么样了？当时我儿子彼得一家打算过几个月就搬家，我“把帽子扔过了栅栏”，答应儿子马上把模型船组装起来，然后把它作为祝贺乔迁的礼物送给他。

我组装好了那只船，我儿子一家非常喜欢它。

投入才能成功。

优雅的标准

我14岁的儿子约翰和我几乎同时一眼就看上了那件衣服。它挂在马萨诸塞州的北安普顿一家旧衣店里的一个衣架上，跟那些劣质军用雨衣和一大堆各种各样糟透了的呢绒大衣塞在一起——简直就是鲜花插在牛粪上。

别的衣服都无精打采，唯有这件显得精神抖擞。

这件双排扣的大衣上的厚厚的黑色的呢绒软软的，新新的，就好像在亨利老爹的轮船衣箱里的樟脑球里保存了多少年似的。

这件大衣有个黑色的天鹅绒衣领，做工精巧，挂着个第五大街的标签，还有个叫人难以相似的标价：28美元。

我俩对视了一下，没有说什么，可约翰的眼睛都亮了。

当时十几岁的男孩子中正时兴这种深色的呢绒轻便大衣，一件新的要值好几百美元呢。但眼前这件比新的还要好，因为它带有往日的那种古典式的、优雅的韵味。

约翰把胳膊套进很深的缎子衬里的衣袖，然后扣上纽扣。他转过来转过去，在镜子里审视自己，表情严肃认真，但很快就转为笑容。那大衣穿在他身上是再合适不过了。

约翰第二天就穿着那件大衣上学校去了，回来的时候眉开眼笑的。“同学觉得你的大衣怎么样?”我问。“他们都说棒极了，”他说着，小心翼翼地把大衣叠放在一把椅子的椅背上，然后把它抚平。我便开始叫他“波特公爵”和“了不起的盖茨比”来。

随后的几周里，约翰的身上发生了一种变化。同意取代了反对，安静理智的讨论取代了争吵。他变得更明智审慎，更富于男子气了，更体贴人了，更会讨人喜欢了。“真好吃，妈妈，”每天晚上他都这么说。现在他总是慷慨大方地把自己的磁带借给弟弟，教他如何言谈举止得体；现在，他总是毫无怨言地把烧炉子用的柴禾搬进家来。有一天，我建议他在晚饭前开始做作业，约翰，这个拖拖拉拉的老手，竟然说：“您说得对，我看我是得这样。”我对他的一个老师提起这件事，并且说自己搞不清其中的原因时，这位老师笑着说：“准是那件大衣!”

还有一个老师告诉约翰说她给他一个高分不仅是因为他的成绩好，而且是因为她喜欢他的大衣。

一天，在图书馆，我们碰到了一位老朋友，他好多年都没看到过我们的孩子们了。“这就是约翰吗?”他看着约翰刚长出的个头，端详着他大衣的样式问道，并且伸出手来，这是绅士与绅士之间的握手。约翰和我都明白我们决不应当以貌取人，以衣着取人。但按照优雅的标准来穿着，来让世人看思想、谈吐、举止、内外一致绝不是没有道理的。

有时候，看着约翰出门上学去，我心中一阵刺痛地回忆起我八年级时的感觉——那是一个从不同角度接触生活就像试衣服那么容易的时代。整个世界，整个将来都展现在面前，就像一幅所有的门都大打开的广阔的全境画。要是我此时此刻

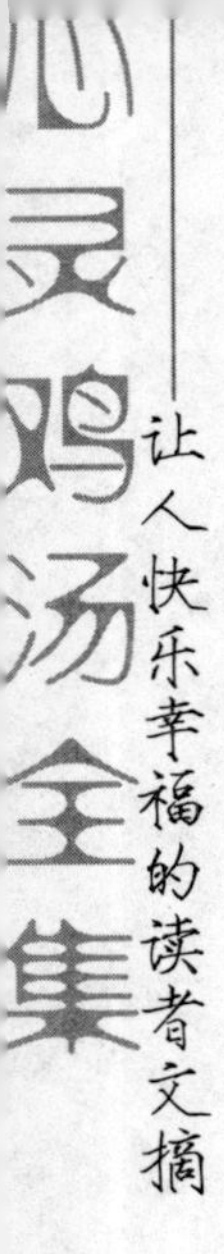

就在那儿的话，我也会描绘自己穿着我漂亮而迷人的衣服走进那些大门。

整个世界，整个将来都展现在面前，就像一幅所有的门都大打开的广阔的全境画。

飘曳的黑发

“爱人一定得自己找。”这是贝丽在俄亥俄大学学习时的誓言。然而，在四年后，她既实现了自己的心愿，却又违背了自己的诺言。

“当我第一眼看到他那头飘曳的黑发时，便情不自禁的浑身充满了异样的感觉。”贝丽·皮克说。

当时，贝丽刚从俄亥俄大学毕业，为了完成一项拍摄任务，一天早晨，她登上了一架小型飞机。那天天气并不理想，云朵袅袅，不时遮住拍摄视线。为了拍到满意的照片，贝丽只好蹲伏着身子。捕捉美丽的肯塔基草原的倩影：那绿油油的一片肯定是散发着清香的牧草，那条闪光的带子说不定是一条小河……飞机一阵颠簸便冲上了云层，美丽的景色倏地不见。

“遇上了气流，等会儿再下去。”驾驶舱中传来了飞行员的话。

贝丽无可奈何地收起相机，朝前望去，突然被飞行员那头漂亮的黑发深深吸引住了。前面是白云做成的布景，小伙子那被微风吹起的长发，恰如在白云中穿行的夜鹰。白与黑的对比是那么强烈，那束黑发在高速飞行中又是那么有动感和魅力，贝丽实在感觉不出有什么比这景象更美丽的了，虽然，她只看到了小伙子的后脑勺。

“今天的云真多，”贝丽说，她从心里想看看小伙子的脸。

“无论大地裹着多厚的云层，飞行员总能见到太阳。”小伙子说，但并没有回过头来，依然非常认真地驾驶着飞机。

贝丽一乐，说：“没想到你的话挺有哲理的。虽然我不是飞行员，但我希望我的思想不至于在地上爬行，而是在空中翱翔。”

他们都开心地笑了。贝丽想：他长得怎样？我能否把他拍进镜头呢?完成任务着陆后，当贝丽准备跨下飞机时，小伙子早已等候在机舱外，他用有力的双手将她扶出机舱，这时她才发现，她从未见过这么大而蓝的热情的眼睛。他们说着，笑着，相对凝视了许久，一小时后，仍然站在飞机的舷梯下。他们彼此知道盼望已久的心上人出现了。事后贝丽回忆说：“布朗英俊潇洒，易于接近。当时我想，妈咪肯定会喜欢这家伙！”

贝丽的父母都是飞行员——4年前曾给女儿安排过一桩婚事，打算把她介绍给一个年轻潇洒的飞行员。这位飞行员也在俄亥俄大学读书，和他们的女儿很般配，他们要贝丽给这位小伙子打电话。然而，她对这种安排的见面毫无兴趣，父亲越催促，她却越反感。她有自己的信条：“爱人一定要自己找。”

接下来是贝丽安排布朗同她父母见面。贝丽家的农场很大，他们特地在玉米地里修了一个临时机场。当布朗驾驶着那架银灰色的小型飞机滑落下来时，贝丽全家欢笑着迎上去。布朗微笑着，挥动着双手走下飞机，贝丽的妈妈突然惊喜地呼喊：“布朗！怎么是布朗?”

“你们认识他?”贝丽不敢相信自己的耳朵。

“当然，”贝丽的妈妈激动地说，“他就是我们一直想介绍给你认识的人！”

“他们是天生的一对。”贝丽的父亲高兴地说。

是啊，缘分天定！

是啊，缘分天定！

阴差阳错

黑夜笼罩了一切，万籁俱寂。两个男子无声无息地跑着，穿过围在屋子四周的灌木丛，飞快地登上门廊台阶。

夜幕里，他们喘着粗气，跪伏地上，候在那里倾听着周围的动静。

“我们不能待在外头，”黑暗中传来了低语声，“你拎着箱子……我来试试这几把钥匙，得上里头去。”

10秒、20秒、30秒，钥匙终于把门打开了。

两个人轻手轻脚地钻进屋子，悄悄关上门，锁上。

他们小声讨论着面临的情况，不知道屋里的人有没有被吵醒。“先在这里看一下，小心一点，霍根。但愿不会有人醒着。”

微弱的手电筒光在房间里扫了几下。

这是一间宽敞的客厅，地毯卷得整整齐齐的，堆放在墙脚边上。桌椅沙发等家具上都盖着被单，上面落满了尘埃，像是蒙着一层薄雪。

打手电筒的男子开口了：“喂，布莱塞，咱们真运气，看样子这里没人住。”

“嗯，避暑去了吧。不过，最好还是看看再说。”

他们踮着脚尖在各处检查了一遍，一个人也没看见。真的都不在，而且看样子主人已经离开有几个星期了。

哈·海·霍根和布莱塞·伯恩斯还真够运气的。过去十来天一直厄运缠身，天天都撞上晦气鬼——就这一次例外。

一个钟头以前，他们时来运转了。伯恩斯驾车逃过警察的追赶，没命地往前冲，这是为了当时搁在霍根脚下的那只小提箱。

一场角逐当然是在所难免的。疯狂的追赶，没命地奔逃。一颗子弹击中油箱，他们只好弃车落荒……且不管运气好歹，反正让他们跑到这里，跑到一个完全陌生的小镇子上来了。

汽车是丢了，只剩下他们孤身二人，好在平安无事，毫毛未伤——小提箱也完好无损。

这不，小提箱就搁在房间中央的桌子当中，箱子里叠放着一捆一捆的钞票，挺括崭新的，怕有30万美金吧。

“我说，”霍根开腔道，“我们必须搞一辆小汽车，要快。不能再去偷了，这太危险，得去买一辆来。”

“那这玩意儿怎么处理?”伯恩斯指指箱子。

“藏在这里，这还用问!没搞到汽车之前，这样总比带在身边安全些。”

他们找到一个地窖，把箱子埋藏在还没封上水泥的一个墙角里。然后，他们赶在黎明前溜了出来。

街上，霍根一边走，一边告诉伯恩斯，那房子里住着一个叫塞缪尔·W·罗杰的人。

“你怎么知道的?”

“我在几本藏书上看到了这个名字。这家伙书真不少，那里像个图书馆。”

上午九点钟，小汽车搞到了，漂亮但不那么显眼，跑起来却很是轻快平稳。

离那屋子还有三条街的距离，霍根下车步行。他想在屋后转悠一番后悄悄溜进去。

可是，还没走近屋子，他站住了，嘴里咕咕哝哝地直骂娘。原来，那里已经大门洞开，窗帘撩上——主人回来了!

咳，多倒霉!这可怎么办?晚上再潜入地窖把箱子偷出来?不成，太危险。得想想办法。

“我会想法子的，哥儿们。”霍根对伯恩斯说，“你来开车，让我动动脑筋——对了，去找个电话，快!”

十分钟后，霍根拨通了电话，对方是惊讶不已的罗杰先生。

“喂，”霍根说，“罗杰先生——塞缪尔·罗杰先生吗?”

“是的，我是罗杰。”

“罗杰先生，”霍根清清嗓子，用一种公事公办的口吻生硬地说，“我是警察局的，叫辛普森，辛普森警官，侦探部门……”

“哦，哦。”电话那头答应着。

“我们头儿——警察局的头儿，你知道的，”说到这里，霍根压低嗓门，“他命令我同你联系，派我跟一个同事去找你。”

“我出什么差错了?”罗杰先生问。

“不，不，不，没出什么差错，不过是有些非常重要的事情要跟你谈谈。”

“那好吧，”电话里传来罗杰先生的声音，“我等着你们。”

“还有，罗杰先生，”霍根告诉说，“事情请你保密，别对任何人说一个字。我见到你时，你会明白一切的。”

挂上电话，半途上，霍根才将自己的主意向伯恩斯作了解释。

没用上10分钟，“辛普森警官”和“约翰逊侦探”就在与那个满脸惊愕的罗杰先生面对面交谈了。

罗杰先生是个矮个子，相当孱弱，淡蓝色的眼睛，丑陋的下巴，脸庞窄小而且古怪，一副恐惧不安的样子。

霍根将情况说明了一番。当然，他作了点儿加工。罗杰先生相当吃惊，但是，能协助警方办案，他却非常高兴。

他陪着霍根走进地窖，一起拿到箱子后又返回客厅。

箱子里的东西丝毫没有动过——这小小的横财总算到手了。嗨，钞票呐!

霍根合上箱子。

“好啦，罗杰先生，”霍根官腔十足地宣称，“我们得走了，头儿要我们迅速报告，还得去抓其他窃贼。我会再与你联系的。”

霍根提着箱子与伯恩斯先后站起来。

罗杰先生见状也忙起身飞快地跑过去拉开房门。

“快，进来，伙计们！”罗杰先生欢快地喊道。

——进来的有三个人，三个魁梧强壮的小伙子。他们全身警服，目光炯炯地直视着霍根和伯恩斯。

“这是什么意思，罗杰先生？”霍根问。

“很简单，”罗杰先生说，“碰巧了，我是警察局长。”

生活赋予我们一种巨大的和无限高贵的礼品，这就是青春。

杰 作

“怎么不行？”弗雷德不耐烦地对哈里说，“一切都安排妥了，不可能不成功。让你跟我合伙做这么一笔大买卖，你该感到高兴才是。可如果你真的连穿制服的胆量都没有，就直说，我有的是帮手。”

哈里穿一套煤气公司职员的新制服，坐在车里神魂不定。过了好一会儿，他才说：“我倒不是害怕，可要是他不肯签字怎么办？”

弗雷德·格兰杰叹了口气。跟那些缺乏勇气和决心的合伙人干事就是这样。他从西服口袋里取出一叠印有煤气公司字样的表格、一张复写纸和一张空白支票，把支票放在第一页表格的下面，中间夹上复写纸。

他解释说：“如果他死活不肯签字，你就离开。就当是我们印表格买制服的钱白花。这当然是很遗憾的，因为我们费了九牛二虎之力才弄到这些东西。他会签字的！”

"其实，我也不会出什么事。"哈里思忖了片刻又说，"必要时，我就溜。这个计划，我倒是挺喜欢的。"

"这意味着去了解人，做调查，作出正确判断。"弗雷德得意地说，"这是我成功的法宝，我从没被抓住过，干我们这一行不能靠碰运气，这需要调查研究和周密安排!所以，在制定具体计划前，我先观察了杰内尔的生活习惯。这老家伙有点怪，秘书也没雇一个，所有的单据都由他亲手签。他的眼睛又有些近视，就算我们的表格有什么疏漏，他也不会发现。再说，他经营首饰和古董，对进货的来路向来不过问。所以，这种人见到穿制服的心里就紧张。

见你穿着煤气公司职员的制服，他绝不会犹豫，肯定会签字的!"

"但愿一切顺利，重要的是搞到签字。"哈里表示赞同。

"没错！剩下的事，你不用操心。"弗雷德说，"银行习惯了支付大笔款项，杰内尔又经常做大宗买卖，绝不会出问题的。"

出租车在一条偏僻小街的拐角处停下。杰内尔就住在这条街的一幢老房子里。两人下车后弗雷德又向他的同伙讲了一遍注意事项，便开始沿着小街慢条斯理地踱步，目送哈里走进杰内尔的家。弗雷德的心情很好，他想，只要动点脑子，就能轻而易举地过上好日子。当然，像哈里这样的人是成不了气候的。他们太优柔寡断，需要高人带领着，否则，会干出天大的蠢事。弗雷德自己从没出过职业差错。警察局的人总抓不到指控他的证据。这就叫本事!

弗雷德的思路被急步走来的哈里打断了。"成了！他签字了。"哈里眉飞色舞，一脸激动和兴奋："一开始他还不太乐意。我以为他起了疑心。可是，见我穿着这身制服，表格上又印着他的名字，他不再怀疑了。我告诉他：'煤气公司出台了新规定，要通知到每个用户；而用户需要在这张单子上签字，表明已接到通知。这只是个简单的手续，可要是不签字就会停气。'他便很快地签了……"

弗雷德不耐烦地打断了哈里。他接过那叠表格，小心翼翼地翻开带有杰内尔签字的那一页，抽去复写纸，审视着下面的支票。

"不错，我知道准会成功的。"他满意地点了点头。

支票上不偏不斜地留下了杰内尔的签字，尽管淡些，但完全可以辨认。半个小时后，弗雷德坐在他的屋里，聚精会神地用墨水把支票上的签字轻轻地描画一遍。等墨水干透后，又用橡皮把复写纸留下的碳迹擦掉。

"哈里，瞧这件杰作!"他把支票对着亮光查看后，笑着说，"不高明的伪造很危险，银行那帮人鬼得很。可这不是一件普通的伪造品，而是老头的亲笔签字，没人能分辨出来。"

剩下的事很简单，只需在支票上填上一个数目，就可以到银行去取钱了。哈里坚持要填写1万美元，一锤子买卖。弗雷德好歹才让他明白，超过5000美元很危险。

“数目太大了不好，”他说，“会引起怀疑。银行的人会采取防范措施。我们不能冒这个险。如果他们给杰内尔打电话证实一下，我们就彻底栽了！有时候，得学会有节制，小伙子。

要勤动脑子，不能盲目地贪心！经过我的指点，没准儿你能成大器哩！”

银行里，一切按计划进行。出纳瞥了一眼签字，毫不犹豫地支付了5000美元。

走出银行，哈里叫住一辆出租车。弗雷德对他的朋友说：“瞧见没有，这笔生意跟玩儿似的。等那老家伙发现，我们早就远走高飞了，知道了吧，你需要调查研究，每个细节都不能忽视……”

“说得很对。”他们正准备上车时，一个声音从后面打断了弗雷德。

一位身材魁梧的先生微笑着把手放在了弗雷德的肩上，同时招呼另外两个一看便知是警察的人。几秒钟后，哈里和弗雷德被铐上了，塞进那辆出租车。

弗雷德稍稍回过神，对警察说：“我也不想否认。不过请告诉我，你们是怎么发现的？我以为那身制服天衣无缝……”

“是的，伪造煤气公司职员的制服是个了不起的主意。可杰内尔签了字，是因为害怕拒绝将会给他带来的后果。他也不难想到，窃取他的签字是为了去银行诈骗。”

“那么，是什么使他起了疑心呢？”

“你刚才不是对你助手说，每个细节都不能忽视吗？杰内尔住的老房子里根本没有煤气。哥们儿，想干漂亮事，创造杰作，需要细致的调查，得动脑子！”

说句抽象的话，假如你无法感觉到生活的快乐，就是活得太草率了。

礼 物

我伸展着双腿坐在起居室的桌前，随手拿起一封信看起来，这是一封来自玛递尔百货商店的信，信中说：我们欠他们175元钱。我愣住了，这肯定是误会了，因为我和詹妮特从来没有花过这样一笔钱，因为我们两人已合计好，存钱付买房的首批付款。我又端详了一下账单，走进卧室，看见妻子詹妮特正蜷缩在床上津津有味地看一份杂志，我对她说："玛递尔百货商店给我们寄来了一份175元的欠账单，肯定是搞错了，会不会是17.5元呢?"妻子没有回答，她只是慢慢地把杂志放到脑前，平静地说："这件事我想暂时先不要管它好吗?"

我突然意识到了：妻子可能花了这些钱。我两眼紧紧地盯着她，好像从这时开始，我才认识她。妻子微笑地对我说："我到时去支付这些钱不就得了。""不，我想知道的是，你究竟用这些钱买了些什么东西，我并没有看到家中添置什么新东西啊!""妻子垂下眼睑，低声说："巴尼，这是我自己想买的东西，我不想告诉你。"我听到这更加迷惑不安了。这笔钱的花销，意味着我们将要推迟一个月买房子，更糟的是：我能够再信任她吗？她为什么要这样对待我呢？我厉声对她说："你不要兜圈子了！我想知道你究竟花钱干了些什么，我有权知道。"

妻子轻轻地碰了碰我的胳膊温和地说："不要生气，好吗？你最近很辛苦，但是你的情绪似乎太激动了，这样很不好。"听到这些话，我更生气了，但是妻子也开始变得尖锐起来，她对我说："我同你结婚，并不意味着我失去拥有私人秘密的权利。"忽然，我想起来一件事，肯定是那条该死的貂皮围脖引起的。卡洛尔在两个月前曾买了一条貂皮围脖，妻子看了满眼羡慕之情。就在玛递尔百货商店，一个星期六的下午，她那欣赏貂皮围脖的情形又一幕幕地浮现在眼前……

我对妻子说："你耍了一个小把戏吧！我知道你买了什么，我真想用诅咒的方式来阻止你的行为。你是一个挥霍者，还以为我是一个大傻瓜呢！"妻子对我说的这番话感到气愤，她立即跳下床，喊道："难道在你的想象中我就是这么一个人吗?"看到她那气呼呼的样子，我顿时溢出了一点莫名的满足感。妻子对我的积怨像洪水迸发一股脑地向我涌来："你知道爱情是什么吗？我想，你还得花很长时间去寻找它吧？我现在就去我母亲那里，请你不要用电话来干扰我，我再也不想看到你了。"这时，我才发觉，问题开始变得严重起来了，但我没有向她让步，我想她应该知道我为什么会对她生这么大的气，我可不是那种可以让人任意摆布的人。

第二天早晨，在办公室里，我埋头工作，没有与人攀谈，也没有一个人注意到我的情绪。当用完午餐返回办公室时，碰见了比尔·汉姆瑞，他向我展示了一套新的高尔夫球的用品，于是，我有了一个想法，如果我也买了一套最钟爱的高尔夫球用品，那么不是和妻子的矛盾就扯平了吗?

这天下午，我去了高尔夫球俱乐部，并把用品拿回了家。我在家里地板上挥杆击球，一个球骨碌碌地从起居室滚动到卧室，钻进了妻子半开的壁柜中。这壁柜很大，里面很黑，妻子的很多衣物还挂在这里。我弯腰在里面摸索着找球，手上忽然碰到一个硬东西，原来这是一个大盒子，里面竟然放着一套漂亮的高尔夫球用品，比我见的那些都要好，从盒上的标牌上可以看出，这些全部购自玛递尔百货商店。忽然，我记起来一件事，我们的结婚纪念日将在这个星期二，细想起来，我竟没有能为妻子买点什么礼物，妻子想用她的爱心给我一个惊喜，然而，我却是多么的愚蠢可笑啊！

我想，我有一件事情必须立即去做，那就是：明天立即买一条漂亮的貂皮围巾，悄悄地把它放在我的壁柜里。

人有了成就会很孤独。

我赢定了

人有了成就会很孤独。

人生的胜利只有两种结果，那就是爱和善良的光芒真正地到来。其他一切的胜利都是爱和善良的孩子。

我要笑遍世界

我要笑遍世界。

只有人类才会笑。树木受伤时也会流“血”，禽兽也会因痛苦和饥饿而哭嚎哀鸣，然而，只有我才具备笑的天赋，可以随时开怀大笑。从今往后，我要培养笑的习惯。

笑有助于消化，笑能减轻压力，笑，是长寿的秘方。现在我终于掌握了它。

我要笑遍世界。

我笑自己，因为自视甚高的人往往显得滑稽。千万不能跌进这个精神陷阱。虽说我是造物主最伟大的奇迹，我不也是沧海一粟吗?我真的知道自己从哪里来，到哪里去吗?我现在所关心的事情，十年后看来，不会显得愚蠢吗?为什么我要让现在发生的微不足道的琐事烦扰我?

在这漫漫的历史长河中，能留下多少日落的记忆呢?

我要笑遍世界。

当我受到别人的冒犯时，当我遇到不如意的事情时，我只会流泪诅咒，却怎么笑得出来? 有一句至理名言，我要反复练习，直到它们深入我的骨髓，让我永远保持良好的心境；这句话，传自远古时代，它们将陪我度过难关，使我的生活保持平衡。这句至理名言就是：这一切都会过去。

我要笑遍世界。

世上种种到头来都会成为过去。心力衰竭时，我安慰自己，这一切都会过去；当我因成功洋洋得意时，我提醒自己，这一切都会过去；穷困潦倒时，我告诉自己，这一切都会过去；腰缠万贯时，我也告诉自己，这一切都会过去。是的，昔日修筑金字塔的人早已作古，埋在冰冷的石间下面，而金字塔有朝一日，也会埋在沙土下面。如果世上种种终必成空，我又为何对今天的得失斤斤计较?

我要笑遍世界。

我要用笑声点缀今天，我要用歌声照亮黑夜；我不再苦苦寻觅快乐，我要在繁忙的工作中忘记悲伤；我要享受今天的快乐，它不像粮食可以贮藏，更不像美酒越陈越香。我不是为将来而活，今天播种今天收获。

我要笑遍世界。

笑声中，一切都显露本色。我笑自己的失败，它们将化为梦的云彩；我笑自己的成功，它们回复本来面目；我笑邪恶，它们远我而去；我笑善良，它们发扬光大。我要用我的笑容感染别人，虽然我的目的自私，但这确是成功之道，因为皱起的眉头会让顾客弃我而去。

我要笑遍世界。

从今往后，我只因幸福而落泪，因为悲伤、悔恨、挫折的泪水毫无价值，只有微笑可以换来财富，善言可以建起一座城堡。

我不再允许自己因为变得重要、聪明、体面、强大而忘记如何嘲笑自己和周围的一切。在这一点上，我要永远像小孩子一样，因为只有做回小孩子，我才能尊敬别人；尊敬别人，我才不会自以为是。

我要笑遍世界。

只要我能笑，就永远不会贫穷。这也是天赋，我不再浪费它。只有在笑声和快乐中，我才真正体会到成功的滋味。只有在笑声和欢乐中，我才能享受到劳动的果实。如果不是这样的话，我会失败，因为快乐是提味的美酒佳酿。要想享受成功，必须先有快乐，而笑声便是那伴娘。

我要快乐。

我要成功。

笑声中，一切都显露本色。

嘘！别让冰箱听见

天外来客的传说听得多了，但我向来不大相信这类传闻。可是，我倒相信我们周围尽是我们自己制造的有灵性的东西，它们的唯一目的就是折磨我们，最后毁灭社会。

且让我举个例子。两年前我拿到一笔600美元的保险收入。我和我的妻子坐在厨房餐桌旁计议怎样用这笔外快。我现在知道当时电冰箱听到了我们的谈话，因为翌日它就闹起别扭来。

修理员说我们必须换个新的了，价钱：600美元。

过后不久，税务局退给我们一笔税款，这足够我们去墨西哥度假的开销。

"我有点事要告诉你，"我对妻子说，"跟你私下里说。""书房里可好?"她问我。我想起书房里有彩色电视机便说："不，那里不好，我们到外面去吧。"

我们站在车道上，我给她看那张支票。我们兴高采烈地互相拥抱，竟没有觉察到天下起雨来了。

我的车就停在能听得见我们说话的地方，但当时我没有注意它。第二天早上我开车去火车站时，汽车吱吱地怪叫了起来。

"引擎坏了。"修车工人说，"换个新的大概要花1000元。"

这次汽车故障使我相信我没有偏财运。我查了我们的家用账，发现过去十年每有一笔"外快"，必然会跟着出现一笔数目相同的开销——换个热水炉或电视机或火炉。

如今，我对家里的各种电气设备都格外警惕，从来不在它们面前提我们的财政收入。

可是，如果我这篇稿子刊出而且收到了稿酬，我的电脑文字处理机一定会出毛病而需要更换新的。因为它必然会知道。

有过一个昨天，并且行将有一个明天。

我扮演的角色

自从班里的讨论之后，我对"扮演角色"这个问题认真地思考了一下，有一段时间，我极力想忘掉这个想法，因为它使我心目中的自我形象受到了损害。但是最后，我还是承认了这一点：我的确在扮演各种角色。我想我们大家都在扮演角色。我承认了这一点，我觉得我更加了解自己了，也许也更加了解别人了。

十八年来，我所扮演的一个重要角色就是女儿。父母在我的心目中是伟大的，但许多时候，我却不愿将心底的秘密告诉他们。每每这种时候，父母好像有第六感觉而觉察到了什么。当我对他们说“妈，没什么，一切都很好啊。”或者“爸，你这是想到哪儿去了！”我知道他们会失望，并有一种失落之感。但有些事我不能告诉他们，扮演一个无忧无虑的女孩子要比用我内心的困惑去打扰他们更加容易些。

上大学才六个星期，但我已经发现我在每位教授面前扮演着各不相同的角色。每位教授都希望在他们的学生中看到所期望的反应。要我不去迎合他们是不大可能的。这并不是因为我这个人爱拍马屁，而是每位教授都会造就一种氛围，使你自然而然地迎合他。例如，我在班上通常不喜欢去提问或者主动回答问题以引人注意，但我们的社会学教师看到学生没有反应就会很失望。他对师生之间的交流看得很重。于是我就得去提问题，甚至知道答案也要去问，目的就是为了说明我在响应他。在物理实验室中，我是个冷静而有条不紊的工作者，从来不出差错，但有时我不得不“修正”我的实验结果使之与公认的结果相一致。我有时感到我做的大部分工作都是为了代课的教授，而不是为自己。这并不是我喜欢这样做，只是在当时，似乎只有这样做才对。

我所扮演的另一个重要的角色是恋人，我和我朋友之间的关系对我意味着这一切。对他，我是一个可以听他述说各种问题的人，是一个可以信赖的人，最重要的我是他所深爱的女人。

我在他面前扮演的角色最接近真实的“我”。我不用害怕让他知道我内心的秘密。他会听我讲，不会嘲笑我，不会使我难堪。他能理解我。我也很重视他的意见，因为他常使我将自己的问题看得比过去更加清楚。但即便如此，还是有一个我在他心目中的形象问题，我只能努力去提高自己的形象。如果他对我感到失望，我是决受不了的。

我还扮演着许多角色。我与我最好的女友在近五年来关系非常亲密，但有许多个人私事还是不能谈的。我们可以谈各自的男朋友，以及和男朋友去了哪里，做些什么，但这一切都保持在普通的水平上。如果我想说出我与特德彼此意味着什么，就会感到很窘迫。我想我的女友也是如此。有时，我发现我在对我从来没有遇到的人——警察、老妇人、请我搭车的男孩子——扮演着角色。我甚至穿不同的衣服就会扮演不同的角色。去年圣诞节前夕，我在一家商店做工，我努力使自己变得快乐、乐于助人和对别人感兴趣，因为我想要别人这样对待我。

有些晚上下班回家，我真想脱下面具，皱上它一个星期的眉。

现在我明白了，我遇到了多少种人，就扮演了多少种角色。通常我并不意识到这一点，但我正在努力成为别人认为的那个“我”，或者成为我想要别人那样认为的“我”。我已知道了“扮演角色”有两种。有时我扮演一个角色是为了别人，因为我想使他们高兴。有时我扮演一个角色则是为了自己，因为我想留下一个好印象。我懂得这些，这并没有使我更喜欢我自己。但我确实了解自己了，也更了解别人了。

我确实了解自己了，也更了解别人了。

我觉得我赢了

即便这不是一场比赛，我还是觉得——我曾经是我那个街区跑得最快的，甚至超过所有的男孩子，这真把他们气得要命。那时候，我哥哥常用各种各样的赌注引那些男孩子们来和我赛跑，他们总是说：

“嗨，跑就跑，不就是跟个女孩子吗?”

他们以为他们胜我是件轻而易举的事，却不料我每次都把他们赢了，这可把那些男孩子们气坏了！只有一次，虎子在我跑道上扔了个什么东西，把我绊倒，我才没赢。但那毕竟不公平。也许因为我是个女孩子的缘故吧，便认为女孩子什么都不及男孩子，然而他们就想不到，有些事女孩子会比男孩子干得更出色。

不过一跑起来，我就什么也不想了，比赛、得胜，都抛到了脑后。我只是专心地听着脚板踏在地面上的声音，把步子迈得大大的……我还听到自己喘气的声音，就连什么时候脸开始泛红也能觉得出来。

然而，这一切都是事故发生以前的事了。

现在，我不能跑了，再也不能跑了。地面上传来的只是轮椅下轮胎的摩擦声。有时候一想起这，我的心都碎了。有时如果我一个人在屋里，我甚至会放声大哭。

有时事情很怪，即使想哭也哭不出来。我只是心里气恼，恨不能找个人打他一顿。这时，我要么对着母亲大喊大叫，要么把枕头扔得四处都是，要么跟谁也不说话。

我想，这不公平！为什么我的朋友们能到处跑，而我就只能在轮椅里过一辈子吗？我还是个跑得最快的人。

或者，总可以说，我曾经是个跑得最快的。

但你知道什么最叫我受不了吗？就是那些连认识都不认识我的人，看到我便说起我来，就像我不在旁边似的。他们说我倒霉，说我有病，说我可怜，一边还摇着脑袋。更有甚者，还在我面前说，好像我什么都不明白似的。

我就爱和我的朋友们在一起！他们推着我的轮椅在街上跑，就像开着摩托车一样。我们笑啊，变着法儿地闹啊。大人们说我们是捣乱分子、小捣蛋鬼。可我宁愿让人家叫我小捣蛋鬼，也不愿让人叫我“可怜的病孩儿”！

我再也不能跑了，这让我极为生气；看到别的孩子们赛跑而我却不能，真是感到莫大的难受。可我不能总是为这事哭呀。我不是病得不行，也不是没用的！

爸爸劝我，要我勇敢起来，尽管不能跑了，但还可以试着找些其他擅长的事做做。一开始我听不进这些，我总想叫他走开，别理我。

可以后，我就开始下起国际象棋来。昨天晚上，我头一次赢了他。以前，像下棋之类的事我从不想玩，觉得只有女孩子气的人才玩那玩意儿呢。可现在，我认为下棋挺不赖。既然我已经下得不错，爸爸就说，他们那儿时常举办象棋比赛，或许我可以参加。

在出事前，对好多事情我都能干得很好。对这，我也从不曾多想。但对下棋就不同了，我真得多想、多练、多下工夫。事实上，有好多事过去对我来说很简单，而现在却都要多多练习才行。

有时，虽然这些事做起来比以前更困难了，但这样反而更好。我这样想，是因为当我有一天几乎不用人帮忙自己穿上了衣服时，我觉得，这和赛跑中赢了汤米一样棒。不，兴许更棒！

赢汤米是件容易的事，我甚至不必花大力气，但是能自己穿衣服，这却比赢汤米费事得多，甚至可以说还要难上几十倍！我下了很大的工夫，终于自己穿上了衣服，全不用别人。

即便这不是一场比赛，我还是觉得我赢了。

成功，是每一个追求者向往的目标。

梁上君子

凌晨两点，我被妻子的叫声惊醒。借着厕所微弱的灯光，我看见她站在离床不远的地方，对着一个敞着衣服、满身横肉的男人吼道："滚出去！"

我一怔，阵阵恐惧牵动着全身，紧接着，一个筋斗，我啊地一声从床上弹起，摆出格斗架势。那沉闷的嚎叫声似乎掺着血，好久没那样了。尽管我在海军陆战队受过训，这不期而至的际遇，还是着实吓了我一跳。

见我眼露凶光，那混蛋反而镇静地转过身，背对着我，似乎对我不屑一顾。接着他熄灭了厕所里的灯，房间里漆黑一片。

他要伤害妻子？又没见他拿凶器。容不得多想，我跳下床，向妻子奔过去。此时，只见那家伙忙乱地从我眼前掠过，径直奔向只有五岁的儿子房间。他要加害我的儿子?！天，我发狂的追了过去。

我随手按亮了灯，那家伙正穿过儿子的房间。儿子没事，正坐在床上，揉眼睛。

"呆在那别动！"我急急地告诫儿子。

我紧跟着进起居室，发现阳台门的门帘已被掀开，那家伙正欲溜走。月光下，我见他窜到钉有防护架的阳台尽头。阳台离地面有十四层楼之高。木架是我用来防盗的，用来保护阳台上的玫瑰花。

我不知道自己为什么会对那个混蛋穷追不舍，然而，我的确那样做了。我实在是怒不可遏。

他践踏了我神圣的家庭，使亲人成了无辜的惊弓之鸟。我要让他滚，滚，彻底地滚！

我抓起一把铁椅，把它高高举过头顶，一步步向阳台逼去。想溜？哼！除非你爬到木架外面，再跳到另一栋楼去。

他把脚搭在了木架的底杆上，手也抓住了木架上方的一根杆子。在他和我之间，什么遮掩的东西也没有，只有黑漆漆的夜。

我向他逼过去，打算就这样送他上西天。骤然间，我们四目相触，他眼神那般恐惧和绝望。

除掉他？他既没伤妻儿又没伤我。就在我犹豫的那一瞬间，他趁机战战兢兢地上了木架，向另一栋楼的阳台纵身跳去。他跑了，是我身不由己地放了他。我一直在想：他刚才是否也对我做了同样一件事呢？

尽管那个混蛋早在去年八月份就逃走了，可他留下的阴影却是那样的幽长。儿子现在明白了盗贼是什么样的货色。他不仅学会了怎样取脚印，还学会了自己去布告栏追认那个罪犯。我给他说了一百遍，说那个坏人再也不敢来了，他就是不肯信。这一切都是他自个儿体验出来的，我也同样。

从那以后，不管阳台上的防护架有多牢实，都不能消除儿子心中的恐慌。他怕有人偷偷从街边爬上来，怕他们用绳子从屋顶上吊下来。每逢半夜三更，他总是大声地将我们叫醒，他要看看爸爸妈妈是否安全。

他不敢一个人进屋，特别是在晚上。他满脑子疑问，可问题与他的年龄是多么不相称啊。

爸爸，为啥有的人要冒着生命危险进别人的屋呢？盗贼家里也有小孩吗？盗贼有没有固定的工作？他们是住在哪里的？他们是从哪里来的？人为啥要偷东西呢？

说来奇怪，那个梁上君子促使儿子与我结成了一条生死与共的感情纽带。儿子视我为英雄，我在他面前变得更加刚强。当然，儿子的赞誉与我的行为不一定名实相符，但是，每当他一遍又一遍讲起那晚的事情，我都会毫无愧色的微笑。

“是我爸爸把他赶下了阳台的。”他逢人便说：“我爸爸是海军陆战队的，所以他知道怎样做才好。”

儿子的称赞叫我不得不考虑如何去按照他的意念做父亲。恍然之间，我才领悟到，在子女的成长中父亲起的特别作用应该是什么。

那么，我想知道，当那位梁上君子还是个担惊受怕的五岁孩子时，他的父亲又躲到哪里去了呢？我真纳闷。

我们当然应该努力做到最好，但人是无法要求完美的。

学舞不成

一

我太太莉丝一哼着音乐，秀发从玉肩甩上了粉脸，我就知道麻烦来了。“看哪，”她说，“布斯科夫妇在跳舞了。”

我紧握着香槟酒杯道：“太挤，也太热了。”

“托马斯夫妇也下去了，还有狄斯尼夫妇。”

“那最容易着凉了，先出一身汗，然后骨节酸痛，然后——”

“你到底请不请我跳舞？”

恭敬不如从命。那天是户外新婚舞会。乐师高坐在近处，不断地演奏着轻快的曲调。

莉丝拉着我在舞池团团转，我把她搂得紧紧的。“跳舞的妙处，”我说，“就是互相依偎。”

“一、二、三，再试试看。”她轻轻地说。

“好吧。”我说。于是一齐开步，沿顺时针的方向，连踢带撞地前进。难看死了！我脑子里的检察官大吼，一看就知道你不会跳舞。难得有一位美丽的女郎紧贴着身，音乐一开始，而我那双笨脚就是不听使唤，全不对劲。

忽然，莉丝停了脚步。“亲爱的，”她说，“你知道这是什么曲子吗？”

“怎会不知道？”我战战兢兢地说(说不定我求婚的时候，演奏的就是这一段)，“可以说是我们的歌，对不对？是一首我们心爱的歌？”

“这就是《周年圆舞曲》，”她说着，不禁尖声怪气地笑了起来，“你跳的是狐步，真没见过舞跳得像你这么糟的人。”

“亲爱的，”我接着说，“我有个建议，我们不要再跳了。”

“好吧，”她抢白道，“你先走，我要当心你的脚步。”

我以为就此了事。心里明白她为什么酸溜溜的。陪太太参加婚礼，大不该张口闭口都称新郎为“那个可怜虫”。

二

谁想事情并没算完。星期一下班回家，只见莉丝在厨房里愉快地哼着歌曲。“嗨，”我说，“瞧你这春风满面的样子，什么事这么高兴?”

“当然有事才高兴，”她宣布了答案，“我刚办好了，我们都报了名。”

“报了什么名?”我有经验，报名绝没好事。

“亲爱的，你记得那个成人学校吗？我给我们都报了名，晚上学交际舞。”

我向窗外注视良久，看林中的鸟自由飞翔。

“你一定会喜欢的，”她接着说，“记得我们刚刚开始约会的时候，你简直是求我跟你跳舞。要是你讨厌跳舞，当初怎么会那样?”

“为的是挨着你。在社会习俗许可的范围内，只有跳舞才能即刻把你搂在怀里。可是，亲爱的，38岁的人也该有自知之明了。我绝不会半夜去爬山游河，冒充英雄好汉，也绝不可能把跳舞学好。”

“一定能学好的，”她柔声细语地说，“为了我们，为了我。”

顶撞莉丝，是九败一胜之战。

交际舞星期四晚在学校体育馆上课，我一进门，心里就有了大祸临头的感觉。人家一对对都是一派轻巧敏捷的神气，站在那里屈膝伸腿，仿佛要跳“天鹅湖”似的。

教师洛佩斯一面拍手要大家注意，一面急步走了过来。“欢迎你们新来的学生，”他兴高采烈地叫着，“今晚从基本步开始。先学爬，后学走，要不要?”个头高大的洛佩斯太太拨动唱机，一张唱片坠到了唱盘上，他们夫妇二人跟着音乐，一颠一耸地跳着拉丁舞。

“看见没有，”洛佩斯问我们，他的皮鞋闪闪发光，“看出步子的优美和表露的感情了没有?”他旋转着身体，双手拍得劈劈啪啪地响，带着乐陶陶的表情注视我们。“学会了恰恰舞，”他飞快地对我们说，“就一通百通。‘恰恰’是交际舞入门之钥匙！”

学生练舞时，洛佩斯夫妇便在学生间悄悄地踱来踱去，找寻错步和误拍。如女生错了，洛佩斯就把她拉到一旁，亲自指正。

如果错出男生，他就难逃洛佩斯太太的掌握。每次他们踱来，我居然能勉强过关。一小时完了，我已经精疲力竭，喘得连心都快从嘴里蹦出来了。但我总算躲过了重量级洛佩斯太太的拥抱。

可是付出的代价也真够受的了。离校时，莉丝高兴地说："亲爱的，你跳得好极了，学得真快。我恨不得下个星期四赶快到来。"

下个星期四！突然间只觉眼前出现了个无穷无尽的日历，张张都是舞会请帖，将我的名字残忍地写成舞会情人。

小腿肌肉酸痛刚过，第二个星期四又早到了。只是这一次有个绝大的不同。洛佩斯先生宣布，他太太扭伤了脚，由一位表妹代课。这位表妹可真是天生尤物，肤若凝脂，深褐的眼睛，穿的是低领长裙。

"哎，"莉丝对我喊了一声，上下打量了那女郎一番，"真太不要脸了！"

要是在别的场合，我会好好看那女郎几眼，她实在值得欣赏。可是我身在生死关头，船就要沉没了，哪还顾得和女孩子挤眉弄眼。

洛佩斯要大家集合，勉励了几句。唱片像断头机的大刀般坠了下来。我们恢复了跳舞的苦工。忽然洛佩斯双掌一声爆响，用食指戳了我一下。"错了！"他喝道，"卡门，你来教他。"

我还没弄清这是怎么回事，卡门已溜进了我的怀抱，火热的拉丁血液在我的手指面上燃烧。

"我要你投降，"她教导我，"向音乐投降，体会一下节奏，把手放在我的腰上，像这样。"

她对我不住嘴地说，可是没有用。她越说得多，我越糊涂。最后她把我交还给莉丝，满怀希望地说："要多学多练。"

我脚步踉跄地继续努力。问题在上星期带我过关的强烈恐惧心理，再也回不来了。臂、脚、呼吸都互不协调。有一次竟踩了自己的脚。不用说，这时那位死不甘休的卡门亦步亦趋地盯住我了，随时准备把我像扫帚似的在地板上拖着转。她一定是决心非把我这难题解决不可。

1955年，有个名叫桑德里尼的家伙，在布宜诺斯艾利斯创下连续跳交际舞106小时5分10秒的纪录。那天晚上9点钟音乐终于停止时，我觉得我打破了他的纪录。"谢天谢地，总算完了，"说着，头晕眼花地和莉丝走了出来，"我是说，要等到下个星期四才再来了。"

"下个星期，"她说，"你以为还会有下个星期吗?"她那一句亲热的声音似乎突然装了冷气。

"不是还有6课吗?"

"别假装玩得不开心了，至少可以打开天窗说亮话，承认你每分钟都享受，你和那个……热包子！”

我一时没吭声。事实是，你要我再去和卡门扭在一起，我宁愿和狗熊去跳狐步。但是实心实意，这面经常堂皇的旗帜，在目前的情况之下，能拿出来吗？换句话说，假如我对她说实话，能够得到比再学6星期“恰恰”更好的待遇吗？

“啊，你说的是卡门？”我低声地说，说时加倍小心，“对，全亏她打开了沉闷的局面。她天生是个好教师，那么热心，对她来说，舞蹈是天赋。”

“我早就知道了。”

“那对迷人的眼睛，还有那善舞的腰肢！”

“没得商量了，我们刚上完最后一课。”

“随你的便。”我说时，向着黑夜微笑。

“随你的便。”我说时，向着黑夜微笑。

信任

昨天，我从宾夕法尼亚州的哈里斯堡前往本州80里外的莱韦斯堡。天色已晚，我急着赶路，不料有好几次我开的车被迫跟在缓缓行驶的大卡车后面，我紧握着方向盘，焦急不安。

车子总算驶在了空旷的高速公路上。当我即将通过一个十字路口时，红灯亮了，我急忙把车刹住。我四下看了看，路上没有一辆车，至少公里之内没有第二个人，而我却坐着，等着红灯变成绿灯。

我开始对自己为什么没有闯红灯而感到懊悔。我当时并不担心被拘留，因为那儿根本就没有警察，我的车开过去一点事也不会有。

当晚我来到了莱韦斯堡。晚上12点钟上床睡觉时，这个问题又一次在我脑子里出现。我想我之所以停住了车，不但因为这是我们大家彼此遵守的条约，而且也是我们大家的彼此遵守的合约：我们大家都彼此信任，绝不闯红灯。

我们一直彼此信任做正确的事，听来很让人惊奇，是不是？我们确实这样做了。信任是我们的首要愿望。我们不能无缘无故地不信任别人，疑虑满腹或相互猜疑，这种态度不是我们天生具有的。

彼此信任真可谓一桩好事，因为一个良好的社会结构取决于相互信任，而不是相互猜疑。我们现在拥有的良好社会秩序，都会因为我们在大部分时间里彼此不信任而变得混乱不堪。在意大利，向政府纳税真是件可怕的事，有许多人只是牢骚满腹而不交所得税，因为国家税务局使用了一些法律手段。但是他们多半还得信任一点：我们会支付我们应该支付的税款。

我们言而有信；说来就来；说交付就交付；说付款就付款。在这些事情上，我们都相互信任对方所言。如果我们言而无信，就是违背了常规。我们做事也常有不认真或不可靠的时候，这些都被视为背信弃义的行为。假如某个人或某个组织辜负了我们的信任之心，就会遭到唾弃，失去信誉。

我讨厌看什么某某银行为了自己的利益而伪造账簿的事。因为我信任银行，所以我不会每天都走进银行，让职员把我的钱拿出来，给人看看钱是不是还在银行里。买一罐咖啡或瓶牛奶也是同样的道理，我们不会把它们买回家里后，再称称看是不是够分量。生活中没有时间去猜疑你所遇到的每一个人或与你做生意的每一家公司。

仔细观察我们周围的人和事，并且把人们对他人的信任程度与他们在生活中的成功大小相比较，真是件趣事。从长远的意义上说，老实人，涉世不深的人，那些认为别人都像自己一样的诚实的人，比疑心重重的人的生活更加美满，更加充实。即使他们偶尔受了骗，也同样比那些谁也不信的人幸福。

我为自己在红灯路口停车而感到骄傲。为了让大家都知道从哈里斯堡到莱韦斯的路上我的表现多么出色，我非得一吐为快不可。

我为自己在红灯路口停车而感到骄傲。

碰撞法律

我与法律仅有过一次纠葛。当时，被逮捕和被带上法庭的经历非常令人不快，但它现在变成了一个好故事。它之所以变得有些令人讨厌是因为逮捕我和随后在法庭上裁决我命运的武断情况。

事情发生在12年前的一个2月。当时我已离校两个多月，10月份才开学。那时我还住在家里。

一天早晨我走出家门——我家住在里士满的郊区——打算寻找一份散工以便攒些钱去旅游。那是个好天气，我又不着急，于是就慢慢溜达，不时看看商店橱窗，在商场里逛逛什么的，或者有时就停下来四处张望。肯定是这明显的漫无目的导致了我的倒霉。

这件事发生时大约是11点半钟，我刚走出本地的图书馆。我在那儿进行了一次失败的求职尝试。我看见一个显然想和我说话的男人正在过马路。我以为他想问我几点了，他却说他是个警察并要逮捕我。起初我认为他在开玩笑，但是另一个警察出现了，他穿着制服，我不再怀疑了。

“为什么?”我问。

“你到处闲逛，有犯罪的企图。”他说。

“犯什么罪?”我问。

“偷窃。”他说。

“偷什么?”我问。

“牛奶瓶子。”他板着脸回答。

“哦。”我说。

原来那个地区发生了许多小窃案，小偷专门从门前台阶上偷牛奶瓶子。

然后我犯了个大错。那时我19岁，留着乱蓬蓬的长发，把自己看成是60年代“反主流文化青年”中的一员。我想表示对这事儿的漠不关心，于是我用我所装得出的最漫不经心的会谈口吻说：“你们跟踪我多久了?”我显示出自己对这种情形很熟悉，这就使他们更加确信我完全是个声名狼藉的家伙。

几分钟后一辆警车到了。

“坐到后面去。”他们说，“把你的手放在前座靠背上别动。”

他们上车后坐在我两边。那可不大有趣。

他们在警察局里审问了我好几个小时。我继续装作老于世故和对那种情况知之甚详。他们问我在干什么时我告诉他们我在找工作。“哈哈！”我知道他们脑子里在想：“一个无业游民。”

最后，我被正式指控并被告知下个星期一到里士满地方法庭受审。然后他们放我走了。

我本来想在法庭上给自己辩护。但是当我父亲一发现发生了什么事时，他就请了一个很好的律师。星期一我们带去了各种证人，包括作为品格证人的我的英语教师，但是他没机会被传唤作证。我的“受审”并没有长到那个地步。法官在15分钟后就不受理我的案子了。我被当庭释放，那个可怜的警察再没机会胜诉了。律师甚至使法庭把诉讼费判给警方支付。

于是我不会有犯罪记录了。但那时最令人吃惊的是我被取消指控所依赖的东西。我有“正确的”口音，受人尊敬的中产阶级的父母也到庭了，还有令人信服的证人，并且很明显我请得起一个很好的律师。考虑到指控的含糊性质，我清楚感受到如果我来自一个不同的社会背景，而且真的无业，很可能我会被认为有罪。

当要求支付诉讼费的时候，我的律师的辩护词显然是以我有“杰出的学院记录”为支点的。

同时，就在法庭外面，逮捕过我的一个警察沮丧地向我母亲抱怨别的对警察有敌意的年轻人。“我们逮捕你时，你本来能多帮点忙。”他责备地对我说。

他是什么意思？可能我应该被激怒并说些“喂，你知道你在和谁话吗？我是个有杰出学院记录的优秀学生。你怎么敢逮捕我！”之类的话。然后他们可能就会道歉，或许甚至会摘下帽子，让我走我的路。

让我走我的路。

忍无可忍

还记得下馆子吃饭的滋味吗？有人为你做饭备菜，伺候周到，饭后为你收拾桌子——你可以全身放松，只管细细品尝美味佳肴，付账之后便可逍遥而去。但是，那样的时代一去不复返了。如今，每次外出吃饭，你都会觉得自己活像一只实验室里的小白鼠，每要一块奶酪都得费尽心机，让一班侍者摆弄得死去活来。

“晚上好，”领班侍者说，“四位？”

“是的，谢谢。”

“吸烟还是不吸烟？”

“不吸烟。”

“今晚诸位想在室内用餐还是户外用餐？”

“我想还是在室内吧。”

“好的，先生。”领班说，“你想去大厅、密封式露台，还是日光浴室？”

“嗯，让我想想……”

“我可以在漂亮的日光浴室里给诸位安排一张能欣赏美景的桌子。”

“主意不坏，”我说。于是我们跟着他来到日光浴室。

“那么，诸位喜欢欣赏高尔夫球场、湖上日落，还是西边壮丽的山景？”

“悉听尊便。”我回答说，心想让他作回主也好。

他把我们安排到窗前坐下。我不清楚我们是面对着高尔夫球场、湖上日落还是西边壮丽的山景，因为外面太暗了。接着，一位穿着仪表比我们任何一个都体面的年轻人来到桌前。“晚上好，我叫保罗，今晚由我为大家服务，诸位是不是想休息几分钟再点菜？”

“不用了，”我答道，“我只要有肉和土豆就成。来一份煎里脊小牛排和一份烘土豆。”

“要汤或者凉拌菜吗？”

“凉拌菜。”

“要什锦凉拌菜、棕榈心，还是菊苣小虾？”

“就要什锦凉拌菜，行吗?”

“当然。要哪一种调料?”

我厌倦了这没完没了的追问，说：“无论哪种都行。”

“我们有意大利调料，有蓝奶酪，有醋油沙司，有千岛色拉酱，有法国第戎蜜，有牧场……”

“给我随便来一样，让我惊喜一下。”

“意大利调料是我们的特色调味品。上这个怎么样，先生?”

“好吧。”我真受不了这样的殷勤。

“那么您的烘土豆……”

我知道他下面要说什么。“我只要烘土豆，明白了吗? 上面不要加任何东西。”

“不要黄油? 不要酸奶油?”

“不要。”

“不要细香葱?”

“不要！你懂不懂英语！”我大声吼道，“就给我送一份土豆和一份牛排。”

嗯，让我想想……

多疑症

奥特·索里夫人，这位几乎生了一打孩子的妇人，似乎总不在晴朗的天气或者白天里分娩。现在，本森医生连夜开车又去出诊。

离索里农庄还有一段路。这时，小车前的灯光里出现了一个沿着公路行走的男性的身影，这使本森医生感到一阵宽慰，他降低车速，注视着这位吃力地顶风行走的人。

车子贴近夜行者的身边，本森刹住车请他上车。那人钻进了车。

“您还要走很远么?”医生问。

“我得一直走到底特律。”那人答道。他非常瘦小，那双小黑眼被顶头风吹得充满泪：“能给我一支烟么?”

本森大夫解开外衣扣子后记起自己的香烟是放在大衣的外口袋里，他把烟盒递给正在自己衣兜里摸火柴的生人。烟燃着了，那人拿住烟盒愣神片刻，然后向本森说：“也许你不会介意？先生，我想再拿一支呆会儿抽。”他晃晃烟盒又取出一支来，不等主人回话。本森大夫感觉到，有只手触到了他的口袋。

“我把它放回您的衣兜吧。”这个瘦小的家伙说。本森急忙伸手想接住烟盒，但他不无恼怒地发现，烟盒已经装在他的衣兜里了。

片刻之后，本森说：“到底特律去?”

“到一家汽车工厂去找份活干。”

“战时您在军队里干过么?”

“在前线开了四年的救护车。”

“是么？我就是医生，我叫本森。”

“这车子里充满药味。”那人笑起来了，然后又郑重地加了一句，“我叫埃文斯。”

沉默。本森注意到生人猫一样的瘦脸颊上那道深长的疤痕，像是新近才有的。他想起索里夫人并伸手掏表，他的手指摸向衣兜的深处，这才发现他的手表不见了。

本森医生慢慢地移动着手，小心翼翼地伸向座位下，摸到了那支自动手枪的皮套子。

他缓慢地抽出手枪，借着黑暗把它贴在自己身体的一侧。然后疾速刹住车，把枪口冲着埃文斯：

“把那只表放进我的衣兜!”

乘客惊吓得跳起来并慌忙举起手。“上帝！先生……”他嗫嚅着。

本森先生的枪口冲着生人顶得更紧了：“把那只表放进我的衣兜，否则我要开枪了。”

埃文斯把手伸进了自己的背心口袋，然后颤抖着把表放进医生的衣兜，本森医生用空着的那只手将表收好，然后逼迫对方滚下车。

“我今晚出门是为了救一个妇人的性命，然而我还花费时间去帮助你!”他怒气冲冲地对那人说。

本森迅速发动车子，奔向农庄。

索里夫人的关于把孩子带到这个世界来的许多经验，显然帮了她自己的忙。接生孩子没费多少事儿。

“今晚，路上搭我车的一个家伙想抢劫我。”他对奥特说，带着几分得意，“他拿了我的表，可我用手枪顶着他，他只好把表还给我作罢。”

“我真高兴，他能把表还给我。不然，还真没法知道孩子的出生时间。”

“孩子是半小时以前生的。此时此刻是……”他凑近桌前的灯光。

他惊奇地盯住自己手中的表。表面玻璃是破裂的，柄把也断了。他把表翻过来，紧挨着灯。他读出那上面镌刻着的磨损了的字：

“赠给列兵T·埃文斯，救护车队员，1943年11月3日晚，在靠近意大利的前线，他一个人勇敢地保护了我们全体的生命。护士内斯比特，琼斯，温哥特。”

快乐的生活乃是前进的生活。

大智大慧

安德莱耶维奇手拿报纸，坐在沙发上打盹儿。突然，有人急促地敲窗，这使安德莱耶维奇有些不知所措，因为他住在八楼，而且他这套房间是没有阳台的。起初，他只当是自己的幻觉。但是，听，敲窗声再次传来。陡然，窗户自动打开，窗台上显现出一个男子的身影，这人穿着长长的白衬衫。

安德莱耶维奇惊恐地暗想：“是个梦游病患者吧，他要把我怎么样？”只见那男子从窗台跳到地板上，背后有两个翅膀摆动了一下。接着，他走到沙发跟前，随便地挨着安德莱耶维奇坐下，说：“深夜来访，请您原谅。不过，这是我的工作。有人说，我们天使逍遥自在，终日吃喝玩乐，其实那是胡言乱语。实际上，他对我任意欺压，刻薄着呢。”

安德莱耶维奇一下子没弄懂，问：“这个‘他’是谁呀？”天使压低声音回答：“我告诉你吧，是上帝！”“哦，明白了，明白了。那么，上帝或者您，找我有事儿吗?”天使说：“您要知道，我是奉他的命令来找您的。我负责分配上帝所赐的东西，也就是智慧。每个人都应该分配到智慧，或多或少罢了。可是昨天我查明，我一时疏忽，您遭到了不公正的对待，也就是说，我忘了分配智慧给您。”

安德莱耶维奇怒气冲冲，从沙发上一跃而起：“什么什么！您怎么能够如此粗心大意！快把我应有的一份交给我！别人的我管不着，可我的一份，劳驾，快交给我吧。哼，难道我低人一等?”天使安慰他：“我正是为此而来。我完全承认自己的过错。我尽力弥补，为您效劳。我给您送来的，不仅是智慧，而且是大智大慧！”

天使从怀里取出一只小塑料袋，里面五颜六色，流光溢彩。安德莱耶维奇接过小塑料袋，藏进床头柜的抽屉里，转身说：“谢谢您想起了我！要不然，我就会这么一点智慧也没有、傻头傻脑地混一辈子啦！”天使忙接嘴：“哦，这确实太可怕了！如今全安排好啦!我真为您高兴！现在，您将享受到苦苦怀疑的幸福！”“什么什么？怎样的怀疑?”“苦苦的怀疑。”“这是为什么？非苦不可吗?”“那当然。此外，您还将猛猛地摔跤、飞速地升迁!”安德莱耶维奇没听清楚：“飞速地升迁?那好哇，还有什么?”“猛猛地摔跤!”安德莱耶维奇警觉起来：“唔，那么，还会怎么样?”“您还会由于暂时不被理解的孤立而感到一种崇高的自豪。”“暂时不被理解?您不骗人？的确是暂时的吗?”“当然，暂时的！不过，这段时间可能比您的一生还长得多，但是您将经常具有一种创造的冲动！”

安德莱耶维奇皱眉蹙额地说：“创造的冲动？还有什么？您全爽爽快快说出来吧，别折磨人了。”“哦，还多着呢。也许，甚至要为所抱的信念而牺牲生命，死而无憾！”“一定得……得死吗?”“要有充分的思想准备。这是获得人们敬仰的、万世流芳的伟大幸福。”

安德莱耶维奇沉默片刻，使劲地握握天使的手，说：“喔，好吧，谢谢您，感谢之至！”等天使飞出窗户，安德莱耶维奇就从抽屉里取小塑料袋，准备丢进垃圾通道。转念一想，又下了楼，走进院子，找了个阴暗角落，把一塑料袋大智大慧深深地埋入土中。

想象使万物富足。

保罗的礼物

保罗的母亲洗涮好晚餐器具，便轻轻来到保罗的床边。保罗的小床搁在厨房里，因为厨房内的火炉使房间异常的温暖。

母亲微笑着说："孩子，我想去趟雷利家，去把他们家的收音机借来听一会，你说好吗?"

保罗感觉到睡衣口袋里的那封信。他迅速抓住母亲的手："不，您别出去了，您已经太累，妈妈。"

母亲坐在床上，紧挨着保罗，说："你一定以为妈妈把你今天的生日忘掉了吧。"

保罗将他的手放在口袋内按住信，以免信纸嚓嚓作响。"哦，不，妈妈！我自己都忘了今天是我的生日。"

"11岁，"她说，"想想看，你现在就11岁了。"

"您今晚就呆在这儿吧，您总是在听收音机时就入睡的。"

她吻了吻儿子的额头。"我爱你，孩子。你知道，我多想送你一件实物呀。"

"但是，妈妈，"他坚持说，"这张新床不就是您送给我的礼物吗?"他坐起来看着窗外，"我今天什么也不需要，真的，妈妈。"

母亲站了起来。"今天会有个令你吃惊的节目。我很快就会回来的。"她解开自己的围巾搭在保罗肩上，"在我们睡觉前，将有精彩的节目，你等着吧。"她笑了，脸上劳累和忧虑的痕迹，似乎都消失了。

保罗注视着母亲走进风雪之中，那瘦弱的身影不久便溶入了惨白的世界。他觉得自己喉咙似乎被什么堵住了，忙低头去读那封信。

他打开里面的信纸，呆住了，他认出信是母亲写给市广播电台的，这时候，保罗已经不能控制自己了，他匆匆读下去——

先生们：本月26日将是我儿子11岁的生日。我知道在每天晚上8：30分的"家庭之圈"节目里你们会念生日祝福。因此我想你们是否能在他生日那天念他的名字，并给他以生日祝福。

他病在床上已经10个月了，但他从不抱怨，他坚持自学课程。我希望您在广播中这样说："新泽西市的保罗·哈克特，今天是你11岁的生日。祝贺你，保罗，因为你是一个勇敢而乐观的孩子，应该得到最好的运气，祝你生日快乐。

在信的顶端是电台的答复：我们很遗憾地通知您，"家庭之圈"的生日问候节目至本月25号取消。对不起。

这时候，保罗看见母亲捧着收音机向家里走来，走得很慢。她看上去又瘦又小，雪花落了她一身，"白发"被风搅得乱乱的，保罗眼睛也像沾上了雪花，湿湿的。

她把收音机放在桌上。"现在是8：10分，还有20分钟节目就开始了。"

她打开收音机，于是，屋子里飘满了温馨的音乐。音乐一停，"家庭之圈"节目就开始了。

"妈妈！"他轻轻叫了一声。

"什么？孩子。"

"哦，没什么，您休息吧。"保罗咬了咬嘴唇。

音乐终于停了。保罗的表情有些紧张。

"现在是'家庭之圈'节目，请父亲、母亲和孩子们注意了，现在是……"收音机里传来广播员那淳厚的男中音。

保罗眼睛死死地盯着窗外。他屏住了呼吸。母亲的手正紧握着他的手。

"首先，"播音员说，"我们广播一项启事。本来我们打算取消'生日问候'节目……"

哦！计划变了！可是妈妈的信怎么退回了呢？莫非在他们改变计划之前，就退回了信！或许他们已把我的名字记下来了吧。

"今天过生日的有马丁·泰德……查理斯太太……史密斯先生……詹姆士·沃克夫妇。"

名单结束了。

但是应该还有更多的名字，至少还有一个名字没念呀！保罗身子在发抖。会不会一部分名字放在开头，另一部分名字放在结尾呢？

接着放歌曲，圣经朗诵，节目预告。好一阵，节目全部结束了，没有保罗的名字。

保罗感到自己的眼泪流了下来。慢慢地，他扭头看母亲。

母亲早睡着了。睡梦中她微笑着。

保罗擦干眼泪。他摇了摇母亲，"妈，"他大声说，"妈，你听见了吗？你听见他们说了些什么吗，妈？"她的眼睁开了。"什么？孩子。天啊，我怎么睡觉了，他们说了些什么?"

"他们说今天是我的生日，说我是勇敢而乐观的孩子，并祝我生日快乐。哦，妈妈!"他把头埋进了母亲怀里。他上边，母亲微笑着，眼里闪耀着爱怜与自豪的光芒。

保罗也含着泪花笑了。他觉得自己收到了一份他将珍藏一生的生日礼物。

他觉得自己收到了一份他将珍藏一生的生日礼物。

注意日期

亚里克斯本来不打算近几天给妻子科拉买任何礼物，但当他看见红色玻璃水果盘时，不由得心头一动，那几乎是他见过的最漂亮的水果盘。他心想无缘无故地给她买件礼物肯定会让她大吃一惊，她太喜欢这一类东西了，不过他自己对这些东西可一窍不通。

"让我看一下这个吧，"亚里克斯对售货员说。

"好的，先生，您要不要和水果盘配套的水果碟?"

他突然想起带的钱不够，连忙抱歉地说："今天不买了，谢谢，以后再买吧。"

几分钟后，他踏上了回家的路。

他们住在一间面积不太大的房子里。尽管这间房子相当古老，可位置很佳。这儿离亚里克斯工作的办公室不远。在屋前拐弯处，有一个车站，过两条横马路就是大商场，科拉在那儿几乎能买到她需要的所有东西。邻居都非常友好，他们经常在一起度过一些美好的时光。总之，他俩在这儿生活得非常幸福。

第二天早上，当他离家上班时，发现科拉似乎心事重重。她是一个温柔、多情的女人。每天，她都要吻别他，说声"再见"，然后，有点不舍地目送他去上班。可今天她很少说话，只提醒他一定给弗兰克大伯送去生日卡片。

亚里克斯问她是不是不舒服。“不，”她答道。

但他肯定有什么事情搅乱着她的心。那么是什么事哪?

“晚上回来不要迷路。”她说。

她说这句话是什么意思?他问自己，算了，人一年四季不可能天天高兴。

他倚坐窗前，眺望车外，心里还想着科拉那奇怪的举动：是不是我说的什么话惹她生气了?

不可能，因为，如果她不喜欢我说的话，会给我指出来的。不咎既往，一切会好起来的。他迁就起来。

一到办公室，他就埋头工作，把科拉忘得一干二净。当他下班路过前一天去过的商店时，蓦地，想起那个水果盘，它肯定能让她忘掉心中的烦闷。他非常爱她，不想让这个世界上的任何事情伤害她的心。就他来说，使妻子高兴是他自己的首要责任。

这车为什么开得这么慢?他抱怨起来。他小心翼翼地打开裹着水果盘的纸包，放在膝盖上独自欣赏起来。他好像看见妻子双手捧着水果盘，像小孩子似的，高兴地跳了起来。一位年轻的妇女羡慕地对水果盘看了一眼，然后看了看亚里克斯，最后又以责备的目光看着自己的丈夫。亚里克斯心想：对呵，让你丈夫也给你买个吧。

下车后，他兴奋地向家里奔去。当科拉打开门，接过纸包，高兴得几乎晕过去。他看她身着盛装，有点异常，良久，才懵懂地说：“你真漂亮!”科拉激动得说不出话来，好半天，才喃喃地说：“我还以为你忘了。”

“忘了?”

“看来，你比我记得更清楚，你真沉着。早上走时对今天的日子不露声色，我不由得伤心起来。现在，我才明白你故意这样，真会捉弄人。”趁着她打开纸包这个间隙，亚里克斯用手捶着头想，这天究竟是什么日子。

“噢，真好看!我见过的最漂亮的水果盘。哪位妻子在结婚周年能收到比这更好的礼物?”她欣喜若狂地吻着他。

他心有余悸地接受着她的亲吻，不免恨起自己：今天是我们结婚五周年，我怎么这么大意，真想表露心迹，告诉她真情，可现在不妥。放在科拉背后的两只手偷偷地祈祷着，心里也暗暗发誓：从今以后，务必注意日期，这对幸福生活太重要了。

从今以后，务必注意日期，这对幸福生活太重要了。

晨光的翼翅

数年之后，当她已经声名鹊起之时，常有人不时询问："是什么使你开始的，特洛伊，是怎么开始的？"

她总是微笑着摇头，一副什么也不知道的样子。但是，有时她朝写字台上放的一片绿玻璃投去匆匆的一瞥，她从未对任何崇拜者提起过，如果她想说的话，在很久以前某个清晨……

起伏沙丘的背面，大海一望无垠地舒展着。宇宙万物井然有序，除了这儿……在她自己的秘密小道上，出现了一双套在皱巴巴棕色长裤内的脚，从一个被露水沾湿的报纸做的帐篷中伸出来。最初惊心动魄的刹那间，她以为这是一具死尸。她毛骨悚然地站着，手里抓着一条按妈妈的吩咐买来的面包。

她呆若木鸡，脑中飞旋着餐桌上听到的母亲和姨妈之间的闲谈，什么海滩上的谋杀案喽，破坏财物案喽等等。

十岁的她，一向安安全全地呆在自己的世界里，从来不曾认真对待那些话题。如今……看，一只腿动弹了一下，接着，一只胳膊露了出来，袖子边耷拉着。随后，那手一把扯开报纸，人钻了出来。年轻的？年老的？特洛伊吓得什么也没看清。

"早上好，"他问候她。

特洛伊后退了两步。声音听起来倒不凶，可他那沾满砂的脑袋，胡子拉碴的模样着实让人担惊受怕。

"去吧，"他赞同地说，"快跑开吧。我不会追你的……是叫你出来买面包的，对不？"

特洛伊默不作声。

他解开自己的鞋带，从鞋内倒出一股细沙。"我深表谢意，"他礼貌周全，"因为你叫醒了我。当然，在这种时刻，我并不怎么顶用。我常常搞不清自己到底是谁——是失业记者、还是走霉运的诗人；是遁世者，还是替罪羊？我想，你一定以为我只不过是个流浪汉。"

特洛伊慢慢地摇摇头。

他对她微笑，突然间显得年轻了许多。

“……我光顾谈自己喽，现在来谈谈你吧。你会成为一个人物的。我相信，不然，你也不会站在这儿啦——你早就跑走了。但是你没跑……”

她只是瞪眼瞧着他，疑疑惑惑地。但是，一种巨大的怜悯、温情和理解——自从父亲去世后久违了很久的感情突然涌上心头。

“来吧，”他哄着她，“告诉我，你将来想干什么？演员？画家？音乐家？作家？——也许，还不知道？不知道更好，一切都在前面，新鲜，光彩的未来。可是，你听着……”

他朝前探着身子：“我要告诉你一个秘密——一个我知道得太晚的秘密。未来取决于美的真谛——你怎么找它，怎么看它。人们将对你赞扬钻石又美又名贵，当然，这没错。可是，就在这儿……，”他抓起一把细沙，“这儿也有成百万颗钻石。只要你深入其中去发现。瞧这个，”他递给他一片玻璃碎片，它的棱角被海水和沙子磨光了。“别人会说，毫无用处。可是，把它对着光瞧瞧!它翠得像绿宝石，神秘得如翡翠，光洁得像墨玉!”

一只海鸥尖叫着飞来，在他们头顶盘旋，投下一片浮翔的阴影。那眼睛闪亮的鸟儿自在地在晨光中飘荡着。

“看那里，”他指着海鸥，“那就是我的意思。人，不能像海鸥点水般。哪怕只有针尖般大的希望也不能放弃。孩子！要努力寻找，努力抓住晨光的双翅。”

我们对环境的关心不能归结为哪些可以被利用，哪些可以被掌握。

当你处在窘迫之中

毫无疑问，尴尬的场面曾使你脸红，使你口吃，此时，你想如何保持泰然自若和维护自己的自尊?

在一个女模特儿的事业成功之际，朋友们为她举行了庆祝宴会。可在宴会上，这位春风得意的小姐突然听到一个朋友正大声宣布一个他发誓永远不告诉别人的秘密："她现在多苗条啊！要是你们两年前看她是什么样子，那可就妙了。"他向那些屏息静听的人们说，"她现在的身材是花了整整一个夏天进行减肥才得到的。"几个人吃吃地笑了，女模特儿羞愧得无地自容。

两个外科医生碰到了一个棘手的病症，一位训练有素的护士在休息时间向他们提出了一项高明的治疗方案，她说："为什么你们不试试这个方案呢?"一人外科医生马上打断了她："因为我还记得你上星期填错了一个病人的病历卡。"这位护士羞得满脸通红，无以对答。

离开饭桌之前，丈夫为了在他们夫妇俩请的客人面前显示一下慷慨大方的气度，在桌上留下了20美元的小费，可是他的妻子一把夺过钱，大声嚷道："这饭店的服务并不怎么好！"丈夫只好赶紧溜之大吉。

还有一些喜欢和别人捣蛋的人——这些人可能是你的朋友、同事或者是爱人——在公共场合，他们会把你突然搂住，然后提起一件你讳莫如深的往事，有恃无恐地出你的丑，或者是公开你的隐私，或是阔谈你干过的傻事和闹出的笑话。如果这时你生了气，他就会说："这只是开开玩笑，你太神经过敏，太缺乏幽默感了。"

爱德华•格罗斯是华盛顿大学的社会学家，他对人们处在尴尬境地时的各种表现研究了20年，他指出："人们在公开场合被羞辱，通常并不认为是玩笑，或者是微不足道的小事。当人的感情受到伤害时，我们中的大多数人会十分愤怒，表现得张口结舌或者满脸羞红。但是我们可以有另一种比较聪明的解决办法，保持沉默，或者设法改变你的处境。"

别花太多的时间为你受到的伤害而烦恼，不要苦思冥想"为什么这人要对我如此恶作剧"这类问题。也许有些人是故意使你感到窘迫的，因为他们觉得你对他已造成了威胁，或者是想惩罚你曾经做过对不起他的事；而另一些人是习惯于开这类玩笑的，他们毫不考虑别人是否受到伤害。对于这类人，没有必要去计较他是否是故意的。

佛罗里达大学的心理学家巴里•舒兰克说："完全没有必要去追究一个人的所作所为是否别有用心。"相当可能的情况是他或她压根没有意识到你会受到伤害。当你向他指出失礼的言行后，这位呆头呆脑的冒犯者通常会向你致歉。

当然了，怎样摆脱窘迫的处境，要依情形而定。如果你的上司在你的同事面前三番五次地责备你时，你可以心平气和地严正指出："我们是否可以私下谈这个问题?”

同样地，伤害你的人是配偶或亲密的朋友，你可以说明你觉得多么尴尬、为难甚至是痛苦，远比以同样的方法去回击对方要好得多。如果这人继续不分场合地使你窘迫不堪，你可明确指出：“我觉得以后很难再信赖你。”

下回有人故意羞辱你时，你可以采用比较激烈的方法。有时，你必须使这种羞辱立即停止下来。你说：“你已经设法使我难堪了，你不介意告诉我这都是为了什么缘故吧?”或者说：“你似乎心烦意乱，是不是我有什么事使你不高兴?”

不管怎么做，避免动怒，千万别发火，如果失去了泰然自若的态度，你只能使对方占上风，使别人对你产生不满情绪。

相当多的时候，最好的办法是靠急中生智和幽默感。爱德华·格罗斯曾讲了一个典型的故事。故事讲的是两位作家之间的交锋。一位作家刚完成一本书，正沉浸在人们的赞美声中，另一个作家对她有些妒忌，不顾别人的劝说去和她说：“我喜欢你的这本书，是谁替你写的?”“我很高兴你喜欢，”她回敬道，“是谁替你读的?”

所以，急中生智，既柔中带刚，又不失风度，这往往是最好不过的回击办法。

急中生智，既柔中带刚，又不失风度，这往往是最好不过的回击办法。

时游

从前，有一个名叫汤姆的小男孩沿着一条曲折遥迢的道路去寻找他的未来。茫茫征途炎炎烈日，在一个荒野的十字路口他看见了一棵枝繁叶茂的老树。

他想：“我要在那里小憩一会想想我的出路，虽然我的前程好坏未卜，但它肯定就在我的前面。”

想到这，男孩欢欣地朝树走去，可是直到近前他才发现树荫已被一位酣睡的老人占据了。汤姆是个有教养的孩子，他静悄悄地坐在一旁等候着老人醒来分给他一片阴凉。

老人终于睁开了双眼并用和善的眼神示意他靠近树荫，虽然这时已是夕阳西下，夜色低沉，但汤姆没有抱怨，因为他知道自己的出路就在前方，而老人的出路已落在身后。

“我在寻找我的出路，老人家。”汤姆说，“您能告诉我我前面哪条路是最好的吗?”

老人上下打量他一番，然后又由近及远地望了望伸向远方的道路，最后摇摇头对汤姆说：“我的眼力不行了，我曾经能看见散步的风哩。”

“那么，老爷爷，”汤姆继续说，“也许您能听见美妙的世界位于哪条路上吧?”

老人把头侧向一边听了听，然后又侧向另一边听了听，最后摇摇头说：“我的听觉也很差了，我曾经听得见私语的草哩。”

汤姆坐下来，想了好一会。“老人家，”他又说道，“您知道一个我能去的地方吗? 一个能找到我的出路的地方?”

“我认为时游是最好的地方。”说着，老人吱吱嘎嘎地站起身来，伸了伸懒腰，消失在树的背影里。汤姆是个有教养的孩子，他没有尾随其后纠缠不休，而是在树枝下安顿了一宿。

当一轮红日从东方的天空中冉冉向他走来时，汤姆像听到了一声远方的呼唤随即站起身来。

他在十字路口上选择了一条他希望能通往时游的道路。

汤姆跋涉了很多日子，经历了许多事情。他上山挖金，下海掏珠，爬山钻洞，风餐露宿，日夜兼程。他阅历大千世界，尝尽人间甘苦，但他仍然执著地寻觅着时游。

然而，他终于把时游撇在脑后。他在自家的房子周围种起了粮食，种出了一个世界。

即使当他想起时游，那也不过像是童年时读过的一段神话，从来没有因此而搅乱过他宁静的心境。

只是有那么一天，当孙子们和年迈的他一起坐在壁炉前问起那广阔而又神奇的世界时，老汤姆这才提起他那一段不平凡的生活。

“是的，”他说，“年轻时我周游过世界，为着寻找某件东西，寻找什么现在已记不起了。

一些东西找到了，还有一些没有找着。可重要的是我年轻时游历过一番。”

突然他停住了，因为一段缥缈的记忆闪耀在他的脑海。“年轻时游历过一番。”时游！那位老人的话就是这个意思吗？发现存在于寻觅之中？老汤姆的嘴张了几下欲言又止。

几天以后，老汤姆正倚坐在老树下，突然一位少年带着仆仆风尘走了过来。

“老人家，”少年说，“我在寻找我的出路，您能告诉我应该走哪条路吗？”

老汤姆背靠着大树凝视了一下天空，云彩正迅速地从他的头顶飞过。“当然，时游是我知道的最好地方。”他回答道。他知道这位少年也许要许多年以后才会悟出这个答案，经历许多艰难而又美好的日子。

然后他闭上眼睛安详地睡着了。

人必须鼓起勇气。

柔弱的人

前几天，我曾把孩子的家庭教师尤丽娅·瓦西里耶夫娜请到我的办公室来。需要结算一下工钱。

我对她说：“请坐，尤丽娅·瓦西里耶夫娜！让我们算算工钱吧。您也许要用钱，你太拘泥礼节，自己是不肯开口的……呶……我们和您讲妥，每月三十卢布……”

“四十卢布……”

“不，三十卢布……我这里有记载，我一向按三十付教师的工资的……呶，您呆了两月……”

“两月另五天……”

“整两月……我这里是这样记的。这就是说，应付您六十卢布……扣除九个星期日……实际上星期日您是不和柯里雅搞学习的，只不过游玩……还有三个节日……”

尤里娅·瓦西里耶夫娜骤然涨红了脸，牵动着衣襟，但一语不发……

“三个节日一并扣除，应扣十二卢布……柯里雅有病四天没学习……你只和瓦里雅一人学习……你牙痛三天，我内人准您午饭后歇假……十二加七得十九，扣除……还剩……嗯……四十一卢布。对吧？”

尤里雅·瓦西里耶夫娜左眼发红，并且满眶湿润。下巴在颤抖。她神经质地咳嗽起来，擤了擤鼻涕，但——一语不发！

“新年，您打碎一个带底碟的配套茶杯。扣除二卢布……按理茶杯的价钱还高，它是传家之宝……上帝保佑您，我们的财产到处丢失！而后哪，由于您的疏忽，柯里雅爬树撕破礼服……扣除十卢布……女仆盗走瓦利雅皮鞋一双，也是出于您玩忽职守，您应对一切负责，你是拿工资的嘛，所以，也就是说，再扣除五卢布……一月九日您从我这里支取了九卢布……”

“我没支过！”尤里雅·瓦西里耶夫娜嗫嚅着。

“可我这里有记载！”

“呶……那就算这样，也行。”

“四十一减二十七净得十四。”

两眼充满泪水，长而修美的小鼻子渗得汗珠。令人怜悯的小姑娘啊！

她用颤抖的声音说道：“有一次我只从您夫人那里支取了三卢布……再没支过……”

“是吗？这么说，我这里漏记了！从十四卢布再扣除……呐，这是您的钱，最可爱的姑娘！三卢布……三卢布……又三卢布……一卢布再加一卢布……请收下吧！”

我把十一卢布递给了她……她接过去，喃喃地说：

“merci（法语：“谢谢”。）”

我一跃而起，开始在屋内踱来踱去。憎恶使我不安起来。

“为什么‘谢谢’？”我问。

“为了给钱……”

“可是我洗劫了你，鬼晓得，这是抢劫！实际上我偷了你的钱！为什么还说：‘谢谢’！”

“在别处，根本一文不给。”

“不给？无怪啦！我和您开玩笑，对您的教训是太残酷了……我要把您应得的八十卢布如数付给您！呐，事先已给您装好在信封里！可是何至于这样怏怏不快呢？为什么不抗议？为什么沉默不语？难道生在这个世界口笨嘴拙行吗？难道可以这样软弱吗?”

她苦笑了一下，而我却从脸上的神态看出了一答案，这就是“可以”。

我请她对我的残酷教训给予宽恕，跟着把使她大为惊疑的八十卢布递给了她。她羞羞地过了一下数就走出去了……

我看着她背影，悟想道:

“在这个世界上做个有权势的强者，原来如此轻而易举!”

“在这个世界上做个有权势的强者，原来如此轻而易举!”

晨归

斯苔芳妮娅早上6点才急匆匆地赶回家，这可是第一次。

车子没有开到门口，在前面的街角就停住了。是她让福奈罗这么做的，因为让门房看见可不好。丈夫出门在外，一大早让一个毛头小伙子送回家像什么样子呢?

真没想到大门还锁着，而她却没有钥匙。就是因为没带钥匙她才在外面过夜的。下午出去的时候，她原想着要回来吃晚饭，就没去拿钥匙，可那些久违的朋友硬是拖住不让走，在这家吃饭，又到那家跳舞，一帮人一直闹到半夜两点，这时候再想起没带钥匙还有什么意义呢?

当然，她心里也有点儿爱上了其中的一个小伙子，就是福奈罗，不过也就是有点儿爱他，不太多，也不太少。

她孤零零地站在紧锁的门外，街上空无一人。早晨的阳光异乎寻常地明亮，似乎有人用放大镜把这条街弄得格外清晰。

在外面过了一夜，她并不内疚，良心上没什么过不去的。因为在最后的关头她记住了夫妻间的责任，抗拒了诱惑，保住了贞洁。尽管如此，她还算是纯洁的吗?斯苔芳妮娅心里犹疑不决。她徘徊了几步，双手统在大衣袖子里。结婚两年来，她从没想过要背叛自己的丈夫。不过，生活里总好像还缺少点什么。她说不清那到底是什么，但她时时感到苦恼，因为在丈夫面前，在这个世界面前，她总觉得自己还是个孩子，或是，是个影子，还需要按他们的期望去塑造自己，然后，仰着头等他们拍拍后脑勺。总是不能平等地看他们，这真难受。她要冲出这种感觉。怎么办呢？是不是需要再来一次感情历险，找一个情人，比如福奈罗？

街那头有家咖啡馆，卷帘门已拉了上去，真想马上喝杯咖啡，滚烫的。

她走进咖啡馆，里边的凳子还叠放在桌上，地下有一些锯木屑，只有老板一个人坐在柜台里。虽然这么早光顾，她也并不觉得有什么可心虚的。谁会往那方面去猜想她呢？她可能喜欢早起；可能要去赶火车；也可能刚下火车。没人会知道她在外面过夜的。这样想着，她高兴起来。

"来一大杯浓咖啡，要很烫的。"她用一种老熟人的口气说，似乎这里她常来常往。老板应道："稍等片刻，咖啡炉正在加热。"他又幽默了一下："其实这炉子要是跟男人一样就好了，一见到你这样的小姐，浑身早就热了。"

她笑了，藏在竖起的衣领里笑出了声。

咖啡馆里还有一个顾客，站在那边的角落里，看着橱窗外面。他转过身来，斯苔芳妮娅才注意到他。她又慌乱起来，好像有别人在场又突然把她唤回到刚才在街上的体验中去，她又觉得被推到了放大镜前面。不，别紧张，没人知道你在外面过了一夜。顶多脸上有些倦容而已。她打开手提袋，把化妆盒拿出来，悄悄扑了些粉。

那人穿着一件黑色外套，白丝绸围巾，露出里面的蓝毛衣。他向这边走过来，嘴里说着："在这个时候，清醒只属于两种人——还没上床的，和已经起床的。"

斯苔芳妮娅微微笑了一下，又打量了他一眼，这张脸介于聪明与愚笨之间，是那种对自己对世界都无所谓的男人。

"那么我们俩呢？是还没上床，还是已经起床了？"

"那又怎么样呢？"她用一种看穿了一切因而并不想逗乐的口吻回答。她早就看出来了，这家伙是个夜猫子。他们这类人故意要借此显得与众不同，唯恐别人看不出来而小瞧了自己。这让她很不舒服。她想作弄他一下，故意问他："那么，你是属于哪一种呢？"

"我吗？当然还没有睡觉。一贯如此。"他急忙说明："怎么，你没看出来？"他干笑了一下，像演戏一样，用一种心不在焉的语气说道："是啊，阳光驱赶着我，我就要像蝙蝠一样藏进深洞里了。我一直在寻找这样一个女人，她们……"

斯苔芳妮娅不再理他，站起身，走出了咖啡馆，她想看看大门是否已经开了，但还是没有，仍然锁得紧紧的。他也跟了出来，见斯苔芳妮娅又折回头进了咖啡馆，也想再跟进去，犹豫了一下，终于泄了气，干咳几下，走了。

“有烟吗?”她问老板。也许她回去以后想抽两支，烟酒店还没开门呢。

老板拿出一盒，她接过来，付了钱。就在她要跨出门槛的时候，一条狗窜进来，差点撞了她。牵着狗的是一个猎人，背着枪，挎着子弹带和背篓。

“这条狗真棒!”斯苔妮娅抚摸了狗一下，“是塞特种吗?”

“布莱顿种。”

猎人很年轻，说话的口气有些粗鲁，看得出来这主要是由于在青年女性面前不自然的缘故。

“你要去很远的地方打猎吗?”她问。

“不远，开车去一会儿就到了，十点还可以赶回来上班。”

斯苔芳妮娅很想把谈话继续下去，但又不知道说些什么好，就问：“那地方，漂亮吗?”

“那是一个小山谷，挺纯净，长满了低矮的灌木丛，早晨一点雾也不起，可以看得很远。”

“要是我也能十点钟上班的话，那我肯定要睡到九点三刻。”老板感叹地说。

“我也喜欢多睡一会，但是，当人们还在沉睡的时候，在那儿，吸引我的是一种强烈的……”

“我能理解。”斯苔芳妮娅接过话来。

“是吗?”猎人这会儿才注意地看了看她，突然发现刚才自己这么热切地谈论狩猎，只是由于有她在旁边听着。这么一想，他有点明白了，也许自己一直要寻找的快乐是些别的东西，狩猎并不能给他带来的。他像是努力地要说点什么，又找不到合适的话题：“真的，天气这么好，空气又干燥，又新鲜，猎狗肯定会很卖力。”他喝完咖啡，付了钱。猎狗早就下了台阶，只想拉着主人快点离开。而他仍然站在那儿，犹豫了一下，笨拙地说：“姑娘，你，你想不想一起去?”

她笑了，温和地说：“下次吧，下次我们再遇上，就约定一下，好不好?”

“嗯……”他又站了一会儿，想看看能不能再找到接近她的机会，“好吧，再见吧。”

一个工人走了进来，要了一小杯烈酒，然后举起杯：“为早起的人干杯！首先是为漂亮的小姐!”他已经不很年轻了，但一副兴高采烈的模样。

“也为你的健康干杯。”斯苔芳妮娅也很高兴地回答。

“早晨我们总觉得自己是世界的主人。”

“晚上就不觉得了吗?”她问。

“晚上嘛，可不太妙。”

老板走了过来："我呢，早上尽想些一件接一件的倒霉事。"

"所以呀，都要跑跑步才好。要都像我，一清早骑着摩托上班，冷风呼呼刮过去……"

她接过来："把烦心事都刮跑了。"

"对呀，这位姑娘懂我的意思。"他把酒一口喝干。

斯苔芳妮娅一个人，在这些男人中间，在这些各种各样的男人中间，她很平静，很自信，一点不安、局促、或者不自然也没有。对她来说，这个早晨让她起了一种新奇的变化。

她走出来，看看家门的方向。那个工人也出来了。他跨上车，戴上大手套。

"你不冷吗？"她问。

他擂了两下胸脯，发出报纸的哗哗声："我有护胸铠甲。"他又用方言说了句："回见吧您哪。"她也用方言道了别。他发动起摩托，走了。

跟这些人在一起呆了一会，斯苔芳妮娅体验到了一种全新的感觉，又好像重新认识了自己。在他们中间，那个夜猫子，那个青年猎人，还有咖啡馆老板和这个工人，他们全对自己有好感，自己不但讨人喜欢，而且能够平等地、自如地同他们交往。这多么好啊，她再也不会觉得自己是个胆怯的小姑娘了。至于福奈罗嘛，她可是完全把他忘了。一个人，跟这些男人在一起，多愉快啊。

大门已经开了。斯苔芳妮娅快步走了进去。那个看门人并没有看见她。

一个人，跟这些男人在一起，多愉快啊。

建造自我形象

影子躺在地上，但它努力在把自己的树扶正。影子躺在地上，它在努力让自己的墙站成笔直的大地。

知心的礼物

我第一次进威格顿先生的糖果店是在四岁的时候，听到门铃轻轻一响，满头银发的威格顿先生便悄悄地出现在糖果柜的后面。

没有一个孩子曾见过这么多好吃的东西展现在他面前。要选择它们真够使人头痛的。首先得在想象之中品尝每种糖果的味道，然后再考虑下一种糖果。每当一种糖果被选中，被装进小小的白纸口袋时，我的心总是“腾”的一跳后悔起来，也许另外一种味道会更加好些吧？要么就是余味长些？经吃些？只有等要付的钱放在柜台上后，纸袋才无可挽回地被拧紧封住，犹豫不决的时候也才告结束。

从妈妈领我去了一次小店之后，我便渴望去自己买糖。那时我对钱一无所知。我经常看到妈妈给别人一点什么东西，然后别人则给她递出一个包或一个袋子，这样逐渐地我就有了交换概念。有一天，我花了好大气力来到店铺弄响门铃，推开了那扇巨大的门。我着迷似的一步步沿着糖果柜台走过去。

我挑选出了一些各色各样的糖果后，威老先生从柜台上弯下身子问我：“你有钱买这么多糖果吗？”我回答说：“我有很多很多钱。”我伸出小拳头放在威格顿张开的手中，里面有五、六个闪闪发亮的，用锡纸细心包好的樱桃核。

威老先生静静地站着注视着他的手掌，然后，好像是想要发现什么似的看了我一会。

“不够吗？”我担心地问。

他轻轻地叹了口气。“我想是有点多了。”他回答说。“我还得给你找钱。”他打开抽屉，取了钱，弯下身子，把两分钱放进我伸出的手中。

这件事我很快就忘了。成人后我组织了自己的家庭，和妻子开了一个金鱼店，其中大部分鱼是直接从亚洲、非洲和南美洲引进的。每对鱼差不多都值五美元以上。

一个星期天的下午，一位女孩同她弟弟进来了。他们约有五、六岁。我正忙着洗鱼缸。那俩小孩站在那儿，眼睛睁得又圆又大，紧盯着在清澈的水中游玩的珠宝般漂亮的金鱼。“真棒！”小男孩叫起来。“我能要几条吗？”“行呀。”我说，

"如果你们有钱买的话。" "哦，我们有好多好多钱。"小女孩信心十足地说。

她说话神情中的那种东西给我一种熟悉而奇怪的感觉。我把他们挑中的鱼捞进一个旅行罐里，放进一个运输用的口袋里，俯身递给了男孩。

他转向姐姐。"姐，付给他钱呀。"她紧握的拳头张开了，把两个镍币和一角钱放进我展开的手掌上。

瞬间，我好像完全领悟到威老先生多年前那件事给我的全部影响。只有这个时候我才懂得当年我对老人的挑战，才弄清楚老人是多么出色地接受了这一挑战。

我看着手中的硬币，像是又站在那个小糖果店里，就像威老先生多年前理解的那样我理解这两个孩子的淳朴天真以及保存或者摧毁这种天真的力量。我喉咙哽塞了，心里充满了回忆。

小女孩充满期望地站在我面前。"钱不够吗?"她小声地问我。

"不，是太多了些。"我总算克服了感情的激动，好容易才说出来，"还得找你点呢。"我把两分钱放在她伸开的手里，然后便站在门口望着孩子小心翼翼地捧着他们的宝贝远去。

我回到店里时，妻子问我："你知道给了他们多少鱼吗? 值三十块钱呢。"

我给她讲了威老先生的故事，她的眼睛湿润了，在我脸上轻轻地吻了一下。

我敢肯定当我擦完最后一只鱼缸时，我听到威老先生在我身后笑了。

我听到威老先生在我身后笑了。

骗 术

无论我们承认与否，事实如此：流氓恶棍诡计多端，对常人来说，他们的超人绝技远比正人君子的事迹、轶事之类更有吸引力。如果问我为什么偏爱他们的杰作，那还得追溯到童年。

那年，我13岁，一天，我和父亲在芝加哥一条热闹的大街上漫步。经过一家服装店，门口站着一个笑容可掬的圆脸男子。他一见我们，立刻向我父亲伸出手来，一副兴高采烈的样子，嚷嚷道：“先生您请进，欢迎您光临本店！我们有一种漂亮服装，配您的身材再好也不过了！今天大减价，您可别错过良机呵！”

我父亲说：“不，谢谢。”我们继续散步。我回头扫了一眼，那位能说会道的推销员又缠上了另一个人。他抓着那人的胳膊，边向他介绍一种蓝色带条纹的套装如何如何，边拉着他进了店铺。

“这对德鲁比克兄弟呀，”父亲轻轻笑道，“他们靠装耳朵聋，赚的钱已经供三个孩子上了大学。”

奇怪，装聋也能发财？接着，父亲为我解开了疑团——

原来，两兄弟中的一个把顾客哄骗进店里，劝说顾客试试新装是易如反掌的，这样前前后后摆弄一阵，顾客最后总要问道：“这衣服价钱多少？”

这位德鲁比克先生把手放在耳朵上：“你说什么？”

“这服装多少钱？”顾客高声又问了一遍。

“噢，价格嘛，我问问老板。对不起，我的耳朵不好。”

他转过身去，向坐在一张有活动顶板的写字台后面的兄弟大声叫道：“德鲁……比克……先生，这套全毛服装定价多少？”

“老板”站了起来，看了顾客一眼，答话道：“那套吗？七十二美元！”

“多少？”

“七…十…二美元。”老板”喊道。

他回过身来，微笑着对顾客说：“先生，四十二美元。”顾客自认为走运，赶紧掏钱买下，溜之大吉。

仔细回味一下，这场骗局的妙处在于，“聋子”德鲁比克兄弟的欺诈与那顾客急不可耐的上钩配合默契，相映成趣。

从此之后，每当我听说新的什么诈骗行为时，总要回想起德鲁比克兄弟俩。

某剧团在纽约百老汇上演一个新戏，首场演出是12月30日。这出戏实在糟糕，12月31日报上的戏剧评论就对此剧大加抨击。这下可怎么招徕观众呢？剧团老板灵机一动，第二年1月2日在报纸上登了一则演出广告：

本剧连续两年公演于百老汇盛况不衰！

有一位来自布宜诺斯艾利斯的美丽姑娘，到纽约后，无法谋生，想在曼哈顿跳海自杀。一个过路的水手拦住了她：“你怎么想到干这种可怕的事？”

她用蹩脚的英语呜咽着说：“我好几个月在纽约。没有工作没有钱。我想回家。我妈妈、爸爸在布宜诺斯艾利斯。”

水手听后，想了一会儿，对她说："听着，姑娘。我那艘船今晚起航开往威尔明顿，然后去迈阿密、巴拿马，6个星期后我们就能到达布宜诺斯艾利斯了。我可以把你藏在船上的救生艇里。"

这真是福从天降。当天晚上，水手把她偷偷带上了船，安置在一只救生艇里，上面盖着防水帆布。几小时后，船起航了。

每天，这船从一个港口缓慢地开往另一个港口。晚上，水手给姑娘送去食物和饮料。姑娘对恩人充满感激之情，他们之间的关系也一天天地微妙起来。第9天夜晚，水手吻了她；第10天夜晚，他得到了更多。

真是一场救生艇上的罗曼史，但事情并没有完。

一天清晨，船长发现一只救生艇的防水帆布松了，就动手要扎紧，这下发现了瑟瑟发抖的偷渡者。

"你是什么人?"姑娘吓坏了，只得把自己的冒险经历告诉了船长。

船长皱起了眉头："老天爷！那无赖叫什么名字?"

"他不是无赖！他仁慈，他好，他——"

"你呀！"船长怒气冲冲地喊道，"这是纽约斯塔腾岛的摆渡船！"

不要出卖美德以换取财宝，也不要去出卖自由换取权力。

难忘的一夜

迷路很像是学谦恭：开始虽感到大为吃惊，但很快就觉得真令人开心。几年前我在伦敦曾有过此种经历。我来到了一个五光十色的街灯照耀着的小广场上，人们都坐在小售货亭里卖各种东西，从香水到烤饼，无所不有。

有位妇女想卖给我一双花边手套。"给您年轻太太买一双吧?"她问道。我回答说没有年轻太太。她很尴尬地笑笑。但我还是买了这双手套。

买了手套，给了我一种爱与被爱的义务，真是令人心旷神怡。但我真正尝到迷路的乐趣，是待我到地铁去询问回旅馆的路时才开始的。

我看到的那些东西——要不是迷路，我决不会见到——真是棒极了。我看到靠地铁道壁的长凳上坐着位颇有些年纪的卖花女。她身旁的花篮里，若非一枝黄玫瑰，早已空空如也。她脱了鞋子，搓着脚丫，脸上挂着甜蜜的微笑，为度过白昼的受欺凌的生活而高兴。我买了她最后一枝黄玫瑰。我又看到月台上的一位老报贩。他须髯浓黑，而颏下却雪白闪亮，宛如一轮冬日挤出浓云撒下金线。我买了他一份晚报。在地铁上，我还看到座位对面的一位老学者在打盹。他膝盖上摊放着一本书；眉宇间密布的纹痕，向人们昭示了他一生研究的学问。正当我要下车时，他小盹醒来，低头对书一笑，似乎为他这大年纪打盹而向书致歉。然后他也对我笑笑，喃喃低语道："灿烂的光辉正在暗淡下来，消失而去。"

最后从地铁道上来，朝旅馆处走去时，我看到广阔的天空只剩了一颗星星。仁慈的上帝并没有把他屋宇内的灯全部关掉，而是继续留下一盏，为那些回家的人指路，不使他们迷失。

这一夜，我得到的财富并不算多：一双手套、一枝玫瑰、一张报纸、一次微笑和一颗星光。然而，构成生活的除了这些东西外，还能有什么呢？

构成生活的除了这些东西外，还能有什么呢？

谁使她变美了

几十年前纽约北郊，住着一位姑娘名叫艾米丽，她自怨自艾，认定自己的理想永远实现不了。她的理想也就是每一位妙龄姑娘的理想：跟意中人——一位潇洒的白马王子结婚，白头偕老。艾米丽认为别人会有这种幸福，自己则永远不可能。

有一个雨天的下午，不幸的艾米丽去找一位很出名的心理学家，因为据说他能解除人们的痛苦。她被请进了心理学家的办公室。握手的时候，她冰凉的手叫心理学家的心都颤了。他打量了她一下，她的眼神呆滞而绝望，讲话的声音像是从坟墓里飘出来的。她的身心都好像在向心理学家声明："我是无望的了，你不会有办法了。"

心理学家请她坐下，跟她谈话，心里渐渐有了底。最后他对她说："艾米丽，我会有办法的，但你得按我讲的去做；明天一早，你就去买一套新衣服，不过你不要自己挑，你只问店员，按她的主意买，因为你很需要听听别人的意见。接着你去理个发，你也不要自己挑发型，只问理发师，按他的主意办，因为听别人好心的建议总是有益的。然后，星期二晚上，我家有个晚会，请你来参加……"

艾米丽摇了摇头，心理学家理解地点点头，问："你是说参加了晚会也不会愉快吧?""肯定愉快不了。""不过我是想请你来帮忙的。参加晚会的人不少，互相认识的却不多。你来了，可不能像蜡烛那样插着不动，等着别人上前跟你打招呼。相反，你得处处留心帮助别人。要是看见有哪些年轻人孤孤单单，你就上前问好……""年轻人？问好?""对，上前向他问好，就说你代表我欢迎他。见一个欢迎一个。你的任务就是帮助我照料客人，明白了?"

艾米丽一脸不安，心理学家继续说："人都到齐了，那么你看看还能帮助客人做些什么。比如：要是太闷热了，就去开窗，谁还没咖啡，就端一杯。艾米丽，瞧你要帮我大忙呢!"

星期二这天，艾米丽发式得体，衣衫合身，来到晚会上。她按着心理学家的吩咐尽职，忘了自己，只想着助人。她眼神活泼，笑容可掬，成了晚会上大家都喜欢的人。散会时，同时有三个青年说要送她回家。

一个星期又一个星期，一个月又一个月，这三个青年热烈地追求艾米丽。艾米丽最后选中了其中的一位，让他给自己戴上了订婚戒指。

不久，在婚礼上，有人对这位心理学家说："你创造了奇迹。""算不上奇迹。"心理学家说，"这很简单，人不该老想着自己，怜悯自己；而应想着别人，体恤别人。艾米丽懂得了这个道理，所以变了。这个道理很简单，人人都该懂得。"

人不该老想着自己，怜悯自己；而应想着别人，体恤别人。

匆忙之间

“唔，我说，见到您我可真高兴！”那个垂头丧气地站在邮筒边的小个子男人说道。

“啊，您好，”我停下脚步，“是辛普森，没错吧？”

“对，一点不错！”辛普森应着。他对我那么快就认出他来非常高兴：“我想问一下，您能不能借给我三便士？”我把手伸进兜里到处掏着。“您看，我太太让我去寄一封信，而我刚刚才发现信还没有贴邮票呢。”

“可这封信今晚上就得寄出——一定得寄出去！”

那时已是晚上十一点钟，邮局肯定关门了。

“所以呢，我想我得用硬币从自动邮票出售机里取点邮票，”辛普森解释道，“只是我发现身上一个钢崩儿都没有。”

“实在对不起，我也没有。”我摸索一番后，遗憾地告诉他。

“欧，乖乖！”他叫嚷起来。

“可能，其他人——”我提醒他。

“可这儿没其他人。”

他站在那儿，手里攥着一只没贴邮票的蓝信封，一副沮丧的样子，以至于我实在不忍心丢下他。

“来，听我说，”我说，“您最好跟我回趟家——离这儿只有几条街远——我想在那儿没准儿能翻出几个钢崩来。”

“您真是太好了！”辛普森热切地眨着眼睛说。

在家里，我们翻箱倒柜，好不容易找到几个便士，辛普森带着一副一本正经的生意人的样子，从口袋掏出小笔记本写下一张借据，然后走了。我从窗口看着他沿马路走了几步，犹豫了一会儿，然后又回到我家门口。

“唔，我说，对不起我又得麻烦您，”他说，“唔——不瞒您说，我有点儿迷路了。大概您能告诉我怎样去邮局吧？”

我滔滔不绝地讲了三分钟，告诉他邮局的确切位置。到最后，我跟辛普森一样糊涂了。

“好吧。我最好还是领您走一趟。”我说。

辛普森往自动邮票出售机里塞进一个硬士，硬币在机器里打个转，随着一声空洞的“丁东”声，又跑了出来。

“邮票都卖完了。”

辛普森手中拿着的信“啪”地掉在人行道上，信封的正面黏糊糊地粘了一团污泥。

“上帝！”辛普森忽然喊道，大发脾气。他恨得把自动邮票出售机摇得“格格”响。

我心里对他充满同情。

“我的天，我太太非坚持今晚把信寄出。”

“啊——对了，我家里有一本邮票！”我忽然想起。

“我们早该想到的嘛！”辛普森几乎欢呼地说。

我们花了好一阵时间终于找到那本邮票。而结果还是白费了功夫，没有一张合适的邮票。

“我的信该怎么办？”辛普森说，满脸愁容。

“您只能不贴邮票就把信寄走，只好这样。”

“收信的那家伙明天早晨付双倍邮资不就得了。”

“我真不愿意这样做。”

“我也不会愿意。不管怎么说，现在您得赶紧，不然就赶不上最后一次收信了。”

听见这一提醒后大为担忧的辛普森，马上一路小跑地到了街上。“嗨！另一头！”我在他后面大喊。

“对不起！”他喘息着，边转过身来。“我——我想我又忘了该怎么走了。”

我紧紧地抓住他的胳膊，陪他走到邮局，刚好赶上最后一班收信。

“我对您真是感激不尽，真的。”他热切地对我说。“我——我想象不出要是没有您我该怎么办。那封信——那是一封请朋友来赴宴的请贴，给——欧，天哪！”

“咦，怎么啦？”

他睁大眼睛瞪着我，眼瞪得像一条病金鱼似的，嘴里蹦出一句“晚安”，然后转身快步走了。

一路上，我都在想到底他记起了什么事。

第二天一大早我就找到了答案。我收到一个正面有一块污迹的蓝信封，而不得不付给邮递员六便士。

您只能不贴邮票就把信寄走，只好这样。

请爱惜男子汉

我觉得，妇女解放还不算最糟糕的事。妇女像男人一样驾驶飞机、抽烟，或者像男人一样穿裤子、搬铁轨，也不算什么了不起的事。而男子的雌化，则比妇女解放可怕得多。也就是说恰恰相反，当男人与妇女一样时，才是最糟糕的。有些男人爱惜地保养自己长长的卷发，穿高跟鞋和绣着保加利亚十字的衣服，浑身散发着法国香水味，失去了男人的特点，滑入了女人的逻辑。

我以为，男人们雌化到这般地步就够了，该停止了。但是没有停止。假如说，妇女的解放已经到头，那么男人的雌化还远无边际！

我从报上看到，新西兰的彼得·杰克逊教授做出了这样的结论：原则上男人也可以生孩子。

法国进行了一项社会调查，30%以上的男人在40岁前准备考虑抚养自己的孩子的问题。世界著名的电影演员达斯汀·霍夫曼宣称："我希望怀孕，男人早就该生孩子了。"

你能想象出这种事情吗？不能！而我却十分生动地想象过。

一个阴郁的秋日的黄昏，我独自站在窗口观雨。妻子和平时一样，因开会推迟下班，然后和女友一起去喝啤酒。今天我有些不舒服，从早上起就恶心，很想吃点咸的。

这时门吱的一声，是她！我那不温柔的爱人。

"你为什么不睡？"

妻子把湿透的靴子、提包和大衣到处乱扔。

“既然没有睡，那就搞点吃的！”

我柔顺地把肉饼放在火炉上，不由自主流出的泪水落进锅里。

“你怎么不高兴？”妻子用力抓住我的肩膀。我只是悄声呜咽。

“怎么了，怎么了？”妻子开始发火。“我先是开会，然后和库津娜喝了杯啤酒，出什么事了？”

我的脸通红，羞怯地在她耳边低语。

妻子冷淡的面孔现出怀疑和兴奋的光彩。

“这不可能！”

“是的，”我不好意思地说，“今天我去看医生了。”

“亲爱的！”妻子用胳膊搂着我在屋里转圈。

“别这样。”我担心地说，“我不能这样。”

“噢，请原谅！”妻子小心地把我放在床上，“亲亲，我真想要个男孩！”

我再次羞红了脸说：

“看生个什么吧……”

“不，我要男孩，你要努力，我的好样的，努力！”

“我努力，”我一边说，一边竭力站起来，“肉饼……”

“躺着，躺着，我自己来！”妻子跑过去把肉饼翻了个个儿，又回到我的身边，温情地说，“现在一切都让我来干，你要爱护自己。再别去拉土豆了。”

我讨厌这种乏味的男人的义务，所以高兴地点了点头。接着又忧郁起来，悲哀地叹了口气，把身子扭向一旁。

“我很快就会变丑了，变得很胖，肚子挺到鼻尖上……”

“小傻瓜！”妻子搂住我说，“肚子能使男人更漂亮！”

“可是所有的西服都要改了。”

“没关系，没关系，我给你做一件宽大的睡衣。”

“我就穿这件睡衣去工厂？”

“用不着去工厂几次了，很快要休产假的。”妻子热情地许诺，“我要陪你去公园散步，再也不开会了，不和库津娜喝啤酒了！”

“不，不，”我任性地说，“我成了胖子，丑了，你不会再爱我，抛弃我……”

“怎么能抛弃?!”妻子表现出高尚的义愤，“唯一的丈夫——我孩子的母亲?!”

“父亲。”我没信心地更正着。

“不，父亲或许是我。”妻子猜测道。

我俩思考着，后来她担心地问：“医生怎么说的？也许在你的年龄不能生孩子……”

"看你说的!"我又害怕了,"我和爸爸商量过,头胎一定要生,不然会丧失生育能力的。爸爸有经验。"

"那就定了!"妻子高兴地说,"安心怀孩子吧!"

"是,都像你这么说!"我哭诉着,"可汽车场的伊万·谢尔盖伊奇生孩子时,他妻子一次没去看过他,是一帮司机小伙子把他从妇产医院拉回来的,都是些单身父亲。"

我哭出了声,妻子安慰着我。我醒了过来,小心翼翼地环顾四周,窗外是秋雨,房里只有我自己坐在沙发上。

"你坐着干什么?"妻子看了我一眼,"最好还是去拉土豆吧!"

"像我这种情况?!"我习惯地心惊胆战地问道。妻子火了。"奇怪,你有什么特别的情况?"

我彻底醒悟过来,抓起网兜,跑去买土豆了。我从没像现在这样乐意和愉快去履行这种乏味的男人的义务。

虔诚无非是信任。

相互信任

奥莱克斯坐在桌子旁边,拿着一张皱皱巴巴的报纸,费劲地把最后一小块硬得几乎啃不动的热三明治塞进嘴里。掏出一支烟。刚要点烟时他看到一则广告。于是他放下打火机,拿出叼在嘴里的香烟,紧张地看了下去。

"一位拥有一套私人住宅,受过良好教育的老年妇女欲签订赡养合同。不酗酒、不抽烟,大学毕业的年轻人优先。请提供详细生平资料和相片。"

他把这则广告看了好几遍,认真地掂量着每个词的含义,然后小心翼翼地将报纸折了起来。

奥莱克斯不是那种说干就干的人。然而这次奥莱克斯认为有必要实施他的决定。当他和妻子埃斯苔尔回到温暖但家具简单的租来的小屋时，立刻坐到桌旁，把本子、笔、啤酒和一包未开封的香烟摆在自己面前，开始狂热地写了起来，规矩的小字很快写满了第一页，其间他喝了一杯啤酒，抽了两支烟。

“你动真格的了，”埃斯苔尔问。

“当然。必须采取行动，不能老住在这儿。”

小伙子到半夜才写完信。第二天早晨把信发了出去。

两个星期之后收到了回信。

“我星期五五点钟等着你们。我们需要认识认识，你所说的相互信任非常感人和十分正确。我希望见到你们本人能够加深我看信后产生的积极印象。切记：星期五五点钟。”

奥莱克斯欣喜若狂，而埃斯苔尔却对邀请持某种保留态度。

“打着理解和信任的幌子。够恶心人的。要是老太婆尿裤子或做出其他的傻事来该怎么办?”

“咱们认了，”奥莱克斯说，“咱们都得忍着。你琢磨琢磨星期五咱们怎么演好这场戏。总要送点什么吧?”

“咱们就送花和巧克力，”奥莱克斯说，“咱们要迷住老太太，”让她喜欢我们。你可千万不能咬手指甲。到那天我烟酒不沾。

星期五他们买了五枝石竹花和一盒巧克力。

他们忐忑不安地走进散发着霉味的古老公寓的大门。

按过第二遍铃门就开了。一位短小干瘦的老太太冲着奥莱克斯微笑。

“你们是姓塞盖伊吧?”她和蔼可亲，彬彬有礼、慢条斯理地问道。奥莱克斯点点头。

“还带了鲜花呢。如果我没猜错的话,你太太拿的盒子里装的是巧克力,对吧? ”

“我们带来了花和巧克力，”奥莱克斯直话直说，“一点小小的心意。”

“谢谢。进屋坐下谈吧，那么重要的事情不便在过道里讨论。”

他们三个人在房间里的一张圆茶几旁边坐了下来，屋里摆设着沉重的，古色古香，显然十分值钱的家具。

“你们好好看看，这套住宅很漂亮，不是吗?”

“确实漂亮，”奥莱克斯说，“舒适温馨。”

老妇人悲伤地点了点头。

“我整天呆在这儿。我一个人住。我可怜的先生去世快四年了。但你们不是来听我的。你们需要房子，显然想知道我提什么样的条件。”

奥莱克斯不置可否地点点头，喝了几口苦茶。

“我讨厌酒鬼，不能容忍烟味，我不穷，对我来说相互信任、理解、彼此负责和体贴入微比金钱重要得多。说说你们有什么想法?” “说到物质条件，我们的情况可不怎么样。我俩结婚四年，都在图书馆工作，但我们乐意承担一切家务劳动，只要能减轻您的负担，我们干什么都行。”

老太太呷着茶。四周静悄悄的，突然自鸣钟响了起来。奥莱克斯骤然一惊，埃斯苔尔却又在那咬开了指甲。

“五点半了，”老太太说，“时间过得真快。”

“你们挺招人喜欢。重要的是我们要更好地相互了解。现在如果你们不介意的话……”

老太太站了起来，奥莱克斯马上明白这一动作意味着谈话结束了。他站起来向门厅走去。

公寓管理员在大门口迎了上来，他叉着腰怪模怪样地笑着说:

“这星期至少有上百人来罗莎老太婆这儿，全都送礼。这么着已有一年多了。这叫什么事!”

奥莱克斯毫不掩饰地、伤感地看着这个男人。

公寓管理员若有所思地挠了两下胸口。

“走吧，你们迟早会明白。看来无一例外，罗莎老太婆全给他们灌了迷魂汤。”

他们在街道拐角处找到一家啤酒店。他们坐到一个空着的桌子旁边。

他们在烟雾腾腾的啤酒店里坐了大约个把小时，这时间门开了，罗莎老太太走了进来。她左臂挎着一个装满鲜花的大篮子，刚到第一桌就卖掉了三枝玫瑰。

“请到这边来，”奥莱克斯叫道，声音挺大。老太太闻声转过身来，她脸上丝毫没有流露出吃惊的表情，有的只是见到熟人的喜悦。

“买吧，我的花很美，又鲜又香。便宜点卖给你们。”

“要下午我们送的那五枝花。”

“给，十个福林，”老太太笑着说。

奥莱克斯把一个十福林的硬币扔到桌子上。老太太细心地把花用丝纸包好。

“可以请你喝一杯吗? 奥莱克斯问。

老太太犹豫不决地看了一眼篮子，叹了口气，坐了下来。

“我还得把这些花卖完呢。但来一盅樱桃白酒也耽误不了多少功夫，这样买卖会更红火。”

“你喝酒?”埃斯苔尔惊奇地问。

老太太笑了起来，“干吗不喝!”

“可你广告上说……”

“得了，别提什么广告不广告了。不过闹着玩而已。我看着这群蠢猪，他们一个接一个地来讨好我，送什么的都有：蜡烛台、闹表、茶壶……，人人都送花。上帝呀，他们是怎样地用甜言蜜语来糊弄我啊，让人笑掉大牙。至少我不会闷得慌。其实甭蒙我，你们也像闻着腐肉味而来的秃鹫一样。我对人再了解不过了。”

服务员把一杯樱桃酒放到桌子上。

老太婆一把抓了过去，“祝你们身体健康！”她一饮而尽，如同喝水一般。她站起来，把篮子挎到胳膊上，整了整花，“谢谢你的樱桃酒，”她快乐地说，“往后，如果经过这儿，尽管来看我，只是不要带巧克力，我讨厌巧克力。最好送花，越多越好……”

最好送花，越多越好。

尊严

杨格博士是一位诗人。有一天，他和几位贵妇人乘坐游艇，泛舟泰晤士河上。他吹着长笛，尽量逗那些贵妇人快活。这时，游艇后不太远的地方，有只被军官们占用的船。诗人看到那只军官船向游艇靠近时，就不吹长笛了。于是军官当中有人问他。为什么他要把长笛收进口袋里不吹了。

“我把长笛放进口袋里，正如我把它从口袋里拿出来同样的理由，——都是为了使自己高兴。”博士回答说。

那位军官怒气冲冲地威胁说，要是他不立刻把他的长笛再掏出来吹，那就不客气了，要把他扔进河里。博士怕吓着那些贵妇人，便尽可能地逆来顺受，忍气吞声地拿出他那长笛来。只要对方的船还在河上，他就一个劲儿直吹。

傍晚时分了，他看到那个曾经对他如此粗暴无礼的军官，独自一人正在伦敦附近一个偏僻的地方走着，便朝那军官走去。冷冰冰地说：“今天，我是为了使我的同伴，和你的同伙避免引起烦恼，才服从你那傲慢的命令的，现在为了使你真正相信，一个人普普通通的人，也会像一个披着军服的人那样有勇气。明天一早，就在此地，希望你能来，我们就干一场吧，但是不要有别人在场。干仗只在我们之间进行。”

博士还进一步决定，在他们之间的分歧，只能靠手中的剑来解决。那个军官忙不迭地完全同意了这些条件。

第二天早晨，这两个决斗者在约好的时间里，在指定的地方碰面了。军官正在使自己站在准备决斗的位置上。就在那个时候，诗人举枪瞄准了他。

“干什么！”军官说，“你想暗杀我吗？”

“不是的！”博士说，“不过，你得在这儿跳一分钟的舞。否则，你就会是一个死人了。”

接着是一场小小的争执；可是诗人似乎是如此暴怒，如此坚决，军官只好被迫屈服了。

当他跳完舞的时候，杨格说：

我们两人的事儿都以游乐的方式来了结了。我准备同意满足你可能提出的某些要求。”

为了这，军官和诗人握手言和，为了自己的傲慢无礼而道歉。而且他还恳求：从此以后，他要把诗人作为他朋友中一员来看待。后来，他们一直是关系良好、亲密无间的朋友。

悲伤可以自行料理；而欢乐的滋味如果要充分体会，你就必须有人分享才行。

蜘蛛

我生起炉子。当火焰笼罩了木柴时，在一根劈柴发暗的断面上看到了一只蜘蛛。它兴高采烈，不过也许是因为觉得热而感到不安，它顺着断面跑到了尽头处，而迎接它的却是一片火海。

如果我看到动物处在悲惨境地，总要设想自己处在它的地位上。每当我设身处地时，不会忘了把它那个相对的范围换成大小和我相称的地方。劈柴上的那点面积换成我所在的地方，就好比是一间房子，对我来说，就好比房子四面都起火了。蜘蛛奔到另一端，那儿也是一片火海。就这样绕着劈柴的整个断面跑了一圈，它停下来，呆住了。我懒得动手去救出这只蜘蛛，而且还不单是懒而已，而是似乎在向谁挑战：哼，我还要去管这种事吗，由它去吧，我们人类自己的灾难已经够多的了！让蜘蛛自己照顾自己吧。

这时火已包围了这根劈柴，大概支撑着它的另一根劈柴塌下去了，于是轰隆一声，这根有蜘蛛的劈柴突然垮下来，倒在屋子里，蜘蛛曾经呆着的那个断面猛一下子撞在炉边被铁器碰坏了的地板上。

我认为，经这么一撞，蜘蛛大概已经粉身碎骨了。但当我捡起那根劈柴的时候，蜘蛛却生气勃勃，在一块铁片上跑起来了。这时我的小狗发现了它，于是把鼻子伸到它身上去，而且像它往常碰到昆虫时一样，淌出一大摊口涎，形成了一片口涎的海洋。在这汪汪湖水当中，隐约看得出一个很小的小岛，这就是蜘蛛所留下的一切了。不过这还不是结局。

渐渐地“小岛”动弹起来，从海里爬上了陆地。似乎它只剩了两条腿，但后来变成三条，四条、就这样，粘在一起的腿都舒展开了，于是蜘蛛很快向一个黑暗的角落里爬去。

我向它祝贺，同时想起了我自己生活中一件情况复杂的意外事故。当时我也是丝毫不靠别人帮助，在一场火灾中安然脱险。后来又想到战时的情况，想到我也曾像这只蜘蛛一样，浑身湿透，从大海里爬出来。什么事情我没经历过啊……

可见在世界上什么都不要怕，在任何情况下也不要在灾难之中灰心丧气。

可见在世界上什么都不要怕，在任何情况下也不要在灾难之中灰心丧气。

艺术家

从前有位艺术家。小时候他画过一幅老头儿的肖像。这老头儿是他想象出来的，可在画面上显得栩栩如生。小艺术家怎么也不能满意自己的作品：他不停地在这儿加一笔，在那儿抹一下。终于那老头儿吃不消了。他从画上走下，愤愤地说：

“够了，够了！你简直在折磨我！”

小艺术家给吓住了：这从自己画里出来的老头儿是怎么一回事呢？

“您是谁？”他问，“是巫师吧？”

“不，不是！”

“魔术家？”

“不是。”

“啊哈，现在我明白了，”小家伙猜到了，“您叫‘不是’。”

“这回你对了。”老头儿说，“人们确实这样称呼我。所有与我有关的人，都认为我——完完全全不是他们所需要的那样。”

“您都干些什么呢？”小画家问。

老头儿一本正经地答道：“嗯……是这样，我的工作可多哪。人类在地球上所创造的一切美好的事物，都有我的一份功劳。将来你会懂的。”说罢他便转回到画布上去。

过了许多年。小艺术家长大了，成了名副其实的画家。人们接受并喜爱他的画，他的作品被送进最高艺术殿堂展出。许多人都嫉妒他的名声和成就，说他是幸运儿。可事实上，艺术家并不满意自己的画。这些画只在他伏在其上劳作时，才给他以快慰，工作一完，疑惑便油然而生。

一次，参加巡回画展归来，他久久不能入睡。

“不是，完全不是！”艺术家长吁短叹着。在他面前突然出现了一个老头儿，这便是他幼年时画的那个老头儿。“你好，”老头儿问候着。“你认不出我了？想想你过去画的那幅肖像。”

“别跟我谈我的作品。”艺术家恳求道。“从它们那儿我一无所得，可为什么所有的人都喜欢它们呢？”

“怎么会？比如我，就不特别喜欢。”

“您不喜欢我的画？”

“这有什么？要知道你自己也不喜欢。”

这次谈话作用非凡。艺术家从未如此玩命地干过。新作品带给他更大的名声，终于一切疑惑都消失了。“要是那老头儿看到这些画。”他暗想，“大概也不会不喜欢。”可那老头儿从此销声匿迹，再没出现过。又过了许多年。一次，画家在储藏室翻找作品时，发现了老头儿的肖像。“这是谁呀？我一点也想不起来了。”

“你又没认出我来。”老头儿从画上走下，“我一直等着你呼唤我，可你没有。看来你十分满意自己的创作，因此把唯一能帮助人类创造货真价实的东西的‘不是’老头儿都给忘了。你面前放的是你的画——现在用我的眼光去看它们罢。”“这是怎么回事？”艺术家惊叫，“你难道是我的作品么？不，这不是！不是！”

“你叫我了，”老头儿忧郁地说，“可现在晚了。很遗憾，晚了。”

可现在晚了。很遗憾，晚了。

记住我

这天终将来临——在一所出生和死亡接踵而来的医院内，我的身躯在一块洁白的床单上，床单的四角整齐地塞在床垫下。在某一时刻，医生将确诊我的大脑已经停止思维，我的生命实际上已经到此结束。

当这一时刻来临，请不必在我身上装置起搏器，人为地延长我的生命。请不要把这床叫做临终之床，把它称为生命之床吧。请把我的躯体从这张生命之床上拿起，去帮助他人过上更加美好的生活。

把我的双眼献给一位从未见过一次日出、从未见过一张婴儿的小脸蛋，或者从未见过一眼女人眼中流露出的爱情的人；把我的心脏献给一位心肌失能、心痛终日的人；把我的鲜血献给一位在车祸中幸免死亡的少年，使他也许能看到自己的子孙尽情嬉戏；把我的肾脏献给一位依靠人造肾脏周复一周生存艰难的人。拿走我身上每一根骨头，每一束肌肉，每一丝纤维，把这些统统拿尽，丝毫不剩，想方设法能使跛脚小孩重新行走自如。

探究我大脑的每一个角落。如有必要，取出我的细胞，让它们生长，以便有朝一日一个哑儿能在棒球场上欢呼，一位聋女能听到雨滴敲打窗子的声音。

将我身上的其余一切燃成灰烬。将这些灰烬迎风散去，化为肥料，滋润百花。

如果你一定要埋葬一些东西，就请埋葬我的缺点、我的胆怯和我对待同伴们所有的偏见吧。

把我的罪恶送给魔鬼，把我的灵魂交付上帝。

如果你想记住我，那么就请你用善良的言行去帮助那些需要得到帮助的人们吧。假如你的所作所为无负我心，我将与世长存。

如果你想记住我，那么就请你用善良的言行去帮助那些需要得到帮助的人们吧。

忠于职守

我的叔叔汤姆在铁路上工做了一辈子。那是一个不大的车站，它坐落在一个名叫洛顿·克劳斯的小地方，大约一天只有两列火车在这个小站进出。汤姆叔叔既是站长，又是列车员和信号员，事实上，车站里所有的事都归他管。要论恪尽职守，全英国挑不出第二个人来。洛顿·克劳斯是他心中的骄傲：那清洁候车室和坐椅的活儿、售票检票的差事（有时一天只有三四张票）不都是他一个人干的吗！当然，车票收入也由他经管。有一天，车票收入竟达到13镑。自打汤姆叔叔到这个小站后，50年来这是收入金额最高的一天。小车站管理得井然有序，得力于汤姆叔叔对规章制度的一丝不苟。他对诸如旅客应被允许做什么、不应被允许做什么，哪里可以吸烟、哪里不能吸烟等规定是再清楚不过了。如果哪个旅客胆敢做出违反规章制度的事，那他在洛顿·克劳斯就会吃不了兜着走。

正如我所说的，汤姆叔叔在那个小车站一直干了50年。后来，他该退休了。毫无疑问，他的工作是出色的，50年中连一天都没有懈怠过。对此，铁路公司认为应该予以肯定，于是便安排了一个小小的告别仪式，并委派约瑟夫爵士亲临小站主持仪式。

汤姆叔叔对那张作为礼物赠送的支票表示感谢，他十分高兴。但是，他对约瑟夫爵士说："我并不需要钱，（由于平日生活节俭，汤姆叔叔攒了不少钱）我的意思是说，我能不能得到一件可以使我常能回忆起小车站快乐时光的东西？"约瑟夫爵士虽然感到有些诧异，但还是表示这个要求可以得到满足。

那么，汤姆叔叔心目中的那个可以唤起他记忆的东西是什么呢？"能不能给我一节旧车厢？一节就够。多旧多破都没关系。我可以把它修理好，擦洗干净，——反正现在我已经退休了，有的是时间。我要把旧车厢放在我家后花园里，每天去里面坐一坐，那会使我想起在洛顿·克劳斯度过的美好时光。"约瑟夫爵士心想，唉，可怜的老头儿，脑子一定是出了毛病。不过，旧车厢有的是，反正也只能回炉了。于是便对汤姆叔叔说："好吧，霍伯戴尔先生，如果这就是你想要的东西，那么你可以得到它。"大约一星期后，一节旧火车车厢被安放在汤姆叔叔家的后花园里。汤姆叔叔还像在车站上班一样，辛勤地工作，将那节旧车厢收拾得焕然一新。

一年后的某天，汤姆叔叔生病了。我的另一个叔叔阿尔伯特对我说："走，我们一起去看看老汤姆吧，我很长时间没见到他了。"

那天天气不好。我们刚下火车就下起了雨，到汤姆叔叔家时雨越下越大。阿尔伯特叔叔敲了敲前门，无人应声。门并未上锁，我们便推门而进，但是哪里都找不到汤姆叔叔的人影儿。阿尔伯特叔叔说："他一定在那节旧车厢里，我们到后花园去找他吧。"不出所料，汤姆叔叔果然在后花园，但不在车厢里，而是坐在车厢外面的阶梯上，嘴里叼着一只烟斗。

他的头上顶着一件雨衣，雨水顺着他的后背往下流淌。

"你好，汤姆。"阿尔伯特叔叔说，"你干吗不坐在车厢里面呢？"

"你难道没看见吗？"汤姆叔叔说，"铁路公司给我的这节车厢是一节'禁止吸烟'的车厢！"

诗是神圣之物。

我们为什么需要了解科学

我刚走下飞机，那个人已经在等着我。我要参加一个科学家和电视台播音员的会议，组织人很友好地派了这位叫威廉·巴克利的司机来接我。

路很长，他告诉我很高兴我是“那个科学家伙”。他有那么多关于科学的问题问我。我们聊起来了，不过不是科学话题。他想探讨一下UFO、“通道”(能听见过世人想法的一种方法)、占卜，还有占星术。每一次我都不得不令他失望。车子还在雨中行驶，我看到他变得闷闷不乐。

是的，在真正的科学里，有那么多令人感动、神秘无穷和富于挑战性的东西。他了解星际之间稀薄气体里存在生命的分子建筑群吗?他听说过在400万年前的火山灰里曾发现了我们祖先的脚印吗?喜马拉雅山是如何上升的?病毒怎样破坏细胞?如何用无线电搜寻外星智慧?他想要了解科学，只不过到达他那儿之前科学已被过滤。社会，像涓涓细流，灌输给人们的只是假象和混乱，一点也没有教会他如何鉴别科学的真和伪。

我们的社会高度依赖于科学和技术。如果我们对诸如全球气候变暖、臭氧层的破坏、有毒的放射性废物以及酸雨还保持无知的话，肯定是危险且愚蠢的。工作、工资也越发依赖着科学和技术。我们的社会有那么一大堆科学的问题：核聚变、超级计算机、高分辨率电视、食物添加剂和癌症防治等等。如果我们尚不能对一些基础的问题加以了解，又怎能决定国家的政策?

科学不但是一个知识体系，更是一种思想的方法。科学带领我们走进事实，哪怕与我们的成见相左。它劝告我们改变一下头脑中的假象，以找到和事实最匹配的东西。科学，使我们在新思想和旧智慧之间保持平衡，我们需要更广泛的欣赏这种思想。我们的任务是既要训练出更多的科学家，同时，也要加深公众对科学的理解。

对科学最有好感的通常都是年轻人、富有的人，或是受过大学教育的人。在大学里，应该增加教师的工资，增加更多的奖学金、助学金、实验设备、实验室及科学课程。我们也应该提供更多的资金及道义上的鼓励，让科学家们花更多的时间在公共教育上：开讲座，给报纸、杂志和电视节目写更多的文章。要使大众听得懂而且乐于听。

事实上，美国的每一份报纸都有一个星相学专栏，金融版面也必不可少。为什么我们不能同样对待科学和技术？

我很幸运，总不时可以有一班幼儿园或小学一年级学生可教。他们不断地问着有争议的和有洞察力的问题，对科学表现出极大的热情。我和中学生交流的时候，却发现情形大为不同。

他们只擅长记忆“事实”，那种发现时的快乐，发现隐于事实背后的真谛时的愉悦已远离他们而去。

问题还没完呢。当年轻一代提出科学问题时，许多成人开始搪塞。孩子们问：太阳公公怎么是黄色的？梦是什么东西？我要挖一个洞，究竟可挖多深？我们的世界的生日在哪一天？为啥要长出脚趾头？太多太多的教师和家长带着讽刺和嘲笑回答，或者很快地转移话题。为什么成年人要在一个5岁孩子面前装扮成是万能的呢？如果承认说你不知道，有什么错吗？

有许多好的应答。如果我们对答案有所想法，可试着加以回答。相反的情形，可以翻一翻百科全书，或是到图书馆去，或者可以对孩子说：“我不知道答案，也许还没有人知道。你长大了，可能成为第一个回答这个问题的人。”

但光是鼓励还不够。我们应交给孩子们去伪存真的工具。我想我们可以挽救那位巴克利先生，以及成千上万像他那样的人。我想，我们需要的是一些有着开放的头脑以及对世界是如何运作的有基本了解的公民。对国家安全来说，公众对科学的了解比起拥有半打的战略武器库系统更加重要。年轻一代在数学和科学测试上的低水平表现，多数的成人对科学与数学的冷漠，应为我们敲响警钟。

多数的成人对科学与数学的冷漠，应为我们敲响警钟。

我要用全身心的爱来迎接今天

我要用全身心的爱来迎接今天。

因为，这是一切成功的最大秘密。强力能够劈开一块盾牌，甚至毁灭生命，但是只有爱才具有无与伦比的力量，使人们敞开心扉。在掌握爱的艺术之前，我只算商场上的无名小卒。我要让爱成为我最大的武器，没有人能抵挡它的威力。

我的理论，他们也许反对；我的言谈，他们也许怀疑；我的穿着，他们也许不赞成；我的长相，他们也许不喜欢；甚至我廉价出售的商品都可能使他们将信将疑，然而我的爱心一定能温暖他们，就像太阳的光芒能融化冰冷的冻土。

我要用全身心的爱来迎接今天。

我该怎样做呢，从今往后，我对一切都要满怀爱心，这样才能获得新生。我爱太阳，它温暖我的身体；我爱雨水，它洗净我的灵魂；我爱光明，它为我指引道路；我也爱黑夜，它让我看到星辰。我迎接快乐，它使我心胸开阔；我忍受悲伤，它升华我的灵魂；我接受报酬，因为我为此付出汗水；我不怕困难，因为它们给我挑战。

我要用全身心的爱来迎接今天。

我该怎样说呢？我赞美敌人，敌人于是成为朋友；我鼓励朋友，朋友于是成为手足。我要常想理由赞美别人，绝不搬弄是非，道人长短。想要批评人时，咬住舌头，想要赞美人时，高声表达。

飞鸟，清风，海浪，自然界的万物不都在用美妙动听的歌声赞美造物主吗?我也要用同样的歌声赞美她的儿女。从今往后，我要记住这个秘密。它将改变我的生活。

我要用全身心的爱来迎接今天。

我该怎样行动呢？我要爱每个人的言谈举止，因为人人都有值得钦佩的性格，虽然有时不易察觉。我要用爱摧毁困住人们心灵的高墙，那充满怀疑与仇恨的围墙。我要架一座通向人们心灵的桥梁。

我爱雄心勃勃的人，他们给我灵感；我爱失败的人，他们给我教训；我爱王侯将相，因为他们也是凡人；我爱谦恭之人，因为他们非凡；我爱富人，因为他们孤独；我爱穷人，因为穷人太多了；我爱少年，因为他们真诚；我爱长者，因为他们有智慧；我爱美丽的人，因为他们眼中流露着凄迷；我爱丑陋的人，因为他们有颗宁静的心。

我要用全身心的爱来迎接今天。

我该怎样回应他人的行为呢？用爱心。爱是我打开人们心扉的钥匙，也是我抵挡仇恨之箭与愤怒之矛的盾牌。爱使挫折变得如春雨般温和，它是我商场上的护身符：孤独时，给我支持；绝望时，使我振作；狂喜时，让我平静。这种爱心会一天天加强，越发具有保护力，直到有一天，我可以自然地面对芸芸众生，处于泰然。

我要用全身心的爱来迎接今天。

我该怎样面对遇到的每一个人呢？只有一种办法，我要在心里默默地为他祝福。这无言的爱会闪现在我的眼神里，流露在我的眉宇间，让我嘴角挂上微笑，在我的声音里响起共鸣。在这无声的爱意里，他的心扉向我敞开了。他不再拒绝我推销的货物。

我要用全身心的爱来迎接今天。

最主要的，我要爱自己。只有这样，我才会认真检查进入我的身体、思想、精神、头脑、灵魂、心怀的一切东西。我绝不放纵肉体的需求，我要用清洁与节制来珍惜我的身体；我绝不让头脑受到邪恶与绝望的引诱，我要用智慧和知识使之升华；我绝不让灵魂陷入自满的状态，我要用沉思和祈祷来滋润它；我绝不让心怀狭窄，我要与人分享，使它成长，温暖整个世界。

我要用全身心的爱来迎接今天。

从今往后，我要爱所有的人，仇恨将从我的血管中流走。我没有时间去恨，只有时间去爱。现在，我迈出成为一个优秀的人的第一步。有了爱，我将成为伟大的推销员。即使才疏智短，也能以爱心获得成功；相反，如果没有爱，即使博学多识，也终将失败。

我要用全身心的爱来迎接今天。

劳动唯有使人甘美，绝不会成为重荷，唯有心怀忧心事才会厌恶劳动。

快乐在于奋斗

火车像岸一样奔跑，大地乐于跟着它前进，一个城市，一个村庄都跟着大地随着火车向前……人生的奋斗就是这样，向前，总会有快乐的！

轮流付账

“我算是被耍惨了，”弗利克斯咬牙切齿地说，“我算是被耍惨了。”

太阳西沉，我们坐在一个小咖啡馆里。我要了两杯咖啡，听他讲起来。

“我是两周前遇上这女人的。”弗利克斯回忆道，“她说她叫莉比，似乎还挺喜欢我，我们就开始约会。她佩服我的聪明机智；我呢，挺欣赏她的那双腿。两人处得还算可以，直到昨天晚上我们决定进城去玩……”

弗利克斯长吁了一口气，接着说：“我提议，先上那家新开的酒吧去喝点什么，然后看场电影，看完电影去吃一顿丰盛的晚饭，在城里呆一晚上。‘很好，弗利克斯，’莉比说，‘但我不想要你付账，我可是个新派的女性！’我解释说，假如每次都要仔细算计，然后再对半付钱的话，可太让我丢面子了。于是她说：‘那好吧，弗利克斯，让我们轮流做东好了。’

“就这么着，我们在城里见了面。然后，叫上一辆出租车，直奔咖啡馆。车钱只有一个半美元。下车付钱时，莉比说：‘按规矩，女士优先。’她先掏了腰包。在咖啡馆里，她又是喝香槟，又是吃大虾吐司。结果花去我八个美元，因为轮到我付钱了。

“从咖啡馆里出来，我们又叫了一辆出租车去电影院。”弗利克斯的眉头皱紧了。“下车时，又是莉比坚持付了钱——一美元二十分，本来就没有几步远嘛。她付完钱还大谈什么轮流付账好，这是她的为人原则之类的漂亮话。当然罗，买电影票的时候就轮到我了。十美元。入场前，她又买了一次爆米花，花了半个美元。

“那天的电影不坏。可我的心思已经不在电影院里了。我盘算着，如果待会儿轮到我付车钱，那可就该她出这顿饭钱了。”

讲到这儿，弗利克斯叫来服务员，要了一杯水，一气喝干。

“电影放到中间，有一会休息。莉比建议出去活动活动腿。我们一到走廊，她就朝小卖部的柜台走去，要了一杯橘子水。‘该你付账，弗利克斯。’她边喝边说。”

“这时候，入场铃声又响起来。可现在是轮到莉比付车钱而让我管饭了！真要命！我不动声色地等别人差不多都入场了，突然向她转过身来：‘我也要一杯。’尽管我当时并不渴，可是……，‘现在该你付钱，亲爱的。’我对她说。她二话没说，马上摸出了钱包。

“现在，电影散场以后，又该轮到我付车钱了。你猜怎么着?电影放了一会儿竟断片了。灯亮了以后，莉比转过头来说，她不想干等着，想再吃点儿什么。我在座位上磨蹭着不肯去。谁知，一个卖冰淇淋的浑小子不知从哪儿冒了出来，在座位中间乱窜。没办法，我只好给她买了一个冰淇淋蛋卷。整个下半场，我就不知道电影演了些啥，满脑子尽想该怎么办了。

“电影散场，我们从影院里出来，钻进一辆出租车。坐在车里，我心里直发颤。突然，幸运女神在那天晚上降临到我头上：汽车走到半路，车胎爆了。莉比不情愿地跟我下了车，付了车钱。

“当我在路边又拦住一辆出租车继续向饭店开去的时候，我简直都觉得飘飘然了。在餐桌旁坐定之后，我就放开了点菜。要了法式洋葱汤，又要芦笋配牛排，龙虾沙拉，馅饼，还要了去皮苹果——就因为菜单上写着它是水果里面最贵的。莉比坐在那里，目瞪口呆地望着我狼吞虎咽，她自己盘子里的菜几乎就没有碰。吃完饭，我觉得还不够味，又要了一根雪茄——

尽管我不抽烟——然后才叫服务员拿账单来。

“我要这根雪茄可是个致命的错误。你看，我不抽烟，身上不装火柴，服务员又去柜台算账去了。就这么一眨眼的工夫，一个卖杂货的家伙偏偏就蹭了进来。”

弗利克斯停住嘴，又要了一杯水灌下肚。

“这家伙钻进饭店，开始兜售他篮子里那些零七八碎的玩意，当然，里面也有火柴。‘快拿账单来!’我朝远处的服务员拼命地喊。那混蛋明明听见了，可还慢慢腾腾地往这边走。我恨不能一把把他的脖子给扭下来，朝他做了一大堆见他妈鬼的手势。然而，一切都无济于事了……”

弗利克斯长叹了一声。

“莉比抢先买了一包火柴交给我，花了她五分钱。可我呢，为这顿饭付了160美元，还外加给那个混蛋的小费。随后，我们坐车回家，又轮到她付钱。这可真算公平。”弗利克斯苦笑着说。“这还不算完。下车以后，我准备向她吻别，她竟把我给推开了，还斩钉截铁地说：

‘弗利克斯，不！我没有让你一个人付账，原因就是这个。’你听听，”弗利克斯心酸了，“她居然没有让我一个人付账！”

她居然没有让我一个人付账！

期末的那一天

一个炎热的六月天，我收到了一只邮包。邮包以前也曾收到过，可这回收到的更像一只旅行用的大衣箱，用胶带和绳子封系得严严实实。

我还没开口，奶奶就发话了："别动，等你妈妈回来再打开。"

妈妈在一家银行管理账务，每天6点以后才到家。"打开箱子吧！"一见到她我就叫了起来。

春秋10载，我的生活平淡无奇，从未遇上太激动人心的事情，现在每一分钟都让我迫不及待。

"不，"妈妈笑着对我说，"我累了，先吃饭吧。"我焦躁不安，但还是无奈。晚餐上桌了，我吃得很快，想引起妈妈的注意，让她也吃得快点儿。而后我就洗涮碗碟，把椅子搬到邮包旁。爸爸转身玩他的填字谜游戏去了。在船上时，作为船长，他有着发号施令的绝对权威。可现在赋闲在家，只得接受妈妈和奶奶对他的怜悯。

妈妈和我一起解开绳结，我们没有把它割断，留着它只是因为绳子要花钱买，我们家境并不宽裕。

箱子终于打开了。里边全是衣服，是表姑寄来的，有些是表姑的女儿咪咪穿过的。咪咪比我大一岁，寄读于瑞典的一家女子学校，她的服装非常漂亮而且富有异国情调——与妈妈为我做的那些方格棉布衣裳大不一样。

我知道咪咪长得很美，而我尽管头发自然卷曲，五官也还端正，却从不知自己是否算美？有时我问妈妈、奶奶，她们总是对我说："美就是好看，就是漂亮。"这等于没作回答。也使我感觉到自己太平常了，但我心里是那样渴望美，渴望别人认为我是美的、漂亮的，只不过没人这么说过。

靠近箱底是一件白色礼服和一顶宽边帽，妈妈拿起来，说："我想这件应该合你身，试试瞧。"

我脱下身上的棉布校服。我感到妈妈和奶奶都笨手笨脚，好不容易才帮我穿上那白色礼服：薄绸布，束腰，碎花紧口折袖，光面无褶裙。我系上小水晶腰带，把帽子戴在头上。我注意到，平常喋喋不休的妈妈和奶奶，此刻缄默无声。我抬起头，看到她们脸上木然无神。

后来，妈妈说："雪莉，身子转一下。"我不声不响地听从，而后又一切依旧，那一瞬间就跟关上真空吸尘器差不多。

"这是一套社交礼服，"奶奶最后说。"派上用场的机会不多。"妈妈补充道，语调中带着失望。

突然，她兴奋起来，"期末那一天！"她惊喜道，"我要为她买一件新衬衫和白鞋子，配上这件衣裳，期末那一天她可以穿上。"

这件衣服使我高兴不已，对新鞋子和新衬衫的期待也使我乐不可支，但是穿上这套装束到学校去则使我感到不自然。

期末那天一大早，妈妈和奶奶把一个电镀大浴盆放到厨房，她们先放进自来水，然后兑上烧水壶里的热水。她们把我抱进浴盆，一起为我洗澡。而后，妈妈用长圆形的卷发器为我卷发。我穿着衬衫，系着围裙吃早餐，饭后又细细照照镜子，重又把脸洗一遍，"要充满信心！"

妈妈上班时，对我吻别说："愿你玩得开心。"我终于下定决心，准备步行去学校，尽管有半小时的路要走。姐姐在门口把一块洁白的手帕塞在我手里，再三嘱咐我不要擦鞋子。她伫立良久，一直目送我离去。

孤单单地，我越来越意识到发生了什么。我从未见过有谁上学时穿着如此漂亮的衣服，这简直有点像结婚礼服，尽管帽子戴在头上很舒服，但我还是不知道这样进教室会怎么样。

最后一天上学只是一种礼节，没有课，也没有活动，我们只是拿一下报告卡，见一见秋季里将为我们任课的老师，前后不会超过一小时。

当那些砖石校舍映入眼帘时，我开始想象那群女同窗该会怎样对我评头论足了。"你像谁呢？"她们或许会这样说，或者"如果你是新娘，那么新郎在哪儿呢？""愿你玩得开心！"妈妈的祝语又萦绕耳际。这只是她的良好愿望，我不敢想象，她不知我的同学们有多刻薄。

唯一可行的办法就是面对现实应付它。于是我把帽子戴好，使它高高翘起，更具魅力(就像奶奶所说的那样)。无论同学们怎样议论我，我都默不作声，走进教室则要面带微笑。

然而我所期待的反应并非如我所料。教室里安静无声，同学们身着盛服，看上去都很整洁。

比利，这个坐在我旁边的男孩，咧嘴而笑，忘乎所以。一旁的那个男孩一触及我的目光就低下头去，然后看着课桌若有所思，其实我知道他的桌上别无他物。

一位姣美的女同窗站起身，大胆地从桌子间的空道走过来，靠在我的桌子上，然后凑近我，直盯着我的眼睛。我竭力装出若无其事的样子，几乎忘了自己，而她则突然爽声一笑，然后什么都没说就回到自己的位子上。

老师来了。她看着我，脸上掠过一丝惊讶："你真好看。"然后又把注意力转向大家说："你们各位都很好。"

她发完汇报卡，就带我们去见新的年级教师。我坐下来的时候，心里就开始忐忑不安，抖个不停。老师的脸上明显地流露出惊讶之色，而我则希望得到一个评价，可她说的一连串的"不"字与戴着宽边帽进教室毫无关联。

学期结束了！我手里拿着汇报卡和手帕，朝校园的边门走去。在靠近学校的狭长的人行道上，我觉得有人跟在身后。我想看看是谁在跟我过不去。一转过身，就看见了比利，他依旧咧嘴而笑。难道他还想给我多留一点玩世不恭的印象？我屏住呼吸。

"你看上去确实很美。"他说。

"谢谢。"我答道，松了一口气。

灵感是一种心灵状态。

一对奇异的邻家孩子

两个出身显贵的邻家孩子，一男一女，年龄相当，大家希望他俩结为夫妻，就让他俩一块儿长大，双方父母企盼着成为亲家。然而，大家很快发现，似乎事与愿违，这两个天性可爱的孩子竟成了一对小冤家。也许他俩太相像了。两人都关注自己的内心，意愿明确，决心笃定；两人各自为同伴所喜爱和尊敬；但只要在一块儿，就成了冤家，总是各自为战，互相作对，不是为一个目标而你追我赶，而总是为一个目的争来抢去。

这种奇异的关系在儿童游戏里就已初显端倪，随着他俩年岁的增加日益明显。男孩子自然爱玩打仗的游戏，分成两军，展开厮杀。有一回，这个倔强勇敢的女孩自立为一支军队的首领，向另一支军队开战。她战斗得那么勇猛凶狠，若不是她的死对头没有乖乖就范，最终把她缴械擒拿，这支军队早已被打得落花流水、溃不成军了。即使如此，她仍然反抗得很凶，而他为了既保住自己的眼睛，又不伤着这个女敌，不得不拽下自己的丝围巾，反绑住她的双手。

为此，她永远也不肯原谅他，于是，她想方设法跟他捣乱，对这种古怪的激情，双方父母早已十分关注，见此情形，协商决定把这两个小冤家分开，断掉原来美好的希冀。

男孩在新环境中很快就崭露头角。门门功课他一学就通。根据他的赏识者的愿望和他自己的志向，他入伍从戎了。他不管到哪儿，都遍受喜爱和尊重。他的才干似乎只是为了给他人谋福利，他内心朦朦胧胧地为失去了上天为他而设的冤家感到幸福。

女孩的情形却骤然间变了。她的年龄、她的与日俱增的教养以及她内心的某种感觉，使她远离了她向来爱和男孩们一起玩的激烈游戏。总之，她觉得若有所失，周围没有什么能激起她的恨。她还没有觉得谁可爱。

一个年轻人，年龄比她先前的邻居冤家大，有地位，有财产，有势力，在社交场合受到喜爱，为女人们所垂青，对她一往情深。生平第一回，一位朋友、情人加仆人拜倒在她的石榴裙下。面对众多比她年长、比她更有教养、更光彩夺目、更高不可攀的女人，他偏偏对她献殷勤，这使她大为快慰。他锲而不舍地追求她，却并不惹她烦，他在各种不太愉快的场合忠心耿耿地为她效劳，他在她父母面前虽已提出求婚，却不急不躁，等待着充满希望的前景，因为她年岁还小：凡此种种，都甚合她意，另外，习惯以及世所公认的关系也促进了事情的发展。她常常被称为他的未婚妻，久而久之，她也真这样认为了。

与此同时，那位离家者已发展得尽善尽美，顺理成章地登上了一级迈向他的生活目标的阶梯，休假时回来看望家人。他又一次站在了他那美丽的女邻居面前，十分自然，却又相当奇特。最近这段时间，她心中不断滋长着待嫁女子的那种温煦的家庭情感，她与周围的一切都和和睦睦；她觉得很幸福，在某种程度上也确实如此。可现在，很长一段时间以来，头一次又有人站在了她对面。这次他并没引起她的恨，她已经缺乏去恨的心劲儿了。那孩提时的恨其实不过是在暧昧地赞赏对方的内在价值，而现在，他俩惊喜快慰地互相注视着，坦白的话都说到对方心里去了，半推半就却又不可阻挡地互相接近，这一切都是双方面的。他俩久别重逢，自然有好多话要说。就连少不更事时的鲁莽之举也成了充满童趣的回忆，仿佛至少得通过友好谨慎来化解往日顽皮的仇恨，似乎一说起先前的认友为敌，就应当明明确确地表示互相的赞许。

对他来说，一切都保持在明智而令人欣慰的尺度中。他有那么多的事需要考虑：他的地位、社会关系、追求和抱负，因此把这位美丽的未婚妻的友谊视为一份值得感谢的馈赠，惬意地接受下来，未曾将她与自己联系起来想，或对她的未婚夫心生妒意，他与这位未婚夫还交情甚好呢。

她的感觉则截然不同。她觉得如梦初醒。孩提时与她的小邻居打打闹闹，那曾是她的第一次激情，那场激战表现为相互的反感，其实不过是与生俱来的强烈爱慕使然。她现在蓦然回首，才发现自己一直在爱着他。她回想起自己手持兵刃寻觅冤家，不禁莞尔一笑；她努力回想当他解除她的武装时，她心中那万分甜蜜的感觉；她简直觉得当他捆绑她的双手时，她心中幸福极了，她这才明白，她那时想方设法跟他捣乱、惹他生气，不过是为了引起他的注意。

美丽的未婚妻心里越是滋生这种想法，这颗美丽的心灵就愈发向一边倾斜了。一方面，她已被周围世界、家庭、未婚夫以及自己的应允紧紧束缚，另一方面，那个雄心万丈的小伙子对她丝毫不隐瞒他的心中所想、他的计划和前途，在她面前只是一位忠实的连温柔体贴都谈不上的兄长。说起他即将启程，她孩提时乖戾而粗暴的心性仿佛又苏醒过来，而且，在这更高的生活阶段上增添了愤懑，就会做出更惊人、更不可收拾的事来。她决心去死，以此惩罚这个她憎恨过、现在深爱着的人，惩罚他的漠然，她既然得不到他，就与他的缅怀和懊悔永结姻缘吧。让他再也忘不了她的死，让他无休止地自责，责备自己没能看出、没能了解、没能珍惜她的心意。

她不管走到哪儿，脑袋里都装着这种古怪的疯狂念头。她用各种伪装掩盖这种想法，大家虽然觉得她有些怪异，却没有人足够警觉或足够聪颖，能看出她内心的真正缘由。

这段时间，亲朋好友都在忙着为几个节日做准备。我们的那位年轻游子也想在离家前略表心意，邀请了这年轻的一对和关系较近的亲戚，做一次水上之游。大家似乎要把岸上的舒适带到水上，登上了一艘装扮得很漂亮的游艇，游艇上有一个小厅和几间舱室。

在音乐声中，船行驶在宽广的河面上；天气炎热，大家聚集在底舱，玩着智力游戏和扑克牌。年轻的主人一刻也不愿闲着，掌起舵来，顶替了年迈的船主，船主就在他身旁睡着了；清醒的这位必须特别小心，因为船正驶向两岛之间河面的狭窄处，两块岛屿平缓的鹅卵石岸时而从这边，时而从那边伸进河里，这里的水流湍急险恶。这位谨慎而目光锐利的舵手差点要叫醒船主了，却还是壮起胆子，驶向狭窄处。就在这时，他那美丽的女冤家出现在甲板上，头上戴着花环。她摘下花环，把它扔给舵手。“拿着它作纪念吧！”她喊道。“别打搅我！”

他一边接住花环，一边对她喊道：“我必须集中精力、全神贯注。”“我再也不会打搅你了，”她大声说，“你再也不会见到我了！”她说完，奔向船头，纵身跳进水里。一些人叫了起来：“救人啊！救人啊！她快淹死了。”他在这紧急时刻不知该顾哪头。叫声把老船主惊醒了，他想重新掌舵，年轻的舵手也想把舵交给他；然而，已经来不及替换了：船搁浅了。就在这时，他飞快地扔掉累赘的衣服，一头扎进水里，游向美丽的女冤家。

对于熟悉水性的人来说，水是亲善之物。水载着他，这位熟练的泅水者驾驭着水。他很快就游到了那被水冲走的美人身边；他抓住她，把她托出水面，举着她往前游；汹涌的河水冲着他俩，一直冲到离岛屿很远的地方，这里，河面又变得宽阔平坦了。他这才从最初的紧张状态中缓过劲儿来，这之前他什么也顾不上想，只是机械地游着。他抬起头环顾四周，尽力游向一块灌木丛生的平地，那块地缓缓地融入河流。他将这美丽的猎物放到干地上；可她已经没有一些气儿了。他感到绝望，这时他眼前一亮，看见一条灌木丛中踏出的小路。他重又背起这珍贵的重负，没走多久，就看见一座孤零零的房子。到了那儿，他遇到了好人，一对年轻夫妇。他很快讲述了发生的不幸。他略微思索提出的要求都得到了满足。屋子里燃起一堆旺火；床上铺好了毛毯；这对夫妇赶紧拿出了家里的兽皮等御寒之物。救人要紧，容不得任何别的顾忌。为了使这个冻僵的、美丽赤裸的身体恢复生机，用尽了所有办法。终于成功了。她睁开双眼，看见这位朋友，伸出天使般的臂膀，搂住他的脖子。她就这样搂了很久，一串泪水涌出她的双眸，使她彻底痊愈了。“我又找到你了，”她喊道，“你还想离开我吗？”“再也不了，”他叫道，“再也不了！”却不知他在说什么、在做什么。“你可要珍重，”他加了一句，“珍重！为了你，也为了我，你得为自己着想。”

她一想到自己，才发现自己是什么状态。在情人、救命恩人面前没什么可害羞的；可她还是愿意让他先出去，这样他也能换身衣服。他浑身上下湿透了，还滴着水呢。

那对年轻夫妇商量好了：他给小伙子穿他的婚礼服，她给这美人穿她的，这两套衣服还都完整整地挂在那儿，正好把这一对从头到脚打扮一新。没多久，这两位历险者不仅穿戴一新，而且打扮齐整了。他俩看上去可爱极了，走到一块儿时，不禁惊讶地互相打量着，看见这乔装打扮，忍不住微笑，激情澎湃地紧紧拥抱。青春的力量和爱的活力使他们瞬息之间完全复原，若是再有音乐，他们就全翩翩起舞了。

从河流到陆地，从死亡到生命，从家庭到荒野，从绝望到喜悦，从漠然到爱慕和激情，他俩又走到了一起，这一切都发生在一刹那——脑袋简直想不明白这一切，再想就会裂开了、晕糊了。要承受这种大悲大喜，非得竭尽心力不可。

他俩沉醉在幸福中，过了好一会儿，才想起船上的人们一定在为他们担心，而他们一想到又要面对他们，也不免有些害怕和担心。“我们要逃走吗？我们要藏起来吗？”小伙子说。“我们要呆在一起。”她说着就搂住了他的脖子。

她一想到自己，才发现自己是什么状态。

我的爱丽卡·菲丝

当约尼与我决定开始组成家庭的那一刻起，我就做了详尽的准备。我买来了摇车，向妇产科医生咨询，将那间空着的房间涂成粉红色。我甚至都想到了有孩子消息幸福的那一天的情景。当我宣布我怀孕时，约尼会大吃一惊的。我将把一束粉红与蓝色气球绑在车库门上，当约尼开车回来时，眼睛里会充满了疑问。然后我要给他念一首浪漫的诗，他将把我抱在他的怀里。

只是有一件事情不对头：几个月过去了，我没有怀孕。在一个惨淡的晚上，我再也忍不住我的失望。“约尼，都是我不好。”我说着，眼里流出了泪水，“我们不该结婚。”

约尼搂着我，“特丽莎，一切都好，”他安慰我说，“我们已经有家了。”

这让我哭得更厉害了。约尼对他的侄儿与外甥好极了，但是他确不能给我们自己的孩子读上床的故事了。我被自己的内疚与失望搞得乱极了。“上帝呀，帮帮我吧，”我祈祷说，“我所要的就是成为一个母亲。”

我想尽一切办法受孕。从此以后的天天早上我都按照几本受孕书上的劝告，量我的体温，画自己激素的变化表，找最容易受孕的时间。但是我的努力都没有得到回报，我被失败所笼罩着。

一天吃过午饭我急忙回到办公室去，我看到一辆汽车里有一个女人，在后座上有三个金发的小脑袋。“真不公平，”我生气地想，“为什么她有三个孩子，而我却一个也没有?”

当我们决定要孩子时，我们来到一个新的教堂。一天早上，他对我说，“特丽莎，我已经感谢上帝了，他将送给我们一个孩子。”

我也希望能有同样的信心,我开始仔细地读圣经,在字里行间寻找一切安慰。但是几个月过去了，我还是没有怀孕。我开始有些害怕起来,“圣经上说孩子是一种赐福,”我想,“好吧,如果我没有得到这种赐福,那肯定我是不值得得到它了。”

最后，我心中充满失望，去见牧师。“我做错了什么? 为什么我要受这个惩罚?”我哭道，“为什么我就不能怀孕?”

“不要这样，特丽莎，”牧师温和地说，“上帝没有惩罚你，他要你的心中充满希望。你想要一个男孩还是个女孩?”

“一个姑娘，”我犹豫着小声回答。

牧师牵着我的手，我们两个一齐祈祷要一个女孩。当我离开教堂时，感到了比过去更加有勇气。下一周里，我打开收音机，里面正在讲不孕症的问题。“如果你要找一个专业上的帮助，”节目主持人在说，“那么就去看内分泌学专家。”这是我以前没有听过的，我急忙去查电话簿，发现一个叫凯温的医生。

八月，约尼与我同凯温医生讲了一个多小时。他知道我们的焦虑及我们的医疗史。“你打算多长时间有孩子? 一年还是两年?”他问道。

“昨天，”我半开玩笑地回答说。

“不孕症是个长期艰苦的斗争，”医生说，“你必须要有心理上的准备。”

做过检查后，我发现约尼很健康。而我则必须动手术来取走我的创伤组织（来自于小时阑尾炎），它阻碍了我的生殖器官。看来这手术是值得的，十二月我第一次有了怀孕的迹象。当我坐在凯温医生的办公室里热切地等待着检查结果时，我的头脑中出现了圣诞节的美丽画面。我们一家三代人都在妈妈的家里，圣诞树上的灯光闪烁着，我将宣布我怀孕的消息。妈妈会高兴的。

凯温医生打断了我的白日梦，“对不起，特丽莎，”他说，“试验结果是阴性。”

“没有怀孕，甚至在我经历了所有这一切之后。以后我该怎么办呢?”凯温医生想安慰我，但是我已经沮丧到了极点。我只得摇摇晃晃来到了停车场。“你没有听到我的要求吗?”在我开起我的车时，我朝上帝喊了起来。

我心里被搅得相当乱，到了二月的一个早上，我被剧烈的腹疼从梦中惊醒，我被送到了凯温医生那里。

在他开始检查时，我想着也许我怀孕了。我看着超声波监视器，但那里除了一些影子外什么也没有，只有一个白色小点像一颗小星星一样进入了画面。凯温医生继续移动着探头。这时一个想法抓住了我的心：那是一个孩子！

我的脑子眩晕起来，这时我听到凯温医生在告诉我说，“那是你左卵巢上一个东西，但是有怀孕的迹象——可能不好——流产——可是没有心跳。”

最后我听到了我梦寐以求的话语，就算是我的孩子有麻烦，我也甘心。我一到家，就往约尼的办公室里打电话。我的话语说得飞快，几乎听不出什么来，“我去了医生那里，看到了一个点，但没有心跳。可那是一个孩子，约尼，那是一个孩子！”

几天后，约尼带我去做第二次超声波检查。屏幕上是不祥的一团白色。暗了几秒钟后，一颗亮星出现了。这亮光，跳动着像一只鸟在扇动着翅膀——那是我孩子的心跳！

约尼的肩膀转了过来，哈哈大笑起来。开头我靠着他要他别出声，后来我也大笑起来，充满了欢欣。那些可怕折磨人的日子过去了，我就要成为一个母亲了！

我一直都沉浸在无比的喜悦之中，生活简直就像跳华尔兹舞一样快乐！

终于有一天，我们有了一个美丽健康的女儿。她长着约尼那样大的蓝眼睛和我的脸庞。

我们仔细地为她选了名字：爱丽卡·菲丝。前一个名字的意思是有力量，而后一个则是诚实。

生活简直就像跳华尔兹舞一样快乐！

狗和猫

我最近刚刚有了一个新发现，即孩子小的时候很像一条狗——忠实主人、眷恋家巢；而长到十来岁以后则更像一只猫，也就是说，不再像狗那样有情有义了。做“狗”的主人是很容易的，只需喂养它、训练它，让它围着你转。可爱的小狗常常会把它的头靠在你的膝上，然后深情地注视着你，好像你是一幅世界级水平的画。无论你什么时候招呼，它都会热情洋溢地跑过来。

孩子一旦到了13岁左右，这个曾经是那样崇拜你的小家伙就忽然变成了一只大“猫”。你要是喊它回家，它会以惊异的目光看着你，好像撞见了鬼一样。它不再尾随于你的脚边，而是跑得无影无踪，直到它饿了，跑到厨房来看你都做了什么好吃的，你才会见到它。如果你像以往那样摸摸它的头以表示抚爱，它会扭身躲开，再送你一对白眼仁，好像在努力回忆以前曾在哪儿见过你。

如果你没意识到小狗已经变成了大猫，你肯定会认为是它出了什么问题。它是那样逆反，那样冷漠，令主人极度沮丧。天伦之乐似乎没有了，全家的郊游也已成为不复存在的过去。

你会怀疑是自己做错了什么，于是你内疚、自责，加倍地努力以使你那宝贝儿的行为能回复到以往。然而，由于你现在应付的是一只猫而不再是狗，所以过去曾经很见效的方法都失灵了。你叫它，它却跑掉了；你让它坐下，它却跳到一边。令你毫无办法的是，你越是接近它，它跑得越远。

其实，只要你不再继续像个狗主人那样对待猫，你就能学会像个猫主人那样行事。你只需把装食物的盘子放在门口，不必去主动过问。当然，别忘了猫也同样需要你的帮助、你的情感。你只需静静地坐着，它自会来找你，寻求温暖、寻求安慰，这些内容它即使有些淡漠，也绝对不会完全忘记。为了让它自由出入，房门要随时为它敞开着。

有那么一天，你那长大了的孩子会走进厨房，给你一个深情的吻，然后对你说：“你忙了一整天，让我来帮你收拾这些盘子吧。”那时，你将意识到你的“猫”又变成了“狗。”

我不辞辛苦地在生活的海洋里搜寻摸索，充满希冀地寻找真正的爱。

花开为凋谢

我的儿子弗朗哥才5岁，可他对事物的判断却有一种无可辩驳的逻辑。作为这种逻辑基础的概念虽不多，但很坚实。

就拿钱来说吧。如果我问弗朗哥："钱是什么？"他就回答："钱是用来花的。"

他说得对，钱发明出来，是供人花的。要是我问他钱是从哪里来的，他不会回答我："钱是爸爸用血汗挣的。"而是提出一种非常独特的观点：

"钱是银行给的。你到银行去，它就给你钱。"

毫无疑问，弗朗哥对银行有一种古怪的看法。但这事说起来还是因我而起。

每到月底，当妻子提醒说，我月初给她的钱已经用完了时，我便向她保证道，等我到银行去一趟就有钱了。因此，弗朗哥把银行想象成堆满一千里拉面值钞票的"奥纳尔摩"。

我们还是抛开严肃的经济问题，看看弗朗哥对普通事物的看法吧。

"玻璃窗是什么，弗朗哥？"

"玻璃窗是让人去擦的。"

我能说他答错了吗？不能，因为，安了玻璃窗，就得时不时地去擦它。别人家不知道怎么样，至少在我们家是这么干的。

"可通心粉是什么？"

"通心粉是让人去吃的。"

"汤呢？"

"汤是让人把它剩在盘子里的。"

当然啦，新地毯"是为了让人别去踩它"；"猫是为了舔自己的爪子"。而世界上有"冰淇淋，是为了人吃不到它而心里难过"。

他对教育所下的定义也十分明确：

"学校是什么，弗朗哥？"

"学校是为了让人不要去的地方。"

接下去对一些有关问题的回答是这样的："作业是让人不要去做的"；"老师是专门批评人的"；"成绩单是为了让妈妈看了惊叫的"；而"假期永远是美好的东西"。

这样的例子举不胜举。然而，弗朗哥最妙的一个回答简直富有诗意，一个小孩子讲出这样的话来，真会使你心慌意乱。

"花儿开放是为了凋谢。"

这样的话难道不会深深地拨动你的心弦吗？

不过，蕴藏在弗朗哥那幼小心灵里的真诚、善良和亲情，只有在讲到他敬爱的爸爸时，才更为充分地表现出来：

"爸爸生来是为了去干活，住在离家尽可能远的地方。爸爸生来得整天抱怨。爸爸是多余的人！"

花儿开放是为了凋谢。

乐在奋斗中

父亲退休时已有60多岁了。在那以前，他作了大约30年乡间邮差，一个星期有6天他都跋涉在佐治亚州东北部的山区里，为人们送信。

在他80岁生日时，我送给他一封信，信中特别说了几句表示孝心的话。我说我们全家人都希望他身体健康，心情愉快，能够在欢乐中安度晚年。总之，我希望他永远快乐。在信的最后，我建议他和我母亲不要再干活了，应当完全放松自己，好好歇息。我认为，父亲操劳了一辈子，现在他们终于有了舒适的家和丰厚的退休金，几乎有了他们想要的一切，应该学学如何享受生活了。

后来，父亲回信了。他首先感谢了我的好意，然后笔锋一转："虽然我很感谢你的赞美，但是你让我完全放松自己却吓了我一跳。"父亲承认没有人喜欢走坑洼不平的路，就像他走了30年的崎岖山路那样，“但是如果我们事事都顺心如意，从来都碰不到困难的话，那或许是世界上最糟糕的事了。”

父亲在信中写道：“人生的意义不在于马到成功，而在于不断求索，奋力求成。每一件有意义的事都需要我们以坚强的信念去完成，这样，我们的生活才会更加充实，意志更加坚强。”

从他流畅的行文中，我似乎看到了父亲写信时的高兴表情：“我们一生中最美好、最愉快的日子，不是还清了所有欠款的时候，也不是我们真正得到这套靠血汗换来的住所的时候，这些都不是。我记得在很多年前，我们全家挤在一套很小的住宅里，为了糊口，我们拼命工作，根本分不清白天还是黑夜。你还记得吗?我最多每天只睡4个小时。直到现在，我都不明白当时为什么不知道什么叫累，又怎么会觉得生活是那么美好。我想大概是因为我们那时是在为生存而奋斗，为保护和养活我们所爱的人而拼搏吧。

“在奋斗中求成功这方面，我认为最有意义的，不是那些获得成就的伟大时刻，而是那些小小的胜利，或是那些遇到挫折、僵局甚至失败的时刻。试想，假如人人都轻而易举地成功了，那么我们就不是人生的参与者，而是生活的旁观者了。要记住，重要的是追求，而不是到达。”

他在信的末尾给我提出了这样一个要求：“孩子，下次我生日时，你只须告诉我在醒来时就要努力开始一天的追求，因为我能做事的时间又少了一年——而等待着我去做的事还有千千万万。”

读完信，我想起美国小说家斯考特·菲茨杰拉德有一次给上大学的女儿写信，祝贺她解决了学习中的重大疑难，接着又告诫她不满足现状，说我们每天都要证明自己生存得有价值。记得他引述了英国女诗人罗塞蒂的一句话：“这条路是否都是蜿蜒曲折的上坡的路呢？对，一直到尽头都是。”

而今，父亲仍在自己选择的路上迈进，尽管它凹凸不平，尽管它永无止境……

从父亲的言行中，我感悟到了生活的真正意义。

从父亲的言行中，我感悟到了生活的真正意义。

一颗豆粒

我认识一位视一颗豆粒为自己生存意义的夫人。

她大儿子上小学三年级，二儿子上小学一年级的时候，悲剧降临她家。丈夫因交通事故身亡。这是一次非常微妙的交通事故，丈夫不仅自己身亡，而且最后还被法庭判成了加害者。为此，他的妻子只得卖掉土地和房子来赔偿。

母亲和两个孩子背井离乡，辗转各地，好不容易得到某一家人的同情，把一个仓库的一角租借给她们母子三人居住。

只有三张榻榻米大小的空间里，她铺上一张席子，拉进一个没有灯罩的灯泡。一个炭炉，一个吃饭兼孩子学习两用的小木箱，还有几床破被褥和一些旧衣服，这是他们的全部家当。为了维持生活，妈妈每天早晨6点离开家，先去附近的大楼做清扫工作，中午去学校帮助学生发食品，晚上到饭店洗碟子。结束一天的工作回到家里已是深夜十一二点钟了。于是，家务的担子全都落在了大儿子身上。

为了一家人能活下去，母亲披星戴月，从没睡过一个安稳觉，生活还是那么清苦。她们就这样生活着，半年、8个月、10个月……做母亲的哪能忍心让孩子这样苦熬下去呢？她想到了死，想和两个孩子一起离开人间，到丈夫所在的地方去。

在一天，母亲泡了一锅豆子，早晨出门时，给大儿子留下一张条子："锅里泡着豆子，把它煮一下，晚上当菜吃，豆子烂了时少放点酱油。"

这天，母亲干了一天活，累得疲惫不堪，实在失去了活下去的勇气。她偷偷买了一包安眠药带回家，打算当天晚上和孩子们一块死去。她打开房门，见两个儿子已经钻进席子上的破被褥里，并排入睡了。忽然，母亲发现当哥哥的枕边放着一张纸条，便有气无力地拿了起来。上面这样写道：

"妈妈，我照您条子上写的那样，认真地煮了豆子，豆子烂时放进了酱油。不过，晚上盛出来给弟弟当菜吃时，弟弟说：太咸了，不能吃。弟弟只吃了点冷水泡饭就睡觉了。"妈妈，实在对不起。不过，请妈妈相信我，我的确是认真煮豆子的。妈妈，求求你，尝一粒我煮的豆子吧。妈妈，明天早晨不管您起得多早，都要在您临走前叫醒我，再教我一次煮豆子的方法。妈妈，今晚上也一定很累吧，我心里明白，妈妈是在为我们操劳。妈妈，谢谢您。不过请妈妈一定保重身体。我们先睡了。妈妈，晚安！”

泪水从母亲的眼里夺眶而出。“孩子年纪这么小，都在顽强地伴着我生活……”母亲坐在孩子们的枕边，伴着眼泪一粒一粒地品尝着孩子煮的咸豆子。一种必须坚强地活下去的信念从母亲的心里生成出来。摸摸装豆子的布口袋，里面正巧剩下倒豆子时残留的一粒豆子。母亲把它捡出来，包进大儿子给她写的信里，她决定把它当作护身符带在身上。十几年的岁月流逝而去，兄弟俩长大成人。他们性格开朗，为人正直，双双毕业于妈妈所憧憬和期望于他们的一流国立大学，并找到了满意的工作。

直到如今，那一粒豆子和信，仍时刻不离地带在这位母亲身上。

美不能像精确的思维和细致的理智一样能自我认识。

我所发现的生活

我的目光是世界的颜色，能够把枯草漆成嫩绿，把灰烬看成美丽的火焰，是的，任何美丽的火焰都是藏在灰烬中的。

大卫的机遇

大卫·斯旺沿着大道，朝波士顿走去。他的叔父在波士顿，是个商人，要给他在自己店里找个工作。夏日里起早摸黑地赶路，实在太疲乏，大卫打算一见荫凉的地方就坐下来歇歇。不多会儿，他来到一口覆盖着浓荫的泉眼旁边。这儿幽静、凉快。他蹲下身子，饮了几口泉水。然后，把衣服裤子折起当枕头，躺在松软的草地上，很快就酣然入睡了。

就在他呼呼大睡的当儿，大道上来了一辆由两匹骏马拉着的华丽马车，蓦地，由于马蹩痛了脚，车子“嘎”地停地泉眼边。车里走出一位年长绅士和他的妻子。他们一眼就瞧见大卫睡在那儿。

“他睡得多沉，呼吸那么顺畅，要是我也能那样睡会儿，该多幸福！”绅士说。

他的妻子也叹道：“像咱们这样的老人，再也睡不上那样的好觉了！看那孩子多像咱们心爱的儿子呀，能叫醒他吗?”

“哦，咱们还不知道他的品行呢。”

“看他脸孔，多天真无邪哟！”

大卫不知道，幸运之神正近在咫尺呢！年长绅士家里很富有。他唯一的儿子新近不幸死了。在这样的情况下，人们往往会做出奇怪的事来。比如说，认一个陌生小伙子为儿子，并让他继承自己的家产。可是，大卫却始终没醒来，睡得正甜。“咱们叫醒他吧！”绅士妻子又说了一句。正在这时，马车夫嚷起来：“快走吧！马好了。”老夫妻俩依恋地对视一下，便快步走向马车。

过了不到五分钟，一个美丽的姑娘踏着欢快的步子，朝泉眼走来了。她停下来喝水，也瞧见了大卫。就像未经允许进入别人卧室，姑娘慌忙想离开。突然，她看见一只大马蜂正嗡嗡地在大卫头上飞来飞去，就不由得掏出手帕挥舞着，把马蜂赶走。

看着大卫，姑娘心头一颤，脱口而出：“他长得多俊啊！”可是大卫却丝毫未动，她只好快快地走了。要是大卫能醒来，也许能和她认识，甚至结亲。要知道，她父亲可是个大百货商哩。

姑娘刚走开，两个帽檐拉到眉头的强盗悄悄地溜过来了。他们看见大卫躺在泉边香甜地睡着，一个歹念顿时闪上心头。

“也许这崽子身上有钱。”

“过去摸摸看，如他醒来，就用这个来对付他。”说着，一个强盗掏出了明晃晃的匕首。他们正准备下手时，一条狗匆匆跑到泉边饮水。他们吓得心惊肉跳。

“等一下，可能狗主人就在附近。”

“我们还是小心为妙，赶快离开吧！”两个强盗嘀咕了一阵，便溜走了。

一辆马车，惊醒了大卫。他跳上去，很快消失在烟尘中了。

大卫永远也不会知道在他睡眠时，发生的一切幸运和险象。可是，仔细想想，世上谁人不如此呢？

大卫永远也不会知道在他睡眠时，发生的一切幸运和险象。可是，仔细想想，世上谁人不如此呢？

我所发现的生活

那个人家住费城，小时候很穷，他走进一家银行，问道：“劳驾，先生，您需要帮手吗？”一位仪表堂堂的人回答说：“不，孩子，我不需要。”

孩子满腹愁肠，他嘴里嚼着一根甘草棒糖，这是他花一分钱买的，钱是从虔诚、好心的姑妈那里偷来的。他分明是在抽泣，大颗大颗的泪珠滚到腮边。他一声不吭，沿着银行的大理石台阶跳下来。那个银行家用很优雅的姿势弯腰躲到了门后，因为他觉得那个孩子想用石头掷他。可是，孩子拾起一件什么东西，却把它揣进又寒碜又破烂的怀里去了。

“过来，小孩儿。”孩子真的过去了。银行家问道：“瞧，你捡到什么啦？”他回答："一个别针儿呗。"银行家说："小孩子，你是个乖孩子吗？"他回答说是的。银行家又问："你相信主吗？——我是说，你上不上主的学校？"他回答说上的。接着，银行家取来了一支用纯金做的钢笔，用纯净的墨水在纸上写了个"St. Peter"的字眼，问小孩是什么意思。孩子说："咸彼得（小孩把英文Saint的缩写St.，误认为Salt，即咸的意思）。银行家告诉他这个字是"圣彼得"，孩子说了声"噢！"

随后，银行家让小男孩做他的合伙人，把投资的一半利润分给他，他娶了银行家的女儿。现在呢，银行家的一切全是他的了，全归他自己了。

我叔叔给我讲了上述这个故事，我花了6个星期在一家银行的门口找别针儿。我瞧着那个银行家会把我叫进去，问我："小孩子，你是个乖孩子吗？"我就回答："是呀。"他要是问我"St.John"是什么意思？我就说是"咸约翰"。可是，银行家并不急于找合伙人，而我猜他没有女儿恐怕有个儿子，因为有一天他问我说："小孩子，你捡什么呀？"我非常谦恭有礼地说："别针儿呀。"他说："咱们来瞧瞧。"他接过了别针。我摘下帽子，已经准备跟着他走进银行，变成他的合伙人，再娶他女儿为妻子。但是，我并没有受到邀请。他说："这些别针儿是银行的，要是再让我看见你在这儿溜达，我就放狗咬你！"后来我走开了，别针儿也被那头吝啬的老畜生没收了。这就是我所发现的生活。

我希望能在真正的自我中，始终保持不断创造新事物的创造性和为人们为社会做出贡献的社会性。

美国式的习惯

在美国，有一个麻烦，那就是外国人总爱按照美国人说话的字面意思来理解对方的意思。我有一个法国朋友叫米歇尔·贝恩海姆，前些日子我在街道上遇见他，像往常一样，闲聊了一会儿有关巴黎的情况之后我对他说：“改日给我来个电话。”

第二天他打来了电话。

“早安，”他问候道，“我是米歇尔·贝恩海姆，你说过让我给你打个电话。”

“是吗？”

“是的，你忘了吗？昨天在宾夕法尼亚大街我与你聊过天。”

“我并没有让你马上打电话，我那样只是为了向你委婉地告别。”

“那么，你不想说点什么了？”

“老实说我想不起要对你说什么。”

“但是，你说过打个电话给你。”

“你说得对，米歇尔，瞧，我现在忙得要命，改天我们一起吃顿便饭餐吧。”

“我很乐意，什么时间？”

“我说不准，哪天你来叫我一声吧。”

两天后，我听到有人在人行道上喊我的名字，打开办公室的窗子，我看到米歇尔站在下面。

“你究竟在那儿喊什么？”我对他嚷道。

“你说当我想吃便餐的时候来喊你一声，今天怎么样？”

“今天我很忙。”

“好吧，那你什么时候有时间去吃便餐？”

“我说不准，下三周都没时间干别的事。”

“假若你实在很忙，那为什么还要让我想吃便餐的时候来招呼你一声呢？”

“米歇尔，你在美国呆得够长的了，为什么还不知道当一个美国人说‘改日让我们一起吃便餐’时，实际上他并不是这个意思，这是个委婉说法。你们法国人说‘再见’，就相当于美国人说‘让我们吃顿便餐’，而在我们国家则意味着：‘不要来找我，我会找你的’。”

米歇尔说：“我不是有意打扰你。”

“你没打扰我。让我告诉你怎么办。改日让我们相互找对方喝一杯。”

“太好了。”米歇尔说。

第二天，我正吃力地搞着一个专栏，这时门开了，米歇尔把脑袋伸了进来。

“又怎么啦？”

“我只是想看看你是否想喝一杯？”

“你没有看见我正忙着吗？”

“我现在刚看见，但在这之前没看见，打扰了。”

“米歇尔，你简直让我发疯。你不能如此教条地理解我们美国人所说的一切。我说‘改日我们喝一杯’这仅仅是个托辞，因为我想阻止你在我窗下喊叫。”

“那你只要告诉我你不想再见我就行了”，米歇尔伤心地说，“但不要请我来约你然后又失约。”

我感到很难受，“的确，用这种方法对待你我心里很不安。问题是我们美国人习惯于用不久再相聚的许诺来相互道再见，在这个国家里没有人会认为对方要实现这个许诺。如果我们把大量的时间花在与街头偶尔碰到的每个人去吃便餐的话，那我们什么也干不成。”

“我明白了，”米歇尔说，“但是假若你改变主意，你有我的名片，可以打电话给我。”

“我没有你的名片，米歇尔，你又不懂了，当美国人相互交换名片时，他们常常在进家门之前就把它扔掉了。”

我今日承认我与树木有着源远流长的亲谊。

一生要做的50件事

几周前，我跟着一位朋友走进一家艺术用品商店。我发现他要了水彩颜料。这令我很纳闷，因为他不是画家。

“我报名参加了一个水彩画学习班，下周就开课了。”

他腼腆地说，“我真是没有时间，但它是我所列的死前要做的50件事之一，所以我得去做。”

这听起来很有趣。“其他还有什么?”我问。

“什么都有。”他说，“每过几个月我都看看那张单子，来决定下一步该集中精力干什么。列单子之前，我总是为生活中损失的一切而伤感。现在我开始埋头实干了。”

“什么时候能让我看看你的单子?”我问。

“恐怕很难,”他说,“那会泄露关于我的很多东西。列出你自己的单子,你就会明白的。”

于是当晚我就列了一张单子,囊括了所有对我至关重要的内容,也流露出了自己对实现这些美梦的绝望。

仅仅列出这张单子就帮我理清了轻重缓急。我很快填出了前20件,但随后就开始细心斟酌了。最后我加上了向往多年的项目,年轻时就背负的梦想,以及初闻就在我心中产生共鸣的事情。

首先,我想到更多更远的地方去旅行。尤其是现在,孩子们都已长大,我想与孩子们完成10次旅行。我吃惊地发现单子上有些事情需要马上去做。例如,如果我想学开压路机,就得在50岁之前开始。当然,有些项目可以推迟到上了年纪时去干。我醉心于花草园艺,但现在抚养孩子、业务缠身的我难有闲暇来侍弄玫瑰。

某一天我想致力于一家医院婴儿室的志愿者工作。我还愿与青年们共事,指导年轻人,或去本地的高中服务,看来我也许需要考虑为一年一度的学校义卖会而学会做烧烤。有些项目令人生畏,因为它们意味着某种兢兢业业的投入。我想在世时出版一部小说,想攻读哲学博士,还想学绘画,并想用钢琴弹出四重奏。如果我打算实现这些目标,就得勤于笔耕并手不离琴。单子上的愿望我并不可能一一实现。有些事情非我能力所及,例如新西兰之行,以及最终也不会在我余生中成真的事情,比如拥有一匹良驹。然而,我发现我已经为许多这样的妄想构筑了框架,而且如果我今天把它们定为目标,那么明天设法使部分“成真”也并非毫无可能。

像我的朋友那样,现在我有了发泄不满的替代物。当我对生活感到厌倦时,就拿出那张单子。我也许会去函索取旅游小册子,或者在后院拿出画笔涂抹上一个小时,尽量把树林画得像模像样。

我不知道孩子们和我怎样才能去非洲。但如果它确实重要,我肯定会找出一个方案。他们中的一个也许长大后当了一名动物学家;或者我也许成为一名生态作家,因公被派往那儿;或者我们也许只需每星期都攒上几美元,直到够用为止。

我的一位表姐曾把一大串趣事变为现实。她曾对我说,关键在于筹备,这样生活就会神奇地运转。“如果你想让你的轮船开进来,就必须建一个码头。”她说。

多亏那张单子，我正在动工修建码头呢。

天空可能会撒谎，于是便不下雨。

一个问题究竟有几种答案

前不久，我接到一个同事打来的电话，问我是否愿意给他一位学生的物理试题打个分数。我的这位同事准备给这个学生打零分；而这个学生却坚持他应该得满分。于是这位导师和学生最后达成协议，找一个公证人来裁决，然后双方都服从这一裁决。于是我被他们选中，充当他们最后的裁判。

下午，我就去了那位同事的办公室，看了那道试题："请解答：如何利用一个气压表来测定一座大楼的高度?"

学生的答案是："把气压表拿到大楼的顶楼用一条长绳的一端拴住气压表，拉住绳子，把气压表垂直落至街面，然后把它拉上来，测量绳子的长度。这个长度即为这幢大楼的高度。"

这种解法没能体现所学物理知识，显然不符合出题者的要求。不过我认为既然这位学生已完整而且准确地回答了这个问题，那么他完全有理由得满分。不过这样一来就会存在一个问题：如果给他打了满分，就有助于他获得甲等成绩，甲等又往往被看作专业能力的证明；而事实上，这个学生的回答却不能证明他具有相应的物理方面的能力。最后，我只好建议让这个学生就这一问题给出另一种解法。我的同事接受了这一建议，让我惊讶的是那位学生也同意了。

我给这个学生6分钟时间来解答这道题，并提醒他必须运用物理知识来解答。5分钟过去了，这个学生一直未动笔。我问他是否想放弃。他说不。他说关于这个问题，他还有多种解法，他正在考虑用最好的一种。我请他原谅我打断了他的思考，并请他继续。在最后一分钟里，他匆匆写出了如下答案：

"把气压表拿到大楼的顶楼，让气压表沿屋顶边沿落下，用一块跑表测出其下落所用时间，然后用公式S=2，从而计算出大楼的高度。"

我问同事是否愿意做出让步，他让步了。我给这个学生打了一个接近于满分的分数。

我正准备离开办公室的时候，突然回想起这个学生说他就这一试题还有几种不同的解法，所以我又回过头来问他。他说："是的，借助于气压表还有许多种方法可以得到这幢大楼的高度。比如说，你可以在一个阳光灿烂的日子里，测量这个气压表的高度、气压表阴影的长度、以及大楼阴影的长度，然后用一个简单的比例就可以得出大楼的高度。"

"很好，"我说，"还有其他方法吗?"

"当然。"这位学生说，"还有一种你也许也会喜欢的最基本的方法：当你上楼时，就用气压表测出这层楼的墙有几个气压表高度，据此，你可推知这幢大楼有多少个气压表长度，从而得知大楼的高度。

"当然啦，如果你想用一种更复杂的方法的话，你可以把这个气压表系在一根细绳的一端，让它像钟摆一样摆动，然后用它测出其在街道水平面上的'g'值(重加速度)和其在大楼顶楼的'g'值。根据这两个重力加速度不同的值，用公式就可计算出大楼的高度。"

最后他总结道，还有其他一些方法可以解决这个问题。他说："也许其中最好的一种，就是拿着气压表到地下室去敲大楼主管人的。在他开门时，你可以这样对他说：'主管先生，我这儿有一个上好的气压表，如果你告诉我这幢大楼的高度，这个气压表就是你的啦。'"

最后，我不得不问他究竟知不知道这道试题的常规答案。他说他完全清楚，但他很厌烦学校的导师总是煞费苦心地教导他们如何用"科学的方法"来思考，用一种学究式的方式来探讨事物内在的逻辑性。由于头脑中充满着类似的想法，于是他嘲弄地提出复兴繁琐经验哲学的主张——意在向美国墨守成规的课堂教学进行挑战。

在那曾经受伤的地方，就生长出思想来。

教 训

小学教师叫班上每个学生讲个故事，然后说明故事的教训。苏姬第一个说。“我父亲有个农场，每星期我们把鸡蛋放进一个篮子运往市场，”她说，“有一天，因不路面凸起，鸡蛋从篮子里飞出来掉到地上，都碎了。故事的教训是：不要把你所有的鸡蛋放在一个篮子里。”

第二个说故事的是露西。“我爸爸也有一个农场，”她说，“一天，我们把12只鸡蛋放进孵卵器，但只有8只孵出小鸡。故事的教训是：不要蛋未孵就数鸡，如意算盘往往不可靠。”

最后一个是比利。“我叔父打仗的时候是开飞机的，被人击落，他用降落伞跳到一个偏僻小岛上，身边除了一瓶药用威士忌酒别无所有，”比利说，“叔父被12个敌人包围，他喝下那瓶威士忌，然后赤手空拳把敌人都打死了。”

“真是了不起，”教师说，“但故事里的教训是什么呢？”

“教训是，”比利说，“叔父喝酒的时候不要打扰他。”

叔父喝酒的时候不要打扰他。

春天的投资

我竭力说服自己早点起床。自从我们最小的儿子带着他的新娘离开我们以后，一天的大部分时间只有我一人在家。我的丈夫也在城里上班，因此白天我总是睡懒觉。

我最终还是使自己从床上“站”了起来。想起该检查一下马桩子，看看马匹是否拴牢。我来到了农场空关着的旧农舍，发现有块窗玻璃碎了，前门微开着，我儿子放在那儿的自行车不翼而飞了！

我向警官报告了失窃案。第二周警官打电话通知我小偷已抓到，并问我是否打算起诉他们，我说当然是的。

在警署的大厅里，有两个弱小的男孩坐在那里，头发蓬乱，大眼睛里满是恐惧，不由让人想起受了惊吓的小松鼠。他们被带进了办公室。

“请等一下。”我说，“是否另有解决的办法?”“可否让这两个孩子为我工作一个春天?”我问道，“他们能赚到足够的钱赔偿那辆自行车，我也能得到一些帮助，而他们又能明白劳动的艰辛。”法官透过眼镜瞥了我一眼，“当然可以，但我希望你能明白将会遇到什么麻烦。少年犯监管员每周将来检查一次。”

星期六早晨七点整，我被敲门声吵醒。那两个孩子站在门廊前，在清晨刺骨的寒风中哆嗦着，我邀请他们进了屋，并为他们准备了早点。

我在做祷告时，他俩转动眼珠，互相挤眉弄眼。交谈中，我得知他们只有10岁和11岁，在同一个学校同一个班上学。10岁的那个父母去年离婚，已先后转了三次学。另一个男孩的母亲因丈夫之死，精神压抑已有好几个月了。

我们在花园里一直干到中午。因为我很累，我们就在小食店买了汉堡包当午饭。我让他们下星期一早晨九点来。

可第二天早晨七点，我又被吵醒了，仍是那两个叫齐本和戴尔的男孩。“我们有件礼物要送给你。”齐本说话时戴尔递过一条蛇。

我咬牙又把蛇递回去：“非常感谢，小伙子们，劳驾把蛇放到花园里去，也许它可以消灭一些昆虫。”两个男孩不由得面面相觑。

星期一很快就到了。我向男孩们解释菜苗和野草的区别。他们总有许多问题可问，我们在一起谈论生态平衡、野外生活和摇滚乐队等问题。等他们狼吞虎咽吃完午餐，我就给他们讲多年前曾逗乐过我的孩子们的故事。

两个男孩在农场搭棚、松地、种植芍药、蝴蝶花，帮着浇水、除草，采摘他们的劳动的果实。我们一起度过了整个夏天，一起去徒步旅行，一起去野餐。初秋时，我们种植了郁金香、水仙花和藏红花。齐本和戴尔问我为何要买这许多快枯死的“旧灯泡”，我则回答说它们会开出美丽的花朵——它们是我对“春天的投资”。

每星期我总向少年犯监管报告平安无事。

终于，孩子们还清了他们的欠债，并且有足够的钱买自己的自行车。学校开学了，但星期六和假日他们仍常来帮忙，自豪地向我显示取得进步的成绩单。

第二年春天，我病愈出院回家。齐本和戴尔骑车从镇上来看我——与往常一样，七点整。他们送我一大束他们种植的郁金香花。从厨房拿出我们一起做的草莓酱，一些饼干和牛奶，我拿起一块饼干就往嘴里塞，两个男孩齐声说：“哦，别忙！用餐前让我们先做祷告！”

我顺从地听着他们责怪我。我春天的投资终于盛开了。

地下同地上一样，有生命，有一群懂得爱和憎的生活。

方向感

我们之间第一次真动肝火了。那时我们正在苏格兰高原作蜜月旅行。我们一同驱车赶往一个小镇，尽管小镇的位置在地图上标得很清楚，但我们仍觉得像大海捞针一样难觅难寻。

从下午找到黄昏，夜幕将临，但我们眼前闪过的竟还是几小时前经过的那些村落和景致。妻子忍不住唠叨起来。看仍然说服不了我，她索性不再执拗，愤愤地坐在一边一言不发。

“过了那个山头，再过十分钟就到我要找的岔路口了。”我对她说，“我们真的快到了。”又过了20分钟，我们开到了一处偏僻的山间岔口，妻子终于忍不住对我发起火来：“你怎么搞的？不能停下向人问方向吗?为什么迷了路还要逞强?”

又转悠了许久，我们才来到一所阴冷透风的旅店酒吧(由于迟到了五个小时，我们预定的临海湾的房间被取消了)。我们找到了地方坐下，一边慢慢啜饮杯中的威士忌，一边分析刚才不愿停车问路的原因。

我觉得这是我生长在布朗士区的缘故。那里不同民族的移民都像巴尔干人那样刻板地划地为牢。你只要开口问路，立刻就会被人们当成外乡客并因此而遭人白眼。妻子反问道：她也是在布朗士区长大的，为什么她却从未有过这种恐惧感呢?

妻子问得很有道理。

“你父母怎样，他们也不愿打听方向吗?”妻子接着问道。

我清楚地记得，一次我们和父母一道去布鲁克林参加教区的节日，母亲开车，父亲坐在一旁指挥。“过了曼哈桥就到了。”父亲说。

车子过了桥，沿着两边公寓鳞次栉比的街道前行，车外时时闪过寂静的院落，被遗弃的旧厂房和作坊。偶尔有几只浑身沾满烟垢的狗冲着车狂吠几声，然后蹿向一边。最后，车子终于来到了一处伸向纽约港被风雨侵蚀得日渐腐朽的码头。远方，斯台顿岛依稀可见。

母亲一面调转车头，一面责怪父亲：“见鬼！我看我们该找个加油站问问方向！”父亲听罢一指前方说，“一直往前，然后往左一转就到了。”父亲那口气竟像钢铁一样硬。

车窗外漆黑一团，后排座上的两个姐姐睡得正香；这时，母亲再也憋不住了，她把车往路边一拐，停了下来，对着父亲喊道：“喂，为什么我们不能搞清方向再走？难道迷路还有什么见不得人的吗?”父亲也火了：“用得着吗？我根本没有迷路！”父亲的声音震得车窗玻璃哗哗直响，把正熟睡的姐姐们全吵醒了。

在苏格兰度过蜜月回到纽约之后，我总在琢磨这桩童年往事在我心里留下的印记。打这之后，我开始故意多问路，甚至明明认得路也去打听。为了减轻心理压力，我问路时总装出英国人或爱尔兰人的腔调，但这也不能使我心安。

后来，我把我的苦衷说给朋友听。我发现有这种恐惧的并非我一人，它并非因我幼年的经历才产生的。这种恐惧感是跨文化、跨年龄的。不论犹太人或非犹太人，黑人或白人，年轻人或老年人，几乎每和我谈话的男人都颇有同感。不管生长在何处，他们都忌讳求人问路。他们都有相似的体会；无论是夫妻间的口角还是恋人间的争执，导火线总是因为男人们都坚信自己的方向感，很少有例外的。

我逐渐认清了：尽管世界上因性别而产生的差异会逐步减少以致消除；尽管小伙子们不再会为哭鼻子而害臊，大姑娘们不再会为说脏话而羞赧；即使男人们在家操持家务，女人们外出参加全国篮球协会的比赛；男人对方向感的固执和自信也是丝毫不会改变的。

这种感觉来自男人的遗传基因，其根源远可追溯到几千年前，甚至百万年前，追溯到“爪哇人”、“北京人”和“尼安德特人”的时代。我们祖先中那些经长途跋涉跨过冰川原野和茫茫草原的猎人和游牧部落中的父兄们，他们嗅风辨向，在树上或地上安放标记，或仰视星相，或平贴地面，藉以确定正确的前进方向，不致使全族老幼陷入沼泽或成了凶残野兽的美味佳肴。

我和妻子结婚已有四年，同在外面作事，一起分担采购、做饭、收拾屋子和付账等家务琐事。在第一个孩子出生之前，还一起去听孕妇保健的讲座。但是，每到外出旅行的时候，我们绝不求人问路，这已成了我们夫妻间的默契。我嗅风辨向，仰观日月或是默默地盯着手中的地图，靠这些方式来辨别方向。

我们没有迷路，绝对不会迷路。

我们没有迷路，绝对不会迷路。

专注一件事

我第一次遇见贾金斯，是在好些年前，当时有人正要将一块木板钉在树上当搁板，贾金斯便走过去管闲事，说要帮他一把。

他说，“你应该先把木板头子锯掉再钉上去。”于是，他找来锯子之后，还没有锯到两三下又撒手了，说要把锯子磨快些。

于是他又去找锉刀。接着又发现必须先在锉刀上安一个顺手的手柄。于是，他又去灌木丛中寻找小树，可砍树又得先磨快斧头。

磨快斧头需将磨石固定好，这又免不了要制作支撑磨石的木条。制作木条少不了木匠用的长凳，可这没有一套齐全的工具是不行的。于是，贾金斯到村里去找他所需要的工具，然而这一走，就再也不见他回来了。

贾金斯无论学什么都是半途而废。他曾经废寝忘食地攻读法语，但要真正掌握法语，必须首先对古法语有透彻的了解，而没有对拉丁语的全面掌握和理解，要想学好古法语是绝不可能的。

贾金斯进而发现，掌握拉丁语的唯一途径是学习梵文，因此便一头扑进梵文的学习之中，可这就更加旷日废时了。

贾金斯从未获得过什么学位，他所受过的教育也始终没有用武之地。但他有的是钱，他拿出10万美元投资办一家煤气厂，可造煤气所需的煤炭价钱昂贵，这使他大为亏本。于是，他以9万美元的售价把煤气厂转让出去，开办起煤矿来。可这又不走运，因为采矿机械的耗资大得吓人。因此，贾金斯把在矿里拥有的股份变卖成8万美元，转入了煤矿机器制造业。从那以后，他便像一个内行的滑冰者，在有关的各种工业部门中滑进滑出，没完没了。

他恋爱过好几次，虽然每一次都毫无结果。他对一位姑娘一见钟情，十分坦率地向她表露了心迹。为使自己匹配得上她，他开始在精神品德方面陶冶自己。他去一所星期日学校上了一个半月的课，但不久便自动逃遁了。两年后，当他认为问心无愧、无妨启齿求婚之日，那位姑娘早已嫁给了一个愚蠢的家伙。

不久他又如痴如醉地爱上了一位迷人的、有5个妹妹的姑娘。可是当他上姑娘家时，却喜欢上了二妹。不久又迷上了更小的妹妹。到最后一个也没谈成功。

贾金斯的情形每况愈下，越来越穷。他卖掉了最后一项营生的最后一份股份后，便用这笔钱买了一份逐年支取的终生年金，可是这样一来，支取的金额将会逐年减少，因此他要是活的时间长了，早晚得挨饿。

然而，他的一生却向我揭示了一个我所体验过的最富有启发性的寓言。

他的一生却向我揭示了一件我所体验过的最富有启发性的寓言。

通向广场的路不止一条

走路时千万要记住，脚印要像书桌上压住一张纸的石子，不让风吹走纸一样，好好把道路守住，不让道路被扭曲，被风刮走。

一个女人的夜晚

关上房门，薇拉契卡自豪地摇了摇头，精神抖擞地朝车站走去。“都结束了。”她想，“终于分道扬镳了……而且，不是他离开我，却是我离他而去。在我们这个时代，这还有点儿意义呢。我自豪地走了——只拎着一只皮箱。现在我可以自作主张了：高兴的话，可以去看戏，来了情绪呢，可以去看电影，谁都不会碍我的事儿……”她一刻不停地朝前走。

“再不会有人追在我屁股后头一个劲儿地问：‘上哪去?’……”她凝神谛听了片刻。前面没有脚步声，两旁也没有……可背后似乎有声音，尽管这声音并不很响……薇拉契卡把皮箱换到另一只手里。

不知什么地方有只乌鸦在“哇哇”怪叫，薇拉契卡赶忙加快了脚步。“我顺小道走，不会碰到人的。手里这只皮箱虽说不大，可是谁都能看出来它挺沉，我拎着它够费劲儿的。再说，要是碰上坏人劫道，也没人保护我呀。最好碰到的是只野兽，一头熊，或者是一只狼，而我的丈夫，现在已经不是丈夫了，他一定知道我险遭不幸。没准儿，他还会后悔当初没留下我，或是后悔没有悄悄跟在我后面呢……也许，我还会天天晚上会和他会面呢，久久地凝视着他，没有一句话责备的话，尽管这事儿没什么可说的。可我现在走了，孤单单的。尽管谁都不来追赶我。谁都不来，谁都不想来……”

车站上空无一人。薇拉契卡在箱子上坐下来。寒风卷起雪粉撒向这个孤零零的人。“这会儿，家里一定是暖烘烘的……”薇拉契卡闭上眼睛。“每个电视频道都有节目。丈夫，过去的丈夫坐在温暖的屋子里欣赏电视节目。也许那些节目还挺带劲儿呢。他还会认为自己是一切财产，包括我工资的理所当然的支配者。是啊，我已经离家出走了，还有什么好说的呢？我谁都不需要。即使是丈夫，真遗憾，过去的丈夫。此刻，我坐在皮箱上，不知为了什么在等火车。可他，丈夫，真遗憾，过去的丈夫，却在看电视，逍遥自在。可我呢？要知道，我们还没有分手呢。我不过就是离家出走嘛，出门瞧瞧。”

薇拉契卡站起身来，伸手拎起皮箱，像来时一样精神抖擞地往回走去。“又不见一个人影。后面、两旁都空空荡荡，最糟的是前面没有人。没有感到歉疚不已，也没有感到后悔莫及，况且，我也不是永远离家，甚至不是真的离家出走，不过是出门看看嘛。像我这样离家出走，只有傻瓜才干得出来。况且，只穿一件单薄的衣裳，连皮外套都忘啦！忘在谁那儿？忘在丈夫那儿啦！我并没有跟他分手，我不会和他离婚，我不会去和他打官司的，我什么都不想分。好在我们这儿什么野兽都没有，没有狼、也没有熊。所在根本用不着担心它们会扑上来，只是别碰上坏人……"

薇拉契卡几乎是跑着来到家门的，蓦地，发现人影一闪。

"别坚卡！"她大喊一声，皮箱失手落地。

"我在这儿！"身旁响起了那极为熟悉的丈夫的声音，"我一直跟在你后头……"

"能帮我把箱子提进去吗？"……

"能帮我把箱子提进去吗？"……

一百条裙子和一个波兰女孩

今天是星期一，温达的座位空着。

温达坐在13号教室最后一排靠边的倒数第二个位子。

星期二，温达还是没到学校来。

星期三，和其他好学生一道坐在前面的佩吉和玛德琳终于注意到温达没来。佩吉在学校是最受人喜欢的女孩子。她长得漂亮，金棕色的头发，她还有许多漂亮的衣服。玛德琳是佩吉最好的朋友，她俩常常在路上等着和温达"玩"。

温达·佩特朗斯基，13号教室再没有比这更古怪的名字了。温达没有一个朋友，她一个人到学校，一个人回家。她总穿一条褪了色的蓝裙子，温达虽没有朋友，可是很多女孩子愿意围着她谈天。

“温达，”佩吉会很认真地问温达，同时还用胳膊肘捅捅身边的朋友，“温达，你说你的衣柜里有多少条裙子来着？”“100条，”温达说。

“100条！”所有的女孩子们惊呼起来。连游戏的女孩子们也会停下，围过来仔细听。

“是的，100条，挂满了我的衣柜。”温达说完紧紧地闭上嘴唇。

“都是什么样的？我想都是丝绸的吧？”佩吉说。

“是的，全是丝绸的，各种颜色都有。”

之后女孩儿们便散开，可没走多远便爆发出一阵阵笑声和尖叫声。

100条裙子！多滑稽！温达每天穿的不就是那条又破又旧的蓝裙子吗？可是她干吗要说谎？谁信呀！

当女孩子们尽情地说笑的时候，温达默默地走到校园挂满春藤的围墙边，等待上课铃响。

有时候，学校的女孩子们会在奥利弗大街的拐角处等着温达，她们会和温达一起走，一路问她许多问题。

“温达，你有多少双鞋子？”

“60。”

“60！60双还是60只！”

“60双。”

“昨天你还说你有50双呢。”

“现在我有60双了。”

一阵惊叹之后女孩儿们接着问：“都是一样的吗？”

“不，每一双都不一样，有各种颜色。”温达说完将目光移向远处，实际上她什么也没看。女孩儿们慢慢散开，边走边笑。佩和玛德琳总是最后走开，因为是她俩，更确切地说是佩吉发起了这“裙子”游戏。

对玛德琳来说，每天问温达有多少条裙子、多少顶帽子或多少这个、那个的游戏确实使她感到不安。因为她的家庭也不富裕，她经常穿别人穿过的衣服。

玛德琳有时想，要是佩吉和其他人将她作为下一个游戏的对象那该怎么办？

想着佩吉、温达和她的100条裙子，玛德琳突然想到了不久前的绘画比赛，因为这次比赛要求女孩子们画裙子，男孩子画摩托。不知谁会得第一，恐怕是佩吉，以往总是她画得最好，老师明天将公布结果。

第二天，玛德琳和佩吉一踏进教室便惊呆了。教室四周挂满了画。

上课了。玛森小姐首先宣布绘画大赛的得奖者。玛森小姐说：“大多数女孩都只画了一两幅画，但有一个女孩画了100幅，每张都不一样，每张都那么漂亮，13号教室应该为她感到骄傲，评委认为她的每一幅画都值得奖励，她就是温达·佩特朗斯基！遗憾的是温达已好几天没到学校，不能在这儿接受我们的祝贺，让我们期待她明天到学校来。”

“佩吉，你看，这是不是温达说她有的那条蓝裙子？真漂亮！”

大伙在看画时，校长办公室给玛森小姐送来一张条子，玛森小姐说：“这是温达父亲来的信，我给大家念一念。”

亲爱的老师：

我的温达不会再来你们学校了。我们将迁往一个大城市……

真诚的杨·佩特朗斯基

全班同学静静地听着。

玛德琳心底觉得很难受。

星期三下午，玛德琳和佩吉一块儿给温达写了一封信，告诉她获得了绘画大赛的头奖。她们本想向她道歉，但最终只签上了“爱你的××”。

圣诞节前夕，教室里装饰着圣诞树和圣诞铃。这时老师突然告诉大家温达来了一封信。她把信念给大伙听：

“亲爱的玛森小姐，你和13号教室的同学都好吗?请告诉班里的女孩子，她们可以把我的画拿走，因为我在我的新家又有了100条裙子。我想把那条镶红边的绿裙子送给佩吉，把那条蓝色的裙子送给玛德琳。我想念我曾经学习过的学校。祝每个人圣诞快乐。真诚的温达·佩特朗斯基。”

玛德琳心里依然闷闷不乐，因为她再也见不到那个紧闭嘴唇的波兰女孩了，她一个人站在校园里，看着别的女孩子说笑着走开。她刚才告诉她们，她有“100条裙子，挂满了衣柜。”

智慧是心思里歌唱的诗。

仅有爱是不够的

南希正在园子里栽种最后一排萝卜菜，这时她的男朋友丘克走过来，看了看发表议论说："南希，你把萝卜菜种到高作物下面了，这样阳光会被遮住的。"

南希目不转睛地看着他，心想：他从来就没有信任过我。"我不需要你的忠告。"她说道，"请你马上离开。"

其实南希完全误解了丘克的好意。因为丘克并无意识。

我们应该意识到这些无意识思想正在影响着我们的感情。大多数人认为他们的各种感情直接来源于周围的环境。对于连接环境和感情之间的瞬间思想人们往往毫不在意。

无意识思想最大特点就是太简单太一般化。例如：你的配偶发怒，你就断定他(她)不再爱你了。如果你的朋友没有理睬你，于是你就认为他"从没有"关心你。

你产生过这些无意识思想吗？"她没希望了。""他太自私。""她从没关心我。""他从不履行诺言。""她太懒惰。""他无责任感。"这些绝对的结论在婚姻家庭中会削弱相互之间亲密的关系。

如何避免苦恼的夫妇们遭受这种精神陷阱的折磨呢？

首先我们应该找出常常会引起脾气的爆发点。

例如：哈尔打电话说他下班回来很晚。他妻子温迪很生气，连晚餐也不做。

当哈尔发现温迪没有做饭，于是他就产生无意识思想：她不关心我。因此他也心烦意乱。

温迪和哈尔两人的无意识思想只是互相猜疑，毫无事实根据。

你的情绪反应是否建立在这种歪曲事实的基础上，请检查一下你的思想。问问自己：是什么迹象使你产生这种解释？有没有证据来推翻你的解释？

其次遇事要作出合乎情理的反应。

在我劝告哈尔和温迪的同时，我们找到了一些调整他们无意识思想的合理反应。例如：哈尔回晚了，温迪无意识地会想到：这太不公平了，我也工作，可我总是准时回家。当她重新考虑一下时，她合乎情理的反应是：他的工作不同，很多顾客很晚才光顾。

她另一种无意识的想法是：他的确不关心我。而合理的抉择是：他考虑真周到，回来晚了还来电话说一声。而且，大多数时候他对我的确表示关心爱护。

第三，重新塑造你的感性认识。

有时正是双方之间的吸引力尔后成了消极的东西。“他很自信”成了“他自私武断”。“她无忧无虑”成了“她无责任感。”结果这些不利的因素使你带上色彩去看待你的朋友。

例如：沙伦爱上了保罗，因为他很随和，充满乐趣，受人欢迎。保罗是一位自由作家，他也深深地被沙伦吸引住了，因为她有自信心，是一位很自信又很有能力的律师，她不允许同事或当事人对她发号施令。结婚几年后，他们互相之间的印象却改变了。沙伦认为保罗“懒惰、消极又无责任感”。而保罗又觉得沙伦“爱管闲事，盛气凌人”。

他们目前消极的精神状态就是他们互相之间的最初感觉太轻率。

为促进相互之间的和睦关系而去改变彼此间的个性，这显然没有那个必要。重要的是对一些消极的想法要去承认并加以改正。

这样的变化不是一夜间就会发生的，但在一种友好和睦的气氛中是很容易发生的。改变对你伴侣的消极看法，你能够获得许多促使你们两人之间更加亲密的积极看法。

改变对你伴侣的消极看法，你能够获得许多促使你们两人之间更加亲密的积极看法。

意外的报酬

我总认为做白日梦是没有害处的。在刷锅洗碗的时候，我会幻想自己正在接受本年度最佳电影女主角奖。在清洗烧黑了的炸锅时，我忙着准备领奖答辞。我最喜欢的白日梦——只在乘火车时做——我坐在南太平洋斐济群岛我家的凉台上，一面喝鸡尾酒，一面打字，创作一部新的畅销书。

白日梦的妙处在于它很渺茫，却足以自娱，因为在梦与我之间，还完全地隔着一个家，一份职业和三个孩子。可是最近，我意外地得到了一笔相当大的钱，我终于可以有一个投资白日梦的机会了。

关于投资忠告的信件雪片般飞来，弄得我晕头转向。我试着作出一决定：开一家旧书店。

这是大可一试的。孩子们都已长大，我有的是时间、精力和资本。为什么不能买进一家旧书店？要知道，这是我从上初中就开始做的一个梦。

后来我找到一家至少建于五十年前，但依旧美观、舒适的店铺。我犹豫了一会儿，然后就申请租赁。我知道签约之前自己是无法安眠了。

以后的几星期，我忙得一团糟。最后，该做的只剩下把购得的旧书从箱中取出，摆上架子了。

当我的白日梦成为真实的时候，我觉得自己像是一只画眉鸟，巢里养着一只鹧鸪。开幕并不铺张，亲朋好友们都来祝我成功，生意兴旺。

三个月过去了，半年过去了，我还在等待着成功。等待旧书店的盈利——事实上，很多人都以为我疯了，他们从不认为我的旧书店会盈利。

沉浸在梦里度过了美妙的十二个月之后，我的会计终于来劝我：既然入不敷出，为什么不肯把书店早些关闭呢？我说再等等，也许会有奇迹出现。

有一天，一位年高的妇女买了一本《玛丽公主的礼品书》，那是第一次世界大战前印行的一部精选的故事诗歌散文集。她告诉我，她在十几岁的时候，父亲曾送过她一本，战乱时丢失了。当她再度拥有这本书时，她把它紧紧贴在胸口。我觉得自己也分享了她对青春岁月美好回忆的喜悦。

一个9岁的男孩在儿童书籍部买了一本五角钱的书。两天后他又来了。他勇敢地对我说：“这本书我曾经读过？可否换一本？”我同意了。他第三次记忆失误之后，我们就停止了买卖的手续，索性改为他来借书，然后送还。

若不是我开了这旧书铺，我不会有幸遇见那位美丽而神采飞扬的女演员。她来买戏剧脚本时，常常谈起她生活中的故事，使我为之神往。和她谈话就像得到了一张剧院赠券。还有一位先生，酷嗜诗歌啤酒，在我店里一盘桓就是几小时，用深沉流畅的腔调朗诵雪莱、济慈和田尼逊的作品。

我还喜欢一位女士，她翻阅了一小时，选购了12本。“但是玛丽，”她的朋友提醒道。“这些书你可以从图书馆中借到。”

"我知道，"玛丽爽快地说。"但是如果我喜欢一本书，我就想自己拥有它。"我懂她的意思，爱书的人都懂。

我投资在一个梦里，尽管这个梦没给我带来任何经济上的收益，但我不后悔。旧书店不能赚钱，但是能结交朋友。还有什么别的投资能获得如此丰富持久的报酬?

拥有这意外的收获我心满意足，因为当我与来这书店的读者、购买者进行心灵间的对话时，得到的欢乐远远超过赚到金钱的得意。

所以关于奢侈与舒适，最明智的人生活得甚至比穷人更加简单和朴素。

体面的人

在一条光线暗淡的过道上，海曼检视自己刚刚拾到的钱包。只见里面装着面值20和100美元的钞票，总共一万美元！没有钱包主人的名片，没有任何信件或例条。总之，看不到任何表示失主身份的线索。

海曼清楚地知道在这种情况下应当怎么做，不管你发现丢钱人的名片与否。因为每个警察局都有一个失物招领处。

但是，一个钟头以前，海曼刚刚从银行里取出他的全部存款，那是他失业之前积攒的，一共是167美元30美分。除了这笔钱，他就一无所有了。

海曼开始在脑子里进行分析:对于那些如此大大咧咧，以致在大街上丢失一万美元的人，不值得让他们重新获得这笔钱。再说，也应该通过这件事给他一点教训！海曼这种想法并不坚决，但诱惑实在太大了。要是有了一万美元，他就可以成为一个小型修车厂的合伙人。他可以拼命干活，过一段时间，他就可以连本带息地偿还这笔钱。

海曼内心的激烈斗争终于结束了。他决定先不去警察局失物招领处:准备尽可能地利用这笔钱财。

海曼兴致勃勃地走进一家服装店。出来的时候，再也不是失业者的寒酸模样了。他在镜子前面照了照，看到的是一个满面春风，衣着体面的海曼。

他的这身行头花了138美元。他没有去动那些拾到的钱。他自己的钱还剩差不多30美元，可以用来吃一顿像样的午饭，然后，他衣兜里揣着一万美元，走向新的生活。

海曼想起，他的日子过得比较好的时候，曾经常跟朋友们去一家名叫托雷桑尼的餐厅吃饭。这些人哪，当你特别需要他们帮助的时候，他们躲着你的本事真大啊！

他又伤心地想起斯特莱，想起自己请求在他公司里找一份工作时，他是多么冷淡地拒绝了他。

斯特莱是不是仍然去托雷桑尼餐厅吃饭呢？海曼多么想以现在的这副模样去见一见那个无情地拒绝了他的人，让他看看没有他的帮助，他也没有饿死。

他推开那扇大玻璃门走进托雷桑尼餐厅，一眼就看见斯特莱像往常那样，正坐在最里面的一张桌旁。

海曼迈着沉稳的步子，走过斯特莱的身旁时彬彬有礼地跟他打了个招呼，然后挑了一张比较远的桌子坐下，点了一桌丰盛的午餐。

斯特莱惊奇地望着海曼，他的好奇心不断增强。最后，斯特莱忍不住站起来，径直走到海曼身边。

"见到你真高兴！看来你混得不错呀！"

海曼友好而又矜持地回答斯特莱的问候，然后请他坐下来一块儿喝一杯。斯特莱得知海曼如今已经当上了一家大公司的销售主任，几个月来，他的生意做得特别顺手。

"现在有什么打算？"

"我想休息一阵。我很想念这个城市。就回来看看。我想，说不定这里能找到什么值得做的贸易项目。无论如何，能休整几个星期也不坏。"

不到一刻钟，斯特莱说起他公司的一个代办处正缺一个负责人。

"你明白吧，亲爱的，我需要一个像你这样体面而又办事果断的人，一个有商业头脑的人。我早就想聘用你，可一直没有机会。如果现在你能到我的公司来，我将感到非常高兴。"

海曼知道自己的衣兜里揣着一万美元。所以对斯特莱的建议反应比较冷淡，只说这件事以后再说。

一个钟头以后，一张聘用合同已经装进了海曼的衣兜，就是说，从下个月起，他每星期将有850美元的薪金。海曼用他的30美元付了饭费，出了餐厅，立刻钻进了一辆出租车，吩咐司机："去警察局失物招领处！"

在警察局里，他受到充满敬意的接待。一个人在大街上拾到一万美元而把它们交到警察局，这种事可不是每天都能遇上的。

“请您稍等。”值班警察说了一声便进了隔壁房间。不一会儿，他陪着一个警官出来。警官听他讲完拾钱的经过，然后诙谐地笑笑，说：“您没有试图去花那些钱。算您走运。您知道，这笔钱是从银行里提出来去救被绑架的孩子布恩斯的。所有钞票的号码都已发往全国的商业单位。您要是去用那些钱，就会马上被捕。很难有人相信您的钱是在大街上拾到的，您甚至因此可能被送上电椅。现在，谁也不会怀疑您了，您保住了自己的体面。”

现在，谁也不会怀疑您了，您保住了自己的体面。

小提琴的生活

为了阐明我生活的信条，我必须简单介绍一下我的经历。

我生活的转折点是我决定不做发迹有望的商人而专攻音乐。我父母虽然同情我，也像我一样热爱音乐，却反对我以音乐为职业。考虑到我的家庭情况，他们的这种态度是完全可以理解的。我祖父在莫比尔的斯普林希尔学院教授音乐达40年之久，深受学院师生的热爱和敬重，他的工资却几乎不够维持一大家人的生活。父亲常说若不是祖母精明能干，克勤克俭，一家人非挨饿不可。所以在我们家，只要一提到音乐这个行当，大家就会想起那收入微薄、朝不保夕的苦日子。父母坚持要我上大学，而不准我进音乐学院，我也就上了大学。我记得自己当时还挺高兴，因为虽然我热爱小提琴，大部分课余时间都花在练琴上，但我还有许多其他的爱好。

不等我从哥伦比亚大学毕业，家庭经济严重恶化，我感到自己有责任退学找工作，就这样我被送进商界——事后我每次想起这段经历都觉得虚度了年华。

我从来无意贬低经商，我的意思是它不适合我。我经商只为了挣钱。除了能补贴家用给带来一点满足以外，我从这项职业得到的唯一东西就是钱。这是不够的。我感到年华似水从我身边流走。对职业的不满使我痛苦不堪。我唯一的抱负就是积攒足够的钱，然后改行，到欧洲去学音乐。于是，我天天黎明即起，练习小提琴，再去“商业区”上班，几乎来不及囫囵吞下仓促准备的早餐，搞得我可怜的妈妈惶恐不安。我不与商界同事共进午餐，总爱找个便宜的餐馆，随便混上一顿，信手写些和声练习曲。我不停地挣钱，终于，一分一分地攒够了出国的钱。这时，家庭经济情况也好转了，不再需要我的帮助。我辞去商务，感到自己像出狱的犯人一样自由，乘船去了欧洲，一去就是四年。我的学习要比从前想象的刻苦得多，然而生活得很快乐。

“快乐”一词还不足以表达我的心情。我是乐不可支，飘飘欲仙了。我过着真正的生活。我是个自由人，做我爱做的、命中注定要做的事情。

假如我一直经商，今天可能已经成了一个相当富有的人，但我却会认为我的生活并没有带来成功；为了金钱我可能放弃了一切无形的东西，放弃了精神上的种种需求，那是金钱永远买不来的。

我毅然脱离商业，实际上违背了所有的亲友的劝告。我们大多数人习惯把成功与金钱联在一起。那种为理想而放弃高薪的念头简直会被人认为是疯子的念头。如果真是如此，我倒要说一声：“咦！疯子真了不起！”

钱固然是好东西，但是为了钱而付出的代价往往是太高昂了。

钱固然是好东西，但是为了钱而付出的代价往往是太高昂了。

通向广场的路不止一条

小时候，父亲带我登上一个教堂的塔楼顶。这是离罗马不远的一个意大利小城的教堂。当时我非常纳闷：父亲为什么要带我上这里来呢？

父亲要我往下望，巍峨的塔楼令我头晕目眩，但我还是鼓足勇气向下望去。我看到小城中央有个广场，纵横交错的大道小路曲里拐弯地通向那里。父亲意味深长地对我说：“瞧，孩子，通向广场的路不止一条。生活的路也是一样的，如果不能达到预想的目标，你就试着走另一条路。”我突然明白了父亲带我到这来的缘由。

早些时候，我曾因学校午饭糟得难以下咽而求助于妈妈。妈妈不肯，她不相信学校的伙食像我所说的那么糟。我向父亲求助，他什么也没说，却带我登上这个高高的塔楼。当我们返回家时，我已经有了一个办法。第二天在学校吃午饭时，我偷偷地把汤倒在一个瓶子里，带回家后告诉厨师：晚餐时把这汤端给妈妈。计划进行得相当顺利。妈妈吞下满满一勺汤，即刻又吐了出来，大叫：厨师大概是疯了吧！我赶快把事情真相告诉了妈妈，第二天，她就去学校解决了我的午饭问题。

在以后的岁月里，我一直铭记爸爸给予我的启示和教诲。我从小立志做一个服装设计师，但在初上事业征途时，就发现路给堵住了，怎么办？不理会挫折和失败，用自己的想像力和智慧去寻找通向目标的另一条路。

我带着设计草图来到时装业的中心巴黎。但没一个有名气的设计师看中我的设计。然而有一天，我遇到一个朋友，她穿着一件非常漂亮的针织衫，色调虽然朴素，针脚却非同一般。“是你自己编织的吗？”我问。“不，是巴黎的一位女士织的。”“多有趣的针脚啊！”

朋友告诉我：编织这件线衫的女士是维迪安夫人，她是从故乡亚美尼亚学来的手艺。骤然间，我想象到把一种大胆的设计图样织进这种线衫中去，进而更大胆的设想闪现在我的脑际：何不开一家时装店，自己设计、制作、出售时装呢？对，我可以做，就从织这种线衫开始！我画了一幅粗线条的黑白两色蝴蝶图交给维迪安夫人，她把它编成一件线衫。当我把线衫穿在身上，去参加一个时装业人士聚会的午宴时，我觉得对我的考验来了。使我万分高兴的是，这件线衫受到人们的瞩目。一家很大的纽约时装店当即向我预订了40件，并要求两星期内到货。我欣喜若狂地接受了订单。然而，当我站在维迪安夫人面前时，我的心又凉了半截：维迪安夫人告诉我，那件线衫她花了一个星期才织好，两个星期织40件，是绝对不可能的！眼见的成功又要化为泡影，我极其伤心地走回家去。突然，我停住脚步：一定还有别的办法，这种针法虽然与众不同，但在巴黎的其他亚美尼亚人也一定会织。我又返回维迪安夫人的住处，向她解释我的想法。她虽觉得事情难办，但还是答应一起跑跑。我和维迪安夫人像侦探一样追踪住在巴黎的所有亚美尼亚人，最后终于找到了20名会织那种特殊针法的亚美尼亚妇女。两个星期后，40件线衫完工了，我的时装店的第一批货物运往美国。

不理会挫折和失败，用自己的想像力和智慧去寻找通向目标的另一条路。

最好的忠告

认识你的目标，并且努力去做，奋斗。如果你爱，就应该爱美好的东西和真理，并好好维护它们。你有一个重大的责任，那就是使自己有正义感，使自己幸福。

最好的忠告

在我大约12岁时，有个女孩子是我的对头，她总爱挑我的缺点。日久天长，她把我的缺点数了一大串，什么我是皮包骨，我不是好学生，我是捣蛋姑娘，我讲话声音太大，我自高自大……我尽量克制着自己。最后，我再也忍不住了，含着眼泪和愤怒去找爸爸。

爸爸平静地听完我的申诉后，问道："她所讲的这些是否正确?"

"正确?但我想知道的是怎样回击！它同正确有什么关系?"

"玛丽亚，难道知道自己实际上是怎样的不好吗?现在你已知道那个女孩子的意见，去把她所讲的都写出来，在正确的地方标上记号，其他的则不必理会。"

我遵照爸爸的话将那个女孩子的意见列了出来，并奇怪地发现，她所讲的有一半是正确的。有一些缺点我不能改变，例如我很瘦；但是大多数我都能改，并愿意立即改掉它们。在我的生平中，我第一次对自己有一个公正清晰的认识。

我把单子送给爸爸，他拒绝收下。爸爸说："留给你自己吧！你现在比任何人都了解自己。

当你听到意见时，不要由于生气、伤心而听不进去。正确的批评你会分辨出，它在你的内心产生反响。"

父亲是镇子上最有学识的人。他是当地最有名望的律师、法官及校务会的会长。当然，眼下我还很难完全接受爸爸的话。

"不管怎样，我认为在别人面前议论我是不对的。"我说。

"玛丽亚，只有一条路可以不再被人议论、不受别人批评，那就是什么也不说，什么也不做。当然，结果便是你一事无成。你是不愿成为这种人的，对吗?"

"那当然！"我承认道。从那时起，我就立下了雄心。

对于如何正确地听取意见，我还经过一个更惨痛的教训。那次我们要参加一个高年级演出，在一个节目里，我将担任主角，多令人兴奋啊！

在演出的前几天，我的朋友们商定要到附近的湖边去野炊，那天天气阴冷，妈妈想让我呆在家里免得着凉。我为此大发脾气。最后在我答应不下湖游泳后，妈妈才让步了。

当然，我仅遵守允诺的字眼而不是精神。当别人下水时，我也不甘落后，穿上游泳衣上了划艇。

当我最后划向岸边时，几个男同学开始摇晃我的船；我正准备靠岸，船翻了。为了不掉到水里，我一步迈上岸，不料却踩到了一个破瓶子，碎玻璃一直扎到脚跟的骨头上。

在那场演出中，我没有上场。我住院时，我的替角的演出获得了成功。

“但是我遵守了自己的允诺，并没有去游泳。”我对父亲说。

“玛丽亚，妈妈讲的话，你只听了一半。她让你答应的是要避免感冒，去游泳只是它的一部分，你只听了一半道理。结果，你自己受到惩罚。”

最后我辩解道：“我所有的朋友都认为如果我呆在船里，就不会出事了。”

“但是他们都错了！”爸爸停了一会儿说，“你会发现世界上有许多人，他们自认为在对你负责。不要拒绝听他们的意见。但是只要吸收正确的，并去做你认为是正确的事情。”

在许多关键的时候，我都想起父亲的教导。由于一个偶然的机会，我来到好莱坞闯入电影界。在电影城我试遍了每一家制片厂。岁月流逝，两年过去了，我还没有找到工作。有一位导演，讨厌总碰到我。他说：“你的鼻子太大、脖子太长，你这副模样永远不能演电影。相信我，我是内行！”我想：假如这是正确的，但我对此无能为力。对我的脖子和鼻子我毫无办法，只好不管它们而用加倍的努力来取得成功！我所需要的正确意见，最后来自一位善良、聪慧，名叫杰罗姆·克恩的人。他对我说：“你必须学会用你自己的方法去唱。”

起初，我很灰心，对他的话也不大在意；事后，我又想了一遍，觉得很对。它鼓舞着我，正像父亲常对我讲的那样。假如我一旦成功，这一定是我自己，而不是别人。

几个星期以后，好莱坞夜总会宣布候补演员演出节目。同以往一样，“候补玛丽”又登台了。但这次，我不试图模仿他人，我是我自己。我不想施展魅力，只穿上一件普通的镶有黑边的白罩衫，并用我在得克萨斯学到的唱法放开喉咙歌唱。我成功了，并找到了工作。

假如我一旦成功，这一定是我自己，而不是别人。

迟来的花季

她站在一个普普通通的花园里，隐在黄色的、红色的、蓝色的花儿之间，这里囊括了所有的色彩。可她自认为是一支特别的花。还在春天时她就下定决心，任何情况下绝不过早开花，否则就有可能成为一场晚霜冻的牺牲品。

当第一批花在春天犹犹豫豫地绽开花蕾时，她想："我的花伴们多么轻率啊，居然拿自己的青春去冒险！"等到有些花果真没能挺过一次夜间霜冻时，她感到自己的担心得到了证实。

尽管如此，花儿们还是在五六月间竞相开放，只有这一支，仍在高傲地擎起花蕾，拒绝绽放。"这些花早就该开了。"她自语道。对于一朵花在绽放伊始所能撞上的所有倒霉事她都有所耳闻。春季夜霜冻时有发生，或许再加上点儿雪。此外夏天的雨也有可能打落花瓣。没有花瓣的花儿该是什么样子啊！所有的妩媚都将消失殆尽。

她还有这种顾虑：假如自己开得太美了，没准儿会被人摘下来。不，她可不愿意植根在花瓶里，而花蕾是没人采摘的。她打算到感觉绝对安全的时候，再竭尽全力博得一放。

但她无论如何还是暗暗惊羡于同伴们的美丽了，生机勃勃的纷繁景象对于她这支一直战战兢兢蜷缩在花苞里的花来说，有时候未免有些惊心动魄、咄咄逼人——难道这是因为她在潜意识里认为这种景象精彩壮观、令人神往吗？其实在她的花心深处，她还是愿意和大家一同开放的。

有些日子她变得不那么坚定了：是不是完全可以加入到争奇斗妍的行列中去呢？可如果她不够美或是花香不够迷人，别的花儿会怎么想呢？也许盛开的她会被否定？

常常在这些疑问让她心神不安时，她会觉得任何情况下还是呆在花苞里是最安全的。只要留在花苞里，恐惧感便对她奈何不得。而且在某些风凉的夏夜，花蕾还能支撑她并赐予她热量。但她同时也感到孤独和花苞里的狭窄，这种感觉时时困扰着她。还有一种感触便是，她被花坛中盛开的花朵排除在外，与充实饱满的生活隔绝开来了。

渐渐地她越来越手足无措了。一方面不想放弃花蕾带来的安全，另一方面又不能心安理得地原封不动。现在怎么办？她想："其它的花看到我开了会是什么反应呢？她们一直当我只是个蓓蕾，假如我把最里层的东西绽露无遗，可能会贻笑大方的。"而她是无论如何都不能忍受被人取笑的。

所有潜伏在外部的威胁重又向她袭来！那朵自负的翠雀不是刚刚被夜风刮倒吗？还有那些春白菊，几乎整个花坛的春白菊都被一个小姑娘摘走了，简直就是拦腰折断。不，拜托，她可再别这样了！但仍有某种力量在催促她一起开放，承接阳光，吸吮雨露，融入美妙缤纷的色彩世界。可她的花瓣到底会是个什么样子呢！她担心那会是很丑的——同时又对自己深感好奇。

终于到了九月末，作决定对她而言愈发难了。恐惧和好奇、安全和生命的乐趣在花的灵魂之中战事正酣，没有任何一方占据上风。现在的她，已经长成了一支老蓓蕾。也许她依然有所期待，直到外部绝对安全为止。她一直是个蓓蕾，不曾有过丝毫开花的经历，此时她的心中却有一种渴望越来越强烈：绽开的花朵是多么美啊！那朵锦葵配上她那粉红色的面颊，显得多么协调！野豌豆花在风中摇摆得多么狂野！金黄色的太阳花鹤立鸡群，又是多么引人瞩啊！而她，却是一支日渐忧伤的花蕾。一天天地，她想清楚了，一支安逸的蓓蕾——但在骨子里却是一朵花，一朵不敢开放的花。

后来，在一个美丽的九月清晨，她从变硬的外壳中探了出来的，是一朵了不起的奇妙的花，她令人惊羡了许久。现在她知道了，开花意味着存在，而与能力大小无关。

现在她知道了，开花意味着存在，而与能力大小无关。

成功的试验

两个大学生乘车来到一个小城市，在一家旅馆投宿。店主像通常所做的那样，问他们姓名、职业、要在此处住多久。这两个外地人说：“我们是格劳克城的著名医生，大约要在这儿住四个星期。但您不要将这告诉任何人，因为我们要在这里做一个试验，我们需要安静。”好奇的店主问：“究竟做什么试验?”

“在格劳克城我们做出了一个奇迹：将死人重新搞活过来。这种试验，我们在那里用了三个星期时间。现在我们要在这里，在另一种条件下重做。”

显然，店主立即将这奇怪的故事传开了。开始人们对此只是一笑了之；但这两个外地人的行动却渐渐地引人注意了。他俩经常到公墓去，久久地停留在一些坟墓前，其中包括一个富商的年轻妻子的墓。他们同人们交谈，询问有关这个年轻太太和其他葬于此公墓的死人的情况。

整个小城渐渐地处于一种奇异的不安之中。首先是那商人，他真的相信这种神奇的试验会成功。他同城里的医生交谈，现在连医生的脸也严肃起来了。三个星期的时间快要过去了，肯定要发生什么事了。

第三星期的周末，这两个外地人收到了商人的一封信。“我曾有过一个像天使一般的妻子，”他写道，“但她重病缠身。我很爱她，也正因为如此，我不希望她重返病体。你们别扰乱她安宁吧！”信封里放了一大笔标明是作为谢礼的钱。在第一封信之后，其他的信接踵而来。

一个侄子继承了他叔叔的遗产，很为他死去了的叔叔再复活而担忧；一个在其丈夫死后又重新改嫁了的女人写道：“我的丈夫很老了，他不想再活了。他已得到了他的安宁。”……这些信的信封里也都放着一笔款。

两个外地人对此一言不发，夜里继续着他们的公墓之行。这时，小城的市长进行干预了。他当市长才不久，而且很想长期当下去，不愿再跟死去的，前任市长会面。他向这两个大学生提供了一大笔款。“我们的条件是，”他写道，“你们不要再继续试验下去了。我们相信你们能将死人搞活，还可以给你们一份证明。我们这里不想要奇迹，你们立刻离开这个城市吧！”

这两个外地人拿了钱和证明，收拾起他们的行装，离开了这城市。“试验”成功了。

我们这里不想要奇迹，你们立刻离开这个城市吧！

新年的钟声

维伯夫人是个盲人，最近几个月健康状况不好。

维伯夫人和丈夫，住在教堂边的一所房子里。在一个除夕之夜，维伯夫人像往常一样早早上床，而维伯先生则仍在看电视。但是，在十点多钟光景的时候，维伯夫人却出乎意料地走进了起居室，大声地对她的丈夫说："亲爱的，我想，我们应该守岁，听教堂的钟声敲响。"

这么些年来，维伯夫妇一直住在城里。维伯先生已经忘了在除夕之夜听教堂的钟声了。而当维伯先生想起来的时候，附近那个教堂的钟，已经坏了十几年了，不过，维伯先生听了太太的建议，还是很高兴地回答说："当然可以，亲爱的，坐到我身边来，我们一起来守岁。"

于是维伯夫妇俩一边坐着，一边轻轻地闲聊，他们在等待着那永远不会敲响的钟声。

午夜到了。伴随着午夜的来临，居然传来教堂那悦耳的钟声！

"啊！钟响了！"维伯夫人喜悦地喊着。

确实，这所教堂的钟正在敲着。

这是维伯夫妇在一起度过的最后一晚。因为，新年的早晨，维伯夫人在睡梦中平静地离去。

维伯先生不知道这所教堂的钟是最近刚修好的，更不知道一群年轻人为了这一对老人度过一个愉快的新年，他们冒着寒风辛苦了一晚在修理这钟。维伯太太自然也不知道。但维伯太太终于在临终时听到了新年的钟声！

"当然可以，亲爱的，坐到我身边来，我们一起来守岁。"

系于一发

我们想：让姑妈把秘密公开吧！我们虽年幼，但毕竟长大了，好歹快成年了。有什么事不能对我们说呢。埃弗里纳姑妈真不用对我们保什么密了。就说那个圆的金首饰吧，她用一根细细的链，总是把它系在脖子上。我们猜想，这里准有什么异乎寻常的缘由，里面肯定嵌着那个她曾爱过的年轻人的小相片。也许她是白白地爱过他一阵哩。这个年轻人是谁呢？他们当时究竟怎样相爱的呢？那时情况又是如何呢？这没完没了的疑问使我们纳闷。

我们终于使埃弗里纳姑妈同意给我们看看那个金首饰。我们急切地望着她。她把首饰放在平展开的手上，用指甲小心翼翼地塞进缝隙，盖子猛地弹开了。

令人失望的是，里面没有什么相片，连一张变黄的小相片也没有，只有一根极为寻常的、结成蝴蝶结状的女人头发。难道全在这儿了吗？

"是的，全在这儿，"姑妈微微地笑着，"就这么一根头发，我发结上的一根普普通通的头发，可它却维系着我的命运。更确切地说，这纤细的一根头发决定了我的爱情。你们现在这些年轻人也许不理解这点，你们把自爱不当回事，不，更糟糕的是，你们压根儿没想过这么做。对你们说来，一切都是那样直截了当：来者不拒，受之坦然，草草了事。

"我那时十九岁，他——事情关系到他——不满二十岁。他确是尽善尽美，当然最重要的是，他爱我。他经常对我这样说：我该相信这一点。至于我呢，虽然我俩间有许多话难以启口，但我是乐意相信他的。

"一天，他邀我上山旅行。我们要在他父亲狩猎用的僻静的小茅舍里过夜。我踌躇了好一阵。因为我还得编造些谎话让父母放心，不然他们说啥也不会同意我干这种事的。当时，我可是给他们好好演了出戏，骗了他们。

"小茅舍坐落在山林中间，那儿万籁俱寂，孤零零地只有我们俩。他生了火，在灶旁忙个不歇，我帮他煮汤。饭后，我们外出，在暮色中漫步。两人慢慢地走着，无声胜有声，强烈的心声替代了言语，此时还有什么可说的呢？

"我们回到茅舍。他在小屋里给我置了张床。瞧他干起事来有多细心周到！他在厨房里给自己腾了个空位。我觉得那铺位实在不太舒服。

“我走进房里，脱衣睡下。门没上栓，钥匙就插在锁里。要不要把门锁上？这样，他就会听见栓门声，他肯定知道，我这样做是什么意思。我觉得这太幼稚可笑了。难道当真需要暗示他，我是怎么理解我们的欢聚的吗？话说到底，如果夜里他真想干些风流韵事的话，那么锁，钥匙，都无济于事，无论什么都对他无奈。对他来说，此事尤为重要，因为它涉及到我俩的一辈子——命运如何全取决于他。不用我为他操心。

“在这关键时刻，我蓦地产生了一个奇妙的念头。是的，我该把自己‘锁’在房里，可是，在某种程度上说，只不过是采用一种象征的方法。我踮着脚悄悄地走到门边，从发结上扯下一根长发，把它缠在门把手和锁上，绕了好几道。只要他一触动手把，头发就会扯断。

“嗨，你们今天的年轻人呀！你们自以为聪明，聪明绝顶。但你们真的知道人生的秘密吗？这根普普通通的头发——翌日清晨，我完整无损地把它取了下来！——把我们俩强有力地连在一起了，它胜过生命中其他任何东西。待时机成熟，我们就结为良缘。他就是我的丈夫，多乌格拉斯。你们是认识他的，而且你们知道，他是我一生的幸福所在。这就是说，一根头发虽纤细，但它却维系着我的整个命运。”

一根头发虽纤细，但它却维系着我的整个命运。

悟

中村家住在一幢在山腰里的商品小住宅里。家里四个人生活，父亲，母亲，还有念高校一年级的儿子贵之君和中学一年级的女儿和佳子。父亲已经四十四岁，是一家小公司的课长。

父亲近来心事重重。因为儿子贵之君变得很奇怪，他常常以文具费为借口死皮赖脸地要钱，虽然有时觉得他在撒谎，但也不好意思揭穿他，结果就把钱给他了。因为住房的贷款等，家庭经济拮据，所以有时父亲就从自己些微的私房钱中拿出一点给他。不仅如此，而且，贵之君的讲话也一天天粗野起来。

可是，父亲知道贵之君是个很有感情的孩子，很喜欢妹妹，所以他仍然非常信赖着儿子。

这时，发生了一件事，使父亲颇感没趣，就是他那长年使用的饭盒出现了一个洞。虽然饭盒太深，用起来极不舒服，可一旦坏了，父亲仍非常沮丧。

孩子他妈在附近的超级市场买回了两个饭盒，给贵之君和父亲。贵之君以前是带钱去学校买饭的。现在想尽量不让他带钱，于是就让他用饭盒带饭。

可是，父亲不喜欢这饭盒，因为装饭和装菜的夹层是分开的。

父亲带的饭菜每天都是大马哈鱼，这在公司里出名了。炒鱼块直接铺在饭上，盖上盖，父亲吃饭时，把盖翻过来横在边上，接着把饭上的鱼块移到盖上，于是压着鱼块的那部分饭呈浅黄色。那里是父亲最爱吃的，有时他特地先吃饭盒的四周，最后吃那一部分。不过，时间一长，他也有点吃腻了。

那时已是5月，天气和煦春意阑珊。

父亲结束了上午的工作，像平时一样习惯地从包里取出饭盒，打开盖一看，父亲倒吸了一口气。装菜的夹层里放着酱汁牛肉、炒香肠、烤蛋，还有莴苣。父亲吃惊地张大嘴愣了老半天。这时有同事在边上走过，他慌忙盖上盖。他总觉得有些不好意思。接着打开装饭的夹层，父亲简直不相信自己的眼睛了。米饭上紧紧地铺着一层黑黑的海苔。

难道……父亲喃语着，用筷子抠着饭盒角。“果真!”父亲在心中惊叹着，受宠若惊。

这是两层海苔便饭。父亲想起很早以前已经去世的母亲用薄薄的红棕色的海苔替他制作的海苔便饭。那已经是二十多年以前的事了。父亲不由感动得热泪盈眶。

这天，父亲一整天都感到心里暖乎乎的，甚至有些神思恍惚。在回家的路上，他还用私房钱在站前水果店买了四只很贵的甜瓜当作礼物，而且他归心似箭，真想一步跨回到家里。

走到大门边时，传来贵之君在发脾气的声音。父亲的心情晴转阴了。走上前时，能清楚地听见贵之君的声音。

“那样的饭能吃吗?”

好像是借口带的饭菜不好在责怪母亲。父亲不由得心头火起。“今天要和贵之君好好谈谈!”他这样想定后，推开大门。这时，传来母亲的声音。

“你和你爸爸的饭搞错了呀!”

通向广场的路不止一条

“我回来了。”他有气无力地说道，打量着两人的脸。母亲一张总是局促不安的脸，一张总是受贵之君责怪的脸。可是，贵之君不同，是一副带愧意的表情，而且显得柔和。父亲不由尴尬地把甜瓜放在那里，走上了二楼。

从此，中村家发生了变化。最大的变化是贵之君。他几乎不向家里要钱了。讲话虽然还是很粗野，但能够感受到话音里饱含着柔情。

父亲和以前一样还是带大马哈鱼，但也有贵之君带剩下的菜。

父亲几次想要对贵之君说，“大马哈鱼也很好吃啊。”但他打消了这样的念头。因为父亲明白，贵之君转变的原因，是那次与父亲换错了饭菜，但无论如何，此事使贵之君变得温柔了。

暖春的阳光，如今也洒满在中村先生的家里。

这天，父亲一整天都感到心里暖乎乎的，甚至有些神思恍惚。

新一代人的新时代

时代变了，变得我们无从辨认。我们的历史是血红色的，因为它充斥着战争、暴力和仇恨。之所以是这样，也许是因为过去我们一直靠自己的土地生活，靠宗教争端维系生存。然而，现在我们毕竟明白了，靠科学技术能够活得更好。民主既不意味着只有持同样观点的人们才能相聚，也不是说只有相近的思想才能交流；不同民族的人民能够聚首一堂，不同的主张能够相互切磋，这才是民主的真谛。我们也已经明白，人类能够在一个多元化的世界中共处，通过教育、科研和交流推动时代前进的步伐，迎接一个没有障碍，没有偏见，差异逐步缩小的新世界。

的确，这个新世界属于青年。关于经济全球化，我们说得够多了，然而，青年全球化才是最重要的现象。青年更关心全球大事，对于专业追求更急迫。对于我们这一代人亲身经历过的对抗、战争、冲突等等，许多青年人几乎一无所知。青年也许没有宣言可发表，但是，他们确实有自己的思想。在我看来，青年人喜欢穿牛仔裤、恤衫，表明他们要求平等、开放。绝不可以凭穿着、肤色取人，无论是黑人还是白人，是富人还是穷人，是男人还是妇女，都要求平等、开放。他们在街头、广场唱歌跳舞，只是因为他们不想购买价格昂贵的剧院、音乐厅入场券。他们中有些人拥有电脑，并且上了因特网——假如你在家里有一台电脑，那么你的家就不仅仅是家，因为它已经与全球联系在一起。他们不知道打仗有何必要，人与人为什么要相互争头。对于他们的看法，我们只能同意，因为人类能够携手前进，无须兵戎相见。

现在，十二三或十四岁的男女孩子实际上成了我们过去所说的“成年人”。他们知道的东西，比我们十七八岁的时候还要多得多。他们都在寻求发挥才干的机会，他们敢于迎接挑战。

我认为，青年人有权利按照自己的方式生活。我恳切希望全球青年组织起来——是自己组织起来，而不是通过政府——从而有组织地实施自己的设想。应当让他们享受自己建造未来的权利，因为时代毕竟变了，新的一代正在成长。但愿这代人的生活更美好。

我认为，青年人有权力按照自己的方式生活。

米洛的维纳斯

我注视着米洛的维纳斯，一种奇怪的念头油然而生：为了这绝代妩媚，她必须失去双臂。

这尊雕像由帕罗斯出产的大理石雕刻而成，据说是19世纪初在米洛岛由农民意外地发掘到的。后被法国人买去，运至巴黎的卢浮宫。那时，维纳斯就已经把她的双臂巧妙地遗忘在故乡希腊的海中或陆地的什么地方了。不，更准确地说，是为了自身的美丽，她下意识地藏起了双臂。这样做也是为了顺利地跨越国界，为了更好地超越时代。

无疑，维纳斯所具有的高雅与丰满的高度和谐，令人叹为观止。她可以被称为美的一个典型。无论是容貌还是由胸部到腹部的曲线，或者是舒展的后背，无论你从什么角度观看，维纳斯的每一个部位都充满了几乎使人百看不厌的匀称的魅力。而与这些相比，你若稍加留神便不难发现：失去的双臂更笼罩着某种难以捕捉的神秘美的气氛。而所谓米洛的维纳斯的断臂复原方案，只会令我觉得扫兴、滑稽，而且荒诞透顶。当然，为了复原，一切的尝试都是合理的，由此可以客观地推断出失臂的原貌。

譬如，维纳斯的左手，或许正托着一只苹果，或许正撑着一根人形石柱，还可能正持盾执笏。不，也许与这些姿势都迥然不同，它表现了维纳斯沐浴后略带羞涩的娇态。我们还可以进一步想象：实际上她并不是单人雕像，而是群雕中的一个，她的左手是否正搭在恋人的肩上呢？——人们可以靠求证和想象来尝试各种复原方案。我查阅过有关的书籍，一边注视着书中的示意图，一边却被一种非常空虚的情绪所侵扰。因为无论选择哪种图像，如前所述，都不可能产生出比失去双臂更胜一筹的美。假如有一天真正的原形被发现，那原形又令我无可置疑地信服，那我大概会带着一种愤怒来否认这个真的原形。

另有一点也很有意思，为何维纳斯失去的是双臂而不是其他什么呢？倘若失去的不是双臂，而身体的其他部分，恐怕我在此讲述的感想就不一定会产生。例如，假使维纳斯缺了眼睛，少了鼻子，或者是损坏了乳房，而双臂却完好地长在身上，那么，这尊维纳斯就不可能产生生命所具有的变幻不定的光辉了。

为什么失去的必须是双臂？我不想在此讨论雕像中躯干部分的美学意义，而是想谈谈手臂，更确切地说是关注手在人类生存方面所具有的象征意义。

手最深刻、最根本地暗示了什么呢？不消说，手的本质与手的象征意义在某种程度上是一致的。人与世界发生千变万化的联系，而手正是联系的一种手段。一位哲学家说机械是手的延长，这一比喻确实很精彩。一位文学家的回忆洋溢着初握恋人之手时的幸福感。米洛的维纳斯受到美术作品命运的摆布，她失去双臂，受到某种难以想象的嘲讽。反过来看，正是因为维纳斯失去了双臂，才奏响了对那双手的姿态进行各种想象的梦幻曲。

手的本质与手的象征意义在某种程度上是一致的。

飞蛾之死

白昼出没的飞蛾，准确地说，不叫飞蛾；它们激发不起关于沉沉秋夜和青藤小花的欣快意念，而藏在帷幕幽暗处沉睡的最普通的“翼底黄”飞蛾却总会唤醒这样的联想。“翼底黄”是杂交的产物，既不像蝴蝶一般色彩鲜艳，也不像飞蛾类那样全身灰暗。尽管如此，眼前这只蛾子，狭狭的双翼显现着枯灰色。翼梢缀有同样颜色的一圈流苏，看上去似乎活得心满意足。这是一个令人神清气爽的早晨。时届九月中旬，气温舒适宜人，而吹过来的风已比夏季清凉。窗户对面，犁耕已经开始。铧片过处，泥土被翻了起来，显得湿漉漉又乌油油。从田野以及更远处的丘陵，一股勃勃生机扑面而来，使双眼难以完全专注于书本。还有那些白嘴鸦，像是正在欢庆某一次年会，绕着树梢盘旋，远远望去仿佛有一张缀有万千黑点的大网撒开在空中。过了一会，大网慢慢降下，直到林中的每一处枝头落满黑点。随后，大网突然再次撒向天空，这一回，划出的圆弧更大，同时伴以不绝于耳的呱呱鸦噪，似乎一会儿急急腾空而去，一会儿徐徐栖落枝头，乃是极富刺激性的活动。

一种活力激励着白嘴鸦、掌犁农夫、辕马，影响所及甚至连贫瘠的秃丘也透出了生气。正是这种活力撩拨着飞蛾鼓翅，从正方形窗玻璃的一侧移动到另一侧。你无法不去注视它；你甚至对它产生了一种莫名的怜悯。这天早晨，生命的乐趣表现得淋漓尽致又丰富多样。相比之下，作为一只飞蛾浮生在世，而且是只有一天生命的飞蛾，真是命运不济。虽则机遇不堪，飞蛾却仍在尽情享受，看到这种热情不禁引人唏嘘。它劲儿十足地飞到窗格的一角，在那儿停了一秒钟之后，穿越窗面飞到另一角。除了飞到第三然后又是第四角，它还能做什么呢?

这就是它能做的一切，虽然户外丘陵广袤，天空无际，远处的房屋炊烟缭绕，海上的轮船不时发出引人遐思的汽笛声。飞蛾能做到的事，它都做了。注视着它的时候，我觉得在它羸弱的小身体里，仿佛塞进了一缕纤细然而洗练的世间奇伟的活力。每当它飞越窗面，我总觉得有一丝生命之光亮起。飞蛾虽小，甚至微不足道，却也是生灵。

然而，正因为它微不足道，正因为它以简单的形式体现了从打开的窗户滚滚涌进并在我和其他人大脑错综复杂的狭缝中冲击而过的一种活力，飞蛾不但引人唏嘘，还同样令人惊叹，使人感到似乎有谁取来一颗晶莹的生命之球，以尽可能轻盈的手法饰以茸羽之后，使其翩跹起舞，左右飞旋，从而向我们显示生命的真谛。这样展示在人们的面前，飞蛾使人无法不啧啧称奇，而在目睹飞蛾弓背凸现的模样的同时，看它装扮着又像背负了重荷，因此动作既谨慎又滞重，人们不禁会全然忘记生命是怎么一回事。人们倒是会又一次想到，生命若以另一种不同于飞蛾的形态诞生将可能变成什么，而这种想法自会使人以某种怜悯的心情去观察飞蛾的简单动作。

过了一会，飞蛾像是飞得累了，便在阳光下的窗沿上落停。飞舞的奇观已经结束，我便把它忘了。待我抬起头来，注意力又被它吸引了去，只见它在试图再次飞起，可是因为身体已太僵直，要不就是姿态别扭，而只能扑闪着翅膀，落到窗玻璃的底部。当它挣扎着往顶部飞时，它已力不从心了。因为我正专注于其他事情，所以只是心不在焉地看着飞蛾徒劳地扑腾，同时，无意识地等着它再一次飞起，犹如等着一台暂时停转的机器重新开动而不去探究停转的原因。也许扑腾了七次，飞蛾终于从木质窗沿滑下，抖动着双翅，仰天掉在窗台上。它这种绝望无助的体位唤回了我的注意，我顿时意识到飞蛾陷入了困境，它的细腿一阵乱蹬，却全无结果，它再也无法把身体挺直。我手持一枝铅笔朝它伸去，想帮它翻一个身，然而就在这时我认识到，扑腾失败和姿态别扭都是死之将至的表征。

于是，我放下了铅笔。

细腿又抖动了一次。我像是为了寻找飞蛾与之搏斗的仇敌，便朝户外望去。那儿发生了什么？大概已是中午时分。田畴劳作业已停止。原先的奔忙已被静止所取代。鸟儿飞往小溪觅食；辕马立停。但是，那股力量依然聚集在那儿，一股冷漠超然、非人格化、不针对任何具体对象的力量。不知出于什么原因，与枯灰色的小飞蛾作对的，正是这股力量。试图抗拒这股力量，全然无用，我所能做的，唯有看着飞蛾软弱的细腿作出非凡的挣扎，抵拒那渐渐接近的毁灭伟力。毁灭伟力，只要它愿意，本可埋没整个一座城池；除了城池，还可夺去千万人的生命。我知道，与死神作搏斗，世间万物都无取胜的可能。虽说如此，因为筋疲力尽而小憩之后，细腿又拌动起来。这最后的抗争确属英勇超凡，而挣扎又是如此之狂暴，飞蛾竟然最终翻身成功了。当然，你定会赞同求生的一方。与此同时，在无人过问也无人知晓的情况下，这微不足道的小飞蛾为了维持既无他人重视又无他人意欲保存的生命，竟对如此巨大的伟力作出这样强悍的拼搏，这更使人受到异样的感动。不知怎么的，我又一次见到了那晶莹的生命之珠。虽说意识到一切全是徒劳，我重又提起铅笔。然而正在这时，确凿无误的死亡症状出现了。蛾体先是松弛下来，旋即变得僵硬。搏斗告终，这微不足道的小生命死了。看着飞蛾的尸体，看着这股巨大的伟力把这么一个可怜巴巴的对手捎带着战胜，我心头充满了惊异感。几分钟之前，生命曾显得那样奇谲，如今死亡也是同样地奇谲。飞蛾端正了身体，安安静静躺在那儿，端庄而毫无怨尤。哦，是的，它好像在说，死神毕竟比我强大。

这天早晨，生命的乐趣表现得淋漓尽致又丰富多样。

鸟与人

小鸟问它父亲：“世上最高级的生灵是什么？是我们鸟类吗？”

老鸟答道：“不，是人类。”

小鸟又问：“人类是什么样的生灵？”

“人类……就是那些常向我们巢中投掷石块的生灵。”

小鸟恍然大悟：“啊，我知道啦！……可是，人类优于我们吗？他们比我们生活得幸福吗？”

“他们或许优于我们，却远不如我们生活得幸福！”

“为什么他们不如我们幸福？”小鸟不解地问父亲。

老鸟答道：“因为在人类心中生长着一根刺，这根刺无时不在刺痛和折磨着他们，他们自己为这根刺起了个名字，管它叫做贪婪。”

小鸟又问：“贪婪？贪婪是什么意思？爸爸，您知道吗？”

“不错，因为我了解人类，也见识过他们内心那根贪婪之刺，你也想亲眼见识吗？”

“是的，爸爸，我想亲眼见识见识。”

“这很容易，若看见有人走过来，赶快告诉我，我让你见识一下人类内心那根贪婪之刺。”

少顷，小鸟便叫了起来：

“爸爸，有个人走过来啦！”

老鸟对小鸟说：“听我说，孩子。待会儿我要自投罗网，主动落到他手中，你可以看到一场好戏。”

小鸟不由得十分担心，说：“如果您受到什么伤害……”

老鸟安慰它说：“莫担心，孩子，我了解人类的贪婪，我晓得怎样从他们手中逃脱。”

说罢，老鸟飞离小鸟，落在来人身边，那人伸手便抓住了它，乐不可支地叫道：“我要把你宰掉，吃你的肉！”

老鸟说道：“我的肉这么少，够填饱你的肚子吗？”

那人说：“肉虽然少，却鲜美可口！”

老鸟说：“我可以送你远比我的肉更有用的东西，那是三句至理名言，假如你学到手，便会发大财！”

那人急不可耐：“快告诉我，这三句名言是什么？”

老鸟眼中闪过一丝狡黠的目光，款款说道：“我可以告诉你，但是有条件：我在你手中先告诉你第一句名言；待你放开我，我便告诉你第二句名言；等我飞到树上之后，才会告诉你第三句名言。”

那人一心想尽快得到三句名言，好去发大财，便马上答道：“我接受你的条件，快告诉我第一句名言吧！”

老鸟不疾不徐地说道：“这第一句名言，便是：莫惋惜已经失去的东西！根据我们的条件，现在请你放开我。”于是那人便松手放开了它。老鸟落到离地不远的地面继续说道：“这第二句名言便是：莫相信不可能存在的事情！”说罢，它边叫着边振翅飞上树梢：“你真是个大傻瓜，如果刚才把我宰掉，你便会从我腹中取出一颗重量达30米斯卡勒、价值连城的大宝石。”

那人闻听，懊悔不已，把嘴唇都咬出了血。他望着树上的鸟儿，仍惦记着他们方才谈妥的条件，便又说道：“请你快把第三句名言告诉我！”

狡猾的老鸟讥笑他说：“贪婪的人啊，你的贪婪之心遮住了你的双眼。既然你忘记了前两句名言，告诉你第三句又有何益?！难道我没告诉你：‘莫惋惜已经失去的东西，莫相信不可能存在的事情”吗？你想想看，我浑身的骨肉羽翅加起来不足20米斯卡勒，腹中怎会有一颗重量超过30米斯卡勒的大宝石呢?！”

那人闻听此言，顿时目瞪口呆，好不尴尬，脸上的表情煞是可笑……

一只鸟儿就这样耍弄了一个人。老鸟回望着小鸟说：“孩子，你现在可亲眼见识过了?！”

小鸟答道：“是的，我真的见识过了，可这个人怎会相信在您腹中有一颗超过您体重的宝石，怎么相信这种根本不可能存在的事情呢?”

老鸟回答说：“贪婪所致，孩子，这就是人类的贪婪本性！”

莫惋惜已经失去的东西，莫相信不可能存在的事情。

最珍贵的礼物

“好啦，孩子们，该上床了。”一听到这声音，我和孪生兄弟罗杰就会跑上楼，穿上睡衣。

妈妈则夹着书跟上来。做完祈祷后，我们趴在床上，用手托着腮，看着妈妈安详地在床边坐下。她静静地打开书，深深呼吸一下，便开始读起来。

在那些美好的夜晚，我们不晓得将会听到些什么。或许听到史蒂文森诗里神秘的骑手在奔驰；或许听到奇怪的朗姆佩尔斯蒂尔特金；或许听到勇敢的戴维在戈利安斯面前泰然自若；或许听到里维尔为自由而飞奔。

一会儿我们就靠在了妈妈身边。边看着书上的小黑字，边听着妈妈用语言把这些小黑字描绘成生动的图画，我们眼前出现了惠斯克斯与他的“伙伴”黑猫、黄狗从旧金山大地震中脱险的情景；出现了汤姆•索亚刷围墙的聪明神态；出现了霍雷修斯在罗马大桥上挥舞宝剑的英姿。

上小学一年级后，罗杰和我也能阅读了，我们过着双重文化生活。白天，我们读平淡的课本，里面讲的是快乐的孩子在漂亮的园子里玩球、参观奶品农场和与笑容满面的警察聊天的事。晚上——像古代国王洗耳恭听宫廷说书人讲故事一样——我们深深沉醉于妈妈的朗读中。

她念爱伦·坡的书，把我们带进惊险的场面，我们随着富·曼查走在伦敦雾蒙蒙的街道上。

妈妈给我们读莎士比亚、狄更斯、欧·亨利的作品。我们在不知不觉中产生了对妈妈的敬爱之情，在不知不觉中变得聪明起来。在朗读中，妈妈通过每一次停顿，每一次声调变化，每一次段落转移，都教给我们怎样使文字打动人：让人哭，让人笑，让人捶胸顿足。

在我们八九岁时，妈妈就不再在睡前给我们读书了。晚上我们在饭桌上做作业，直到妈妈走过来——手里拿着书——说：“听这个！”我们就把作业搁在一边，笑闹着给妈妈乱读点想听的书。

一年年过去了。我和罗杰都长大离开了家，上了大学，然后工作。我成了一家报纸的记者，罗杰成了一名英语教授。妈妈只有高中文凭，但与她通过阅读所获得的教育相比，这只不过是个注脚。妈妈当过秘书、洗衣工、化妆品推销员、学校的厨师、自选书店的营业员。最后，她“步我的后尘”踏进了报界。先是校稿员，然后成为一名编辑。

不幸的是，妈妈得了糖尿病，后来又好几次中风。现在，她变成了一个瘦小病弱、白发苍苍、离不开床和椅子的老人。她讲话很慢，哆哆嗦嗦，眼睛最终也瞎了。但她的思维仍然像从前一样敏锐。在经受这些打击的过程中，她表现出的信心和毅力就同她给我们讲过的英雄一样坚定。

现在，给妈妈读书成了我高兴做的事。当我说：“妈妈，我明天再来”时，我听到她奋力说出了一句不停顿的话：“太好了，孩子！”

我到妈妈家需要3小时。我每次都把一摞书放在车后座上，有些书是很久前妈妈给我读过的，已经很旧了。我踏进家门，妈妈就坐在床边，与我紧紧握手。我们互致问候，沉默一会儿后，她就断断续续地问我：“你……带的是……什么书？”

有时我给妈妈读她已发表的诗，有时读一段圣经，有时读一些我自己写的文章。我们又一次把自己带入如醉如痴的境界——从米尔顿诗的激情到保罗的书信，从赖利的伤感到马克·吐温的幽默。

当我把40多年前妈妈曾讲过的、令我们快乐的故事讲给她听时，再没有什么比听到妈妈笑声更让我高兴的了。我们又谈到瑟伯和本奇利。妈妈坐在那儿，两眼微闭，双手紧握，听着书中那让人哭、让人笑、让人捶胸顿足的语言，频频点着头。像旅行者在接近岸边时盼望着看到家一样，我们也沿着这些熟悉的小黑字，急切期待着重新再现曾是如此令人感到新奇欢悦的时刻。

在我回家的路上，我常回想起妈妈在普利茅斯晚上下班回家时的情景。她要开30英里的车，虽已很疲倦，但从未停止过给我们读书。而今，我也开着车去给妈妈读书。我感谢上帝创造了文字和书，感谢上帝使我能把妈妈先前给我们的最珍贵的礼物又赠还给她，感谢上帝使我由此而体验到无穷的欢乐。

我感谢上帝创造了文字和书。

人生的行李

人生的行李中，智慧是很重要的一件，梦也是。有时可以适当地扔掉一些行李，轻装上阵，就可以获得另外一种人生意境。有时可以增加一些新的行李，例如快乐、自信，增加它们带来的是新的风景。

人生的行李

身为人类的一员，宇宙让我印象深刻的地方就是它的巨大——大得使我做任何“比较”都变得毫无意义。事实上，也已经没有“比较”可言了：在无限的宇宙之前，地球的地位甚至不如沙滩上的一粒沙；而以这种比较基础来看，“我”在地球上的地位则还不如一粒沙中的某个原子。

如果这就是我在宇宙间的真正地位，那么我所碰到的问题又算老几呢？当然，这些问题对“我”都很重要，但是如果着眼于整个宇宙，它们就变得无足轻重。

我们每天碰到的困难当然都很真实，但我们若换一个较适当的观点来衡量事物，这些困难根本说不上是“大灾难”。在30年代晚期40年代初期，有个狂人叫做希特勒，他以病态方式屠杀了600万犹太人。

三十几年后，在史卡德这个地方，有个当时遭难的犹太人的儿子发现自己正陷入层层的困难中：在公司里，有个家伙千方百计地想把他从目前的职位上挤下来；他的医生警告他立刻戒烟，否则要面临严重的后果；他的情妇威胁他，如果不快点和他的妻子办妥离婚，就要把他剁成碎片。好，如果这个人突然发现自己回到1942年的奥许维兹集中营，会有什么结果？毫无疑问，以集中营的观点来看，现在所谓的困境简直就是天堂。

现在，假设你身在日本广岛，而时间是1945年，那我只好老实告诉你，你就要身陷绝境了！

但是你只不过是最近在商业交易中被人骗了一大笔钱而已，我确信只要你能够冷静下来，理性地衡量一下你的情况，绝对可以找出一条活路——因为你并不在广岛，而现在也不是1945年！

你因步入中年而郁郁寡欢吗？有些人根本不会为这种问题沮丧。世界上还有许多地区，人民的平均寿命仅有37岁，不管男人或女人，他们根本就不必经历所谓“悲惨的40岁生日宴会”！

你曾对柴、米、油、盐等日常开销头疼吗？请记住，这个世界每天平均有一万人死于饥饿，此外，还有好几百万人苦于营养不良所引起的各种疾病。

房租太贵让你烦恼吗？也许你宁愿是个生活在印度加尔各答的街头流浪汉。这些幸运的家伙从来不必为房租问题烦恼，他们生在街头，也死在街头。他们唯一要操心的事情，就是晚上睡觉前能不能找到一块破布当枕头。

当我们知道有这么多惨状仍在世界上很多地方被默默接受的时候，我们却因为在某个高雅的餐厅没占到好座位大发雷霆；因为体重没有减轻深感懊恼；为了每个月的账单抱怨不休。

这就是我们的烦恼，我们的问题吗？到底拿它们来和什么标准作比较？

长期不间断的专注于痛苦是一件既不可能又不正常的事。所以，如果我们的手扭伤了还得上场打球，如果我们感冒躺在床上还得担心办公室积压的公事，我们当然会心烦，这一点绝对可以理解。但是我们处事的观点若只局限于这类芝麻小事，那么即使是最微不足道的困难也可能变成人生的主要障碍，于是拘泥于这种小节终将耗尽我们宝贵又有限的时间与精力。

两千多年前中国有一位思想家叫做庄子，他有一段故事对我产生的影响非常深远。这位道家的宗师所表达的思想让我悠然神往。在那个古老的时代，人们毋须忍受今天我们所面临的诸多紧张。他们无欲也无争，所以庄子有的是时间去思考："从前，我曾梦见自己变成一只蝴蝶，翩翩飞舞，四处翱翔。当时，我就有此幻化成蝴蝶的激情。虽然是在梦中，我却意识清醒地自觉是只蝴蝶，再也感觉不出自己是以'人'的躯体存在。我突然醒转过来，发现自己躺在床上。在那一瞬间，我再也分不清自己到底是梦见变成蝴蝶的人还是梦见变成人的蝴蝶？"

老天，你觉得自己糟透了——一大叠账单，情人老是和你意见相左，修车的费用是原先估价的两倍……但这又有什么好烦恼的？你只不过是只该死的蝴蝶，刚刚作了个噩梦！

有太多人在人生旅途上携带了太多的行李——许多行李其实是不必要的。尽可能丢弃那些所谓的问题及烦恼吧！放慢脚步，轻松一下，好好想一想。不要急着用压力锅想把所有食物一次煮熟，做菜得一道一道来，你最好一次解决一个障碍。

有太多人在人生旅途上携带了太多的行李——许多行李其实是不必要的。

生 命

夏天是一个不可思议的季节。

洋溢着青春活力的年轻女子纷纷涌向避暑胜地，渴望已久的人群冲向大海，挤得沙滩上几乎没有立足之地。

碧蓝的天空。

火热的、光芒四射的太阳。

喧闹的夏天。

与此相反，夏天的沉静也是寂寞的。

我记忆中的夏天，总是那般静谧。

黄昏时分，我在须贺市立游泳池游过泳，带着仿佛仍置身水中的凉爽走在归家的路上，喧嚣渐渐离我远去。

百蝉齐鸣和向阳处与绿荫下的反差，无不飘荡着一丝悲哀的情调。还在很小的时候，有一天我在一户人家门前发现一个小小的奇特的栅栏。我倚着栅栏往里看，那里摆着一些用匣子和黄瓜雕成的小动物。

我不明白这到底是在做什么。我只记得我蹲在那里，对着那些小动物凝视良久。

我踌躇着，不敢碰它们一下。一股神圣的氛围笼罩着我。

若干年后，我第一次听说到了盂兰盆节的时候，人们要在门前点起篝火，迎接精灵的到来。

尔后，每逢夏天，曾经笼罩我的、宛如清风与时间都静止了一般的神圣氛围都要在我体内苏醒。

也许是因为盂兰盆节、停战纪念日和原子弹在广岛、长崎爆炸等等激烈的事件都发生在夏季，我常常在夏天的喧嚣中看到某些生命的无常。

一个数月之后即将降临人世的生命，正在我腹中喘息。

我以为，从开始孕育新生命到把新生命送到人世的280天，是女人对生命的创造力最真挚的时期。

每逢我发现从早孕反应为始的一系列体质的变化，总有一种似喜又忧的情绪纷至沓来。

一年多以前，当我屡次战胜那些情绪，将呱呱坠地的儿子抱在怀里的时候，便深切感到了生命所固有的顽强。

或许可以把它说成是对生命的信赖。

这种信赖与母亲的勇气和坚强紧密相连。尽管当孩子受了外伤和生病的时候，他们弱小无依的眼神有时会使母亲的心情出现波动，但只要想到孩子与生俱来的强大生命力，她们就会心地坦然。

如今，我把这种对生命的信赖寄托在撒娇的长子和正在腹内茁壮成长的第二个孩子身上。

我尽量掌握长子的情绪与我身体的平衡，有时也借助丈夫和身边亲友的力量，静静地等待与新生命相见的那个时辰。

8月12日。

我听到空难事故的消息。

几天过去，却还未弄清事故的原因。

这是一个悲惨的事件。

一位前往大阪机场迎接丈夫的妇女对记者说："傍晚不到6点的时候，我丈夫给家里打来电话，告诉我他马上就要登机了，大约9点能到家……"

随着时间的推移，空难事故的详细情况日渐明朗。每从电视和报纸得知这方面的消息，我都感到难以言喻的痛苦。

面对如此巨大的惨事，在生孩子时所强烈感受到的对生命的信赖，此时变得那般脆弱和无力。

人们来到人世的时候，皆被赋予强大的生命力，而这样的生命却常被包围在险恶之中，我们实则每天都徘徊在生死的边缘。

自从长子诞生后，我和丈夫之间的话题基本上是孩子。

有时，话题也会从孩子引申开去，但线索总是孩子又有哪些长进，他的动作如何，表情怎样。

"假使在我们的意识中占有重大比例的孩子有一天猝然消失呢?"

连做这种假设，于我都过于沉重的。我曾把念头告诉给丈夫。

"瞎说些什么？怪不吉利的。"丈夫付之一笑，这自然使我稍许感到慰藉。然而在现实里，就真有人在为此胆战心惊。每念及此，我就怀着虔诚的心情，为我孩子的健康而深感庆幸。

六七年前，我还在热恋中的时候，曾在舞台上对观念说过："为了爱，我可以献出自己的生命。"

我知道我说这句话时很动情，而事实上，为了丈夫和孩子，我的确可以随时牺牲自己的性命。

正因为我爱他们，我才惧怕他们死去，也惧怕自己死去。

关于“死”的这两种复杂的感情，在令人惜别的夏季里悠荡着。

为了爱，我可以献出自己的生命。

生命的能力

煤可以产生电和光。但一吨煤中的能量，能够达到灯泡发出电和光的，不过百分之一而已，其余的百分之九十九，却因发热与摩擦而耗费去了。想出一个适当的方法，去补救这种能量的可惊的浪费，正是现代科学家的一大课题。

青年人年富力强，精神肉体都充满着活力。他觉得生命中简直蕴藏着无限量的能力。他相信，他可以用了这生命能力，做出神奇伟大的事业。他相信，他可以将他的生命能力，全部化作光明——事业。

他这样的自傲他的青春活力，以为是取之不竭，用之不尽的，于是就在各种地方，不知爱惜地浪费他的生命能力：征逐烟酒，饮食无度，不良的生活，贪懒与奢侈的习惯……如此，最后他会大吃一惊的这样自问：“我的能力所发生的电和光在哪里呢？难道我所发生的，只是这种昏暗的烛光吗？”

他会惊异的发现，虽然自己原有丰富的能量和活力，但所发生的光辉，还不足以照亮自己的道路，不用说照亮世界。他的能力本来可以化作种种大事业的，但已在中途浪费掉了。

一个青年，在一夜之间，将他父母辛勤储蓄的千元款项，轻松地浪费了，这是一件不好的事。但失去的金钱，还可再得。如果浪费能量和活力，不仅不能再得，而且还会损害品格，埋没一个人生命中一切最高贵的素质。

请你每天检讨一下，你的能量和活力，是到哪里去的？有一部分人浪费大量的能量和活力在无谓的忧虑、烦恼、不安宁上。他们好像是一架救火机，在中途先把动能浪费，最后反而不能喷射出水去扑灭火焰。

凡是足以摧残你的能量和活力的，你都应当排除。假使你遭遇一件大不幸，或做了一件大错事，你当然应该尽力设法挽回与补救。但是你已经尽了你全部的心力以后，你应当将那事永远地抛在脑后。不要让它的残骸，仍来拖住你的脚。永远不要容许一切已经死掉、应该埋葬掉的东西，再来搅乱你的心境，浪费你的“生命资本”。

应该常常这样的质问你自己：“这件事情能不能增加我的能力，裨益我的事业?”

应该常常这样质问你自己：“这件事情能不能增加我的能力，裨益我的事业?”

两个生命的延续

9月的某天晚上10点钟，在法国南部蒙彼利埃市医院心脏外科手术室里，梅代·莫林身心交瘁，痛不欲生，她目不转睛地守护着儿子蒂埃里那没有生命的躯体已经整整两个小时了。21年来，她经常坐在熟睡的蒂埃里身边，看着他甜美、生气勃勃的面庞。而现在他是那样瘦削、毫无表情。多么难以想象啊！

走廊尽头另一间手术室的门外传来一片惊叹声，不是悼念死者，而是庆贺复生。手术室的无菌罩里，躺着心脏病患者玛丽·路易斯·拉瓦尔。泰弗内医生刚刚给她做完心脏移植手术，蒂埃里的心脏已安放进玛丽·路易斯的胸膛。医生满意地说：“一切正常。”3个月来，玛丽·路易斯一直处于极度紧张的状态，现在她获救了。

梅代坐在椅子上，痛苦和疲劳已使她陷于麻木状态，她心痛欲绝。儿子死了，人们要她把儿子的心献出来，拯救一对孪生子的母亲，她同意了，但不免思绪万端。她又去看了看出事地点，蓝点的花蕾形路灯依旧排列在巴拉巴斯桥头，细雨蒙蒙，车祸的痕迹已经无从辨认。她在一家旅馆已工作20年。出事前几分钟，就在旅馆夜总会的停车场上，儿子给了她最后的亲吻，她把身边的一包香烟递给了儿子。汽车开动了，儿子扬起手向她告别，笑容像往常一样明朗，可谁能想到，那竟是永别。

这天早晨，最后一次电休克治疗仍然没有能够使儿子苏醒，人力已回天乏术。近9点钟，两个外科医生走到这位不幸的母亲面前，布勒朗教授用低沉的声调缓慢地说："没有希望了。"接着，他俯身握住她的手，温柔地恳求："有一位刚生下一对双胞胎的母亲患了严重的心脏病，活不了几天了。我们需要你儿子的心脏，为她施行移植手术。"教授还表示，"我们理解你的悲伤，但手术必须尽快进行。"泰弗内教授又补充说："由于缺少提供心脏的人，今年已有两个病人死去。这位妇女已经等待了三个月，手术组的十名工作人员整个夏天一直处于临战状态，随时准备施行手术。"

这意外的请求使梅代不知所措，她要考虑几分钟。她已经失去一切，现在人家又要求她献出儿子的心脏，去拯救一个素不相识的人。这样做，值得吗？她想得很多。一个小孩接受心、肺移植获得成功的故事忽然闪现在她的脑海中，她曾在报纸上看到过幸福的母亲和获救孩子容光焕发的照片。这难道没有价值吗？而且，蒂埃里的心脏若能在别人的胸膛里跳动，岂不是虽死犹生？梅代爽快地答应了他们的请求，这使教授们感到无比宽慰。

蒂埃里是梅代的独生子，曾经是她生活的全部。作为单身母亲，她茹苦含辛地独自抚养儿子。他从小就很懂事，抚慰了她无尽的孤寂。儿子21岁了，长成一个壮实漂亮的小伙子。他学完会计专业后去服兵役，六个月后复员回来时变得更加强壮。假期里，他和未婚妻阿尼克住在离梅代寓所不远的单间公寓里，但是每天都要回家探望母亲。8月间，梅代给他买了一辆轻便小轿车。他常常驾驶这辆车到母亲的旅馆去，就像出事前那次一样，在夜总会门前，多少次和母亲拥抱告别……现在，这一切都已一去不复返了。

蒂埃里逝去后两小时，医院的救护车来到玛丽·路易斯住宅门前。三个月来，她几乎是在绝望中等待着。近午时分，她刚刚吞下每天必服的药丸，电话铃响了，泰弗内教授那里传来好消息："马上到医院来，我们找到了一颗可以移植的心脏。一个小时后就来！"她把梳洗用具放进手提箱，拥抱了孩子们，一路上竭力保持镇静，15点25分进了手术室。

玛丽·路易斯在3月间分娩时患了严重的心力衰竭症，经过第一阶段治疗后，医生们告诉她，目前只能消极维持，只有换一个健康的心脏才能延长生命。三个月来，她好像一个已被判处死刑而缓期执行的人，每天晚上时都不禁担心：这会不会是自己最后的一个夜晚？明早还能不能醒来？

手术结束后，玛丽·路易斯好像从噩梦中醒来，她下意识地把手放到胸前，在手术室的寂静中，她听到心脏的跳动，深深地吸了一口气，重新获得生命的喜悦充满心头。

距蒂埃里的丧事三天以后，梅代收到泰弗内教授的感谢信，信中称赞道：您的高尚行为拯救了一位年轻的母亲，保全了一个濒于绝境的家庭。但梅代所希望的是听到儿子心脏的跳动，证实儿子的存在。

她开始留心打探情况。从医院里，她知道了那位妇女的姓名，知道她和自己同年。有一天，她的妹妹给她送来一份《自由南方》的剪报，报上刊登了一位做过心脏手术的母亲的照片：褐色的头发，略显柔弱，手上抱着一对七个月的孪生子：克里斯蒂安和塞巴斯蒂扬。毫无疑问，这就是她，蒂埃里的心脏就是在她的胸腔里跳动。

梅代向泰弗内教授打听到玛丽·路易斯的电话号码。作为医生，本来不该支持器官提供者家属和接受移植者之间的接触，因为这会使患者对另一个家庭产生终身的负债感。但教授不能拒绝梅代的要求，这是个例外，梅代的母爱需要找到寄托。

这一天，梅代终于拨动了电话："您好！我是蒂埃里·莫林的妈妈，我想知道您的情况。"

玛丽·路易斯接到电话，一开始有点发愣，停了一会儿便与对方愉快地交谈起来。第二天，玛丽·路易斯也给梅代打了电话。从此，这两名妇女经常互通电话，商量见面的事情。

玛丽·路易斯有她的顾虑，她说她本来就知道心脏提供者的姓名，也知道他的母亲就住在蒙彼利埃，她早想认识梅代，当面对她表示感谢，可一直没鼓起勇气。

双方的心情是复杂的，什么时候见面，怎么见面，一直犹豫不决。最后总算定了下来。梅代在阿尼克和一个女朋友陪同下，走进玛丽·路易斯的寓所。玛丽·路易斯脸色略显苍白，身着丧服的梅代满面忧伤。她们紧紧地握着手，泪如泉涌，好像相识已久的知交。

玛丽·路易斯露出幸福的微笑，梅代深受感动，腼腆地把手放在玛丽·路易斯胸前，眼里充满喜悦和怜爱："你听，跳动多么有力，这是我儿子的心。"她拿出一大堆蒂埃里的照片，有一张是他和母亲在汽车前面拍摄的。

玛丽·路易斯看到了这充满活力的小伙子的面庞。她事后坦率地说："最初心里有点别扭。"

当自己意识到是靠别人的心脏而活着时，就会想到别人是为了拯救我而献出生命的。如果在我胸腔跳动的是一颗不知名者的心脏，可能会平静些。”但是，当她看到梅代的母爱因此得到满足时，她感到宽慰。双方的会晤并未引起她的不安，相反，有如释重负之感。

不久，这两名妇女又在加农海滩再次相聚。梅代曾同蒂埃里一起在这里度假。她们见面时和上次一样激动，一样流泪不止。这一次没有别人陪同，她们说：只有我们两人才能体会到见面的深长意义，因为我们之间存在着血肉联系。

一颗心就这样把这两名妇女紧紧地联结在一起了。对于玛丽·路易斯，这是生死攸关的机体，必不可少；对于梅代，则是独生子的幻象，就如同蒂埃里依然活在人间。

你听，跳动多么有力，这是我儿子的心。

自由与生命

八月的一天下午，天气暖洋洋的，一群小孩在十分卖力地捕捉那些色彩斑斓的蝴蝶，我不由自主地想起童年时代发生的一件印象很深的事情。那时我才十二岁，住在南卡罗来纳州，常常把一些野生的活物捉来放到笼子里，而那件事发生后，我这种兴致就被抛得无影无踪了。

我家在林子边上，每当日落黄昏，便有一群美洲画眉鸟来到林间歇息和歌唱。那歌声美妙绝伦，没有一件人间的乐器能奏出那么优美的曲调来。

我当机立断，决心捕获一只小画眉，放到我的笼子里，让她为我一人歌唱。显然，我成功了。她先是拍打着翅膀，在笼中飞来扑去，十分恐惧。但后来她安静下来，承认了这个新家。站在笼子前，聆听我的小音乐家美妙的歌唱，我感到万分高兴，真是喜从天降。

我把鸟笼放到我家后院。第二天，她那慈爱的妈妈口含食物飞到了笼子跟前。画眉妈妈让小画眉把食物一口一口地吞咽下去。当然，画眉妈妈知道这样比我来喂她的孩子要好得多。看来，这是件皆大欢喜的好事情。

接下来的一天早晨，我去看我的小俘虏在干什么，发现她无声无息地躺在笼子底层，已经死了。我对此迷惑不解，不知发生了什么事，我想我的小鸟不是已得到了精心的照料吗?

那时，正逢著名的鸟类学家阿瑟·威利来看望家父，在我家小住，我把小可怜儿那可怕的厄运告诉了他，听后，他作了精辟的解释：“当一只母美洲画眉发现她的孩子被关进笼子后，就一定要喂小画眉足以致死的毒莓，她似乎坚信孩子死了总比活着做囚徒好些。”

从此以后，我再也不捕捉任何活物来关进笼子里。因为任何生物都有对自由生活的追求，而这种追求无疑是值得肯定的。

因为任何生物都有对自由生活的追求，而这种追求无疑是值得肯定的。

夜的声音

夜本身就很迷人，而蟋蟀、青蛙、猫头鹰的神秘叫声，更让它成为一个不同的世界。

小时候，家里没有空调设备，我习惯开窗户睡觉，所以时常可以躺在床上听听夜的声音。

风来了，因为远远近近的树叶都在摇曳着；风远去了，因为虫鸣又响了起来。

吟诵夜的诗句何其多，诗人们若未曾亲身体验它的美，怎能说得如此贴切？没有经历它的真，又怎能写得如此入微？而人们如果不喜欢夜，这诗句怎能传唱许久？我相信，人们是喜欢夜的。

我也喜欢夜，那感觉就好像夜以双手紧紧环抱着我，让我有个绵长而平静的休息。

好久没和夜亲近了吧！

应该是的。许多人喜欢在夜里看书、工作，因为夜里清静的缘故。这就是亲近夜了吗？不是，这时的夜，只是他们的工作环境，只是他们用来激发思考的工具而已。夜，其实可以给你更多的。

同时，它也值得你爱它更多的。

它包容了许多你在白天里看不到、听不见、闻不着的东西。如果你因沉沉睡去而接触不到的话，倒也罢了。而你却是醒着的，还坐视着它的来去，又是何故？

说山，你会近山；道海，你会就海。为什么偏要和夜疏离？

只要你伸手推开窗户，夜的精灵就会进到房里来，陪你欢笑，陪你忧愁。这个无人了解的所在，陪你欢笑，陪你忧愁；这个无人了解的所在，陪你尽品人生的点点滴滴。

今夜，就请打开你的窗户，倾听这夜里舒畅的声音。它们是那么自由，会带着你遨游星空，为你的心情换装。

夜晚蕴藏无限宝藏，今晚就试着和它亲近吧！也许，明天醒来，整个世界都已不一样了。

好久没和夜亲近了吧！

夜深人静之时

我又一次从黑暗中醒来，无须看表我也知道离天明还早。辗转反侧，往日的懊恼袭上心头，扰得人心烦意乱。我注视着天花板车灯闪过时射进的光亮，倾听着这年久失修的旧屋吱吱嘎嘎的声响，我已睡意全无，索性穿衣起来，走到窗前。街灯在黑暗中闪着柔和的光，在地面上勾画出了道道轮廓。一座座房屋掩映了那些正在酣睡的近邻。整个世界万籁俱寂。仰望星空，那远在苍穹的星星似乎在闪烁跳动。此时我感到已洞察了整个世界。

在宁静中我的孤寂感慢慢消失了。夜晚的美丽和宁静令人陶醉。天地间的一切都变得如此雄伟，天地相接如此紧密！一种久远而又永恒的美感出现了。

夜晚是人们睡觉、做梦、情爱的时候，又是犯罪、孤独、恐惧之时。从某种意义上来说，夜晚具有不同的场面，可谓丰富多彩。当我们进入那神秘莫测的寂静夜晚时，有时良知会令人做出某种改变。

首先到来的是暮色苍茫的傍晚，它是白天与夜晚的相交点。白日的余光在消散，夕阳西下，燃起一片晚霞。微光闪烁，太阳似乎迟迟不愿离去。但是夜幕已首先在山谷和树林中降临。

最后，白天的最后一丝光亮也消失了。

在暮色中，可听到火车的汽笛声，可这在白天人们却是难以意识到的。街灯亮了，这是与人为友、陪伴人们度过黑夜的街灯。很快星星就会在那似乎低垂的天际出现，看上去仅在树梢之上。一轮明月升起。家家户户灯火通明。邻居们慈爱地带着孩子走进屋去。暮色轻轻地抚摸着大地，太阳放出的热量渐渐消失，时间似乎也变得缓慢。当暮色吞噬了一切的时候，夜晚把我们带到了另一个世界。

夜晚也是人们相互交往之时。当人们进入各自的小天地时，人们可以相聚一起，谈天说地。

父母下班归来，饱享着家庭的温暖。在冬天的夜晚，大人们坐在炉火前，孩子们舒适地躺在床上。熄灯前，孩子们知道，有妈妈陪伴在身边。

在乡村，月色使白雪覆盖的大地和山村变换了色彩。农舍都已关闭。鸡也都安静下来。在夜晚，只有少数人随意地出来散步。一切都是那样普通自然。散步者不会见到任何惊奇之事。

一个常在夜晚悠然漫步者亨利·大卫写道：“静坐在小山顶上，似乎在期待着什么。望着夜空，有时会想到也许天会掉下来，我能抓到什么东西。”夜晚，当我漫步在童年时的小山村时，也会产生此种怪异的念头。

城市的夜晚是快乐的。但危险和暴力却时有发生。阳光被那些令人眼花缭乱的灯光所取代。

影剧院门前的霓虹灯色彩缤纷。城市的欢娱达到狂热的程度。但与此同时，戏剧、芭蕾舞仍给人带来美的享受。也有一些人围着餐桌既享用着美味佳肴，又愉快地交谈着。

这一切都是进入寂静的前奏曲。当整个世界安静下来的时候，家家户户熄了灯，温度下降，夜色变浓。当午夜的钟声敲过时，也许仍有人在外，但绝大多数人都已进入梦乡，屈服于那神秘莫测的黑夜。一切都按其自然的规律，黑夜是人类难以控制的。

夜晚使人的自卫能力降低了。独处黑暗中，会觉得分外的孤独。人们从一开始对黑暗就会产生莫名的恐惧。记得孩提时由于居住拥挤，我睡在父亲的书房里，晚上借着窗外射进的月光，父亲挂在门外的黑色传教服变成了怪物。桌上的字典也似如妖怪。即使现已长大成人，昔日所听的那些鬼怪、邪恶还会困扰你。白天繁忙的琐事会驱散一切，当夜幕降临时，你会觉得孤立无援，一筹莫展。

人毕竟要睡觉，无论你怎样设法控制不睡，但最终眼皮还是会不由自主地闭上。这是任何人难以抵御的。

人一旦睡觉就会做梦，人们几乎一直想探索出睡眠的奥秘。人为什么会做梦?梦意味着什么?

科学家对此也所知甚微。但至少梦有时会通向自我发现之路。

在我的生活中经常有这样的事：梦境给我的启示比我一个月所学甚多。例如有一次，在睡梦中似乎有一种异口同声的声音轻柔地对我说："记住要与人为善。"第二天，当我遇事只考虑自己而不顾他人时，当我态度生硬欲冲撞别人时，我便告诫自己要和蔼，要友善。

我也常常梦到失去了丈夫，丢失了孩子，但又重新与他们团聚，我们一起笑，一起旅行，互相请教。正如一位哲学家所说："梦是心灵的思想。"

梦有时会激起我们的某种创造力。几个月前我从沉睡中醒来，我的心被梦境中与一群素不相识的人的旅行所激动。我便立刻动笔，一篇文章的构思跃然纸上。

对于那些夜里醒来的人来说，夜里3点钟是最恼人的时刻。大地上的一切光亮几乎全部消失。不再有人影的晃动。这是最令人恐怖的时候，恐惧和孤独会使人从心底强烈地渴望温暖与友爱。

当人们安然度过这最黑暗的时刻，又将进入那黎明前，这是人们酣睡之时，人们不再像夜里那样翻身转动，而是甜甜地睡着，身心是最轻松和放松之时。对于那些惯于早起的人来说，这是无比快乐的时刻。此时人们确信，地球如一艘巨船在宇宙间航行，而我们就是这艘船上的乘客。

拂晓前，天幕已经拉开，一排排房屋、树木已依稀可辨，星星也渐渐隐去，月亮闪着淡白的光，东方开始渐露出鱼肚白。

我把头探出窗外，只有一只鸟在树上单调地叫着。世界是那样的安静，就像风平浪静时的池塘。虽然街灯依然亮着，但天已破晓，偶尔有一辆汽车驶过。

太阳终于穿破黑暗而渐渐升起，万物都沐浴在金色的阳光中。枫树枝在阳光的照耀下似一团团的火。瑰丽的云霞飘动在淡蓝色的天空，有的像盛开的鲜花，在天空中轻柔浮动，有的与阳光交映，如同从篝火中飘起的碎片。

新的一天开始了，这将是怎样的一天呢？我为这新的一天而感到欢欣。夜晚的神奇消失了。

但我难以排除，那神奇仍伴随着我，使我感到这平凡的白日仍有星光在闪烁。

新的一天开始了，这将是怎样的一天呢？我为这新的一天而感到欢欣。夜晚的神奇消失了。

正午的黑暗

我生下来就双目失明，所以无缘看见自己长得什么样子。我对自己的了解完全依赖于我在别人心目中创造的形象，对此直到目前我还从未满意过。

有那么一些人，他们认为我的眼睛看不见，耳朵也自然听不见。他们和我谈话常常嗓音很大，非常仔细地把每个词的音节都发清楚。相反，也有些人常常小声说话，他们以为我的眼睛瞎，自然我的耳朵也背。

举个例子说吧。当我走进机场，请求售票员帮助我登机时，他(她)总是拿起话筒呼叫女地勤服务员，压低嗓门地说："喂，简，我这儿一个76号需要帮忙。"我断定他们避而不用"盲人"这个字眼。

当然也有一些人知道我的耳朵不背，可是却以为我不能与人交谈。因此，常常发生这样的情况：当我和妻子一起到外面去吃饭时，男服务员或女服务员会问我的妻子基特："他是不是要杯饮料?"对这样的问话，我往往很迅速地答道："是的，他想要杯饮料。"

我们在英国的时候，人们如此对待我的种种言行表现得淋漓尽致。那时，我所在的华盛顿律师事务所允许我用一年时间攻读牛津大学的法律学位。一次我患病需要住院治疗。在办完住院手续后，我被一辆轮椅推向X光室。X光室门口坐着一位老妇人——我是从她的声音中判断她的年纪已经很大了。

“他叫什么名字?”

老妇人问推着轮椅的护理员。

“你叫什么名字?”护理员向我转述。

“哈罗德·克伦思。”我回答。“哈罗德·克伦思。”护理员向老妇人转述。“他什么时候出生的?”老妇人又问护理员。“你什么时候出生的?”护理员接着又问我。

“1944年11月5日。”我回答。

“1944年11月5日。”护理员拖长声调又重复一遍。

这段转述对话持续了差不多5分钟，最后我忍无可忍，脱口说道：“我说，这实在滑稽。不错，我承认自己看不见，但你们两位总该清楚我用不着一个翻译。”

“他说他用不着一个翻译。”护理员不假思索地对老妇人转述说。

一般说来，人们最为顽固的错误看法是，因为我看不见，所以也就不能工作。尽管我获得过哈佛大学学业优等的学位，在哈佛法学院学习时，成绩在班里名列前茅，但由于我双目失明，我仍然被40多家法律事务所拒绝。理由并非是我无能，而是因为我的残疾。

幸而，这种偏见以及排斥残疾人的情况正在开始改变。

数年前我住在斯卡代尔。有一件事给我印象极深。

那天我和父亲按照我们制定的规则在自家院里打篮球。篮圈钉在汽车库的墙壁上，父亲站在篮圈下喊一声，我就把球朝着他头上的篮圈投去。这时隔壁邻居家的小女孩和她的一个小伙伴走进院里。“他是一个盲人。”小女孩悄悄地对她的伙伴说。虽然她的声音很轻，但我和父亲都听清楚了。接着父亲投篮未中，我也未投中，父亲的球碰到篮圈的边缘上，我的球连篮圈边也未沾上。父亲接着又投球，球却连车库壁也未碰着。“他俩哪一个是盲人?”小伙伴低声反问。

我听后极为激动。

我希望在不久的将来，在残疾人和健全人共同工作学习的领域内会出现相似的情景。当一个工厂在领班的陪同下巡视工厂时，遇到残疾人和健全人在一起工作，在观看了他们的工作情况之后，厂长会问领班：“他们当中哪一位是残疾人啊?”

我对自己的了解完全依赖于我在别人心目中创造的形象，对此直到目前我还从未满意过。

归途迢迢

“你父亲的信，”我朋友托莫科拿着一个薄薄的航空信封对我说。我点点头，却并不起身。

“或许你等一会再看。”她建议道。

我大学毕业后到了日本。这次旅行是父亲给我的毕业礼物。临别时父亲再三关照我要准时返家。可两个月后，我却写信给他，说我要留在日本教英语。我心里明白，这信使他伤心，因此怕他回信。

房间里摆设简陋，我坐在那儿，想起了父亲年轻时的一段经历。当年，他和我一样，满脑子全是出去闯荡的念头。倘若我血管中有流浪者的血液，那是我承袭了他的基因。

那是30年代经济萧条时期。父亲刚满20岁，他搭上棚车穿越落基山脉西部的丘陵地带。他不愿像我那俄国移民的祖父一样，总是生活在对过去美好时光的回忆之中。

他有自己的鸿鹄大志。他要造桥，套牛，渡太平洋。他发誓，不混出人样，决不返家。他从纽约上棚车，下轮船，一路辗转，来到了加州。他伐过木，捕过鱼，还给牛烙过印，但他的梦想却始终没有实现。

一天，快天黑的时候，父亲来到一个地窖里歇脚。由于长途跋涉，他那薄似纸片的鞋底已经磨穿，脚趾冻得麻木而失去了知觉。他试着摩擦脚趾，可情形并无好转。

“怎么啦?”一个温和的声音在他身边响起。他转过身，见那人年纪不满30，高个，骨瘦如柴。

“脚趾冻僵了。”父亲没好气地说。过后，又指着鞋子：“上面有洞了。”他并无兴致和这陌生人说话。因为许多个月来，他东飘西荡，受尽磨难，渐渐地已失去了对他人的信任。

“我叫厄尔。”陌生人说。他开始对我父亲讲起他的家。他家世代务农，他也是不满足于农场的生活而离家出走的。最后他说：“这路我已经走够了。不管怎么说，我仍是一个农场孩子，我的根在那里。”

也许是出于对家的向往，父亲突然间感到特别孤独。“这几天里，我要回家。”

他喃喃低语。“在我弄到一点钱和一双可穿着回家的皮鞋的时候。”

几分钟后，他感到有东西碰他的脚跟。他转过身来，发现厄尔的那双厚底黄皮鞋躺在他身边的地板上。“穿上试试。”厄尔不容推辞的语气，令父亲不得不将冰冷的脚伸进了鞋子。不知不觉中，那种温暖的感觉使父亲进入了从未有过的甜蜜的梦乡。

父亲醒来已是黎明。地窖里只有两人，没有厄尔。其中一个告诉我父亲："厄尔让我转告，说他未曾去过纽约，希望他的鞋子能到那里。"

父亲摇摇头，不能相信。在穷人中，把自己的皮鞋让给别人，这个牺牲实在太大了。但他最终意识到厄尔不仅给了他一双皮鞋，而且给了他对人的信任。当天下午，父亲就踏上了一列回家的货车。

神思稍定，我急忙打开信封。这是一封短信，父亲写了一些琐事，妈妈新买了窗帘，家中的狗看了兽医。最后，他在信的末尾补充说："亲爱的孩子，你在日本想呆多久就呆多久，我要你幸福。如日本是幸福所在，那我能够理解。但你记住，不管你走得多远，路多坎坷，你随时可以回家。"父亲的话是一件礼物，对我，就如厄尔的鞋子对他一样，弥足珍贵。

事情并不像我憧憬的那样。我期望得到的工作落了空。我对日本的迷恋也随之消退。

于是，我启程返家。这倒并不是作为孩子顺从父亲的意愿，而是作为一个成年人，为自己的心和那陌生人厄尔的礼物所驱使。闯荡世界，并没有固定的模式。

闯荡世界，并没有固定的模式。

向往的快乐

那天晚上，玛吉曾在她的日记中记述了这样一件事。在公元2155年5月17日那一页她写道："今天汤姆发现了一本真正的书！"

这是一本年代久远的旧书。玛吉的祖父有一次说过，在他小时候，他的祖父告诉他，从前所有的书都印在纸上。

玛吉和汤姆一页页地翻着，这本书又黄又皱，更有趣的是书上的字静止不动，不像屏幕上的字是动的。然后，他们又往回翻，这些字丝毫不差地跟他们第一次看见的时候一模一样。

“天哪！多么浪费！”汤姆叫起来，“那时的人一定是看完一本书就把它丢开。而我们的电视屏幕上有上百万册的书，甚至更多，我绝不会丢弃它的。”

“我也是。”玛吉说。她11岁，没有汤姆看的传真书多。因为汤姆已经13岁了。

“你在哪儿发现这本书的?”玛吉问。

“在我房子里，”汤姆正忙着看书，看也不看地随手一指，“在阁楼上。”

“里面讲的是什么?”

“学校。”

玛吉显出不耐烦的样子。“学校？写它干嘛？我恨透了它。”玛吉一贯对学校不满，眼下她比以往任何时候更恨它。呆板无情的教学机把地理考了又考，而她错了又错，直到妈妈遗憾失望地摇着头，把检修员找来。

检修员是个满脸通红的矮胖男人，背着一个里面装满刻度盘和电线的工具箱。他笑着给了玛吉一个苹果，随后把她的“老师”拆开了。玛吉真希望他安装不上，可是他一点儿也不糊涂。约一个小时后，那台能显现各种各样课程，能提出种种问题的、又黑又大又丑恶的机器恢复如初了。这还不是最糟糕的。她顶恨的是那个机槽，她不得不把作业和试卷放进去，而且必须用规定的符号填写——从6岁起她就这么干了，机器一转眼的功夫就能算出她的得分。

干完活检修员笑着拍拍她的脑袋，对她妈妈说：“琼斯太太，不是这个小姑娘的过错，我想地理那部分机器运转得太快了点，这种事有时也会发生的。我已经把它放慢到适合十岁儿童的水平上。实际上，她的进步已令人满意。”他又拍了拍玛吉的头。

玛吉大失所望，她一直盼望检修员把她的“老师”一起带走。有一次，汤姆那台历史课程部分不显像，他们就把汤姆的“老师”拿走了差不多一个月。

她问汤姆，“为什么有人要写学校?”

汤姆露出傲慢的神情看着她：“因为那不是我们这样的学校，傻瓜。那是一种很久很久以前的老式学校。”他又故弄玄虚地小声而神秘地补充说，“几百年前的。”

玛吉满心不快：“得啦，得啦，我不知道那么多年前的学校是什么样。不管怎么说，他们少不了个老师。”

"当然啦，不过不是机器老师，而是一个人。"

"一个人？一个人怎么能当老师呢?"

"噢，他就是给学生们讲讲课，留些作业，然后提点问题。"

"一个人可没那么聪明。"

"不见得，我爸爸就和老师知道的一样多。"

"不可能。一个人不可能和老师知道的一样多。"

"就是，我敢打赌。"

玛吉不打算再争执下去。她说："反正我不想让一个陌生人住在家里教我。"

汤姆忍不住大笑起来："你真笨，玛吉。老师不住在家里，他们有专门的房子，所有的学生都到那儿去。"

"所有的孩子都学一样的东西吗?"

"是的。如果他们一样大的话。"

"但是我妈妈说，老师必须适合每一个孩子，也就是每个人学得都不一样。

"完全一样，他们用不着那样做。要是你不喜欢那种学校，你就甭读这本书。"

"我没说我不喜欢呀。"玛吉有些着急。她真想知道关于那有趣的学校的事。

"玛吉！上课！"玛吉的妈妈喊她了，他们的书一半还没读完呢。

玛吉仰起头叫着："等一会儿，妈妈。"

"立刻上来。"琼斯太太喊道，"汤姆也该上课了。"

玛吉对汤姆说："下课后我能和你再看一会儿吗?"

"可以。"汤姆随口答应下来。他吹着口哨，把那本又脏又旧的书挟在胳肢窝下走了。

玛吉走进教学室，这间屋子在她卧室隔壁。教学机已经打开，正等着她上课。除了星期六和星期天，这机器总是在同一个时间里开启，她妈妈说，只有在固定时间里学习，小女孩才能学得出色。

荧光屏亮了，呈现出一排字幕："今天的算术课讲真分数的加法运算。请把昨天的作业插入指定的机槽中。"

玛吉照指示机械地做着，同时发出一声叹息。她陷入沉思，想着她祖父的祖父小时候上的那种老式学校。左邻右舍所有的孩子都到学校去，校园里充满了欢声笑语，孩子们坐在一个教室里，课后一起回家。他们学一样的课程，这样做作业的时候也能互相帮助，还可以讨论，而且老师是一个真正的人……

教学机的屏幕上又呈现出"当真分数1/2加上1/4的时候，我们首先……"

玛吉想，从前的孩子们该是多么爱他们的学校呀！她陶醉在他们的快乐之中了。

他的祖父告诉他，从前所有的书都印在纸上。

在路途中

我第一次来到这座城市。走出旅馆，我叫住了随便遇到的一个人。

“请问去市场怎么走?”

“给30卢布。”

“干吗要给30卢布?”

“您问路的事呀。”

“您不明白，我步行……”

“给40卢布，我就给您指路。”

“真有意思！刚才要30卢布，现在要40卢布了?”

“我说，我为您花了一分钟要很不值钱的10卢布。我们站着，而它在通货膨胀。”

“您怎么能这样?”

“给50卢布，我就回答您的问题。”

“呸，您是个无赖！”

“加100卢布赔偿道德损失，您总共付190卢布。”

我非常恼火，取出一块手帕，擦掉额上的汗珠。

“您在哪里弄到这块手帕的?”此人大声说道。

“给70卢布，我就向您提供所需的信息。”

“干吗要70卢布?”

“那好，20卢布，我就回答您的这个问题。”

“您真是个生意人！”

“侮辱人格，赔偿200卢布！”

“生意人，侮辱人格?！这是恭维话！”

“那好，说恭维话就给100卢布。”

“我同意，我来结算一下，”此人取出计算器，“您应当付我190卢布，我也付您190卢布！

那么您给50卢布吧？用了我的计算器得付卢布。计算器值钱。”

我已经想付钱，但此人突然问道：

“请稍等，您是学什么专业的?”

“给50卢布才回答。”我立刻说道。

“好，我们算账，您说。”

“我是作家。”

“那么，您详细地写下了我们的谈话内容吗？给我一半稿费。这是我的名片。不许隐瞒自己的收入。我的律师关心保护我的作者权益……”

此人鞠躬告辞。

我将身子靠到排水管上。

“您怎么啦？身体不舒服！”从后面听到了一种体贴入微的声音。

“我回答的两个问题，每个付100卢布。”“您不要讨价还价了。我与您不在市场上！我们在去市场的路途中……”

我与您不在市场上！我们在去市场的路途中……

诚实为上

诚实不仅仅只是人的品质，它还是人的灵魂，人生的质量怎样，很大程度上取决于它。它在一个人的为人处世中占有很大的比例。

数不清的月亮

小公主雷娜生病了。御医们束手无策。国王问女儿想要什么，雷娜说她想要天上的月亮。国王立刻召见他的首席大臣张伯伦，要他设法把月亮从天上摘下来。

张伯伦从口袋里掏出一张纸条，看了看，说：“我可以弄到象牙、蓝色的小狗、金子做成的昆虫，还能找到巨人和侏儒……”

国王很不耐烦，一挥手，说：“我不要什么蓝色的小狗。你马上给我把月亮弄来。”

张伯伦面露难色，一摊手，说：“月亮是热铜做的，离地6000公里，体积比公主的房间还大。微臣实在无能为力。”

国王大怒，让张伯伦滚出去。尔后，他又召见了宫中的数学家。这位数学大师头顶已秃，耳朵后面总是夹着一支铅笔，他已经为国王服务了40年，不少难题一到他手中便迎刃而解。可这回他一听国王的要求便连声推托，说：“月亮和整个国家一样大，是用巨钉钉在天上的。

我实在没办法把它取下来。”国王听后很失望，挥手让数学大师退下。

接下来被请去的是宫中的小丑。他穿戴滑稽，全身上下还挂着一串串铃铛。他连蹦带跳，叮叮当当地跑到国王面前，问：“请问陛下，有何吩咐?”

国王又将事情的原委说了一遍。小丑听后沉吟良久，方才慢慢地说：“陛下，您的大臣们都是具有远见卓识的智者，但月亮究竟是何物，他们的说法不一。不妨问问雷娜公主，她以为月亮是何物。”国王表示同意。

小丑连忙去问雷娜公主。小公主躺在床上，有气无力地说：“月亮比我手指甲小一点，因为我伸出手指放在眼睛前便挡住了月亮。月亮和树差不多高，因为我常见到月亮停在窗外的树梢上。”

小丑又问月亮是由什么做成的。公主说：“我想大概是金子吧。”

小丑连忙让工匠用金子打造了一个小月亮，送给公主。小公主欢天喜地，病也好了。第二天便下床在院子里玩耍。

可天近黄昏时国王又开始发愁了，心想：“女儿见到天上又升起个月亮岂不又要闹腾?"他连忙又将首席大臣和数学大师请来商议对策。

首席大臣说："给公主戴副墨镜如何？戴上墨镜公主就看不见月亮了。"

国王不同意，说："公主戴上墨镜，走路会摔倒的。"

数学大师在房间里来回走着，低头沉思，忽然他止住脚步，说："有办法了，陛下。放鞭炮！

放鞭炮和火花，把黑夜照得如同白昼一样，月亮不是看不见了吗?"

国王摇摇头，说："鞭炮声太响，肯定吵得公主睡不着觉。"

这时，月亮已经升上树梢，国王只好再去请教小丑。

小丑这回也没细想，胸有成竹地说："陛下，我们还是问问雷娜公主吧。"

小丑走进小公主卧室内时，她已经静静躺在床上了，但还没睡着。

小丑问公主："月亮怎么能够同时挂在天空和你脖子上呢?"

雷娜公主笑了，说："你真傻，这有什么奇怪。我掉了一颗牙齿之后便又长出来一颗新牙齿。采掉一枝花朵后又会长出新的一朵花。白天过后是黑夜，黑夜过后又是白天。月亮也是这样，什么事都是这样。"小公主的声音越来越低，慢慢合上了眼睛，脸上浮出了甜甜的微笑。

小丑给公主盖好毯子，轻手轻脚地走出房间。

小丑问公主："月亮怎么能够同时挂在天空和你脖子上呢?"

浮冰上的魔术(外二则)

严冬的运河上漂浮着大大小小的冰块。在这没有月色，没有星光的夜空里，人们的眼睛只能吃力地察觉到漆黑的水面上斑斑点点的微明。不过，人们却能清晰地听到冰块相互撞击时发出的吱嘎声。

我和朋友在静静的运河边散着步，侵肌裂骨的寒风吹得我们俩哆哆嗦嗦。我们边聊天边不自觉地将双手一个劲地伸向大衣袖筒里。在一片冰块上，我无意间发现了两个圆圆墩墩的小黑点，定眼细瞅，才知道是两只蹲在那儿打盹儿的水鸟。

我的眼睛习惯了这近似伸手不见五指的黑夜，依稀能辨出那个灰色的小点是只海鸥，而黑色的小点则是一只骨顶鸭，因为它的额上有块微微的亮斑。

突然，一个滑稽的念头跃入我的脑海，我可以给身旁这位从城里来、从没见过冬夜的浮冰、分不清海鸥和骨顶鸭的朋友玩一个小小的把戏。

“我要是一拍巴掌，”我说，“冰块上那两只鸟，你看到了吗？一个准会飞起来，一个肯定会跳下水。”

他不信。

我拍了下巴掌，果然如此，那只海鸥惊恐地忽闪着翅膀飞开来，而那只骨顶鸭一出溜，滑进了水里。

“真想不到，还有这种事！你怎么知道的？”

我没有把秘密告诉他，只是逗乐地说：“我给这两只鸟施了魔力，一个叫它飞，一个叫它下水。”

其实，朋友要是知道，海鸥会飞，而骨顶鸭只会游泳，就一定会识破我这个不算把戏的把戏，所谓的奥秘也就不解自知了。

现实生活中，一些被证实了的预言，常常令人惊叹不已，人们觉得它神奇莫测，迷离费解。

为了寻找一个容易而变通的答案，人们就简单地将它归结为上天的造化、魔力的神功。事实上，人们这时需要的只不过是对事物的进一步了解和认识而已。

核桃树上的枯枝

我这人十分爱好种树，在我所种的树中，最令我疼爱的是院子里篱笆边的那棵核桃树。每年秋天，我都用从田里收集来的麦秸把它的树干紧紧地裹起来；进入严冬，我也时常不厌其烦地跑去查看，生怕它冻出了裂纹。

这棵树长得很好，年年冬天它都能安然地度过，只是待到春寒料峭时，再去看它，会伤心地发现几根细小的嫩枝在一夜之间变得乌黑了。不过，即便是变黑了的树枝经过几场春雨后，也能冒出给人以希望的新芽来。

今年的倒春寒姗姗来迟，摧毁了核桃树上的幼芽，好久它都赤裸裸地站在披上了绿装的伙伴们中间。难道这棵来自南方的新居民真的经受不住北国的严寒？正当我无尽地担忧着，它却不知不觉地发了芽，长出了油亮的叶子。

只有一根树枝颜色灰暗，光秃秃的，像一只干枯的手指从密密匝匝的绿叶中伸向天空。我盼望着它也能渐渐变绿，经常用园丁必备的品质——耐心来鼓舞自己。的确，多少次在我准备放弃一丛枯萎的灌木或一束败花的时候，它们却出乎意料地又生机勃勃地长出了葱郁的嫩枝；多少次当我无可奈何地将冻坏的灌木连根拔起时，却惊奇地发现它们的根须柔柔地弯着，滋润欲滴。每当这时，我都后悔自己行动得过早。

这次，我极有耐心地等待了，却始终不见它有丝毫的动静。于是，我找出了剪刀，准备咔嚓两下剪掉这根有碍观瞻的枯枝。正当此刻，家里人唤我进屋一下，待我再握着剪刀出来时，一只伯劳鸟占据了枝头，脑袋还警觉地左右摇晃着。我还是头一回这么近地观看伯劳鸟。它的羽毛丰满滑润，眼睛边的花纹色彩缤纷、明艳迷人。不忍心将它惊走，剪枝的事也就只好作罢。第二天，一群燕子飞落在枯枝上，叽叽喳喳地叫得欢，其中的几只还时不时一本正经地冲着我叫上几声。几天之后，一只金丝雀停在了上面，美滋滋地唱起了悠扬婉转的小调。

它一直在我的花园里漫游，然而，无论是在草丛中，还是在密叶里，我都寻不到它的踪影，唯有当它立在那棵枯枝上时，我才能一睹它那悠然自得的风姿。

我终于放下了剪刀，人们没有必要将每根枯枝都剪下来烧掉，即便是没有生机、没有绿意的枯枝也同样能给人们带来丰收般的喜悦：伯劳鸟、燕子、金丝雀。谁又能知道，还有些什么美丽的鸟儿会飞到上面歇息，唱它们委婉动听的歌儿呢？

我的燕子

黄昏，一只燕子袅袅地飞落在花园里的核桃树上，冲着我叽叽喳喳地叫个不停。

夏季，这儿常能看到燕子，它们大多三五成群地落在屋外的电线上，七嘴八舌地相互交谈。

像这只孤燕对着我叫个没完的，却还是头一回遇上。

燕子立在枝头，胸前的羽毛在夕阳下粲然地闪亮，煞是迷人，我不禁赞叹道：“真是一只美丽的燕子，欢迎你的光临！”

燕子如此这般地在我的花园里逗留了好几天，最终飞走了。

很久以后，我才明白她离去的原因。她静悄悄地在我的工棚里安了个家，褐色的小巢已经初具规模，稳稳地架在屋檐下，像只温暖的小手托在空中，玲珑可爱。这里的确是个安家的好地方，遮风避雨，而且无人打扰。工棚的大门平时都开着，只是入夜或者下雨，我才把门锁上。可怜的燕子，有家不能归，只得焦虑地站在树枝上，叽叽喳喳地期盼着工棚的主人让她回家。然而，粗心大意的我却只将燕子三番五次的恳求当作了儿戏。

燕子终于失望了，决定舍弃自己辛勤筑起来的小家，飞向它方，去寻找一处向她永远敞开着门的地方，去寻找一位真心实意欢迎她的主人。她不需要一个像我这样只会赞美欣赏她，而不懂得留意，不懂得关怀她的人。

成群的燕子依旧落在屋外的电线上，热闹地交谈着，而我的燕子却永远不在其中了。

为了寻找一个容易而变通的答案，人们就简单地将它归结为上天的造化、魔力的神功。

花店广告

大家都在小花店旁停下。

有人指着橱窗里说：“他在哭。”

另一个人说：“不，他在笑！”

戴恩特坐在那里面，泪水顺着他的脸流着。

戴恩特酷爱鲜花。很早以前，他在大街的拐角处，办了一个卖花的小商店。他十分努力地经营着各种花卉，日子过得非常好。后来，他拿出一笔钱，送儿子约翰上了大学。

约翰很爱父亲，他想上大学后，回家帮戴恩特经营这个小花店。

花店设在街口，虽然没有挂招牌，但是，大家都知道那儿有全城最好的鲜花卖，因为戴恩特经营花草已经很久、很久了。

这一天，花店的门打开了，一块巨大的招牌挂了出来，上面写着：

这里卖最鲜艳、美丽的花。

一位顾客来了。他说："老伙计，我喜欢你的小店，可我不大喜欢你这广告。最鲜艳、美丽的，难道你的花不漂亮吗？为什么你不把'最鲜艳'和'最美丽的'这几个多余的字去掉?!"

戴恩特觉得有道理，便把牌上的字改为：这里卖花。

第二天一早，另一个人进了花店。他说："您这儿是个漂亮的商店，但您的广告写得不咋样。您是在别的什么地方卖花吗？把'这里'两字拿去，你的广告会显得简洁、精炼。"

戴恩特又一次修改了招牌：卖花。

又过了一天，戴恩特的叔父来了。"你这个小店真棒。"他说，"不过，你的招牌写得太□嗦了，'卖花"，难道你的花摆在这儿不是卖的？为什么不把'卖'字拿下来！"

于是，招牌上只剩下一个字：花。

有一天，市政府的官员造访戴恩特。"我非常高兴在这里见到您。"市政官对他说，"您的商店是这样的整洁，您是一位非常勤劳的花主，我衷心地祝愿您生意兴隆。您的橱窗多么漂亮。我想给您的招牌提一个建议，那招牌上写着'花'，可它挡住了室内这些美丽的花朵。

您有这么大的橱窗，完全可以摘下招牌，人们透过玻璃窗，看见鲜艳的花朵，就知道一切的。让您的花卉用艳丽的色彩和绰约的风姿为自己作广告吧！"

他采纳了这个建议，取下了招牌。

果然，许许多多的人都聚集在漂亮的橱窗前，观赏着那些美丽、鲜艳的花朵。从此，小花店的名誉越来越高，生意也越来越好。

这一年，戴恩特的儿子约翰大学毕业了。他的学习成绩很好，已经取得经营管理学学士。

儿子要回来了，戴恩特很高兴，他打算让儿子和自己一起经营小花店。自己老了，商店需要新的主人、新的管理思想。

约翰下了火车，直接来到小花店里。"爸爸，我回来了，我要工作。"约翰说。

戴恩特与儿子热情寒暄之后，问道："约翰，现在，我们应该为这个花店做的第一件事是什么?"

"唔，爸爸，我们要做广告，这是现代商业经营的重要方法。"

"我们怎样做这个广告呢?"

"第一，我们必须做一块大牌子挂在屋檐上。"

"一块牌子?"

“对。”

“那上面写什么呢?”

“嗯，让我想一下。”约翰说：“上面写：这里卖——最鲜艳——美丽的——鲜花。”

戴恩特听罢，愣愣地、慢慢地坐下来。不知咋地，泪水便涌出来了。于是许许多多的人在小

花店旁停下脚步，好奇地看着戴恩特那似笑非笑，似哭非哭的模样。

一个人说：“他哭了。”另一个人却说：“不，他那是在笑呢！”

这里卖最鲜艳、美丽的花。

在邮局里

星期五，天气热而且闷，几乎一丝风也没有，西边的天空正聚积起一大团乌云。

邮局里人们排着长长的队伍，等待午休后开门营业。老人到这儿来为的是领取社会保险金；

暑期学生带着粉红色的学生证领取家中寄来的包裹；商人、秘书，还有家庭主妇到这儿来是想买邮票，汇款，或者买国际航空信封的。

一阵阵拖沓的脚步声，伴随着几声叹息，还有一些人在简短地聊着——大多是有关天气的。

个个都是汗流满面。

终于，窗口打开了，队伍朝前涌过去。

“今天一早我寄了一封信，”排在队伍最前面的年轻人说。“那封信寄走了没有?”

“邮件三点才发出，”邮局里的那位营业员说。

“我能把它取回吗?”年轻人问。他穿着牛仔裤，脚上套着凉鞋。他的头发虽不像有些人留得那样长，但却乱蓬蓬的。显然，他是一个学生——很可能是一个研究生，打算读暑期班。

营业员有些怀疑地朝他看了看，问道：“为什么?”

“我想加些内容进去，”那位年轻人说。他表现出焦虑不安的神色。看来是些重要的事情。

“你为什么不能再寄一封信呢?”那位职员反问道。

“因为我还想删掉一些内容，”那位年轻人说。

“难道你不能在另一封信中说明这些事?”

“不太好办，”年轻人说，“这封信是给我妻子的。”

一阵叽咕沿着等候的队伍向后传去，像一只蜜蜂的嗡嗡声。那位年轻人浑身上下汗水淋漓。

“或许你一开始就应该想好要说的话。”营业员感到人们在注意自己的讲话。

队列中有几个人开始窃笑起来。

“你不明白，”年轻人争辩道。“那是一首诗，一首爱情诗。我可以把它取回吗？”

队伍中又是一阵窃笑，并发出一两声咯咯的笑声。

“这么说是一首爱情诗了，是吗?”那职员说。“现在你又不想寄了，是吗?”

“哦，不，我还要寄的，”那年轻人加重了语气。“只是有一行诗我想修改一下。说确切一点，就那么一个词——但是如果不改，它就会破坏这一行甚至这一整段诗的意思。”

营业员皱了皱眉头。“我想你接着会说它影响这整个一首诗了。”

“嗯……是的，从某种意义上说是这样。”

“你是想让我把上午所有的邮件统统查一遍，好让你去改那么一个词，是吗?”

“请您给找一找吧……求求您了！”

“我可没那闲功夫。”营业员说。

“你必须找！”年轻人叫道。“我知道你们的规章制度。我有权把信取回，如果我乐意，想改几遍就改几遍！”

年轻人的衬衣——腋下、背后——全被汗水浸得透湿。那营业员又皱了皱眉。

“写上你的姓名和地址吧，”他说，朝前推出一支铅笔和一本纸簿。

年轻人在大腿上擦了擦手上的汗水，把姓名和地址写了下来。营业员把这一页纸撕了下来，慢腾腾地走了。年轻人转过身来，有点不好意思地看着排队的人们。

“真对不起，”他说，并不特别对着队伍中的任何人。“我真不知道这事竟然这么……这么难办。”

他感到很窘迫，于是转向窗口。过了一会儿，那位营业员拿着一封信和一张表格回到了窗口。

“你必须把这张表填一填，签上名字，”他说。

年轻人将表填好，递给营业员。

“你有什么证件吗?”营业员问。“我是说你有像驾驶员执照之类的证件吗?”

“我有学生证，”年轻人回答说。

“那可不行，”邮政人员说。“我要的是正式证件，某种能证实你的身份的证件。也就是说能证明这封信确实是你的。”

“可是，你明明能看到这是给我妻子的信呀，”年轻人说。“我们俩的不是一样吗?”

“可我又怎么知道这就是你的信呢?”营业员反问道。“信上也没有寄信人的地址呀。”

队伍开始骚动起来，对营业员有些滥用职权极为反感。

“如果你没有证件，那我只好把信拆开来看看里面到底写的什么。”

“可我已经告诉你，”年轻人恳求道，“那是一首诗，写给我妻子的诗。”

“没有看见，我怎么会知道呢?”营业员不可一世说道：“里边也许是一首诗，也许是什么别的人给你妻子的信，可你却想抓住他的什么把柄。甚至它还可能是某种秘密文件呢，而你编造这些谎言就是为了得到它。”

听到营业员说出这种话，队伍中发出了十分不满的嗡嗡声。

“我将信打开，可以吗?”营业员问。

“如果您硬要这么坚持拆信的话，我也没办法。”年轻人叹息道。

那营业员有点得意洋洋地阴笑着，将信一下撕开了。

“是一首爱情诗哩，好的，”营业员说道：“可这是你写的吗?”

排队的人们愤愤地发出低沉的吼声，涌向前去。柜台内的那位营业员朝人们狠狠地翻了翻白眼，毫不让步。

“是我的!”年轻人大声叫喊道。

“那么你就证实一下吧，”营业员说，竭力抢占上风，“把它背诵一遍!”

从队伍中传来一阵愤愤不平的叫喊声，“不能这样!”“你这么做太过分了。”

营业员只得做了让步。

年轻人气得满脸通红。他两眼睁得圆圆的，怒视着前面，眼光越过了那位营业员，甚至越过了邮局四周高高的墙壁。他用圆润、优美的音色背诵道：

万里之遥的女人啊，闯入我的梦中，

您的肢体那样妩媚动人，
您的笑语犹如水晶般清脆，
您的抚摸啊，犹如细雨低吟。

一阵肃静之后，大家不约而同地赞叹起来，还迸发出一些掌声。营业员向后退去，脸色就像四周墙壁一样灰暗。年轻人夺过信，离开了邮局。

外面刮起了一阵微风，响起了雷的低吟。

万里之遥的女人啊，闯入我的梦中。

丢失的戒指

在这个世道上坏事层出不穷，每天都能从报纸上读到关于什么人碰到倒霉事的报道，没准儿我们自己就能碰到这类事，然后我们想，“哪儿都没有好人，尽是些坏人和坏事。”一想到此，我们就很生气，就不快乐，而自己不快乐，有时就会污染气氛，使别人也不快乐，这确实很糟糕。

现在我要讲的不是这个，我要讲一个跟这完全不同的，我亲自遇到的真实的故事，我应邀要去外地一位朋友那里小住，于是我去伦敦利物浦大街火车站搭车，我先在车站商店里买了两本书和一张报纸，伦敦好几个大火车站里都有商店，正在这个时候，我无意中发现手上的金戒指不见了。

这个戒指是一位好友送给我的，丢了戒指使我很伤心，我开始在车厢地板上找，后来又在外套和手提包里找，戒指真的不见了。

“进商店的时候我手上戴着戒指了吗？”我竭力回忆着，“是的，当时我是戴着戒指，戒指很可能就是在那里丢的，那么我怎样去找回它呢？我不能再返回那个商店，因为那样一来火车就会丢下我开走了，而我的朋友将会来接车，如果我不在车上，她会焦急不安的，我到底该怎么办呢?"

我从车窗里向外张望，看见一个人正把一些邮袋装到另一节车厢，我从车上下来，在站台上找戒指，还是没找到，那个人看我在地上找东西，就走近我。

"您丢什么东西了吧?"他问，"我能帮忙吧?"

"是的，"我说，"我丢了戒指，哪儿都找过了，都没有，我在这个车站的商店里买过东西，我想戒指一定是在那儿丢的，可是我不能回商店里去啦，因为火车就要开了，我必须乘这趟车走。"

"我替您到商店去找，"他说，"如果戒指还在那儿，那我就给您拿来。"

"这可太感谢您啦，"我说，"不过来不及了，火车马上就要开了呀!"

我很快想了一下，又说："假如您找到了它，请您给我打个电话，好吗?"

"可以，"他回答说，"我可以打电话告诉您。"

我于是告诉他电话号码，他记到了一张纸上。

"请问您叫什么名字?"我问道。

"我叫阿伯特·霍金斯。"他说。

"我回来时还能在这儿找到您吗?"我问。

"能够的，"他说，"我就在这个车站工作，您只要提到我的名字就行。"

"您若是找到了那只戒指，"我说，"那就麻烦您保管好，等我回来取，别忘了告诉我一声。"

乘客们都在急匆匆地上车，我也回到车上，车门关上了，我把头探出车窗外。

"您记住电话号码了吗?"我问他。

"记住了。"阿伯特·霍金斯说，火车开动了。"非常感谢您，霍金斯先生!"我冲他大声叫唤。

火车开出站台，我坐下来想自己的心事。把戒指丢落在那个大车站的什么地方使我伤心透了。

"我不会再看到自己的戒指了，"我暗自寻思，"假设霍金斯找到了它，他会拿去卖个好价钱，或者就在此刻，另外一个人已经捡到它了，他将据为己有。反正我不可能再听到任何关于戒指的音信了。"

我越想越伤心，真想立刻下车回到那个车站找我的戒指，但是火车越开越快，远离了我的戒指。

大约一个钟头之后，火车到站了，我的朋友用小汽车把我接走，在路上我把这个伤心事讲给她听，她深感惋惜。

到了朋友家，她停放小汽车去了，我脱掉外套，放上提包，正在这时，电话铃响了，我拿起电话，对方说："我是利物浦大街火车站的阿伯特·霍金斯。"

"啊！霍金斯先生，"我说道，"您找到我的戒指啦?"

"是的，"他说，"事情很顺利，我已经找到它啦，您是在车站商店里把它弄丢的。一个人捡到了它，交给了商店的女售货员，当我问到她时，她拿给我看，我肯定是您的戒指。"

"哪，我太高兴了！多谢您了，回头我到您那儿去拿。"

"干吗要等那么长时间?"霍金斯先生说，"我可以把它寄给您，不过我不知您的地址。"

"但那样的话又会给您添麻烦。"我说。

"一点也不麻烦，"霍金斯先生说，"我很高兴这样做。"

我便把自己的名字和地址告诉了他。

"我这就给您寄去。"他说完挂上了电话。

两天后，我接到一封信，里面用纸包着我的戒指，纸上写有一句话："非常高兴能帮助您！"

后来我送给阿伯特·霍金斯一点钱和一封感谢信，但我无法向第一个捡到戒指的那个人致谢，我大概永远不会知道他是谁。他们没有财富，但他们有助人为乐的美德，这比财富好得多，他们是善良的人。

他们没有财富，但他们有助人为乐的美德，这比财富好得多，他们是善良的人。

少妇的梦

一年又一年，独坐在我的窗前，我凝眸望着你的路，我的同心的爱人啊，在这信里，我要把我失去了保护的身体和思想的震恐再唱给你听。

啊，你也记得起你动身出去那天的太阳吗？我的眼泪是这样的多，我的亲吻是这样的热烈！你的许诺是这样的好，而你的归期定得是这样早！敢是你不记得你动身那天的太阳和我的祈祷了；你不记得我把水瓶里的水洒上你坐骑的影子，祝你过海时海会让开一条路，而在你脚下的土地将开满鲜花吗？

啊，你别离时的太阳，而今变成黑夜了！这许多年来，期待的眼泪，从我的眼里流出，像星一般，落在我面颊上。看啊，面颊上的红玫瑰褪色了！

够了够了。我期待你，心情犹如捋着头发。我仍旧爱着你酒杯里的酒力，我是你远出的魁梧身材的孀居者。想念你时我呜咽如风，我的膝受伤，因为跪在教堂门首，我呼觅你，转身向西。

怎能有一天，从此岸的海水干枯了！怎能片刻之间两世界就相接触啊！天或太阳，而今于我是不需要了。

归来！我待你归来，在我茅屋的门口。我在我的黑罗衫里梦见你，但我手中却没有你的手；归来，像我们园里甜的果子一般！我衷心的爱情正留藏着亲吻给你。

啊，我的牛乳般白的腰臀尚不知怀孕的味儿；而且我亦尚未能把出嫁时的绣金丝的面巾装饰成小儿的襁褓；而且我亦未能傍着摇篮坐着唱亚美尼亚母亲所唱的纯洁而神圣的催眠歌。

归来，我的期待终无已时，当黑夜来了而且展开它的尸衾，当枭鸟在庭中互相呜呼，当我的哽咽已尽而我眼泪变成了血。孤零零的，在我失望的新妇梦中，像一个恶鬼，我用手开始筛我坟墓的泥土在我头上，我的死日是愈拉愈近了啊！

归来！我等你归来，在我茅屋的门口。

选对象

几十年的独身生活使我厌倦了，我决定娶一个妻子。近年，我经常看到取名为

"爱情"的婚姻介绍所的广告，据说，这些广告曾经帮助许多人解决了他们的终身大事。

介绍所位于市中心。一位身穿浅蓝色制服的年轻守门人在门口迎接我，向我深深地鞠了躬。

矮矮的办公桌后，坐着一位穿戴雅致的女士，她老练地对我说："现在，请您到隔壁的房间去，那里有许多门，每一个门上都写着您所需要的对象的资料，供您选择。亲爱的先生，您的命运完全掌握在您自己的手里。"

我谢过了她，向隔壁的房间走去。

里面的房间里有两个门，第一个门上写着"终生的伴侣"，另一个门上写的是"至死不变心"。我忌讳那个"死"字，于是，便迈进了第一个门。接着，又看见两个门，右侧写的是"淡黄的头发"，左侧写的是"乌黑的头发"。应当承认，不知道为什么，我总是比较喜欢长着淡黄色头发的女性，于是，便推开了右边的那扇门。进去以后，还有两个门，左边写着"美丽、年轻的姑娘"，右面则是"富有经验的、成熟的妇女和寡妇们"。你们当然可想而知，左边的那扇门更能吸引我的心。可是，进去以后，又有两个门。上面分别写的是"苗条、标准的身材"和"略微肥胖、体型稍有缺陷者"。用不着多想，苗条的姑娘更中我的意。可是，进了第五个房间，里面还有两个门，分别写的是"双亲健在"和"举目无亲"。

我感到自己好像进了一个庞大的分检器，在被不断地筛选着。下面分别看到的是我未来的伴侣操持家务的能力，一个门上是"爱织毛衣、会做衣服、擅长烹调"，另一个门上则是"爱打扑克、喜欢旅游、需要保姆"。当然，爱织毛衣的姑娘又赢得了我的心。我推开了把手，岂料又遇到两个门。这一次，令人高兴的是，"爱情"介绍所把各位候选人的内在品质也都分了类，两个门上分别介绍了她们的精神修养和道德状况："忠诚、多情、缺乏经验"和"有天才、具有高度的智力"。我确信，我自己的才能已足够应付全家的生活，于是，便迈进了第一个房间。里面，右侧的门上写着"疼爱自己的丈夫"，左侧写的是"需要丈夫随时陪伴她"。当然我需要一个疼爱我的妻子。下面的两个门对我来说是一个极为重要的抉择：上面分别写的是"有遗产，生活富裕，有一幢漂亮的住宅"和"凭工资吃饭"。理所当然地我选择了前者。

我推开了那扇门，天啊……已经上了马路啦！

那位身穿浅蓝色制服的守门人向我走来。他什么话也没有说，彬彬有礼地递给我一个玫瑰色的信封。我打开一看，里面有一张纸条，上面写着："您已经'挑花了眼'。人总不是十全十美的。在提出自己的要求之前，应当客观地认识自己。”

人总不是十全十美的。在提出自己的要求之前，应当客观地认识自己。

九月之歌

时令变得太快了，白天的时光越来越短了，几片红叶已醒目地点缀在山茱萸树杈上，轻柔而不再燥热的阳光也不知不觉地变换了角度斜照在窗口上。

接着，某一天你就会注意到花园里似乎特别地安静。你也许还会觉察到夏天穿戴着的服饰全不对劲，不是衣服的颜色太浅了，就是鞋子穿得太露眼了；往日喧嚣的走廊看上去显得空荡荡的；空气里再也难以闻到像牛排在烤架上丝丝冒烟时所发出的那种特殊香味。

假如你仔细地听，远处屋宇的关门声竟也是那般的清晰。我们称之为夏天的那热烈的明亮的阳光也似乎被一扇无形的大门重重地关上了，此时此刻我们对它只能做最后的一瞥了。

从九月的第一天开始，秋天那第一束温馨的阳光早就洒落在我们身上。人们急急忙忙地脱掉带着浓涩氯水咸味的泳装，孩子们过完愉快的暑假纷纷背起书包，带上午餐，穿行在飞驰的车流中返回学校；处处都可听见人们一天十几次不厌其烦地呼叫着：“快点，否则就赶不上了。”

天黑得越来越快，晚霞那最后一抹的辉煌越来越显得短暂而苍白无力，如果你是我的话，也许就注定要感受到秋天是带着悲哀与忧郁向你袭来的——一份很珍贵的东西失去了。

这份伤感我8岁那年就有了。那一天我一辈子都不会忘却的。记得我上学的第一周就得了链球菌咽喉炎，校方要求我在家治疗休养。有一天，我床边的收音机里突然涌出一个男人沙哑而悲怆的歌声：噢，日子在不断地减少、缩小，只有那屈指可数的珍贵的几个小时，从9月，以至12月！……

那时我并不知道这首歌是谁唱的，歌名叫什么，只是从内心升腾起一份莫名其妙的忧愁。许多年以后，我在图书馆里才查到它的名字叫“九月的歌”，它表达了一种失去的悲哀与惋惜，它竟是那般强烈地震撼我幼小的心灵。也就是从那一天起，我已朦胧地意识到无论夏天还是秋天都是短暂有限的，因此生命的时光太需要珍爱了。

一位年过八旬的老朋友告诉我说，她在很小很小的时候就开始计数季节的变换，这使她明白每一寸光阴都值得珍惜与珍存。今年是她第85次亲眼目睹炎热的仲夏瞬间就滑入清凉的初秋。

老太太的话，几天后的一个黄昏我在花园浇水时又意味深长地思索了半天。那时，一丝落日的余晖在浓浓的暮色中已显得十分微弱，这一年的夏天将远远离我而去。我禁不住举起双臂试图把暮夏那所有的温情、轻风、鲜花拥进我的心中，也许只有在我心灵的深处，这一切才会永恒地存在着。

九月的歌，你唱出了什么？

九月的歌，你唱出了什么？

难忘的八个字

随着年龄增长，我发觉自己越来越与众不同。我气恼，我愤恨——怎么会一生下来就是裂唇！我一跨进校门，同学们就开始讥嘲我。我心里很清楚，对别人来说我的模样令人厌恶：一个小女孩，有着一副畸形难看的嘴唇，弯曲的鼻子，倾斜的牙齿，说起话来还结巴。

同学们问我：“你嘴巴怎么会变得这样？”我撒谎说小时候摔了一跤，给地上的碎玻璃割破了嘴巴。我觉得这样说，比告诉他们我生出来就是兔唇要好受点。我越来越敢肯定：除了家里人以外，没人会爱我，甚至没人会喜欢我。

二年级时，我进了老师伦纳德夫人的班级。伦纳德夫人很胖，很美，温馨可爱。她有着金光闪闪的头发和一双黑黑的、笑咪咪的眼睛。每个孩子都喜欢她、敬慕她。但是，没有一个人比我更爱她。因为这里有个很不一般的缘故——我们低年级同学每年都有"耳语测验"。孩子们依次走到教室的门边，用右手捂着右边耳朵，然后老师在她的讲台上轻轻说一句话，再由那个孩子把话复述出来。可我的左耳先天失聪，几乎听不见任何声音，我不愿把这事说出来，因为同学们会更加嘲笑我的。

不过我有办法对付这种"耳语测验"。早在幼儿园做游戏时，我就发现没人看你是否真正捂住了耳朵，他们只注意你重复的话对不对。所以每次我都假装用手盖紧耳朵。这次，和往常一样，我又是最后一个。每个孩子都兴高采烈，因为他们的"耳语测验"做得挺好。我心想老师会说什么呢？以前，老师们一般总是说："天是蓝色的。"或者"你有没有一双新鞋?"等等。

终于轮到我了，我把左耳对着伦纳德老师，同时用右手紧紧捂住了右耳。然后，悄悄把右手抬起一点，这样就足以听清老师的话了。我等待着……然后，伦纳德老师说了八个字，这八个字仿佛是一束温暖的阳光直射我的心田，这八个字抚慰了我受伤的、幼小的心灵，这八个字改变了我对人生的看法。

这位很胖、很美、温馨可爱的老师轻轻说道："我希望你是我女儿！"

这八个字抚慰了我受伤的、幼小的心灵，这八个字改变了我对人生的看法。

库兹亚

这不是事实。但确实有过这种事。

从前，有夫妻两人。他们一直没有孩子。后来，生了一个儿子。他们叫他库兹亚。他长得很结实，胖乎乎的，干干净净的。他可碰上了爱干净的父母：动不动就洗手。

库兹亚长大了一点，父母开始教他正确走路：“乖儿子，上街时要看着脚底下，当心别跌倒了。在镶木地板上走路要看着脚底下，那上面最容易滑倒。走山路时——还是要看着脚底下。说不定你会从山顶摔到沟里去的。可别摔断了脊梁骨。下山时照样要看看脚底下，不然的话，就可能扭伤肌肉。如果由于你的品行和成绩让你到索契去疗养的话，走在沙滩上时可要小心谨慎，别把鞋踩歪了，两眼一定要盯着脚底下。不然的话，一遇坏天气，海浪就会朝你涌来，浇得你浑身透湿，说不定还会把你卷到海里去。”

钟爱库兹亚的双亲说过这些话后，又活了一段时间便在亲人们的哀悼声中死去了。

库兹亚开始执行父母的遗嘱：当他在镶木地板上走路，上山、下山；在春天的田野散步，在古老的森林里踯躅，在大街上徘徊，在沙滩上闲逛时，——他总是用心盯着自己的脚下。他一生从来没有绊倒过，从来没有滑倒过，从来没有扭伤过肌肉，从来没有碰伤过额头，从来没有踩到水沟里，也从来没有让海浪浇过。

这个可怜虫就这样过了一辈子，死去了，从来没有见过蓝色的天空，从来没有见过明亮的云彩，从来没有见过朝霞和晚霞，从来没见过亮晶晶的星星，从来没见过城乡的美景，也从来没见过人们的面孔。

这个可怜虫就这样过了一辈子，死去了，从来没有见过蓝色的天空。

洗耳恭听

我的儿子正滔滔不绝地给我讲他刚看过的一部电影，津津有味地描述着每一个细节。为了加强语气，他用了三千个“你知道吗?”我的牙齿都打瞌睡了。

从家里坐着计程车去机场，我的耳朵又遭了殃。那位司机嘀嘀咕咕讲着什么他用钱供儿子念大学啦，还差一年就毕业啦，儿子写信回来，却在附言上说：“我结婚了，她叫戴安娜。”

他问我：“你对这怎么看?”才说完，又赶紧自问自答起来。

飞机起飞前有美妙的三十分钟——一段让我和我的思绪独处的时间，可以让我打开书，让我的思想漫游，邻座却传来一位老太太的声音：“我敢说芝加哥现在一定很冷。”

“大概是吧。”我慢声答道，面孔板得跟石头似的。

“我差不多三年没去过芝加哥了，”她勇往直前，“我儿子住在那儿。”

“很好。”我说着，目光仍粘在书的铅字上。

“我丈夫的遗体就在这飞机上。我们结婚都有五十三年了。你知道，我不开车。他去世时是一位修女开车把我从医院送出来的。我们甚至还不是教徒呢。葬礼的主持把我送到机场。”

我有生以来从未像此刻这么讨厌自己。另一个人正在渴求别人倾听她的诉说。她孤注一掷地求助于一个冷冰冰的陌生人，而这个人更感兴趣的是小说而不是她真实生活里的戏剧。

她所需要的只是一个听众……不要忠告、教诲、金钱、帮助、评价，甚至不需要同情……仅仅是乞求对方花上一两分钟来听她讲话。

这看起来是那么矛盾：在一个拥有发达的通讯设备的社会里，人们却苦于无法交流，无法找到一个听众。

她木木地、缓缓地讲着，直到我们上了飞机。她在机舱另一边找到了她的座位。我把大衣挂起来的时候，又听见她哀哀的音调，对着她的邻座说：“我敢说芝加哥现在一定很冷。”

我祈祷：“上帝，但愿有人听她讲。”

一个拥有发达的通讯设备的社会里，人们却苦于无法交流，无法找到一个听众。

故事三则

到了天堂的贫农

有一回，一个虔诚的贫农死了，到了天堂的门口，同时也有一个富人在那里，要进天堂里去，圣彼得拿钥匙来开门，让那位先生进去，他好像没有看贫农，就把门关了。贫农在外面听到富人在天堂里受到欢呼的接待，还有音乐、歌曲，最后又安静了。圣彼得开了天堂的门，让贫农进去。贫农以为现在他进去的时候也要奏乐唱歌，但是一点声音都没有，他只是受到亲切的接待，天使迎着他走来，也没有人唱歌。贫农问圣彼得，他们为什么不像富人进来的时候一样唱歌欢迎他，显然，在天堂如在地上一样的也有偏见。圣彼得说："哦，没有这回事。我们爱你和别的人一样，你也和富人一样要享受天堂的快乐，只是像你这样的贫农，每天都有进天堂的，而富人百年才来一个。"

死神的仆人

在古代，有一个巨人在大路上浪游，忽然一个陌生人朝他跑来，叫道："站住！不准前进一步！"

巨人说："什么，你这矮子，我用手指就可以把你捏碎，你还要拦我的路吗？你是谁，敢说这种大胆的话？"

那人回答道："我是死神，没有人敢反抗我，你也应该服从我的命令。"

但是巨人不答应，就和死神进行搏斗。那是一次又长久又激烈的战斗，最后巨人一拳把死神打倒，巨人赢了照走他的路。死神被击败了，倒下来躺在一块石头旁边，他没有气力，不能起来。他说："如果我永远躺在这角落里，怎么办呢？世界上将没有一个人会死，满地都是人，连站的地方都没有了。"

这时候，一个活泼健康的小伙子从路上走来，他嘴里唱着歌，眼睛瞟来瞟去。他看见那个发昏的人，很可怜他，把他扶起来，又把瓶里的酒灌了他一口，使他恢复了气力。陌生人站起来，问他："你知道我是谁吗？你知道你扶起来的人是谁吗？"

小伙子回答："不知道，我不认识你。"

陌生人说："我是死神，我不饶恕任何人，对你也不能例外。你知道，我是感谢你的，我要向你保证，不突然来捉你。在我来接你之前，我会派我的仆人来通知你。"

小伙子说："是的，我知道你什么时候来，总会有些好处，至少在通知我以前，我不用怕你。"

小伙子说罢就走了。此后，他既高兴、又快乐地生活着。

但是青春和健康是不能长久保持的。不久疾病和痛苦就来了，使他白天难过，夜里不能休息。他自言自语地说："我是不会死的，因为死神还没有派仆人来通知我，但愿苦恼的日子早些过去吧！"

他一觉得健康时，又开始愉快地生活。

有一天，一个人拍他的肩膀；他仔细一看，原来是死神站在他面前，并对他说："跟我来，你和世人分别的日子到了。"那人回答说："怎么，你要失信吗？你不是答应我，你要先派仆人来通知我吗？我没有看见你的仆人。"

死神回答说："不要作声，我不是接二连三地派仆人来过吗？你不是发热睡倒过吗？你的头不是常晕吗？你的四肢不是酸痛过吗？你的耳朵不是老响吗？你的牙齿不是老痛吗？你的眼睛不是常发黑吗？此外，我的亲爱的兄弟'睡神'不是每天晚上向你提到我吗？你夜里躺着，不是像死了一样吗？"

那人无话可答，只好听天由命，跟着死神去了。

夏娃的各种孩子

亚当和夏娃被逐出了天国之后，只得在荒地上造一所房子，汗流满面，才有饭吃。亚当种田，夏娃纺线。夏娃每年生一个孩子，但是孩子都不一样，有的漂亮，有的丑陋。

过了很久以后，上帝派了一个天使到他们家里，向他们说，上帝要来视察他们的家庭。夏娃看到上帝这样关怀，非常高兴。打扫房屋，插着鲜花，在石子路上铺着灯芯草。

此后她把生得漂亮的孩子都叫了来，给他们洗脸、洗澡、梳头、穿新洗的衬衫，叫他们在上帝面前要有规矩，有礼貌；叮嘱他们说，应该在上帝面前恭恭敬敬地鞠躬，同上帝握手、回答问话要谦逊、要有理智。但是不准那些长得丑的孩子出来见上帝。她把一个孩子藏在干草下面，第二个藏在屋顶下，第三个藏在麦草里，第四个藏在火炉里，第五个藏在地窖里，第六个藏在水缸下面，第七个藏在酒坛下面，第八个藏在旧皮袄里面，第九个和第十个藏在给他们做衣服的布下面，第十一个和第十二个藏在给他们做鞋子的皮子底下。

她刚做完就听见有人敲门。亚当和夏娃从门缝里看见是上帝，便恭恭敬敬地开了门。上帝走进来，漂亮的孩子们排队站着鞠躬，同上帝握手，并且跪下。

上帝开始给他们祝福，把双手放到第一个孩子的肩膀上说："你做一个伟大的国王。"对第二个说："你做一个公爵。"对第三个说："你做一个伯爵。"对第四个说："你做一个骑士。"对第五个说："你做一个贵族。"对第六个说："你做一个公民。"对第七个说："你做一个商人。"对第八个说："你做一个学者。"他把他所有的祝词都给了他们。

夏娃看见上帝这样温良仁慈，心里想："我要把生得丑的孩子也叫出来，或许上帝也会给他们祝福。"

她跑过去从干草里、麦草里、火炉里等丑孩子躲藏的地方把他们叫出来。于是来了一大群粗野、龌龊、满身癣疥的孩子。

上帝边笑边看地说："我也要给他们祝福。"他把手放到第一个孩子身上，对他说："你做一个农民。"对第二个说："你做一个渔民。"对第三个说："你做一个铁匠。"对第四个说："你做一个硝皮匠。"对第五个说："你做一个织工。"对第六个说："你做一个鞋匠。"对第七个说："你做一个裁缝。"对第八个说："你做一个陶工。"对第九个说："你做一个车夫。"对第十个说："你做一个船夫。"对第十一个说："你做一个信差。"对第十二个说："你做一个仆人。"

夏娃听到这一切，说："上帝，你说的祝词非常不公平！他们都是我的孩子，你给他们的恩惠应该完全相等才对。"

但是上帝回答说："夏娃，你不懂得。整个世界是由你的孩子构成的，我应该这样做，也必须这样做；如果他们都是公爵和大人先生，谁来种麦子、打麦子、磨面粉、做面包呢？谁来打铁、织布、做木工、造房子、硝皮子、裁布、缝衣服呢？每个人应该有自己的职责，大家互相支持，大家才有饭吃，好像身体的四肢一样。"

夏娃回答说："啊呀，上帝，请你原谅，我鲁莽，反对了你的话。我的孩子要照你的意思去办事。”

上帝派了一个天使到他们家里。

不管怎样，还是该诚实

金诺克·伍德是加拿大著名企业家，退休后依然关心着企业，关心着作为继承人的儿子。有一回，儿子为签署一份重要RCM契约花费了大量心血，可惜事到临头却受骗了，告吹了。儿子为对方的缺乏商业道德非常愤慨。老人闻讯专门写去一信。

从你的报告中我已经知道，RCM的契约失败了，我很遗憾。我很了解你对这份契约的期待和努力。也许你会为了这个原因，记恨对方。但是，你千万不可因此而丧失你平时的乐观和热诚!

其实，在社会上待个两三年，你马上可以得到一个教训，这个世界能完全信赖的人真是非常有限。所以，在你面对其他人的时候，心中多少都要有所戒备。不过，无论如何，这桩失败不该伤害你的品格。你知道吗?你具有诚实的人格，而对方却没有。这种人能在企业界长期存在的可能性，我很怀疑。企业界是个相当狭窄的世界，骗了这个人后，还能再骗那个吗?

况且，欠缺诚实的行为必定会招致别人的不良后果。所以不必为他的“成功”而不快，你必须注意的是你自己的品格，这才是最重要的。

一个诚实的人，必定具有高度道德的生活态度。也就是说，这种人在日常生活中表现出认真、正直和坦率。对企业界而言，这种品质就是促使永久性成功的生命力。不确实履行与客户之间的契约，在短时间内想获得一大笔金钱的确容易，但是从长远看来，那真是奠定企业失败的基础。无论如何，绝对不要给对方一个不诚实的印象。爱耶伯劳也说："信用仿佛一条细丝线，一时断了，想要再接起来，难上加难。"

而你最近的经验，的确是被人欺骗了。在你想发泄这股怨气之时，务必三思：其实，你并未损失什么，因为那契约原本就是不存在的。如果只为了契约失败而生气，甚至采取冲动的报复手段，那你不就损失更多了吗？

换一角度来看，我可以就另外的观念看看这桩事件。如果这个契约成立了，你会有什么问题呢？能跟这种品格低下的人断绝任何来往，不是件好事吗？这么看来，这个没有签订的契约并不是个失败，反而是幸运呢！

一个诚实的人，必定具有高度道德的生活态度。

我不去

不管是什么社交活动，假如你的朋友和同事都参加而你偏说"我不去"，多半会有人问你："为什么？你是不合群呢，还是另有原因？"再不然，有人会打量你一眼，然后故不作声，逼迫你非解释原委不可。

我得申述我的见解：朋友间的交情固然可贵，但我们大都过分忙于交际，疲于奔命参加聚会，结果是上了自己的当，失去比"社会调适"重要得多的东西。古人称它为"沉思"，是在离群独处时默想，并询问自己："我是谁？我是到什么地方去？"我们在这段时间不再为取悦别人而摆出笑脸，也大可脱掉鞋子，为所欲为，哪怕什么都不做，也没有关系。

不久前，一位朋友打电话来，问我和丈夫可否驾车顺道去接她，一起去参加宴会。

我们到达她家时，我丈夫问她："查理病了吗？"那时是黄昏，我们看见她丈夫查理懒洋洋地躺在后院的吊床上。

“他没有病，他是在沉思。”她说。

我俩觉得她的答话很古怪，一时呆住不作声，然后迅即改换话题。心想：或许查理变成了“十三点”。

宴会后送她回家。我们走进屋时，谨慎地用开玩笑的口吻询问查理：“沉思的进展怎么样?”

“好极了，”查理说，“你们到院子来，我要让你们看些东西。”我们走到后院，查理用手指着说：“瞧瞧那些星星。”我依然疑心查理是否有点问题，但我还是仰望天空。不一会，我把查理和其他人都置于脑后。我好久没有在明朗的晚上仰望天空了，简直忘了它多么美。

查理说：“我今天上班，遇到个难题，一直困扰着我。今晚我到院子里来时，认定那问题已经没有解决的希望。不料我躺下来欣赏美丽的天空，躺得越久，那问题便似乎变得越小。我现在虽然只解决了问题的一部分，但深信已经没有困难了。”

我不禁忖度，如果查理今晚赴宴，结果会怎样？他会不会认定那个问题太难而无法解决呢?

我们不仅需要抽空详细考虑自己的问题，也需要抽空让自己的思潮任意奔流起伏，以便多了解自己。其实，所谓社会调适，不外乎自己喜欢别人而又被别人喜欢罢了。研究行为学的专家不是一再指出，我们喜欢别人的程度是跟我们喜欢自己的程度成正比例的吗？我们必须偶尔抽空跟自己打交道。

我绝对相信：生活要过得持平，生命才能够完整无缺。我们必须跟别人共处以及从事社交活动，但也必须偶然离群索居，以便反省沉思。我认为我们每次反省沉思之后，精神会更焕发，意志会更坚强，也准备做对社会上更有价值的成员。因此，每当我们应酬太多，渴望晚上待在家里静思时，我们尽可说一声“我不去”，不必因为说这话而感觉难为情。

我绝对相信：生活要过得持平，生命才能够完整无缺。

千万分之一的可能性

这是一个真实的故事。

1998年9月18日，星期五，美国洛杉矶。29岁的警察凯利·贝尼克斯完成了一天的工作，驾车行驶在回家的公路上，突然他发现前面一辆车的车牌明显已经过期了。尽管这一天他已经处理了几起盗窃案并且到法庭作证，但他还是拧亮警灯，追上了这辆车。

凯利·贝尼克斯从小就与参加越战的父亲失散。由于跟母亲合不来，他是由外祖父母抚养成人的。他不知道他的父亲保罗·贝尼克斯是否还活在这个世界上。

凯利拦下了这辆违规的汽车。当他看见驾车男子的眼睛时，他竟有一种莫名其妙的熟悉和亲近的感觉。他检查了这名男子的执照和身份证。这些证件确凿无疑地表明，这名男子名叫保罗·贝尼克斯。

保罗·贝尼克斯29年前告别了女朋友和他与女朋友所生的儿子到了越南战场，从战场回来后，他采用了无数的办法也没能再找到他们。但他相信，他们母子一定还在这个城市，所以他一直没有离开洛杉矶。

凯利抑制住自己激动的感情，盯着保罗那张衰老的脸庞。他只有一张4个月大时父亲抱着他的照片，这张照片他一直带在身上。“请问您曾经认识一位名叫惠特丝的女子吗?”凯利尽量使自己的语调平缓下来。

保罗诧异地望着面前这名高大的警察，他的相貌与年轻时的自己是多么相象啊!

“是的，我们曾经一起生活过。”保罗预感到有非凡的事情即将发生。

“我叫凯利·贝尼克斯。”凯利报上了自己的名字。

“哦，上帝!我想我是你的父亲。”保罗拍着自己的脑门说。显然他还不相信这是事实。

凯利掏出了那张照片，一切都很清楚了。两人紧紧地拥抱在一起。路过的许多车辆都停了下来，很多人都来帮忙。他们以为有人拒捕而正在与警察扭打呢!

保罗和凯利的故事轰动了整个洛杉矶，市政府专门为他们召开了一个记者招待会。会上保罗似乎对这一切缺乏思想准备，他说："这仿佛是在梦中。"而凯利则显得异常兴奋："这简直太奇妙了。找到父亲是我这一生中最高兴的事。"在全体市民面前，这对父子又紧紧拥抱到了一起。

许多人关心凯利是否最后给父亲开了罚单。一位警官说："尽管凯利没有给父亲开罚单，但他们分手时凯利板着脸提醒父亲：别让车牌过期。"

在洛杉矶这个千万人的大城市的一个十字路口，命运使这对失散30年的父子又走到了一起。

人们都说，父子血缘使这千万分之一的可能性变成了现实。

人们都说，父子血缘使这千万分之一的可能性变成了现实。

敞开的心怀

拥有宽广胸怀的人，拥有的美也特别多。要使一个人的心怀像春天的大地那样生机勃勃充满了活力，就必须好好建设心怀。

阳光与黑夜

鱼的世界是静静的世界。俗话说："像鱼一样沉静。"

昆虫的世界是夜的世界，它们怕光。昆虫中即使像蜜蜂，白天劳动，可是它还是喜欢黑暗。

鸟的世界是阳光和歌唱的世界。

万物生长靠太阳，一切都在它照射下欢欣鼓舞。南方的鸟儿翅膀浸染着阳光；我们这里的鸟儿把阳光放进歌唱；还有许多鸟儿追逐太阳，四处翱翔。

圣一琼说："瞧，早上它们礼赞朝阳；向晚，又虔诚地聚集在一起，看落日在苏格兰海岸缓缓下降。黄昏时分，大松鸡飞上最高的杉树枝头，不断摇晃着身子眺望，这样，它看到阳光的时间更长。"

对于它们，阳光、爱和歌唱都一样。倘若你要让捕获的夜莺在它们不发情的季节里歌唱，你就用布蒙住笼子，然后突然还给它亮光，它准会引吭高歌。野蛮人把倒霉的燕雀眼睛弄瞎了，催它迸发出绝望而悲痛的鸣叫。它用声音为自己创造出和谐的光芒，用心内的热情为自己创造出新升的太阳。

阳光于宇宙万物都意味着安全。

无论对人类还是动物，阳光都是生命的保障；就像令人安详、和平、静穆的微笑和大自然的坦诚一样。阳光使在黑暗中追逐我们的恐怖却步，使梦幻的烦恼和痛苦消失，使困扰灵魂的骚乱思绪逃遁得无影无踪。

长期以来，人类群居宴处，已经不了解生活在旷野中的艰辛恐惧，了无防卫之苦，大自然那可怕的无私的律令致人死亡，跟给予生命一样。你祈求，也是徒然。大自然告诉飞鸟：猫头鹰也有生存的权利。大自然回答人类："我必须喂饱我的狮子。"

请你在旅行中仔细看一看荒僻的非洲那迷了路的不幸者的恐惧吧，请看一看可怜的奴隶在逃脱了人类的凶残之后又遇上残酷的大自然时的恐惧吧。多么焦虑和痛苦啊！日没之后，成群的豺狼，充当狮子的可怕的前哨，开始转悠起来，它们远远地陪侍着它，或是在它前面用鼻子到处乱嗅，或是跟在它后头，像搬运尸体的夫子那样！它们朝你悲号，说道：“明天，让别人来收拾你的骨殖吧。”这可是多么巨大的恐怖啊！

而这一切就发生在你身边……它看到你，凝视着你，它那铜铸的喉咙里低声暗吼，对它面前活生生的猎物喑呜叱咤，喝令，把它吃掉！马也支撑不住了，它浑身颤抖，冒冷汗，直立起来……人蹲在那儿，腹背受敌，这时若是他能点起火来，还有一点力气把火烧得旺旺的，这光亮的壁垒就是唯一足以保护他生命的东西了。

夜对于飞禽也是非常可怕的，甚至在我们这里危险仿佛比较少的地方也如此。黑夜里隐藏着多少妖魔鬼怪，在那一片漆黑之中有多少令人惊骇的东西啊！夜间来袭的敌人一般都是这样，悄悄地猛扑过来。枭用寂静无声的翅膀飞翔，像是足下垫了棉花。苗条的臭鼬巧妙地钻进鸟窝，连一片树叶都没碰到。性情暴烈的桦貂嗜血成性，那么迅疾，只一下子就叼住成鸟和幼雏，扼杀了全家。

一旦有了幼雏，鸟儿似乎对于这些危险就产生了一种新的看法。它必须保护这个弱不禁风的穷家。走兽还比它好得多，因为幼兽生下来就会走路。但又是怎样保护呢？它几乎只能呆在那儿等死；它飞不起来：爱折断了它的双翼。整夜，父亲看守着狭小的鸟巢进口，不睡也不困，历尽辛劳，用它那脆弱的喙和不住摇晃的脑袋去抵挡危险，如果它看到面前突然出现一条蛇，张开血盆大口，圆睁着无限巨大的可怕的眼睛，那该怎么办？

对于任何生物，甚至对于被保护的幼雏，夜晚都是最大的烦忧。荷兰画家很能抓住这一点，并把它在放牧于草场上的牲畜身上表现出来。马自动地走近它的同伴，把头贴在它身上。母牛带着小牛犊返回栅栏，心里只想着快快进入棚屋。这些母牛有了一所棚屋，一个安居之所，一处逃避夜的陷阱的歇息的地方。而鸟儿，只有一片树叶！

清晨，恐怖敛迹，黑影已经消逝，小小的灌木丛被朝阳照耀得亮堂堂的。巢边有鸟语啁啾，噪成一片！它们好像是在互相祝贺，喜庆重逢，大伙儿都还活着。接着它们开始歌唱起来。

云雀从田沟里出来，又飞又唱，把地上的欢乐带上天空。

阳光于宇宙万物都意味着安全。

一朵月季花

八月的最后几天……秋天已经迫近。

日落西山。一阵突如其来的急雨，没有雷声，没有闪电，刚刚从我们广阔的原野上掠过。

屋前的花园光辉灿烂，雾气蒸腾，撒满霞光和水珠。

她坐在客厅的桌前，在深长的沉思中，透过半开半掩的门凝视着花园。

我知道那时她心中想些什么，我知道在一场时间不长却痛苦万分的斗争之后，她此时此刻对一种感情让步了，她已经无法克制这种感情。

忽然她站起身来，敏捷地走进花园，隐没在园中。

一小时过去了……又是一小时，她没有回来。

这时我站起来，走出屋子，走上林荫道，她就是——我无疑知道——沿这条路走去的。

四周全黑下来了，夜已降临。然而在小径潮湿的沙土上，显出一个圆圆的东西来，它透过浓重的夜色，灿灿发红。

我俯下身去……那是一朵鲜嫩的刚刚绽开的月季花。两小时以前，我看见这朵花正缀在她的胸前。

我小心翼翼地拾起这朵落入污泥中的小花，回到客厅里，我把它放在桌上，放在她的安乐椅前。

她终于回来了——轻步穿过厅堂，在桌前坐下。

她的脸色苍白了，也活泼了，一双低垂的、好像变小了的眼睛，带着愉快的惶惑向四周扫视。

她看见了那朵月季花，把它抓在手中，望着它揉皱的带泥的花瓣，又望我一眼——而她的眼睛骤然间停住不动了，眼里闪耀着泪珠。

“您为什么哭?”我问。

“啊！我为这朵月季花。您瞧，它成什么样子啦。”

这时，我想到要说的一句含有深意的话。

“您的眼泪会洗净这些污垢的。”我做出一种意味深长的表情。

“眼泪不会清洗，眼水会燃烧。”她回答说，一边转向壁炉，把那朵小花掷进将熄的火焰中。

“火比眼泪燃烧得更旺些。”她不无勇气地慨叹一声，而那双美丽的、还在闪烁着泪花的眼睛，放胆地、幸福地笑了。

我明白，她也在被火燃烧着。

眼泪不会清洗，眼水会燃烧。

春天不再孤独

我在街角杂店前停下来吃早餐。因为有些迟了，便急匆匆地吃了些炸面圈，喝了咖啡后就急步走进地铁站，跑下台阶，赶上了我常搭的那趟列车。我抓住吊带，装作看报，却不停地扫视这些挤在我周围的人们。他们还是我每天看到的人。他们却没有微笑，像是偶遇的陌生人。

我听他们谈他们的烦忧和朋友，我也希望有人来与我谈天，以打破长长铁骑发出的单调的声音。

地铁快到第175街的时候，我又紧张起来。她通常就在那站上车。她举止文雅，不像其他人那样推推搡搡。她总是挤进一个小地方，紧挨着人们，紧握住一个大概包着她午餐的机关信袋。她从不带一张报纸或一本书；我想要是你撞上这种情况，再想看书看报也是看不进去的。

她身着鲜艳的户外装束，我猜她大概住在新泽西。这些新泽西人到达了那个车站。她的脸蛋很漂亮，擦洗得干干净净，根本不必涂脂抹粉。她除了涂口红外从不化妆。她天然的波浪式头发，呈现协调的浅棕色，就像飘落的白杨树叶的色调。其余她所做的就是抓住车的辕杆，想着她自己的主意。她那双明亮的蓝眼睛温情脉脉。

我总是喜欢看着她，但又得小心翼翼，唯恐她发现我在看她，怕她生气，怕她离我而去，那样我便没有任何朋友了，因为她是我唯一真正的朋友，尽管她好像还不知道。我孤身一人在纽约，我认为我有点怕羞，不容易交朋友。同伴们都有家室，他们要过他们自己的生活，我怎能邀请人家到我的单身房间来呢？因此只好他们走他们的阳关道，我过我的独木桥。

这座城市真使我心烦。它过于庞大，人声嘈杂——对我这个独行者来说人也太多了。我大概适应不了它。我曾习惯于小新罕布什尔农场的宁静，但在那里不会有任何远大前程。后来我从海军退伍，就申请到了银行的这个职位。我料想这是一个好机会，但我却是孤独寂寞。

当坐车前行我身体随车子的运动而摇晃时，我喜欢想象我和她的朋友，甚至有时我被诱惑而对她微笑，很友好而非冒失地说些诸如“早上天气真好，是吗？”之类的话。可是我会惊慌的。她也许会以为我狡猾，会冷淡我，似乎根本没有看到我，仿佛我不存在。于是第二天早晨，她再也不在这儿，我也没有任何人去想了。我一直梦想或许总有一天我要结识她。你知道，要自然而然地。

或许像这样：她从车门进来，有人推着了她，使她擦着了我。她会敏捷地说：“哦，请原谅。”我就礼貌地举起帽子答道：“一点都没关系”。并向她微笑以示我不在意，于是她会对我回报一笑说：“天气真好，是吗？”那我就说：“像春天一样。”我们大概不再说啥，但当她在第34街准备下车时，大概会朝我轻轻挥手说声：“再见”的，我就再次斜帽致意。

第二早晨，她进来见到我就会说“你好！”或“早上好！”那我也给她打招呼，再说些使她看出我对春天还稍有了解的话。不给她说俏皮话，因为我不愿让她把我看成那种油腔滑调、在地铁里随便结交姑娘的人。

不多久，我们将有些友情，开始谈论天气和新闻等。有一天她会说：“你说滑稽不？我们天天在这儿交谈，却连各自的名字都不知道。”我就站得笔直，倾斜我的帽子说：“我喜欢你认识托马斯·皮尔斯先生。”她也会很认真地说：“您好，皮尔斯先生。我要你认识伊丽莎白·阿尔特梅丝小姐”。她一定是戴着那种姑娘们春天常戴的白手套。我们周围的人会微笑，他们也在分享我俩的欢乐。

“托马斯。”她说，当她试着把我的名字念出声来时。

“干嘛？”我就问。

“我总不能叫你托马斯。”她说，“那太拘谨了。”

“我的朋友管我叫汤米。”我就告诉她。

“我的朋友叫我贝蒂。”

大概就会这样。或许不久后我会提到一部正在音乐大厅上映的好影片的名字，假如她有空，我就建议去看——

她会立刻说:“嗬,我也喜欢看!”我就早点完成工作到她工作的地方去接她,一起出去找个地方共进晚餐。进餐时我就与她谈,告诉她新罕布什尔,或许说起我曾多么孤寂,如果那是一个安静舒适的好座位,我还可能告诉她我曾多么怕羞。她会用闪亮的眼睛盯着我仔细听,双手手指交叉紧握,倚在桌上,让我能闻到她头发的芳香。她会低语:“我也怕羞。”我们靠背,悄悄地微笑,接着就吃饭,不再说啥。

此后，我们就一起去影院欣赏电影。有时在影片的精彩片段，她的手大概会碰我的手，或许我移动身姿用手偶然摸摸她的手，她不挪开，我就抓住它。我在这里，在上千人中间，再不感到孤独：我和我的女朋友在一起。

然后,我送她回家。她不会要我走完全程的。“我住在新泽西。”她会说,“你送我回家,真是太好了,但我不能要你像这样走很远的路。别担心,我没事儿。”但我会抓住她的胳臂说:“跟我走。我要送你回家。我喜欢新泽西。”我们就乘公共汽车穿过乔治·华盛顿大桥,跨过它下面奔流不息,黑色而又神秘的哈得逊河,就到新泽西了。我们见到了她家院落的灯火,她会邀请我进去,但我就说太迟了,于是她会恳求我:“那么你得答应我这周星期天来吃晚饭。”我就答应,然后……

列车慢了下来，因为停车，人们努力使自己站稳。这就是第175街站，一大群人等着上车。

我渴望找到她，却到处也看不到。我心绪低落，可正在这时却发现她在另一侧。她戴着一顶新帽子，上面有几朵小花。车门一打开，人们就朝里涌。她夹在蜂拥的人流中不能动弹，猛地撞到我身上，拼命一把抓住我正握住的吊带不放。

“请原谅。”她气喘吁吁。

我的双手被压着，不能倾斜我的帽子，但我礼貌地答道：“没关系。”

车门关起来，列车开动了。她只好抓住我的吊带，没有其他任何位置了。

“今天天气真好，是吗？”她说。

列车正在转弯，车轮擦着铁轨发出尖锐的声音，就像新罕布什尔的鸟儿歌唱。我的心疯狂地跳动着。

“像春天一样。”我说。

因为她是我唯一真正的朋友，尽管她好像还不知道。

欢唱的山姆

山姆是一个大都市的公共汽车司机。每天，他驾驶着一辆公共汽车穿梭在这个都市的繁华街道上。

驾驶一辆大客车很辛苦，它会使很多驾驶员牢骚满腹。但山姆不会这样！山姆永远快乐，山姆永远欢唱，乘他开的车是一种享受。下面这个故事会告诉我们为什么。

清早，山姆驾驶着车开始了他一天的工作。

"噢，多么美丽的早晨！"他唱道，"噢，多么晴朗的天空！"

在起点站，有位先生在候车。

"早上好，詹姆斯先生！"山姆笑着同他打招呼，"您好吗?"

"很好！谢谢您，山姆。"詹姆斯先生说，"您好吗?"

"好极了！"山姆答道，"好极了！今天天气真好。"

詹姆斯先生笑了。他找个座位坐下。当车起步时，他仍望着窗外在微笑。

车到下一站，有位男子气喘吁吁跑过来。他喘着气说："我要赶七点钟的火车，您能不能在七点钟前把我送到火车站?"

"你坐下歇会儿，我开快一点。我们会及时赶到火车站的，您不用再跑着赶车了。"

"噢，谢谢您，"那人说。他坐下来，很快就不喘气了。

山姆稍稍开快一些，七点以前赶到了火车站！

"谢谢您"，那人下车时说，"您是这个城市的最佳汽车司机。"

山姆继续往前开车。这时，车厢里人已很多了，都是去上班的。但山姆使大家的旅程变得轻松愉快。

"现在是七点十分，"山姆叫道，"天空是蓝色的，不会下雨。我们都爱阳光，是吗?"他又开始唱了：

"我爱你，阳光；我爱你，太阳，在这世界我最爱你……"

"山姆，那是一首什么歌?"一个女孩问。

"是我自己的歌，"他说，"我自己编的。我喜欢唱歌，我唱歌别人也就想歌唱。"

山姆说对了！他后面一个年轻人也开始轻轻哼唱。

下一站，有位老人上了车。

"这个男孩会把座位让给您。"山姆对老人说。但是坐在前排的那个男孩没动弹。山姆看了看他，又高声对老人说："这个男孩非常乐意给您让座！"

男孩脸红了！他立刻站起来，坐到车厢后面的位置上。

"很多人心地都是善良的，"山姆对老人说，"他们愿意帮助人，但有时需要别人提醒一下。"

再到下一站，一位女子上了车。

"你好！小姐，"山姆说，"你今天非常漂亮。"

"山姆，您总是这么快乐，"她说，"您一定有一百万美元吧?"

"不，"山姆调过头，"我只有二十九美分。"

然后他笑了，"但是谁要一百万美元呢?我爱生活，我爱大家。噢，你看，今天的天气是多么好！"

我爱你，阳光；我爱你，太阳，在这世界我最爱你……

冒险精神

人类究竟是如何去发现新的世界、创造新的境界的呢?

每当我思考这个问题时，就总会想起一桩往事。那是我在南九州的一个孤岛上所亲眼看到的故事。

居住在这个孤岛上的，除唯一的一户渔民外，还有近百只的野生猴子。我跟专门研究猴子的专家们，在那儿生活了近半个月时间。

在猴群中，年轻的猴子竟起着令人难以想象的作用。

这些猴子一向是生活在孤岛上的密林中。所以，它们对于海洋几乎是无缘，只是偶尔有只猴子不慎从山崖上失足落海而已。

不过，当专家们来到岛上给它们投放食物后，猴子们几乎每天都跑到海边来。

如今，猴子们不仅会在海中游泳，而且还学会了潜入海中捞贝吃，甚至还知道用海水冲洗甘薯。

自古以来海洋就处于岛屿四周。然而，过去的岁月对于猴子们来说，海的世界几乎是不存在，因为海洋并没有带给它们任何益处。

但如今在猴群的生活中，海洋却成了一个新发现，而完成这个新发现的正是猴群中的年轻者。

猴子的世界并非像人类世界这样自由。年长的猴子当了首领，就严格支配着整个猴群，而年轻的猴子就得服服帖帖受首领的欺压，年轻的猴子地位最低，因此，它们很少能得到好东西吃，在首领面前，也决不敢伸手拿好吃的东西，总是等到年长的猴子吃剩后，再走上前去。

不过，年轻的猴子有唯一的一项自由，那就是——冒险!

一天，一只年轻的猴子下到过去一向令它们畏惧的浅海中，可以说，这也是其中的初次冒险。这种冒险竟成功了。于是，年轻的猴子们便一个接一个地模仿起开拓者来。不久连猴崽和母猴也养成了这种习惯。贝类成了它们所喜爱的新食物，同时大家还学会了用海水洗甘薯。

这样做，不但能洗掉甘薯上的泥巴，而且还沾上了一点咸味，连它们也知道好吃多了。

只是猴子的首领怎么也不适应这种新习惯。对于总是生活在古老世界里的它来说，也根本无法养成这种新习惯。

我曾给喜欢吃橘子的猴子投放橘子。结果发现，掉在沙滩上的橘子年轻的猴子是捞不到的，因为这些全被首领抢走了。而掉进海里的橘子首领却一个也得不到，因为这些全被敢跳海的猴子拣走了。

在年轻的猴子中，有的竟能游过300米的海峡登上本土。这种冒险精神简直能和日本有名的冒险家相媲美。

人类的年轻人在长期的历史过程中，学到了很多智慧。拥有很多智慧，就能给人以更大冒险的可能性。但是，即使有可能性，也不能断定所有的年轻人都冒险。

人类智慧所形成的社会是极其复杂的。因为社会的习惯、制度等都是经过漫长的历史发展而来的，因此，要想突破这种习惯和制度去冒险，确非是易事。而且随着人智慧的增多，更容易产生胆怯。当年轻的猴子初次下海游泳时，难道它就有必须学会游泳登上本土的明确目标吗？想必是不会有的。它只不过是想乐观地尝试一下罢了。愈聪明愈不会轻易朝不明确的目标前进。当你总想等一切都调查好之后再尝试时，你就会逐渐失去尝试的勇气。

作为青年学生，一方面要通过学习增长智慧，另一方面还要永远保持冒险精神。不过，如何使两者并存起来，确实是个很困难的问题。但不管怎么说，在人类社会中，为了发现新的世界，创造新的境界，冒险精神无疑是十分需要的。

所谓冒险，并非仅指跨入未知的土地、海洋及宇宙。在人类社会中，当你遇到旧的习惯势力或不合理的制度时，还要设法去改革和变更它。而促成这种改革的势头本身就是一种很大程度上的冒险。

即便是猴子的冒险，也并非是光靠勇气和体力所能实现的。关心别人所不易注意的问题，以自己独特的思考力和方法去考虑和处理问题，乃是冒险的重要因素。要知道，如果某人是一位优秀的探险家，那么他同时也就是一位深谋远虑的人。

可以说，冒险精神属于年轻人。可是人类是颇复杂的高级动物，有些人虽然年轻，却已失去了青春的朝气和冒险的精神，有些人虽然年老，却能青春焕发，充分发挥其聪明才智并做出巨大贡献。

朋友，你们如何来发挥自己的冒险精神？又怎样对待别人的冒险精神呢？

朋友，你们如何来发挥自己的冒险精神？又怎样对待别人的冒险精神呢？

敞开的心怀

我姑妈伊迪丝是个寡妇。她50岁时，医生们发现她患有当时普遍以为很严重的一种心脏疾病。那时候她正在做秘书工作。

伊迪丝姑妈从不轻易认输。她开始去图书馆研究医学报告。她在杂志里找到了关于一位著名心脏外科专家的文章。这位专家是得克萨斯州休斯敦的迈克尔·德巴基大夫。他曾挽救过一位有同样疾病的患者的生命。这篇文章里提到德巴基大夫的诊疗费很高；伊迪丝姑妈绝不可能付得起这么多钱。但是也许他能告诉她哪个费用不高的医生也能治这种病?

于是伊迪丝姑妈给德巴基大夫去了一封信。她只是列举了她想活下去的诸项理由：她有三个孩子，再过三四年他们就能自立了；还有，她从小就有周游世界的梦想。信里毫无自我怜悯的词句，只有温暖、幽默和生活的欢乐。她寄出了这封信，心想也许不会有什么回音。

几天之后，我的门铃响了。伊迪丝姑妈站在门厅里就大声念起来：

你美好的来信深深打动了我。如果你能到休斯敦来，住院和手术都将免费。签字：迈克尔·德巴基。

那是七年前的事了。从那时以后，伊迪丝姑妈已走遍了世界。她的三个孩子都幸福地成了家。她是年龄相仿的人中间我所知的最年轻、最有活力的一个。

你美好的来信深深打动了我。

罪之赐福

12月的一天晚上，一个名叫马蒂亚斯的失业者盘算着：是去找个避难所呢，还是干件违法的事。

他选择了后者。

他特意登上了电车。售票员不经意地问了声：“还有人没票吗?”他却没应声。直到第三次搭车时，他才被检票员逮住了。人们当即赞同售票员的决定，选派三名见证人，由两名巡警受理此案。警察局录下犯罪事实，证明马蒂亚斯一身无分文——犯有诈骗罪，证人画押，复审。最后，他终得到了面包、咖啡和一间小室。

大家对他都很关注，想知道他的名字，还关心他的家庭境况，探听他的祖宗八辈；外面还有人为他站岗。明天，又会有人为他忙乎，记录，提问，往来奔波，甚至还可能预订一辆车(他当然需要车接车送)。事情忽地接踵而至，全都是为了他。他这一出现，可让大家有事做了。有事可干，还管他是以什么名义呢？是呀，这夜人们在外面站岗，并非为了遵循僵死的工作条例，人们站岗只是为了他！马蒂亚斯在他的小室里沉沉地进入了他该有的梦乡。次日凌晨，一个粗暴的声音吵醒了他："起来！"他跳了起来，颤抖了一下。这时已经有人送来一大碗热咖啡和一块面包。这些身强体壮的男人身着制服，伺候他，唤醒他，心里老是惦念着他。因为他赋予他们生存的意义。看来，他们的作风有些粗暴，显然这只是表象，他们对唤起他们责任感的对象有着一种强烈的、男人的爱。

"只不过是鸡毛蒜皮的小事！不值一提！"第二次记录时，警长这么说，"您乘车打的什么主意？"语气绝对威严，很适合那一刻的气氛。马蒂亚斯满脸肃穆，沉默不语。警长大声吼道："您！您怎么敢逃票？"

马蒂亚斯本想回顶：多蒙您关照，警长先生！浪费了您多少精力哟！但他恐怕这样会搅乱这位官员的前程，有损他的工作兴致，于是他沉默了。

"他妈的，"警长气急败坏地咆哮，"终审定你诈骗罪，你承认吗？"马蒂亚斯清楚地意识到，问题的关键就在于此，事情的真相不能再隐瞒了，因为他是当事人。于是他毫不犹豫地说："我承认。""带走。"

现在，人们又开始对他表示出些微的同情，用车把他送到一座雄伟的建筑物里——拘留所。

身着普通制服的彪形大汉又来关心他了。有些人查问他的家谱，又有些人再次复审案卷，还有些人把材料归档。他多次受到陪审员的审讯，有一次甚至还受到地方法律顾问的审讯。他的陈述——被锁进一只蓝色硬纸套内——由官方收集，注册并被归入庄严的图书馆资料库。

就连办公室主任也来关心他。案卷文书得与他打交道。两名法院书记员助理得处理他的问题，并重新誊写了一遍审讯词，因为他们在"犯罪"一词中多加了字母。其中一位因此而耽误了午饭，并且还引出了一场争吵，以致出现了煤铲横飞，寻医就诊的局面。一个远方的医生也得为此而忙乎着。

在一次附带审议会上，法官们又不得不对电车售票员在此次诈骗罪中有帮凶嫌疑的说法进行审议和洗刷。三个证人又被请来作证，他们庄严宣誓，人们还给了他们补偿费。整个会议的议题都围绕他一个人转。

马蒂亚斯越来越清楚，问题的关键绝不可能是无票乘车，也不在于图谋在供暖设施优良的警察局过夜，而是在那不被人察觉的每一秒钟，成百的官员能否通过他而有可能履行其职责。

他清楚地意识到，他使这些人，从地方法律顾问到案卷文书，有事可做。而他们都出于微妙的、窃窃的感激之情而关心他。他感觉到了他的作为的内在福音，他的出现正如一个默默的、颇具影响的善人，为许多人分配任务，创作工作机会；就像一块宝石，人们把它锁起来，以免遭窃。中午时分，又有一个身着制服的官员来了，给他摆上面包和汤，并小心谨慎地闩上窗户，这当儿，马蒂亚斯不无自豪地笑了。

地方法律顾问放下水果刀，伸了伸懒腰。妻子帮他把枕头往头下掖了掖，抚了抚他额头上的皱纹，提醒说：“你别累垮了，亲爱的！”他严肃地，却不无得意地嘟噜了一句：“工作至上！”

他严肃地，却不无得意地嘟噜了一句：“工作至上！”

尼泊尔的啤酒

那是4年前的事了，准确地说不是“最近”了，然而对我来说，却比昨天发生的事还要鲜明得多。

那年夏天，为了摄影我在喜马拉雅山麓、尼泊尔的一个叫多拉卡的村庄待了十多天。在这个家家户户散布在海拔1500米斜坡上的村庄，像水、电、煤气之类所谓现代的生命线还没有延伸到这里。这个村庄虽有4500口人，却没有一条能与别的村落往来的车道。不用说汽车，就是有轮子的普通交通工具也用不起来。而只能靠两条腿步行的山路崎岖不平，到处都被山涧急流截成一段一段的。

由于手推车都不能用，村民只能在体力允许的范围内背一些东西在这条路上行走。每当我惊奇于草垛何以移动时，定睛一看，下面有一双双小脚在走路。原来是孩童背着堆得高高的当燃料用的玉米秸。

以前在日本去村庄的公有山林砍柴时，禁止用马车拉柴，只允许背多少砍多少。当时人们认为背多少砍多少的话就能得到天神的原谅。

时代不同了，可正因为没有车道，多拉卡村的人们至今过着一种既能保护环境又能被天神原谅的生活。我不知道以前的情况，反正现在村民们完全知道他们的生活无法和世界上其他的地方相比。因此，他们是以一种苦楚的心情，在旅游者看来像世外桃源般美丽的风景中过着日子的。

特别是年轻人、小孩子都渴望离开村子去有电有车的城市。这也是理所当然的。就是我们，在没法用汽车的这里，也深感不便，每时每刻都是全副武装登山。从汽车的终点站到村庄，我们竟雇了15个人搬运器材和食品，多余的东西不得不放弃。

首先放弃的就是啤酒，啤酒比什么都重。想过酒瘾，威士忌更有效果。我们4个带了6瓶，每人一瓶半，估计能对付着喝10天。然而威士忌和啤酒，其作用是不同的。

当汗淋淋地结束了一天的拍摄，面对眼前流淌着的清冽的小河时，我情不自禁地说："啊，如果把啤酒在这小河中镇一下的话，该有多好喝呀。"

现在再提经过大家协商放弃的啤酒真是没有道理。这时有人追问我说出来的这句忌语。他不是我的同僚，而是村里的少年切特里。

他问翻译："刚才那人说了什么？"当他弄清什么意思时，两眼放光地说道："要啤酒的话，我去给你们买来。"

"……去什么地方买？"

"恰里科特。"

恰里科特是我们丢了车子雇人的那个山岭所在地，即使是大人也要走一个半小时。

"是不是太远了？"

"没问题。天黑之前回来。"

他劲头十足地要去，我就把小帆布包和钱交给了他。"那么，辛苦你了，可以的话买4瓶来。"

切特里兴高采烈地跑了出去，到8点左右背了5瓶啤酒回来。大家兴奋地鼓掌庆祝。

第二天午后，来摄影现场看热闹的切特里问道："今天不要啤酒吗？"

"要当然是要的，只是你太辛苦了。"

"没问题。今天是星期六，已经放学了，明天也休息，我给你买许多'星'牌啤酒。”

“星”牌啤酒是尼泊尔当地的啤酒。我一高兴，给了他一个比昨天更大的帆布包和能买一打啤酒以上的钱。切特里更起劲了，蹦蹦跳跳地跑了出去。

可是到了晚上他还没回来。到了临近午夜还是没有消息。我向村民打问会不会出事了，他们异口同声地说：“如果给了他那么多钱，肯定是跑了。有那么一笔钱，就是到首都加德满都也没问题。”

15岁的切特里是越过一座山从一个更小的村子来到这里的，平时就寄住在这里去上学。土屋里放一张床，铺上只有一张席子。因为我拍过他住的地方并问了许多问题，所以对他的情况是了解的。

在那间土屋里，切特里每天吃着自己做的咖喱饭发奋学习。咖喱是他把两种香料和辣椒放在一起夹在石头里磨了以后和蔬菜一起煮出来的。由于土屋很暗，白天在家学习也得点着油灯。

切特里还是没有回来。第二天也没有回来。到第三天也就是星期一还没有回来。我到学校向老师说明情况、道歉并商量对策，可是连老师都说：“不必担心，不会出事的。拿了那么一笔钱，大概跑了吧。”

我后悔不已。稀里糊涂凭自己的感觉把对尼泊尔孩子来说简直难以相信的一笔巨款交给了他，误了那么好的孩子的一生。

然而我想还是事故吧。但愿别发生他们说的事。

这样坐立不安地过了三天，到了第三天深夜，有人猛敲我宿舍的门。唉呀，打开门一看，切特里站在外面。

他浑身泥浆，衣服弄得皱皱巴巴的。听他说由于恰里科特只有4瓶啤酒，就爬了四座山直到另一个山岭。

一共买了10瓶，路上跌倒打碎了3瓶，切特里哭着拿出所有玻璃碎片给我看，并拿出了找的钱。

我抱住他的肩膀哭了。很久了，我不曾那样哭过，也不曾那么深刻全面地反省过。

很久了，我不曾那样哭过，也不曾那么深刻全面地反省过。

一滴水珠

一滴露珠垂挂在我脸的上方，清莹莹，沉甸甸。柳叶使它滞留在叶面的折槽里，露珠的重量还胜不过，或者说，暂时还无法胜过柳叶的柔韧。“别掉下来！别掉下来！”我念叨着，祈求着，祝祷着，全身心领略着内心和外界的宁静。

森林的深处好像听得到一种神秘的气息，轻微的足音。甚至觉得天空中浮云也像是别有深意，同时神秘莫测地在行动，也许，这是天外之天或者“天使翅膀”的声响?！在这天堂般的宁静里，你会相信有天使，有永恒的幸福，罪恶将烟消云散，永恒的善能复活再生……

小伙子们都睡得很香。

……我们常常会不加深思地唱些高调。比如总是唠叨说：儿女是我们的幸福，是我们的喜悦，是我们的光明的未来！但儿女也是我们的痛苦！是我们永难摆脱的忧虑！儿女，是我们接受人世审问的法庭，是我们的镜子。在这面镜子里，我们的良心、智慧、真诚、贞洁——一切都一览无遗。儿女能拿我们作掩体，而我们却永远也不会把他们当掩体。还有：不管他们如何有地位，有才智，有势力，可他们总是需要我们做父母的庇护和帮助的。当你想到我们在世的日子已经为时不多，那时他们将孤单单地留在世间，除去父亲和母亲，谁还能了解他们是什么样的人呢？谁能不计较他们的短处呢？谁能理解他们？原谅他们？

而这一滴露珠呀！

如果它掉到地面上，怎么办？唉，如果能安心地把儿女留在一个太平无事的世界上那该多好呢！

但是这一滴露珠，露珠！……

我把双手放到脑后。我看到在叶尼塞河不远处，灰蒙蒙如洗的晴空里，很高很高的地方，有两颗忽明忽暗的小星星，它们像原始森林里舞鹤草的花籽那般大小。星星那神灯样的光辉，那种神秘莫测和超凡脱俗，总会在我的心里引起一种夹杂着痛苦和忧郁的慰藉。如果有人对我说“彼岸世界”，那么我想象的不是什么阴曹地府，不是黑暗，而是这些微弱的、遥远的、一亮一亮的小星星。但我还是奇怪，究竟为什么这些微弱的、遥远的小星会使我充满忧伤呢？其实，这有什么可奇怪的呢？随着年龄的增长，我领悟到：欢乐是过眼烟云，转瞬即逝，常常是虚幻的；而忧郁却是永恒的、令人得益的、始终不渝的。欢乐总像昙花一现，不，更像闪电破空，夹着隆隆雷声飞驰而过。忧伤却像那神秘莫测的星星，虽然发出的是幽幽的光，却是昼夜不熄的。它能引起你萦怀亲人，思念爱情，憧憬某种神秘玄奥的事物，也说不清究竟是想到了令人苦恼而又甜蜜的过去，还是想到了那诱人的，而且使人难以捉摸而令人既畏怯又向往的将来，忧伤像个明智的成年人，它已经存在千百万年了。欢乐则永远是童蒙稚年，天真烂漫，因为它在每个人的心灵中获得新生。年事越长，欢乐就越少，犹如花朵，林子越密，花就越少。

然而这与天空、星星、夜晚、原始森林的黑暗有什么相干？地上的原始森林和天上的星星都是在亿万年前还没有我们人类的时候就有了的。一些星星陨灭了，或者碎成片片，但接替它们在天上又繁衍起另一些星星。原始森林的树木死死生生。

一些树毁于雷电，被河水冲倒，另一些树的种子洒落到水里，或者随风散播。鸟儿从雪松上把松球扯下来，啄食坚果，结果使它们散落到苔藓地里，生根成长。我们自以为是支配着自然界，要它怎么样就能怎么样。但是，当你一旦窥见了原始森林的真面目，在它里面呆过并领略过它医治百病的好处以后，这种错觉就会不复存在，那时，你将震慑于它的威力，感受它的寥廓虚空和伟大。

地上的原始森林和天上的星星都是在亿万年前还没有我们人类的时候就有了的。

好运气

我妻子是世上运气最好的女人之一。如果不相信我的话，那就去问她所有的朋友吧。去年夏天，她不慎跌断了手腕。通常你会称之为坏运气吧！可结果却是她这一跤跌得恰到好处。

这是事发后一天进行的对话。

“我妻子跌断了手腕。”

“是右手腕还是左手腕?”一位朋友问。

“左手腕。”我说。

“她真幸运跌断的是左边。如果跌断右边，那会加倍不便的。”

第二位朋友想知道我妻子跌倒时，是往前倒还是往后倒。

“我不太清楚，”我说，“这很要紧吗?”

“当然要紧罗！”他回答，“如果她往前倒，这是件好事。否则她就可能伤着腰。她跌倒时断了手腕，但免伤了鼻子。”

我们的邻居说：

“听说你妻子跌了一跤。”

“是的，她跌断了手腕。”

“本来可能是跌伤臀部的。有些女人天生就是幸运，而且骨头受伤的诀窍就是适时适地把它折断。”

“怎么才能这样呢?”

“当你折断骨头时，你应该离矫形术医生很近，而且当你需要他时，他正好没有出去打高尔夫球。”

“我们的医生那时正好没有出去钓鱼。”

“所以说她的确是位幸运的女人。我希望她意识到这点。”

“她意识到了——每次跌倒时她总是祈神赐福。”

她意识到了——每次跌倒时她总是祈神赐福。

悬念

伯明翰一家旅馆的餐厅里，一群旅游者正在进晚餐。他们一面品尝菜肴，一面即兴谈天。鱼端上来了，他们便七嘴八舌地讲起那些关于在鱼肚子里发现珍珠和其它宝物的有趣故事。

一位老年绅士一直默默地听着他们的闲聊，终于忍不住，也开口了。

“我已经听了你们每个人所讲的故事，现在该我讲一个了。我年轻的时候，受雇于纽约一家大出口公司。像所有的年轻人一样，我和一位漂亮的姑娘相爱了，很快我们就订了婚。就在我们要举行婚礼的前两个月，我突然被差到伯明翰经办一桩非常重要的生意，不得不离开我的心上人。

“由于出了些麻烦，我在伯明翰呆的时间比预期长了许多。当繁杂的工作终于了结的时候，我便迫不及待地准备返家。启程之前，我买了一只昂贵的钻石戒指，作为给未婚妻的结婚赠品。

“轮船走得太慢了，我闲极无聊地浏览着驾驶员带上船来的报纸，消磨时光。忽然，我在一份报纸上看到我的未婚妻和另一个男人结婚的启事。可想而知当时我受到了怎样的打击。

“几天后我回到了纽约，在一家旅馆里我闷闷地吃着晚饭。鱼端上来了，我心烦意乱地塞进嘴里，嚼了几下，忽然牙被一个硬东西咯了一下。先生们，你们可能已经猜出来了，我吃着了什么？”

“戒指！”周围的人一齐说。

“不！”老人凄凉地说，“一块鱼骨头。”

“不！”老人凄凉地说，“一块鱼骨头。”

海鸥之死

在北大西洋海岸，鸥群是最常见的。在这里的一个星期里，我们看到了数以千计大小不同、颜色各异的海鸥。有灰翅的食鲱鸥，有来自北极的大黑尾鸥。

夜晚，在暴风雨来临之前的沉寂中，我们便听到海鸥一阵阵不安的叫声。白天，当它们发现鱼群时，则会传来一阵兴奋的喧闹声。它们微微摆动双翅，在风谷浪尖自由自在地翱翔。它们熟知海风一切作难的把戏，并且有对付的办法。它们是杰出的飞行家。

在风平浪静的日子里，鸥群有时也会在海边的礁石上打盹。但我们很少看到死海鸥。虽然在海岸上常常有海鸥的羽毛，偶尔也会发现一只海鸥翅膀，但死海鸥的确是极为少见的。有人说是海鼠在我们发现之前就把死鸥弄走了，也许是这样吧。

在我们生活在海边的这些日子里，只有一次我看到了一只濒死的海鸥。那是一个温暖无风的下午，我发现海边一块大礁石的顶部有一只体大的食鲱鸥。它似乎在歇息，低垂着头，胸脯紧贴着岩石，如同一个老人正在睡眠中度过他的余生。不时地，这只海鸥挣扎着摇摇晃晃地走几步，随即又扑倒在岩石上。

了解大海和海鸥的人都知道海鸥是怎样休息的。无论在水中或是在岸上，它们总是把头迎着风休息，仿佛是一座性能优于机械风标的风向标。因为机械式的风向标还会受微小气流的影响而摆动。我看到的这只海鸥，却以其尾部迎着风，我知道这一定是一只病重的海鸥。

动物只有在它临近死亡时才会失去它最普通的本能。这只海鸥距我不到200英尺。通过双筒望远镜，我看到它的眼睛几乎一直紧闭着，嘴垂靠在岩石上。

在那一整个下午，这只海鸥一直在不时地挣扎着，每次几英寸，一点一点地往礁石边缘移动。到达边缘后，又沿着倾斜的岩石，缓缓地向水边移去。

后来，一只在附近寻找海鼠的大花猫发现了这只海鸥。它匍匐着身体，两眼闪着凶光，一点一点地向这只海鸥逼近，直到我把它赶走。

日落时分，这只海鸥停在岩石的突出处。当下次海潮到来时，这里将紧靠潮头。海潮将在午夜后的几分钟到来。在这生命的最后片刻，它面对着轻柔的北风，微微抬起头，似乎在向大海遥望。

那个下午，群鸥一直远离我们这段海岸。喜欢独居的潜鸟就要暂别海岸去过冬了。平常伸展着双翅在光滑的岩石上晒太阳的鸬鹚鸟渐渐失去了踪迹。通常在午后沿海岸向西飞行的鸥群似乎也改变了它们的路线，总是出现在远离海岸的海面上空。曾听人说，动物临死前总是本能地寻找孤独以等待死亡的降临。鸥群避开这段海岸，似乎正是为给临终的同伴这种特权，独自享有这临终前的庄严时刻。

我就这样一直注视着它，直到夜幕遮住了我的视线。

夜间，我醒了过来。风向已转为东北，并不时地刮来一股寒冷而潮湿的气流。我给自己加了一床羊毛毯。这时，我突然想起了那只垂死的海鸥，它会怎样了呢？

初升的阳光告诉了我结局。那只海鸥张开着双翅，正躺在午夜涨潮时海水所到的最高处，它仿佛曾竭尽全力想做最后一次飞行。我惊讶是否由于某种本能使它挣扎着爬下礁石，迎接汹涌而来的海潮。是海水给了它生命并养育了它，现在，潮水又给它带来了最后的宁静。

太阳还在上升，群鸥又在海岸上空飞翔，一只海鸥的生命就这样结束了，临终前庄严的片刻也已经过去，一切又和过去一样，仿佛什么也没有发生。

一切又和过去一样，仿佛什么也没有发生。

草地上的姑娘

现在的机会就是黄金，不抓住便会后悔。现在的时间多么宝贵，不珍惜太可惜。不懂得现在的重要性的人，是没有将来的。

冰窟窿

他坐在桌旁喝茶，倾听着风雪的呼啸。小木屋里暖烘烘的。灵敏的火苗跳动不停，给屋里洒满摇曳不定的昏暗光线。倏然，一阵响声传进屋来，火舌猛地一抖，险些儿被风吹灭。大门又砰的一声合上了，响声也随之消失，一个女人出现在门口。她朝桌子走来，缓缓地在凳子上坐下。

"有何贵干?"他闷声闷气地问，伸手到衣袋里去摸烟。

女人抬起头，她脸上泪水直淌。

"她的脸怎么啦? 莫非外面化雪了?"他暗想。

女人抽噎着，泣不成声地说，"我的安德留什卡呀……清早就到林子里去了，这时候还没回来……"

他两手的指头反钩在一起，眼睛瞧着屋角，问道："上哪儿去了?"

女人连忙又说了一遍。

"这么说，用得着我了? 想起我来了。"他冒出这么两句，脸上露出一丝难看的讥笑。

她垂下头，默不作声。他使劲抽起烟来，深深吸了一口，便皱皱眉头，掐灭烟，狠狠扔在地上。他一只手撑住桌子站起来，向房门走去，开始穿外衣。女人紧盯着他的一举一动。当他从墙上取下猎枪，伸手去拉门把时，她也站了起来。

"坐下，"他说，"你不用去。难道还要叫我拖着两个人从林子里往回走吗?"

女人朝屋门呆望了一阵，然后站起身，走到窗前，微弱的光线照着窗外的一片地方，只见雪地上暴风雪在飞旋……

曾经有一段时间，她觉得自己是爱他的。可是来了个格奥尔基。这种事情也是生活中常有的。格奥尔基在这里只住了一年便走了。真是个自由自在的鸟儿！妇女们都劝她改嫁。够了，已经领教过了。她还嫁人干什么? 阿利缅蒂·格奥尔基还不时寄来好东西，每逢节日寄来礼物。这说明他还没有忘记她，还想着她，还会回来的……只要能把安德留什卡找回来就好了。他一定能把他找回来的。她还能去求谁呢? 没人可求……既然他不可心，这能怪她吗……

她朝小屋里四下看了看，在旁边的窗台上有一个信封，她拿起它，心里颇感惊讶：谁都知道他在世上是孑然一身。笔迹是她熟悉的。她回头张望了一下，便展开信纸，慢慢坐到凳子上，信是格奥尔基写的。

“你好！”他写道，“你大概是疯了。我要谈的事儿不多。你要我转寄给她的钱，我每次都如数寄去。大概这些钱对你来说是多余的?！你要我转寄的礼物，我也都寄给她了，出于一个男人对另一个男人的同情，我可怜你，可有什么办法呢？你不必太伤心，你会找到一个如意的娘们的。至于与她结婚，你死了这条心吧，她是个倔强的女人。说良心话，我娶她是故意气你的。你还记得有一回你怎么当场抓住我的吗？我是坦率地向你说这些的。算了，过去的事就让它过去吧。再见！格奥尔基。”

捏着信的手颓然落到膝盖上……

这时，房门大开。门槛上出现的是她的儿子安德留什卡。她向他奔去，紧搂着他哭起来。儿子用双手推开她的胸脯，吃力地蠕动着冻得发紫的嘴唇说道：“叔叔还在那里……掉进冰窟窿里去了。他说要快点。”

她飞跑出小屋。从小屋前可以清楚地望见小河。离河岸不远的河面上有一小圈黑水，浓得像一团焦油。小河的上方，暴风雪在放声悲号。

算了，过去的事就让它过去吧。

一颗破牙

胡安•佩尼西12岁的时候，同几个小流氓打架斗殴，不料一颗牙齿被对方用小石子打坏了，鲜血直淌，抹了一脸，被打坏的牙齿变成了锯条状。从那以后，胡安•佩尼西开始变成了另一个人似的。

他整天一动不动，目光呆滞，总是有意无意地用舌尖不停地舐他那颗破牙。一个生性好动、爱打架的孩子变得成天文文静静，闷声不响。

以前，胡安·佩尼西老是想出恶作剧，惹是生非，不时地伤害他们的邻居和过路的行人。他的父母早已经听腻了那些受害邻居和过往行人对他们的儿子的抱怨，并且对他用尽了各种各样的训斥和处罚。然而，现在他们被胡安的突然变化惊得目瞪口呆，感到忧心忡忡了。

胡安·佩尼西老是一声不吭，经常几小时几小时地连续正襟危坐在同一个地方，一动也不动，似乎周围的一切与他毫不相干。然而，在他的嘴里，在他那紧闭双唇的黑洞洞的口腔里，他的舌头总是习惯地舐着那颗破牙。

“孩子有病，巴勃罗，”胡安的母亲对丈夫说，“得去请大夫看看。”

那位神情庄重，大腹便便的大夫被请来了。他对病人做了检查：脉搏正常，脸色红润，胖乎乎的，胃口出奇的好。没有任何生病的症状。

“太太，”这位医术高明，学识渊博的大夫，在对病人做了长时间的诊断以后说，“我的职业道德迫使我不得不如实地告诉您……”

“您说什么，我尊敬的大夫先生？”焦虑不安的母亲打断了大夫的话。

“我是说，您的儿子非常非常健康。不容置疑的是，”大夫用神秘的口吻继续说，“我们目前面临的是一个异常离奇的情况，也就是说，您的儿子得了一种我们现在称之为‘思维怪癖’的病，总而言之，您的儿子是一位早熟的哲学家，也许还是一位天才呢。”

在紧闭双唇的黑洞洞的口腔内，胡安总是不假思索地舐着他那颗破牙。

大夫的话在胡安家的亲朋好友中间引起了很大的震动，大家附和着大夫的见解，这使胡安的父母双亲感到了无法用言语形容的高兴和快乐。很快，令人惊叹的“神童”的说法在整个村镇传开了，胡安的声望也犹如充足了气的热气球那样越升越高，甚至连学校里原来认为胡安是世界上最笨的学生的那位老师也屈从了大家的舆论，因为人民的呼声就是上苍的声音和意志。不论是谁，都把胡安·佩尼西看作是自己的榜样。

真所谓世界之大，无奇不有，怪人怪事，古来有之。古希腊雄辩的政治家德莫斯特内斯常食用沙子；莎士比亚老是衣衫褴褛不修边幅，一副下流相；爱迪生，等等，等等，都是怪人。

胡安·佩尼西的面前总是放着打开的书本，但是不看不读，而总是心不在焉地用舌头舐着他那颗小锯条似的破牙。他就在这样的环境中长大成人了。

随着个子的长高，胡安是个有理智的人，知识渊博的人，深谋远虑的人的名声也越来越大，无论是谁，都在不厌其烦地颂扬着他的奇才。胡安正值青春年华，那些最漂亮的女孩子们都企图向他调情，引诱并进而把这样一个超人弄到手。而在其他人眼里，胡安还是老样子，一如既往地紧闭着嘴，心不在焉地用舌头在黑洞洞的口腔里舐着他那一颗破牙。

日月如梭，光阴似箭，日子月复一月，年复一年地过去了。胡安•佩尼西当选了议员，成了科学院院士，当了部长，甚至当他突然中风并仍然不忘用舌尖舐着他那颗破牙的时候，竟然差一点被加冕出任共和国总统。

丧钟敲响了，胡安去世了。全国发出公告为他举国哀悼。在举行国葬的祈祷仪式上，一位祈祷者哭了；人们把眼泪和鲜花纷纷洒向已经没有时间思考的那位伟人的坟头。

人们把眼泪和鲜花纷纷洒向已经没有时间思考的那位伟人的坟头。

敞开的白栅栏

我丈夫杰雷因患脑瘤不治而死，我满腔怨愤，觉得上帝太不公平了。我讨厌孤零零地过日子；守寡3年，我的脸变得像副面具，终日忧郁寡欢，没有一丝笑容。

一天，我驱车去镇上闹市购物，经过那幢我一直很喜爱的房子时，看到它正在修筑新的栅栏。这幢房子已有100多年历史，外表从白色变成了浅灰色，犹如一个如花似玉的少女变成了老态龙钟的老妪，不再那么可爱了，这幢房子有个很大的前廊，本来隐在一条幽静街道的深处。后来街道拓宽，装了交通灯，小镇看起来像个城市，这房子的前院便越缩越小，现在已几乎没有前院了。

不过，那泥地院子总是打扫得干干净净，坚实的地上摆满了一盆盆争奇斗艳的鲜花。

我开始注意到这院子里常常有个身材纤小的女人身系围裙，在那里扫地，修花，剪草。她甚至把那些从无数风驰而过的汽车上抛下的废物也捡走。

那栅栏筑得很快，我每次驾车经过那房子时，都会留意它的进展。那位老木匠在它上面加了个玫瑰花棚架和一个凉亭。他把栅栏漆成乳白色，然后给那房子四周也抹上了同样颜色，使它重又光彩照人。

有一天，我把车子停在路旁，对那道栅栏凝望了很久。那木匠把它造得太好了，我感动得想流泪。我舍不得离开，于是把发动机关掉，走下车去摸摸那道白色的栅栏。栅栏上的油漆味尚未消散。我听见那女人在里面转动割草机的曲柄，想发动机器。

“Hello！”我挥手喊她。

“啊，你好吗？朋友！”她站起来，用围裙擦擦手。

她朝我看了看，微微一笑道：“来前廊坐坐，我把这栅栏的故事讲给你听。”

我们走上后面的楼梯。她打开纱门时，门嘎吱嘎吱地响，跟很久以前我小时家里的那些纱门一样。厨房里，晚餐吃剩的东西还没有收拾好；那顿晚餐显然是用自己种的蔬菜做的。我们跨过磨旧了的地毡，越过木板地，走到了前廊。

“请坐摇椅，”女主人热情地说。

我坐在门廊上喝着清凉的茶，看着那道漂亮的白栅栏，心里突然欣喜万分。

“这白栅栏不是为我自己做的，”女主人实心实意地说道。“这房子里只有我一个人住，丈夫早已去世，儿女们也都搬走独自生活去了。但每天有那么多人经过这里，我想，如果我让他们看到一些真正好看的东西，他们一定会很开心。现在大家都看我的栅栏，向我挥手。有些人，例如你，甚至还停下车来，到门廊上坐下聊天。”

“当这条路拓宽，使一切改变了那么多时，你难道一点都不在乎吗？”我忍不住问道。

“改变是人生不可避免的，生活中常有的事，它能使你陶冶性格，培养毅力。当你遇到不如意的事，你有两个选择：怨天尤人，或者生活得更潇洒。”

我离开时，她遥呼道：“欢迎你随时再来。别把栅栏门带上，那样看起来更友善些。”我让栅栏门半开着，然后开车离开。

此时此刻，我内心深处忽然产生了一种特别的感觉。我说不出是什么，但是可以想象得出：围绕着我那怨愤之心的硬砖墙倒塌下来了，取而代之的，是一道正在建筑的小白栅栏。我打算让栅栏门永远敞开着，随时欢迎任何路过的人进来。

我打算让栅栏门永远敞开着，随时欢迎任何路过的人进来。

观 舞

一天下午我被友人邀至一家剧院观舞。幕启后，台上除周围高垂的灰色幕布外，空荡不见一物。不久，从幕布厚重的褶折处，孩子们一个个或一双双联翩而入，最后台上总共出现了十多个人。全都是女孩子；其中最大的看来也超不过十三四岁，最小的一两个则仅有七八岁。

她们穿得都很单薄，腿脚胳臂完全袒露。她们的头发也散而未束；面孔端庄之中却又堆着笑容，竟是那么和蔼可亲，看后恍有被携去苹果仙园之感，仿佛己身已不复存在，唯有精魂浮游于那缥缈的晴空。这些孩子当中，有的白皙而丰满，有的棕褐而窈窕；但却个个欢欣愉快、天真烂漫，没有丝毫矫揉造作之感，尽管她们显然全都受过极高超和认真的训练。每个跳步，每个转动，仿佛都是出之于对生命的喜悦而就在此时此地即兴编成的——舞蹈对于她们真是毫不费难，不论是演出还是排练。这里见不到蹑足欠步、装模作样的姿态，见不到徒耗体力、漫无目标的动作；眼前唯有节奏、音乐，光明、舒畅和(特别是)欢乐。笑与爱曾经帮助形成她们的舞姿；笑与爱此刻又正从她们的一张张笑脸中，从她们肢体的雪白而灵动的旋转中息息透出，光彩照人。

尽管她们无一不觉可爱，其中却有两人尤其引我注目。其一为她们中间个子最高，肤褐腰细的那个女孩。她的每种表情每个动作都可见出一种庄重然而火辣的热情。

舞蹈节目中有一出由她扮演一个美童的追求者，这个美童的每个动作，顺便说一句，也都异常妩媚；而这场追逐——宛如点水蜻蜓之戏舞于睡莲之旁，或如暮春夜晚之向明月吐诉衷曲——。表达了一缕摄人心魂的细细幽情。这个肤色棕褐的女猎手，情如火燎，实在是世间一切渴求的最奇妙不过的象征，深深地感动着人们的心。当我们从她身上看到她在追求她那情人时所流露的一腔迷惘激情，那种将得又止的曲折神态，我们仿佛隐然窥见了那追逐奔流于整个世界并永远如斯的伟大神秘力量——如悲剧之从不衰歇，虽永劫而长葆芳馨。

另一个使我最迷恋不置的是身材上倒数第二、发作浅棕、头戴著白花半月冠的俊美女神，短裙之上，绛英瓣瓣，衣衫动处，飘飘欲仙。她的妙舞已远远脱出儿童的境界。她那娇小的秀颅与腰肢之间处处都燃烧着律动的圣洁火焰；在她的一小段“独舞”中，她简直成了节奏的化身。快睹之下，恍若一团喜气骤从天降，并且登时凝聚在那里；而满台喜悦之声则洋洋乎盈耳。这时从台下响起了一片与啧啧之声，继而欢声雷动。

我看了看我那友人，他正在用指尖悄悄地从眼边拭泪。至于我自己，则氍毹之上几乎一片溟，世界万物都顿觉可爱；仿佛经此飞仙用圣火一点，一切都已变得金光灿灿。

或许唯有上帝知道她从哪里得来的这股力量，能够把喜悦带给我们这些枯竭的心田；唯有上帝知道她能把这力量保持多久！但是这个蹁跹的小爱神的身上却蕴蓄着那种为浓艳色调、幽美乐曲、天风丽日以及某些伟人艺术珍品等等所同具的力量——足以把心灵从它的一切窒碍之中解脱出来，使之泛满喜悦。

这个蹁跹的小爱神的身上却蕴蓄着那种为浓艳色调、幽美乐曲、天风丽日以及某些伟人艺术珍品等等所同具的力量——足以把心灵从它的一切窒碍之中解脱出来，使之泛满喜悦。

倾诉

我在N城认识一位工程师。从外表看，他是个极平常的人，有些抑郁，中等个，35岁左右。

他有着极其广博的学识，同时他又是一位谦逊而又很有礼貌的人。一句话，人们称他是一位“地地道道的名流绅士”。

我同他偶然相遇，一见如故。我几乎每天都上他家拜访，在那里我开始领悟到了那种诗人赞颂的“家”的真实含义。工程师和他的妻子——几乎比他小10岁的金发女郎和两个女儿，组成了一个完美的整体。整个家庭充满了和谐、安宁。

春初，一个美丽的夜晚，我同他们一起吃了晚饭。埋藏在我心底的话不知怎么不知不觉中从口中流出，我讲了我自己的生活悲剧——美丽的姑娘……富贵豪门……贫穷的青年……秘密的幽会……匆匆的接吻……父母的反对……告别……山盟海誓：永远相爱！而后来，一切全化为泡影。

“最终，我还是个老光棍——而我并不觉遗憾！”我做了个强作镇静的手势，“但是自从我认识你们之后……”

工程师呆呆地注视着火炉，从他那几乎没有张开的唇中突然蹦出个词来：“我们……”

他点燃一支香烟，敞开了心扉。

“看来你相信我的生活是充满了甜美的幸福？是的，我感到幸福。……然而在当时……

“你知道，当我还是大学生时，就深深地陷入情网。我是学理科的，她学的是语言。

“她并不漂亮，身体矮小，小小的鼻子——我的伙伴时常拿我们的爱情取乐，她比我小不少呵。但在这爱情之中却有着一种非同寻常的美，一种内心诚挚的眷恋……

“我们班足足有一半人和我同样追求她，她却选中了我，虽然在当时我也算不上美男子。

“这种迷恋简直弄得我神魂颠倒！我竟然写起诗来了！尽管是些拙劣的诗。然而她却很喜欢，除了她，任何人都不知道这些诗。我写诗，记日记，朗诵自己的诗稿，并应她的要求，把那些诗送给她。她向我允诺，绝不把那些诗给任何人看，它们只属于我们两人，都像我们的吻一样——她说。

“就这样，我们度过了几年的大学生生活。后来我结束了学业，离开了那个城市，并为每天的面包奔波操劳。

“我们什么都没有说，也没有商量今后该怎么办，关于结婚之事更是只字未提。我认为这是很自然的。我必须找到职业，而我也必须等到她毕业。她在学校时，我曾给她写过一封信，那时我正在法国漂泊，她无法给我回信。

“几年过去了，我工作着，思念着，我敢断言，她也同我一样。“我终于在家乡找到了一个固定的职业。此刻，我第一个想到的就是她，但她大学毕业后的地址和她父母的地址我却不知道，我只知道那个小城镇的名字。我给她写了一封信，信封上没有街道名称和门牌号码，既没有收到她的回信，也没见把那封信退回来。我没有时间去查询，也没有钱请人去查询。

“直到有一天，我在报纸上看到一则春天情诗比赛的消息，比赛中最优秀的诗登在报上，而我作为一个热诚的读者也读了那些诗。第三首诗使我大吃一惊：它出自我的手笔！《倾诉》——是我最喜爱的、送给她的那首。

“我是否有必要证实是谁投的那首诗呢？我预感，自己终于能找到她了。

“经过长时间的恳求，报社的编辑终于答应帮我转信。我即刻开始写信，聚集在心底的爱和忧虑一齐迸发，倾注到纸上，表白、恳求、责备，再一次的倾诉……

“信发走了。随后几周内我就如梦游病患者般心荡魂忧。我期待着回信，同时我颤抖着……

他停了片刻：似乎在搜寻回忆的思绪。他猛劲吸了口即将燃尽的香烟，并把目光投向这飘浮的白雾。我急切地想听他往下讲。不一会，他谈了下去：

“几乎过了两个月，回信终于来了。我相信，当我看到信封上熟悉的笔迹时，心都碎了。虽然我面前放着那封信，可我在桌旁呆坐了几个钟头，直到我有勇气打开它。

“是的，是她寄的诗稿！她不但没有把它送给别人，而且还把它和其他的信以及我们的日记一起保存着。她没有忘记我，甚至现在依然在等待着我。她爱我……”

啊！我终于舒了口气，这是个多么曲折而又浪漫的爱情故事，这就是温暖的家庭！……

相当长的一段时间，我们就这样寂静地坐着，我预感，有事发生。

工程师终于忍受不住这沉默，用一种奇怪的、嘶哑的嗓音说：“信……那信……昨天才收到……”

她没有忘记我，甚至现在依然在等待着我。她爱我……

爱上圣母玛丽亚的小女孩

萨姆看了一下手表——四点半。他摘下眼镜，站直僵硬的双腿，走出后店的工作室，透过弧形小橱窗往外看。

嗯——她在那里。一周来每天这个时候他总能看见在铺满鹅卵石的小路上，一个小女孩兴冲冲地跑来，黑发飘逸，肩上的书包摇来晃去。

现在她停在橱窗前，脸紧贴着玻璃，不知道他在注意她。

他看见她眼神中的紧张、焦虑消失了。他几乎读懂了她的心思——还在这里——还没被卖掉。他知道，在他橱窗里的古董中，小女孩感兴趣的只有一件——摆在货架上的圣母玛利亚雕像。这是他两周前在一次大甩卖中买的。

橡木雕像上人物线条十分简洁古朴，而圣母端详手中熟睡孩子的表情更是感人。雕像对小女孩似乎有种神奇的魅力。她目不转睛地凝视着它，双唇微张，露出珍珠似的皓齿，苍白的小脸庞上泛起了淡淡的红晕。

过了一会儿，她深深地吸了一口气，慢慢地转过身，沿着街走了。

萨姆叹了叹气，回到工作室。在那里他花很多时间打磨、修复库存的旧银器和旧家具。

他在干活时就下定决心，明天得跟小女孩谈谈。他觉得她特别惹人喜欢，令他想起了自己的女儿在她这个年龄时的一些往事。

对，得跟她谈谈。问问是什么使玛利亚小雕像对她有如此大的吸引力。

但是，第二天清早，店门的铃响了，萨姆赶忙出来。他看见圣德雷萨教堂的老牧师站在柜台前，玛利亚小雕像在他粗糙的手上。

萨姆的心一下子沉了。以前没有哪笔生意他不愿做——可现在他不想卖掉小雕像。

奥迈顿牧师笑眯眯地看着他，厚厚的镜片后面双眼闪烁着。他说，玛丽亚小雕像正是新近落成的儿童礼拜堂要找的东西。

牧师注意到，萨姆在犹豫。

“还没卖吧?”他问道，“我真希望还没有。”

“还没有，还没有。”萨姆闷闷不乐地答道。他想小女孩来到商店，发现玛利亚不见了，一定会满脸失望的。

他觉得卖了小雕像，对小女孩说得上是一种残忍的出卖。但近日生意惨淡，如今心地善良的老牧师又拿着钱等买。

拒绝他吧，萨姆觉得对自己是一种不诚实，对牧师是一种不礼貌，所以他极不情愿地把玛利亚包好。奥迈顿牧师拿着包裹走到街上，心满意足。

萨姆吁了口气，转过身。没有了玛利亚雕像，小商店似乎空荡荡的。

那天下午，他害怕四点半。他发觉他自己隔几分钟就使劲看表。当教堂的钟敲四点半时，他看见她冲上小坡，双眼闪烁，满脸充满希望。

她停在橱窗前，看着货架。

好像有种光消逝了。

她呼吸急促，淡淡红晕不见了，苍白的双颊泛着蜡黄。她失望地把橱窗看来看去，最后长久地盯着货架上的空位子。

萨姆以为她会哭，她却转过身，沿着狭窄的街道慢慢走了，脚步沉重。她再也没有回头看一眼。

几天过去了，他没有再看到她。他想，她肯定走另一条路回家了。他惦记着她那急切而明朗的脸，隐隐约约地感到不安，心头有种犯罪感——虽然他告诫自己说，这多么滑稽，想法摆脱这种感觉。

但几天过去了，萨姆还是感到茫然、迷惑、失落，他忘不掉最后一次看到小女孩的表情。

一天下午很晚的时候，他正准备关店门，一个愁容满面的清瘦男子走了进来，脸上的每一条皱纹都似写满焦虑。萨姆觉得，他身上有什么地方似曾相识。

“对不起，”陌生人紧张地开口道，“我有一个不寻常的请求。”

他停了一下，像是在措辞。

“我女儿叫霍普。她只有七岁，得了肺炎。她老叫我给她买一件在您商店里看到的东西。她说是一个母亲和婴儿，用木头雕的。其他什么都不说了——我不知道为什么——除非——”

他又尴尬地停了一会，接着说：“我，她一年前失去了母亲——婴儿也死了。”

萨姆十分同情她，可又觉得爱莫能助。

“很对不起，”他说，“我上周已把玛利亚卖了。”

陌生人不知所措地望着他。

“哦……嗯，很抱歉打扰你了。我……我现在不知如何是好。”

萨姆看着他走了，踌躇了一会便冲上街，追上了他。

“不必担心，”他急急地说，“我知道谁买了玛利亚。请留下你的地址和姓名，我会设法给你寻来。”

10分钟后，他把故事讲给了教堂里的老牧师。

“牧师，所以你明白，”他最后请求道，“我希望你能让我买回玛利亚”。

老牧师摇摇头。

“孩子，雕像我是不会卖的。”

萨姆沮丧透了。然而老牧师接着又说：“我要亲自把它送给小女孩！”

他把她父亲留的姓名地址给了老牧师，心头顿感如释重负。

第二天一早，就在他取下百叶窗开店门时，他看到了小女孩的父亲。他步履轻盈地走上小坡。萨姆注意到，他不再是焦虑万分，而是信心百倍。

“我来谢谢您，”他话语质朴，“霍普好多了。奥迈顿牧师把玛利亚雕像递到她手中没多久，她就睡着了——她睡了个通宵。她好多了——算得上是个奇迹”。

萨姆看着他沿着街走了。是的，萨姆想着——微笑慢慢爬上了他布满皱纹的脸——算得上是个奇迹。

微笑慢慢爬上了他布满皱纹的脸——算得上是个奇迹。

失明的女孩

有一支乐队每个星期天的下午在鲁姆勒尼公园举行音乐演奏会。如果天气好，演奏会的听众中几乎每次都有我，因为我觉得这实在是消磨时光的好办法，况且他们演奏的很多是我喜爱的曲子，其中有些曲子你还可以和上俏皮的口哨，何乐而不为呢?

有一次，观众中多了一个双目失明的女孩，她坐在观众席的最前面，她的面前站的就是乐队指挥。从外表上看，她最多不过14岁。她静静地坐着，直到乐队奏起在这从来没奏过的《蓝色多瑙河》。这支曲子好像有一种神奇的魔力，我想。因为刚刚演奏了几小段，那失明的女孩就站了起来，和着音乐的节拍，手臂跟乐队指挥的指挥棒一起挥舞了起来。

一会儿，越来越多的人把目光从乐队指挥身上转到了失明的女孩身上。显然，指挥也意识到了身边发生的事。他是一个非常明智的人，当我取下帽子向他示意时，他慢慢离开了他的位置，向旁边走去，以便让乐队能更清楚地看到女孩的指挥。当然，乐队队员对曲子很熟，演技也是娴熟的，绝对出不了什么差错。然而失明的女孩指挥得很自然，很流利，掌握音量的高低柔亢一点也不比乐队指挥差。说实话，从那以后，我再也没听到比这演奏得更好的《蓝色多瑙河》。

当音乐结束的时候，听众中爆发出了雷鸣般的掌声，我想，城镇另一边的人也一定听到了。

当女孩在我身边坐下的时候，我看见两行泪珠从她的脸上滚了下来。

我敢说，那天，绝不止失明的女孩一人哭了。

我看见两行泪珠从她的脸上滚了下来。

草地上的姑娘

在都市里，在晴朗的夏日，公园成了野餐的最佳去处。

这天，铁矿联合公司的头面人物卡斯·泰尔斯先生在圣詹姆斯街俱乐部用毕午餐后，决定上格林公园去消磨半个小时。进了公园，他在一片未经修剪的青草地上找到一把空折椅坐下，打开了《金融时报》。草地上到处都是衣着艳丽的姑娘，她们或在聊天、或在晒太阳。不一会儿，卡斯先生有些不自在起来，因为他隐隐感觉到有一双女性的目光在注视他，他从报纸上抬眼望去，发现离自己右首不远处躺着一个身材娇小瘦削的少女。那姑娘一见他回看她，立即垂下眼睑，把脸埋在草丛。一绺褐发遮住了她的脸蛋。一时间，卡斯先生真感到得意——多么荒唐啊，面前只不过是一对明亮的眼睛罢了！但还是在他内心引起一种奇特而意想不到的怀旧心情。当他再次抬头看时，那姑娘也在注视他。她已经把那一绺褐发甩向脑后，双手支着下巴，这次她的目光毫无疑问是在恭维他。带着疑惑，卡斯先生回到了办公室。

第二天要不是天气还是那样晴朗，他也许会在俱乐部里看报，可天气实在太好了：碧空万里，阳光灿烂，因此午饭后他又进了格林公园。这回他没有坐老地方，事实上那儿没空椅子。

他好容易才找到一个弯曲的铁条凳，坐下看起报来，准备在清新的空气中享受片刻的宁静。

他刚看完一个专栏，就感觉到她在看他，她躺在离他大约十步远的草地上，这回他们互相都认出了对方……到了下星期一，他完全有意地又上公园找那姑娘去了。

现在，卡斯先生的生活中开始出现了一个最奇妙的阶段，一种感情旅行的阶段。每天午饭后他都上公园去，在那儿坐上十五或二十分钟；而那姑娘跟他的距离时近时远，但始终不离左右，躺在草地上，向他凝望。星期三两人终于说话了。

究竟是什么使他着了迷？那天下午卡斯先生几次都在这么问自己，他不习惯在公园里随便结识姑娘，再说这个姑娘也说不上漂亮。那么她身上到底具备了什么气质，使他的行为表现得和他的性格如此截然相反呢？他在给秘书口授一封信的中途，停下去斟酌一个词，他的秘书几乎面无表情地在旁等着他的下文，这时，他蓦地找到了答案：恭维。对，他秘书身上就缺乏这种气质。草地上的姑娘十分大胆地恭维他。在她的眼中、她下垂的眼睑上、她的声音和举止全都体现了顺从、温驯，表示了对他的恭维。可他的妻子呢，不仅桥牌打得比他好，驾车技术也远胜过他，治家的能耐和他管理业务的能耐一样出色。她怎么会恭维他呢？因此他喜欢恭维，他需要恭维，他有一种恭维饥渴感。

不知不觉中，卡斯先生越来越注意起自己的仪表来了，他甚至比固定的日期提前去理发厅，他约姑娘星期五晚上吃饭，这天是周末，他妻子刚巧准备去看望母亲，这样他离家外出去吃饭也就顺理成章、无需作出解释了。他仍然不明白自己要干什么，但有一点是肯定的：他想让人恭维他的开车技术。平时，甚至在开车送客的时候，照例是他坐在妻子旁边，因为她的驾车技术高超。而现在开车的是他，那个姑娘脸带满足的神情欣赏他的开车技术。时间不长，他们来到一个僻静的乡村旅店，旅店小得可怜，但卡斯先生并不在乎，说实话，他坐下来享用的这顿晚餐并非食物，而是别人的恭维。

"告诉我，"他先开了口，"你为什么那样看着我？我说的是公园里初次见面的时候。""我想我是想认识您，我想……""真是这样吗？"卡斯先生急切地问。"我想您看起来那么与众不同……那么经验丰富……"卡斯先生听了激动不安，用亲热的动作握住了她那只纤细的小手。姑娘忍不住脱口而出："哦，卡斯·泰尔斯先生！"他猛地松开她的手，身子往后一退，粗暴地问："你怎么知道我的名字？""我只是知道……""你是说你早就知道我的名字？""我想是的……""真没想到是这样的，你到底是怎么回事？"姑娘叹口气说道："我的男友在您的公司干活，他带我去参加过圣诞晚会，您当然不会注意到我，可我却注意到您了。""所以你就在公园里紧盯着我?”她点点头。“可为什么呢?”“我想我也许能和您交个朋友……”“交朋友又怎样?”卡斯先生步步紧逼，“我想和您交上了朋友，您也许会提升罗比的。”啊，原来是这么回事，这真是一幅完整的庸俗羞辱的画！他终于想起了这个叫罗比的人，无论从哪方面说，似乎都属中流水平，于是尖刻地说：“亲爱的孩子，他可没希望啊，从长远看，也许会有吧，现在结束这顿糟糕的晚餐，送你回城去。”

卡斯先生回到家门口，刚把钥匙插进锁眼里，有人已替他开了门，那是他的妻子苏珊。卡斯先生神情茫然，随口说道：“我在外面吃饭，我以为你上你妈妈那儿去了。”“我原是打算去的，后来改变了主意。”“为什么?”“哪还用问?全是为了你呀?我觉察到你心烦意乱，不想把你一个人扔下不管！”听到这番话，他猛地转过身，几乎不相信自己的耳朵。他直率地说：“我以为你早就不注意我了，我在家里只是个必要的因子罢了。”苏珊恳求般地张开双臂，哭泣着说：“不，你做的每一件事我都注意到了。”卡斯先生惊呆了，他一生中还未受到妻子如此的恭维！他感到自己像在寓言里，去看月出，经过长时间的攀登，回身一望，从站着的巅峰看到自己家的屋子，它早已披上了银光闪闪的月色！

回身一望，从站着的巅峰看到自己家的屋子，它早已披上了银光闪闪的月色！

幸福是一位少女

我爱过自由。越是看到人们受奴役、受蹂躏，我对自由就爱得越深；越是认识到人们服从的只是些吓唬人的偶像，我对自由的热爱就愈加增长。雕塑那些偶像的是黑暗的年代，是持续的愚昧把它们树立起来，是奴隶的嘴唇把它们磨出了光彩。不过像热爱自由一样，我也爱这些奴隶，并怜悯他们。因为他们是一群盲人，他们看不见自己是同虎狼的血盆大口亲吻，他们并没感到自己是把毒蛇的毒液吸吮。他们也不知道自己是在亲手为自己挖墓掘坟。我爱自由曾胜过一切，因为我觉得自由好像一位孤女，形影相吊，无依无靠，她心力交瘁，形销骨立，以至于变得好似一个透明的幻影，穿过千家万户，又在街头巷尾踯躅，她向行人打招呼，他们却置之不理。

我像所有的人一样，爱过幸福。每天醒来，我同人们一道把幸福寻找，但在他们的路上，我从未把她找到。在人们宫殿周围的沙漠上，我未能看见幸福的脚印；从寺院的窗户外，我也不曾听到里面传出幸福的回音。当我独自一人去寻找幸福时，我听到自己的心灵在耳语："幸福是一位少女，生活在心的深处，那里是那样深，你只能望而却步。"我剖开自己的心，要把幸福追寻。我在那里看到了她的镜子、她的床、她的衣裙，却没有发现幸福本身。

我爱过人们，非常热爱他们。这些人在我的心目中，可分三种：一种人诅咒人生坏，一种人祝福人生好，还有一种人则对人生深深地思考。我爱第一种人，因为他们日子过得太糟糕；我爱第二种人，因为他们宽容、厚道；我更爱第三种人，因为他们有头脑。

我爱过人们，非常热爱他们。

远方的女子(外三章)

远方的女子

这女子刚好装满我的手。她皮肤白皙，金发，我会用手捧起她，如同捧起一篮木兰花。

这女子刚好装满我的眼睛。我的目光拥抱她，我的目光拥抱她的时候就什么都看不见。

这女子刚好装满我的欲望。在我的生命的烈火前面，她赤裸着身体，而我的欲望把她像活炭一样燃烧。

可是，远方的女子呀，我的双手、我的眼睛和我的欲望的爱抚，都是留给你的，因为只有你，远方的女子，只有你刚好装满我的心。

英雄

我发现了我的英雄，正好在我去寻他们的地方。仿佛是我把他们装在我的忧虑里一样。起初我不知道怎样识别他们，如今熟悉了生活的布局，我已经懂得给他们赋予本来没有的性质。

可是我又发现自己被这些英雄压迫得太累了，只好放弃他们。因为现在我要的是在横逆之下伛偻的人，是挨第一下鞭子就尖叫的人，是把人生看作没有阳光的潮湿地窖、不会笑的沉郁的英雄。

可是现在找不到他们了。在我的忧虑里充满了年老的英雄，昔日的英雄。

为留住记忆而挣扎

我的思想离开我去流浪，现在走上一条友善的小径。我摒除一切激烈的悲伤，停下来，闭上眼睛，在某些遥远的时间和地点的气味里软弱下来，这种气味是我自己凭着对生活的谦卑挣扎保存下来的。人只生活在昨天里。“现在”只是各种欲望的赤裸期盼，是因缺乏爱而衰老的临时誓约。

昨天是一棵枝叶披离的树。我就在树荫下回想。

忽然，我诧异地看见成列的朝圣者，他们像我一样到这小径来了；他们的眼睛充满回忆的喜悦，他们唱着歌回味过去。反正，我知道他们改变是为了维持不变，他们讲话是为了沉默，他们张开惊奇的眼睛观看星星为了闭眼记住……

我躺在这新路旁边，我徒然努力留住泛着涟漪流过我身上的时间之河。

沙

这些黄色花岗石的颗粒是独一无二的，不可超越的。(白色的沙、黑色的沙附着在皮肤和衣服上面，不可感知但充满侵略性。)这些黑岛的金色沙粒就像最微小的岩，似乎来自一个毁灭了的行星，它远远地在上空燃烧，又遥远又金黄。

整个世界沿着这多沙的海岸，伛偻着，搜索着，找寻着，因此有人把这海岸称为“失物之岛”。

海洋永远供应着侵蚀的木材、青色的玻璃珠、水松塞、被波浪打磨过的破瓶子、蚧、海螺和蛤贝的残骸、被吞噬以及因长期的压力而变成残破的物品。蜿蜒的科查育约草在脆荆棘丛或者小刺猬之间，是穷人的营养品，浑圆而无穷无尽的根枝藻，像滑动闪亮的鳗鱼一样，总被无言的浪、被迫逐它的海赶上沙滩。已经知道，这是地球上最长的海产植物，可以长至四百米，借巨大的吸盘附着在岩石上面，又借一段浮体支持自己，同时以千万个琥珀色小乳头喂养大蓬的头发。我们是一个小国，可我们的翅膀非常巨大，我们被大海冲刷的头发非常长，我们在这大海的仓库里是阴郁的存在，像鹰在安第斯山上飞，像一切信天翁类族希望在智利海团聚，像抹香鲸或者北极鲸潜入我们的海域而侥幸生存下来。

我的思想离开我去流浪。

再没有“以后”了

说来也奇怪，当一个人生活中美好的东西遭到破灭以后，独自痛定思痛追忆往事之际，心中所想的，往往不是什么了不得的大事，而是一些当时看来微不足道以至被忽略了的小事。

此刻，当约翰·卡莫迪站在起居室窗前，面对窗外喧闹的街景时，就是这样一种心情。

令他难以忘怀的是大约两三个星期前的那个晚上，那时他从办公室里带回来一大摞写好了的股东年度报告草案，坐下来打算在吃晚饭前重新翻阅一遍。

刚看完一页，小女儿玛琪挟着一本绿色封面的童话书走过来对他说："爸爸，您看！"

他抬头瞟了一眼，说："啊，很好，是本新书吗？"

"是的，爸爸，"她说，"请您把书里的故事讲给我听听好吗？"

"不，亲爱的，现在不行。"他回答。

玛琪站在那里没走开。他又看了一个段落，玛琪那怯生生的，满带着希冀的童声又说起话来。

"可是妈妈说您多半会答应我的，爸爸。"

他从文件堆里抬起头来对她说："对不起，亲爱的，我忙着呢，妈妈也许会讲给你听的。"

"不"，玛琪一本正经地说。"妈在楼上比你忙得多呢。您就给我讲这一个故事好吗？看——还有幅图画呢？看见了吧？多好看呀，爸爸！"

"对，很好看。"他说，"好啦，太漂亮了。可我今天晚上还得干活儿呢，过几天……"

玛琪久久地站在那里。随后，小女儿又央求了他好几次，他总是心不在焉地敷衍敷衍，答应"以后"有空一定给她讲。

然而她仍然没有走开，不声不响乖乖地站在那里。过了好久，她把书放到他脚边的小凳子上，说："好吧，您什么时候有空就讲给自己听吧，不过声音要大些，让我也能听得见。"

如今女儿已离开了人世，他那用爱心为女儿设想的一切都已成为泡影，他什么也不愿想了。

一时间甚至对那个喝得半醉开车撞倒他女儿的浑小子(这家伙已被判刑蹲了监狱)，也忘却去痛恨了，女儿的音容笑貌占据了他的整个思想，他仿佛又看到那个彬彬有礼的小女孩怯生生地用小手碰碰他，对他说："您就讲给自己听吧，不过声音要大些，让我也能听得见。"

墙角的桌子上堆放着玛琪的一些玩具，那本书现在就放在那里。他拿起书，翻到有漂亮图画的那一页，朗读起那篇故事来，然而极度的痛苦使他的嘴唇变得僵硬。

这时，他的妻子已穿戴整齐悄悄地来到房门口。她脸色苍白，强忍着悲痛，用尽量和缓的声音招呼他一起去参加玛琪的葬礼。

可是他竟浑然不觉，他正在读那篇故事：

“很久以前，有个小姑娘，她住在黑森林里一幢樵夫的小屋中。她长得很美，使枝头的小鸟都为了看她而忘记了鸣唱。有一天……”

他在读给自己听，但声音大得让她也能听得见。没准儿她还真能听得见呢！

他那用爱心为女儿设想的一切都已成为泡影，他什么也不愿想了。

大树

路边有棵很高很大的树，树顶似乎已溶入了天空的蔚蓝。

有人从树下走过，惊奇于它的高大，失声喊道：“多美的树啊！”然后继续自己的行程。

第二个人走过，也为这树的美打动，不过他没有开口，没有停留。

第三个人又走过去了，可他甚至没有注意到这树的存在。

终于，过来两个狂人。其中一个人想爬上树去，可在眼看就要爬到树顶时跌了下来，跌破了脑袋。其时有人看了看，他的脑袋里什么也没有。

他的同伴也力图爬上树去。由于比前一个人有更多的狡猾和更多的韧性，他最终爬到了树顶。从那里，他俯看世界——原来是极小的，极小极小的，躺在他的脚下！

于是这世界宣告他是天才。

继续走过许多的人。他们像最初一个人那样，停留片刻，赞叹天才：“跌下来的那人或许也是一位天才，不过命运不曾加恩与他罢了。”这些人是有知识的。

又走过更多的人。他们像第二个人那样，不说什么，也不停留，只愤愤地想道："也许那到达树顶的人跟跌下来的人是一样的狂人，不过命运加恩与他罢了。"

这些人是聪明的。

又走过无数的人。他们像第三个人那样，继续他们的行程，想也不想，根本无视天才或狂人的存在。

这些人是绝大多数。这些人正是建设着或破坏着的人，因为这大地是他们的呀！

这些人是绝大多数。这些人正是建设着或破坏着的人，因为这大地是他们的呀！

自然之道

认识事物必须好好把握事物的内在规律，只有顺着事物的本质前行，才能触及真理的所在。事物的本质就是道，就是本来存在的真相。

自然之道

我和七个旅行同伴及一个生物学家向导，结队到达南太平洋的加拉巴哥岛。我们去那里旅游的一个目的是，这个海岛上有许多太平洋绿海龟用来孵化小龟的巢穴，我们想实地观察一下幼龟是怎样离巢进入大海的。

太平洋绿龟的体重在150公斤左右，幼龟不及它的百分之一，幼龟一般在四五月间离巢而出，争先恐后爬向大海。只是从龟巢到大海需要经过一段不短的沙滩，稍不留心便可能成为鹰等食肉鸟的食物。

那天我们上岛时，已近黄昏，我们很快就发现一只大龟巢，突然，一只幼龟率先把头探出巢穴，却又欲进而止，似乎在侦察外面是否安全。正当幼龟踯躅不前时，一只鹰突兀而来，它用尖嘴啄幼龟的头，企图把它拉到沙滩上去。

我和同伴紧张地看着眼前的一幕，其中一位焦急地问向导："你得想想办法啊！"向导却若无其事地答到："叼就叼去吧，自然界之道，就是这样的。"

向导的冷淡，招来了同伴们一片"不能见死不救"的呼唤。向导极不情愿地抱起小龟，把它引向大海，那只鹰眼见着到手的美食给抱走，只能颓丧地飞走了。

然而接着发生的事却使大家极为震惊。向导抱走幼龟不久，成群成群的幼龟从巢口鱼贯而出。现实很快使我们明白：我们原来干了一件愚不可及的蠢事。

那只先出来的幼龟，原来是龟群"侦察兵"一旦遇到危险，它便会返回龟巢。现在向导幼龟被引向大海，巢中的幼龟得到错误信息，以为外面很安全，于是争先恐后地结伴而出。

黄昏的海岛，阳光仍很明媚。从龟巢到海边的一大段沙滩，无遮无挡，成百上千的幼龟结群而出，很快引来许多食肉鸟，它们确实可以饱餐一顿了。

"天啊！"我听见背后有人说："看我们做了些什么！"

这时，数十只幼龟已成了鹰、海鸥、鲣鸟的口中之物，我们的向导赶紧脱下头上的棒球帽，迅速抓起十数只幼龟，放进帽中，向海边奔去。我们也学着他的样子，气喘吁吁地来回奔跑，算是对自己过错的一种补救吧。

一切都过去以后，数十只食肉鸟已吃得饱饱的，发出欢乐的叫声，响彻云霄。两只鹰仍静静地伫立在沙滩上，希望能捕捉到最后一只迷路的幼龟做佳肴。我和同伴们低垂着头，在沙滩上慢慢前行。似乎在这群凡人中间，一切都寂然静止了。终于，向导发出了他的悲叹："如果不是我们人类，这些海龟根本就不会受到危害。"

人是万物之灵。然而，当人自作聪明时，一切都可能走向反面。

人是万物之灵。然而，当人自作聪明时，一切都可能走向反面。

沙的故事

有一条河流，它发源于一个很远的山区，流经各式各样的乡野，最后它流到了沙漠。

就如它跨过了其他每一个障碍，这条河流也试着要去跨越这个沙漠，但是当它进入那些沙子里，它发觉它的水消失了。

然而它被说服说它的命运就是要去横越这个沙漠，但是无路可走。就在这个时候，有一个来自沙漠本身隐藏的声音在耳语："风能够横越沙漠，所以河流也能够。"

然而河流反对，它继续往沙子里面冲，但是都被吸收了。风可以飞，所以它能够横越沙漠。

"以你惯常的方式向前冲，你无法跨越，你不是消失就是变成沼泽，你必须让风带领你到达你的目的地。"

"但是这要怎么才能够发生？"

"藉着让你自己被风所吸收。"

这个概念无法被河流所接受，毕竟它以前从来没有被吸收过，它不想失去它的个性。一旦失去了它，河流怎么知道它能否再度形成一条河流?

沙子说："风可以来执行这项任务。它把水带上来，带着它越过沙漠，然后再让它掉下来。

它以雨水的形式掉下来，然后那些雨水再汇集成一条河流。"

"我怎么能够知道它真的会这样呢?"

"它的确如此。如果你不相信，你一定会处于绝境，最多你只能够成为一个沼泽，而即使要成为一个沼泽也必须花上很多很多年的时间，而它绝对跟河流不一样。"

"但我是不是能够保持像现在这样的同一条河流呢?"

那个耳语说："在这两种情况下你都无法保持如此。

"你本质的部分会被带走而再度形成一条河流。即使现在，你之所以被称为现在的你，也是因为你不知道哪一个部分的你是本质的部分。"

当河流听到这个，有某些回音开始在它的脑海中升起。在朦胧之中，它想起了一个状态，在那个状态下，它，或是一部分的它曾经被风的手臂拉着，的确有这么一回事吗?河流仍然不敢确定。

河流升起它的蒸气，进入了风儿欢迎的手臂。风儿温和地、而且轻易地带着它一起向前走。

当它们到达远处山顶的时候，风儿就让它轻轻地落下来。

由于它曾经怀疑过，所以河流在它自己的头脑里能够深刻地记住那个经验的细节。

它想："是的，现在我已经学到了真正的认同。"

河流在学习，但是沙子耳语："我们知道，因为我们每天都看到它在发生，因为我们沙子从河边一直延伸到山区。"

那就是为什么有人说：生命的河流要继续走下去的道路就写在沙子上。

生命的河流要继续走下去的道路就写在沙子上。

大自然作证

要问我为什么不再打猎了，还得提起一段往事，不知你听了是否能够理解?

往年，每当狩猎季节来临，我都变得兴奋异常，几乎等不及干燥、寒冷的早晨到来。想想吧，喝下一杯热咖啡后，趟过疏松的雪原，肩头扛着一把不赖的猎枪，心里会是什么滋味。

我捕杀过一些野鹿，狩猎无疑很富于刺激性，这习性也许承袭于我们的祖先。当一头野鹿忽然窜出灌木丛，把生命维系在你的二拇指上，我想你也许会按捺不住激动的心情。如若打中猎物，你就可以架起美丽的鹿头向伙伴们炫耀——嘿，够劲儿！

森林很美丽，晚秋的景色犹为动人。当你在林中漫游，阳光透过枝叶，光影斑驳，林间空地上点缀着白的、绿的、黄的色彩。

这是我最后一次穿行在柯勒维尔森林的景象。我独自一人，背着一支猎枪、一壶热咖啡和三块厚三明治。

我向山脚走去，搜寻着熟悉的鹿蹄印，新鲜的雪地上总会留下些清晰的痕迹。我走过一段路程，在山下的凹地里站住，搬开岩石，扫清积雪，坐了下来。天气很冷，但我的衣装足以御寒。

我坐了大约一小时，没有发现什么目标。便吃了两块三明治，喝了点儿热咖啡。周围万籁俱寂，有一缕微风向我拂来。

然后，我就看见了它，一只野鹿，一只头顶竖立着一对美丽的八叉角的雄鹿。它在我的左侧距离不到20码，而周围30码内没有任何障碍物。良机在即！

我要做的事情就是掌握时机，然后让他知道我在这儿。等它喷鼻、瞪眼、醒悟、要撒腿的那一瞬……但是以后的情形却完全把我弄懵了，它竟径直向我走来！我想它也许是出于好奇，也许是被吓傻了——如果不是，那么你还能怎样解释呢?

它已不再年轻，而是一头壮年的雄鹿。它肯定知道什么是猎人和猎枪。但它仍然走过来。我默然等待着。它有一颗漂亮的头颅，一架完美的鹿角。它一步一步地迈动着细腿，步履缓慢而沉着。它的大眼睛注视着我的脸。

是的，我有些慌乱——当时怎么能镇静下来呢？雄鹿有很强的毁坏力，而这只的头又是这么庞大。哦，它已走到了我的身边，停住，凝视我！以后发生的情形几乎让人难于置信，但确实如此。它变得那般安静，好像是一头温顺的小狗依偎着我。我不由伸出手去抓搔它两角间的头皮，它喜欢这样。这只庞大的、野性的、美丽的雄鹿竟像一匹小马驹一样低下头。它渴望得到更多的抚慰。

我用手搔着它的头，抚摸着它的腰身，我的手掌轻轻地梳理着它温暖的皮毛。它伸出鼻子嗅我的肩膀，毫不惧怕。我还能干些什么呢？我竟拿出了剩下的最后一块三明治！我当然知道鹿吃什么，可是它竟然吃了。

噢，它要上路了，顺坡而下，在雪地上留下一行蹄印。向它射击吗？不，我想那时你也不会开枪的。我望着它慢慢地离去了——美丽的八叉角最后消失在树丛之中。

以后要讲的就不多了。我收拾起暖水壶和包三明治的纸屑，挎上猎枪返回我的汽车。半道上我听到了两声沉闷的枪声，两声枪响间隔几秒钟。如果你打过猎就会知道，这样的枪声只意味着一件事——猎杀！(我真希望我猜错了。)我忘记了那天森林里还有其他猎人，那些猎人也许不懂得他们扣动扳机的手指还可以去抚摸……

除了那双雄鹿的眼睛，我知道还有一双眼睛正在盯着我们，那就是大自然……

我知道还有一双眼睛正在盯着我们，那就是大自然……

芦苇为什么是空的

1.在和平的植物世界里，也发生过一次社会革命。据说这一回领头的是那些爱好虚荣的芦苇。

造反能手——风，大肆宣传，所以很快地在植物界里，除了这件事就没有别的话题了。原始森林跟那些愚蠢的花园结成了亲兄弟，为争取平等而共同奋斗。

争取什么样的平等呢？是要在它们躯干的粗细、果实的鲜美方面，得到纯净的水的权利吗？

不是，仅仅是身高的平等。它们的理想是所有的植物都应当一律高高地抬起头来。玉米并不想让自己跟橡树那样强壮，不过是想在同样的高度摇晃着自己多须的花穗。玫瑰也不想争取同橡树一样有用场，只不过盼望有那样挺拔的树冠，用它做枕头，好哄着自己的花儿在上面安安稳稳地睡觉。虚荣啊，虚荣！一些崇高的幻想，要是违背了大自然，也就使得它们的目标显得滑稽可笑了。

一位像河神一样蓄着长胡须的老诗人，以美的名义谴责这个计划；他对他认为从各方面看来都讨厌的那种千篇一律，有一些明智的话要说。

2.这一切的结果究竟是怎样呢？人们谈论着正在发生的种种奇怪的现象。大地的神灵以它们异常巨大的活力吹着形形色色的植物，于是一种丑陋的奇迹发生了。

一天夜里，那草坪和灌木丛仿佛遵照天上星宿的某种紧急命令，陡长了好几十英尺。

第二天，当村民从他们的茅舍里走出来时，发现苜蓿跟大教堂一样高，麦子也疯长得金灿灿的，他们都感到惊慌极了！

真是叫人发狂。牲畜惶恐地吼叫，迷失在牧场的一片黑暗之中。鸟儿绝望地嘁嘁喳喳，它们的窝已上升到前所未有的高度。它们也不能飞下来寻觅种子吃，因为沐浴着阳光的泥土、地毯似的草坪也不见了。

牧童们守着畜群徘徊；他们的羊儿不肯走进任何草木浓密的地方，害怕自己会整个儿被吞食掉。

这时候，胜利了的芦苇却放声大笑，朝桉树青色的树梢甩打着它们的茂盛的叶子。

3.据说这样过了一个月。衰落就开始了。

事情是这样发生的：喜欢荫蔽的紫罗兰，它们的紫色花朵充分地暴露在烈日之下，枯萎了。

“没有关系，”芦苇赶忙说，“它们算不了什么。”

(但是在神灵的世界里，神灵都在哀悼它们。)

那些拔高到50英尺的百合花，折成两段了。它们像皇后的头一般的、白色大理石似的花，掉得到处都是。

芦苇照样在辩解。(可是美丽和欢乐的女神都在森林里奔跑，伤心恸哭。)

那么高的柠檬树被狂风吹掉了它们所有的花朵，收获落空了！

“没有关系，”芦苇再一次声明，“它们的果子太苦了。”

苜蓿枯萎了，它们的茎像以前那样由于娇柔无力而低垂。

它们长得过分地高了。仆倒在地上，像一根根沉甸甸的铁轨。

马铃薯为了让它们的地上茎长结实，只长出了细小的块茎，比苹果的种子大不了多少。

现在芦苇不再笑了；它们终于严肃一些了。

灌木或草花再也不能受精了，因为昆虫不拚命鼓动着它们小小的翅膀就飞不了那么高。

而且，据说人们既没有面包、水果，也没有喂牲口的饲料，遍地是饥馑和悲伤。

在这种情况之下，只有那些高大的树木依旧安然无恙，树干照常坚挺地高耸着：它们没有向诱惑屈服。

芦苇是最后倒下的，——这标志着它们那与树木平等理论的彻底破产，它们的根由于湿度太大而腐烂。

这时候才明白，同它们过去结实的躯干比起来，它们变空了。它们忍饥挨饿地直往高处蹿，可是，肚子里空空如也；它们真可笑，就像空心的木偶或玩具娃娃一样。

在这种真凭实据面前，再没有人能为它们的哲学辩护了；几千年来再也没有人提到它了。

4.大自然——永远是宽宏大量的——半年之内就弥补了这种损害，让一切野生植物依然照往常一样生长着。

那个像河神一样蓄着长胡须的老诗人，在长期隐退之后出现了，他欢欣鼓舞，歌颂这个新时代。

“就这样吧，亲爱的人们。紫罗兰之所以美，就在于它的细小；柠檬树就美在它优雅的形状。上帝创造的一切事物，本来都是美好的：宏伟的橡树，脆弱的大麦都是美的。”

大地又结了果实，牲口长了膘，人们也得到营养了。

但是芦苇——那些造反头子——却永远带上了它们耻辱的标记：它们空了，空了……

大自然——永远是宽宏大量的——半年之内就弥补了这种损害，让一切野生植物依然照往常一样生长着。

树叶

我在伯父的林场里散步，时不时听到树上小枝子断裂时发出的劈啪声，偶尔也可以听到猫头鹰的叫声。

"大卫，奶奶为什么会死?"八岁的堂弟蒂姆突然问我。我吓了一跳，因为我没有想到蒂姆会跟我说话，我们散步这么久了，他还没跟我说过一句话呢。

"那是上帝的意愿。"我边说边捡起一根树枝，用力甩了出去。我转过脸看看他，接着说："上帝出于某种原因让她死的。""我不明白你，你讲讲死到底是什么?"蒂姆大声说。他的语气让我吃惊，我看到他的眼睛好像有了泪水。

"奶奶去世，你一定很伤心吧?"他点点头。

"好吧，我来跟你讲一讲。"我停下来，希望这时能看到一只兔妈妈带着小兔子穿过树林，这样我就可以用它们来做个例子。可是，四周除了高高的橡树，什么也看不到。"蒂姆，奶奶老了。"我正说着，一片树叶落下来，我捡起树叶递给蒂姆，"这片树叶曾经很年轻，可现在老了。"

"所有的人都是这样死的吗?"他看着树叶问。

"当然不是，就像所有的树叶不会以相同的方式落下一样。"

"别的树叶是怎样落的?"

"有的落得很慢，像奶奶一样……"

"这我知道。"蒂姆打断我的话，"告诉我，其他人的树叶是怎样的?"

"我刚才不是在说吗?有些树叶落得很慢，像老人；有些落得很快，就像有人患了癌症。"

我从地上拾起一块鹅卵石，抛向天空。

"为什么有的树叶落得快?"我真想不到蒂姆会提出这么多的问题。

"这，我也说不清，也许是因为有的树叶天生虚弱，要么就是它们病了，就像我们有的人很早就死去。"

"有时候我看到，树枝断的时候，成百上千的树叶同时落下，那是怎么回事?"

这孩子真够□嗦的。“你想想，遇到飞机失事或地震时，不是也有成百上千的人死亡吗？这跟树叶是一样的，有时会一起落下来。”

“大卫，你的树叶呢？”蒂姆好像有点害怕提这样的问题。

“肯定在什么地方，但我现在说不清。”我感到有些冷，便把我的上衣拉链拉上去。“大卫，我要保护你的生命，我要抓住你的树叶，不让它落下来，这样你就不会死了。”

我惊愕了。“听着，小孩子，人总是要死的，只是迟早而已。死是避免不了的，正如你不可能把所有的树叶都抓住，就是这样。”

“可是春天来了，树上又长满了树叶，这是怎么回事？”

“这就像新生儿替代了死去的人。”我抬头望望天空，天色已经暗下来。

“那么，大卫，婴儿是从哪来的？”

“见鬼，这里好冷，咱们回家吧。我跟你赛跑，看谁先跑到家。”

“等等，大卫，你还没回答我的问题呢。”

“预——备——跑！”

“什么？”

“没什么。从现在起，让我们紧紧抓住自己的树叶吧！”

没什么。从现在起，让我们紧紧抓住自己的树叶吧！

摘掉蒙眼布

每一个人，当他年轻时，都应该努力地去实现一个梦想，那会使得他在今后的人生旅途中获得一个信念，一种对生活前景的信仰。

动人心弦的故事

我要给你们讲一个关于两位老人的故事，也许你们会同意我的看法：在我们这个冷酷无情、实用主义的时代，生活有时却不顾一切地温情脉脉。如果说在今天有过时的言辞，那么没有，也不会有过时的感情。

七八年前我开始常接到一位老年中学女教师玛尔加丽娜·多姆布罗宾斯卡娅的来信。那时她已退休。读她的第一封信时，我感到非常惊讶：写信的人已70多岁，然而从兴趣，从对生活的好奇心来看，却显得那么年轻。我们之间偶尔有书信往来，她回忆教师的生涯，叙述家庭情况，以及和各种不同类型的人的友谊。

1979年她写信告诉我，她的命运意想不到地骤然发生了变化。当时玛尔加丽娜·多姆布罗夫斯卡娅77岁。

倘若生活这位艺术大师不是既高于我们的赞许又高于我们的谴责的话，那么这个故事就会被看作是臆造出来的了。

……在南方的一个小城市里，有一位青年爱上了一位姑娘。他默默地爱着，因而得不到反响，毫无指望。当时，他谦虚、缺乏自信，还没有在生活中站稳脚跟。而她则一点也不知道他的爱慕之情。而且要是54年之后，他仍然下不了决心告诉她的话，她永远也不会知道。

最好还是让我们的女主角玛尔加丽娜·多姆布罗夫斯卡娅自己叙述这件事情。

"……我突然收到了一封信，笔迹生疏，姓名唤不出任何回忆。我看这封信时，连自己也不相信自己的眼睛。怎么一回事？'我向您求婚，很久很久以前我们曾在一起学习过。您自然已经忘记了我。您那时还不到20岁……'接着这个人写道，他从我们共同相识的一个熟人处了解到，我在1941年1月丧夫，现住在儿子家。又写了他自己的情况。他19岁，大学还没有毕业，便参加了国内战争。他复员回来，我已经不在那个城市了。他的生活很艰难：打过法西斯、当过俘虏……结过婚，也已失去配偶。他一生都在寻找我。现在他已76岁，而我已77岁。我给他回了一封亲切的信，建议他再考虑考虑，不要操之过急(在我们这样的年岁都不要操之过急！)然而他在信中不断地描述他对我默默的初恋，恳求我做他的妻子。我心里很不好受。我终于下了决心：我要去，要去看看他，跟他谈谈。我没有对任何人说明要到哪里去，便乘上了火车到文尼察去了。

“我当然非常激动。脑海里深深印下了门牌23号。我沿着指定的街道寻找23号那栋房子，我走进了一个院子，看到一个带着草帽，手里拿着信封的小老头站在那里。我看了他一眼：‘不可能是他’，又接着往前走，去寻找门牌23号的那栋房子。……”

请允许我在这里插上一段。带草帽的小老头正是他，是她没有认出他，因为根本不记得了，可是他却认出了她。当她又往前走时，他没有勇气叫她停下，然而他知道她会回来的，要知道他已经等待了她54年。几分钟与这漫长的岁月相比又算得了什么！他头戴着防太阳的草帽，手拿着这个信封，在这个院子里已经站了一天又一天、一个星期又一个星期，他等待着……

她一直走到这条街的尽头才知道，在这条街上没有门牌23号这么一栋房子。于是她从手提包里又拿出信封看，才明白，是她记错了：不是门牌23号的房子，而是23号的单元。她又往回走，又走进了那个院子，戴着草帽的小老头迎着她迈了一步……

从此以后他们再没有分离过。

“他的深情厚意、体贴、真诚、关心使我感到温暖。我们之间没有年轻人那种摩擦。我们尽力戏谑地处理我们的一切事，甚至最重要的事。

“有许多可谈的事，因为过去的是54年，而不是54天。他曾被卷入两次战争的漩涡。他跟我讲多次受伤、震伤的情况，如何被俘后逃跑，还有战后时期经历的一些严酷考验……逐渐，他安静了下来。使我感到惊诧的是，他经历了这么多的磨难，却仍然还是一个善良的人，他爱上了我的儿子、孙子，我的朋友，痛恨那些在生活中曾欺负过我的人。

“您当然会对我的儿子和他的家人对我的决定持什么态度感到兴趣。他们理解我。况且我很坚决，从一开始我就告诉他们，这是我的命运，我的私生活，他们无权干预。

“我们也有过惶惶不安的时刻、喜剧性的场面。

“我们去登记结婚时，尼古拉请求我不要说我结过婚，因为我没有证明我是寡妇的证件，我的护照就像一位未婚少女的护照一样空白。他的证件无可挑剔。可是，当问到我是否结过婚时，我不能撒谎，这样做对不起我的第一个尼古拉(第二个也叫尼古拉)。尼古拉惊慌失措地跌坐在沙发上，几乎哭了起来，因为这样一来，结婚仪式就要推迟到我获得我前夫已死的证件以后。‘我觉得我仿佛又要再次失去你，’他说，‘而且这一回将永远失去你。’然而，我们的关系终于为法律承认了。

"现在讲'一点幽默'。尼古拉非常希望我好看，因而很关心我的穿着打扮(我自己从来不注意这些)。他突然要给我买一个假头套。天哪，这太令我苦恼了。一进商店，他就要看银白色的假头套，而我就躲在他身后的什么地方。我真走运，没买到合适的发套。有一次，商店里有个女售货员对他说：'老爷爷，您干吗要丑化自己的老奶奶，难道她这样不好看吗?'他仔细地看了看我，再也没有说什么。从此以后我们再也没有提过假发套……"

当我读到这一段喜剧性的琐事时，我想到，世界上一切生物中人是最容易受感到和不能自持的。人有时很滑稽，很荒谬。然而，倘若你深入想想这荒谬的事，你便能在其中挖掘出某种壮丽的、异常美好的东西，正如宇宙本身一样。这就是永恒的追求幸福。1982年我埋葬了他。

"直到他死前的最后时刻，一切对他和对我来说，都是有趣的、新鲜的。"

不排除有人会把这个动人心弦的故事的主人翁称为老浪漫。我可不把他们归为浪漫主义者，而归为另一类人，他们有健全的理性，有一颗明智的，虽然疲倦了，但仍不肯安宁的心。有时，正是这些有健全理智的人会干出一些看起来极不明智的事，因为他们认为什么事都不干对他们来说更不明智……

但愿所有被分离的人们能结合在一起，所有失去了生活乐趣和心灵枯萎了的人们能重新获得这一切，即使不是在生活中获得，在心灵上也好……

但愿所有被分离的人们能结合在一起。

命中有爱

当我还是个小姑娘的时候，我就知道总有一天我的如意王子会不期而至。我常常想像他骑着一匹雪白的骏马，把我抱上马背带往他的城池。我相信这个世界上的某个地方有一位特别的意中人在找我，就像我正在苦苦寻觅他一样。这种事肯定会发生——命中注定。

两件生日礼物

那年我17岁，他终于出现了。这小伙子叫特德·本宁顿，是新来的一位邻居。

妈妈在我生日那天给了我一个挂在项链上的小金盒。金盒并不新，却是她多年的珍藏，而且妈妈总是把这个小盒子跟爸爸送妈妈的几样纪念品放在一起。

“妈妈，你真要把盒子送给我吗？这可是属于你的呀！”我说。

“真的！”妈妈说，“它对我意义重大，不过我说过，到我女儿17岁时，就归她。”妈妈眼中闪过一丝令人捉摸不透的神情。

我疑惑地看了她一眼。爸爸和妈妈的婚姻可谓美满幸福。爸爸热情体贴，妈妈跟他在一起好像总有无限的快乐，直到两年前，他不幸逝世。

我暗自好笑，真不懂妈妈会有什么伤心的事儿。但我的确喜欢这个盒子，它小巧玲珑，呈鸡心状，系着一根细小的金链，叫人爱不释手。

可最让我心跳的还是特德·本宁顿送给我的一条朴素却饰有金边的蓝色头巾。

我喜爱特德送我的礼物，但我更爱他本人。我喜欢他那淡黄色的卷发垂在前额上的可爱劲儿，清亮的诚实的蓝眼睛和好看的方方的下颌。而且他腼腆、讨人喜欢、做事认真，跟我们高年级那帮油腔滑调、自以为是的家伙相比，他显得如此不同寻常。

校友舞会

大概是在两个月前，我就开始注意上特德了，那时他来我们班才一个月。他是个文静的男孩，从不参加学校里的任何球队。课后或是周末，别的同学在闲逛玩乐时，他却不得不去一家杂货店打工。当时正值一次校友舞会，作为一名高三女生，你不可能有太多的选择，因为本年级的男生大都把心掏给了高一和高二的女孩子。我只得把剩下的男生列了一个名单，把太矮的几个划去，结果只剩下4个人。可其中3个要么身体太胖，要么与我合不来，再不就是说话时唾沫四溅。特德成了最后唯一的人选。

下课后当他走出教室时，我早已抢先一步恭候在那儿，装着无意碰到了一块。我搭讪说：“南希这个周末要举办家庭舞会，特德，这可是个女邀男的活动。你想去吗?”

“去?你是说同你一块去?”他问。

“是的。”我说。

“这个——这个，一定去，谢谢！我很乐意去……”

他显得有点受宠若惊，真不知道他长这么大是否曾带过女孩子去过什么地方。我不禁想，邀他去也许是个错误?大伙儿会不会喜欢他?参加舞会的可都是学校里的主流人物，特德合群吗?

然而晚会上一切都叫人感到愉快。特德尽力适应其中，跳舞、参加游戏、跟人交谈，倒真像个是游刃有余的社交高手。

晚会后他送我回家的路上，我们聊起了彼此毕业后的打算，我说我将读文秘专业。他则告诉我他正在努力争取杜莱恩学院的奖学金，准备去那儿学医。

月色朦胧而优美，叫人有一股莫名的冲动。突然间我清楚地意识到我那空着的小手正在身体的一侧晃动。他的手也是。可也不知什么时候，两只手或多或少地碰到一块儿了。一路上我俩不再说话，在月光下默默地走着，彼此的手慢慢牵到了一起。

分离的结局

特德带我去参加校友舞会，这事看来如此自然。

一阵心颤的感觉让我突然了悟，特德就是我自小在冥冥中期待的那个特别的意中人！我们的感情随着时光的流淌而越发显得日久年深：我俩一块儿散步，出门远足，在蔚蓝的天空下参加大伙儿的野餐聚会。有时特德在野餐的过程中弹起悦耳的吉他，我们一起忘情地放声歌唱。都是些诗情无限而又令人幸福的日子。

接着有一天，特德带来好消息，他已经获得了杜莱恩学院的奖学金。“别人会称我本宁顿医生，你感觉怎么样?”

“妙极了！”我说，“不过我会想你的。”

“我也是，”他说，“真希望你能跟我一块儿去。”

“别担心，”我安慰他，“我就在这儿等你。也许在你毕业之前，我能在那所学院里找个工作。”

“那太棒了，不过我怕——”

“怕什么?”我问道。

“哦，一切都这样完美，我真害怕会失去你。”

"瞎操心，"我对他说，"你不会失去这命中注定的爱情的！"

可是我错了。

特德离开我上学去了。起初的日子我们彼此还比较勤快地写信。可渐渐地，我们的信越来越少。大概这就是结局的开始。他不能回家过感恩节；而到圣诞节他回来时，我却在出麻疹。

终于特德有了新的女友。她是他们学校的一名同学。特德来信说，他对此感到很抱歉；又说他知道我会理解的。

命中有爱

收到信的那天正下着雨。我躺在床上倾听淅沥的雨声。我并不恨特德，我甚至也不恨那个女孩。只是我无法相信所发生的一切。

这时妈妈走了进来。我知道她要说什么。

"还有别的小伙子，你可能现在不相信，但总会有的。"她开口说。

"也许吧，不过特德是我唯一的至爱，我以后再也不会爱了！"

妈妈沉默了一会儿，然后说："我给你的那个挂在项链上的小金盒还在吗?"

"小金盒?，哦，当然在。就在梳妆台最顶格的那个抽屉里。"

妈妈拿出小金盒，让我戴上。

"你看，"她说，"这是那个特别的人——意中人——在我17岁时送给我的。"

我珍爱地把小金盒捧起来，想起了去世的爸爸。他和妈妈曾经有过多么幸福的生活啊！

"他心好，讨人喜欢，与众不同。我当时确信他就是我命中注定的那个人。"妈妈陷入了沉思，慢慢地说，"可在我们订婚之后不几天，他就丧生于一次火车事故。"

"你说什么?"我惊讶起来，"我还以为——你是说在爸爸之前，你曾爱过别人——另一个你曾认为是最特别的那个意中人?"

"是的，事情就是这样。我想如果我嫁给了他，我肯定自己会非常幸福。但结果是三年后我同你爸爸结了婚。我们也彼此相爱，并且跟他在一起我也非常幸福。"

"我真不懂。"我说。

"宝贝，我想告诉你的是，这世上并非只有一个特别的人儿才会让我们幸福，而是有许许多多这样的好人，特德是其中之一。只是他到来得太早了些。"妈妈静静地望着我。

我几乎哭了起来，因为我感到我童年的梦想正被击得粉碎。

妈妈轻声说："总有一天，会有一个好男人在恰当的时候来到——他才是你命中注定的那个人。"

她走了出去，轻轻把门关上，留下我独自一人，倾听雨点的声音。

我望着妈妈出去时关上的那扇门，心里却想到另一扇门，那就是她刚才为我开启的另一扇希望之门。

月色朦胧而优美，叫人有一股莫名的冲动。

玫瑰

那位老太太总是向人夸耀她园子里那棵高大的玫瑰树，喜欢告诉人家这棵玫瑰树如何由许多年以前她从意大利带回的一段插枝成长起来的。当时正是她初婚的时候，她和丈夫乘车(那时还没有铁路)从那不勒斯旅行回来，但是在西恩郡南面那段崎岖不平的道路上，车子出了毛病，他们不得不在路旁的一座小房子里投宿。当然，房间很简陋，她度过了一个不眠之夜，早早地起了床，和衣伫立在窗子旁边，在拂面的晨风中，眺望黎明的景色。在经过这么多年之后，她还能回想起晶莹的月亮下青青的群山，回想起建在远处一个山峰上的小镇，怎样渐渐露白，直至月亮隐失，朝阳的粉红色的霞光染满群山；突然小镇像被一盏明灯所照亮，窗子一个接一个地依次映射出通红的阳光，最后整个小镇就像是星星栖息的小巢，熠耀在天际。

知道车子正在修理，必须再等待一些时候，那天早上他们就乘着当地雇来的马车去那个山上的小镇，据说在那里能找到一个较好的住所。他们就在那里耽搁了两三天。那是许多意大利式的小型城镇之一，有一座高高的教堂，一个堪以自豪的广场，几条狭窄的街道和一些小小的公馆。所有这些教堂、广场、街道和公馆，都密集在山顶上，圈在围墙里，几乎比英国的菜圃大不了多少，但却充满生气和城市的喧声，日夜回响着脚步声和话声。

他们所住的简易客栈的餐厅是这座小镇的显贵们：市长、律师、医生还有其他一些人聚会的地方。在这些人里面，他们注意到一位高雅、瘦长、健谈的老人，他有一双明亮、乌黑的眼睛，长而直的银丝般的白发，仍然显得与少年一般的体型，虽然侍者以骄傲的口吻告诉他们，这位伯爵已是高龄——事实上明年他就是80岁了。他是这个家族里的最后一人。侍者还附带说起这个家族曾是豪门巨富——但伯爵却没有后裔。好像这是一个为当地所自豪的故事一般，侍者确实带着颇为得意的神色讲述伯爵的不幸的爱情，他就此终身独处。

不管怎样，这位老绅士看上去还是兴致勃勃，明显地流露出对这两位陌生的来客的兴趣，希望能够结识他们。他的这一愿望很快通过友善的侍者的斡旋而得到实现。在短短的一次晤谈之后，这位老绅士邀请他们到他那就在城边的花园别墅去做客。这样，第二天下午，当夕阳西沉，从门口和窗户里瞥见棕色的群山已笼罩在阴影里的时候，他们就出访去了。这里并不是一个什么豪华富丽的地方，只是一座小小的、由现代化的泥灰刷成的别墅，带有一个炽热多砾的花园。园子里有一个石盆，养着几条笨拙地游动着的金鱼；还有座狄安娜雕像，她的一群猎狗紧靠墙壁。但使这个园子大为壮观的却是一棵巨大的玫瑰树，它的枝条攀遍了屋子，几乎遮住了所有的门窗，空气中弥漫着它的甜蜜的芳香。是的，这是一棵品种优异的玫瑰，当客人们盛赞它们的时候，伯爵不无自豪地这样说。他想告诉那位夫人这棵玫瑰树的来历。当客人们坐在那里喝着伯爵斟给他们的酒的时候，伯爵以那种老年人特有的令人高兴的坦率提到他的恋情，仿佛他认为他们一定已经听到过这个故事。

"我所爱的人住在山外溪谷对过的那个地方。那时我还是一个年轻人，因为这已是多年以前的事了。我总是骑马去看她。这是一段很长的路程，但我骑得很快，夫人一定能理解，年轻人总是缺乏耐心。那位小姐却不是那种富于同情心的人，她总是让我，哦，等上好几个小时。一天，空等了许久之后，我感到非常愤怒，在那座她约定见我的花园里来回踱步的时候，我折断了她树上的一枝玫瑰。一经注意到自己做了什么，我就赶紧把它藏在大衣里。这样，回到家里以后，我就种上了它。现在夫人可以知道，这棵玫瑰树是怎样成长起来的了。如果夫人羡慕的话，我一定送您一个插枝，也好种在您的花园里。据说英国人多有美丽的、绿色的花园，不像我们这里被日光晒得发烫。"

第二天，当修理好的马车前来迎接他们，他们刚要驱车离开客栈的时候，伯爵的老仆人出现在他们的面前，带着干净的包扎好的一个玫瑰插枝，还有他的主人对他们旅途的美好的祝愿。小镇上的居民聚集拢来观看他们离去，孩子们尾随在穿过小城城门的车子后面。他们听见车后一阵脚步声，一忽儿以后，他们已在山谷底下，而那座生气勃勃、喧声不绝的小镇，则已远在山巅。

她把玫瑰种在家里。在这里，它惊人地长得枝繁叶茂。每年六月，一簇簇的树叶和花蕾，以浓郁的香味和深红的颜色，热情富丽地争妍吐芳，宛如在它的根茎和纤维里，仍然燃烧着意大利情人的被窒息了的愿望和愤恨。当然，那位老太太(她已经比这些第60代的玫瑰还活得长久)说，老伯爵想必已经谢世多年，她已经忘记了他的姓名，甚至也已经忘记了那个她曾经逗留过的山城的名字，在她初次见到它的时候，它熠耀在黎明的天际，就像一个栖息着星星的小巢。

她把玫瑰种在家里。在这里，它惊人地长得枝繁叶茂。

裸泳

在某海滨浴场洗海水浴时，伊佐塔太太遇上了一件麻烦事：当从深海游回岸边的途中，她突然发觉自己的游泳衣不在身上了。她弄不清事情是刚刚发生的，还是发生得有一阵儿了，总之，她穿的那件新比基尼泳装只剩下了胸罩。可能是她臀部扭动时，扣子脱落，那个像布条一般的三角裤衩从另一条大腿滑了下去，也许正在她身下不远处往下沉呢，她试图潜入水中去寻找，但没有成功。

这是正午时分，海里四处都是人，有的在赛艇上，有的在小游艇上，还有的在游泳。伊佐塔太太不认识任何人。昨天，她丈夫把她送到此地后立即又回城里去了。她心想，眼下别无他法，只能找一艘救生船，或者找一个可信赖的男子，向他呼喊和求救，并要求他严守秘密。

好在没有人怀疑她下身赤裸，因为她游泳时，决不把身子抬到水面，人们只能看见她的头和隐约可见的胳膊和胸部。这样，她就可以放心地去寻求援救了。为了弄清别人的眼睛到底能看清她身体的多少，她时不时停下来，几乎垂直地漂浮着，以便窥视一下自己的躯体。她惊讶地发现，阳光照射在水面，又变成水下清澈的闪光，她躯体上的一切在水中纤毫毕现。她急忙拢住双腿，旋转着身体，试图不让自己的眼睛看见它，但这一切都是枉费心机：她腹部光洁的肌肤在棕色的胸部和大腿之间显得白皙、醒目，波浪的起伏和不时摇荡的海藻都不能混淆小腹以下部分的深色和浅色。伊佐塔太太重又以她那不伦不类的方式游动起来，尽可能压低身子，即便如此，每划动一下手臂，她那白皙的全身就显出来，轮廓清晰可见。伊佐塔太太心慌意乱，急忙变换游泳姿势和方向，夹紧双腿在水中打转。想不到她一向引为自豪的玉体现在却成了她的巨大累赘。

正午已过，是吃午餐的时候了，游泳者开始纷纷游向岸边。船只、游艇也不时从伊佐塔太太身边驶过。她研究船上男人的面孔，有时，她几乎下决心向他们游过去，但是，他们眼神那邪恶的一瞥，或者某种不友好的动作，都会吓得她逃之夭夭。她装作若无其事地划着双臂，冷静地掩饰着已经很严重的疲惫。结伴而行的男人扬扬下巴或使使眼色，互相示意她的存在，而单身男人则用一只桨刹住船，故意掉转船头，截住她的去路。她看见一个救生员经过，他是唯一乘船巡视海面、预防出现意外的人，但此人嘴唇肥厚、肌肉凸鼓，她连喊他一声的勇气都没有了。她幻想的救星应是一个最无个人情欲、几乎像天使一般纯洁的人，看来这样的救星是不存在的。

在绝望的幻想中，伊佐塔太太所盼望的救星一直是男的，却没有想过女的，虽然和女人打交道，一切都应该变得简单一些，但她与同性别的人交往太少。如今，还有一个不便之处：大多数女人都是和男人双双坐在小游艇上，她们嫉妒心强，总是远离着她，因为她那无可挑剔的躯体对她们便是一种挑战。有的船只驶过来，上面满是唧唧喳喳、兴高采烈的少女们，伊佐塔太太想到自己那有伤大雅、有损声誉的困境与天真无邪的少女们的情趣上相去太远，因而没敢贸然呼喊她们。有一位皮肤晒得黝黑的金发女郎倒是独自坐着一只赛艇驶过来，她神气活现，一定是去深海作裸体太阳浴的，而她决不会认为这种裸露能算作丢人或灾难。伊佐塔太太此时才感到自己是多么孤独，女人永远不会救她，男人又找不到，她感到筋疲力尽了。

伊佐塔太太及时抓住了一个铁锈色的小浮标，要不然她会被淹死的。然而，从浮标那里游到岸边，要付出惊人的体力。这时，她看到一个穿长裤的瘦削男人站在一条停驶的汽艇上向海里张望，他是留在海上的唯一一个人了。过了一会儿，那个瘦男人不见了，站在原处的是一个满脸稚气的男孩儿。伊佐塔太太用被水泡得起了皱、变得毫无血色的手指头抓住浮标的螺钉，感到自己被整个世界所抛弃。当她再次抬眼时，看见那个男人和小孩都一起站在汽艇上，向她打手势，似乎告诉她要老实呆在那里，挣扎是徒劳的。随即，汽艇飞快地开走了，艇上的人头也不回一下。伊佐塔太太此时感到了末日的来临……不一会儿，汽艇又开回来，速度比刚才还要快，小男孩在船头扬起一条窄长的绿帆：一条连衣裙！

当汽艇停在她附近时，瘦男人向她伸出一只手拉她上船，同时用另一只手捂住自己的眼睛。伊佐塔太太还没明白过来是怎么回事，便已经上了船。一切忽然间变得这么完美，寒冷和恐惧已被抛诸脑后，她的脸色很快从苍白变得通红。此时，她站在船上穿那条连衣裙，而男人和小孩则背过身去，眼望别处。汽艇开动之后，伊佐塔太太坐在船头，看到船底有一个潜水捕鱼的面罩，明白了这两人是怎样发现她的秘密的。刚才，男孩戴着面具，拿着鱼叉，潜水游泳时看见了她，便上船告诉了那个男人，男人又下水看了一遍，然后，他们示意她等待，不过，她当时没看懂。他们急忙向港口驶去，跟一个渔妇要了一件衣来了。伊佐塔太太心想，这两个人看到她现在穿着衣服，说不定脑子里正竭力回忆刚才在水下看她时的情景呢，不过，她并不感到难为情，反正总得有人看见，她倒高兴恰是被这两个善良人看见，他们一定会感到新鲜和愉快的！

一切忽然间变得这么完美。

美丽的误会

摩登旅馆的门厅里摆满了棕榈盆景。艾米·西蒙斯怏怏不乐地坐在那儿。她那迷人的身材，浅黄色的披肩发和明亮的蓝眼睛，极惹人注目。

在这节日的夜晚，人们沉浸在喜庆的欢乐中，而艾米却冷冷清清地待在旅馆里，突然，一个身材修长的英俊男子从转门走出，环视四周。当他看到艾米时，脸上浮起微笑，急步走来。

“是莉娜吗?”他彬彬有礼地问。

“是莉娜·马丁吗？我是迈克·法雷尔。”他说着，便坐进艾米对面的椅子里，他眼里露出赞美的柔情，“跟梅恩描述的太像啦！噢，简直惟妙惟肖。”

艾米愣住了。刹那间，她像在迷茫中看到灿烂的星光。她感到一股暖流撞击着胸怀。我这么孤独，而他那样迷人，可惜与他只能共度片刻时光。她暗自思忖着。

“梅恩准给了你蓝图，”她嫣然一笑。接着说：“你毫不犹豫地朝我走来，好像带着雷达。”

他笑了，“你的声音比电话里更动人。”

他们开始交谈。她“片刻”的断言开始无休止地延长，整个大厅和大厅里的一切渐渐消失了。他的声音，他的眼神，他的笑声。使她堕入茫茫云雾中，她感到了与他聊天是那么轻松、愉快、并且有趣。

然而，她还是感到了内疚。他如珍贵的礼品，命运却把他送错了地方。“我不得不告诉你”，她窘迫地说：“你的雷达机需要换零件啦，我不是莉娜，我叫艾米•西蒙斯，在一家商店里当助理推销员。”他望着她，沉默了，脸上扬起困惑的神情。“别开玩笑，你想要我的命吗?”迈克固执地说。

“是真的，我不是你要找的那个姑娘。”

他俩静静地坐着，彼此望着，她的心跳得更厉害了，“天哪，我竟爱上他了。”可她还是克制了感情，艰难地说：“莉娜可能已经到这儿了，正在找你呢。”

他压低嗓音：“你看见一个高大的金发女子吗?”

艾米看看四周，支支吾吾地说：“在对面墙角，她刚走进来。”

他迅速回过头，然后转过脸来，神情极其冷淡：“她不是我要找的类型。”

“可是……你该过去看看。”

迈克不慌不忙地站起来，对艾米说：“别走，我会回来的。”

望着他远去的背影，艾米为自己怅然若失的心情惊讶。她发现迈克对那女子说着，而那女子却摆了摆头。

他回来了，十分兴奋。“搞错了，她不是马丁小姐，是马丁太太。”

艾米很清楚，咀嚼这种憾事的苦涩只是时间的早晚罢了。“和你约会的那位姑娘会来的，她不应看到你在同我谈话。”艾米站起来，朝他淡淡一笑，“再见，愿您度过一个美好的夜晚。”说完。她转身要走。

“嘿！”他急切地说，“你没有理由一定要离开。您可以坐在这株棕榈树的那一端，我不希望和您断掉联系。”

她没有拒绝迈克的力量，坐在了盆景的另一端。透过树叶间的缝隙，她可以清楚地看到他的身影。他们的目光不断地注视着那扇门，每当转门一动，艾米的心就紧缩。

10分钟过去了，迈克•法雷尔站起来，绕过棕榈树，激动地说：“她失约了，已经过了25分钟，我们走吧！”

艾米踌躇不定，但还是张口：“您该再给她20分钟。”

“10分钟，”他咬了咬牙说。

“15分钟吧！”她的声音颤抖了。

“12分钟，行啦！”他声色俱厉地说，“这是我的最后决定。”

“好吧，12分钟。”

他俩又回到棕榈树两端各自的座位上。此时艾米的心情糟透了，她焦灼的目光不断地往返于转门与时钟之间。每当一个金发女子出现，她的心就紧缩；每当一个黑皮肤女子出现，她就迅速地松口气。

5分钟过去了，7分钟、8分钟……，她发现自己正在默默地祈祷：万能的上帝，美妙的时刻已在我和这男子间出现，请别夺走它吧……

12分钟终于逝去了，她和迈克不约而同地跳起来，可立刻又愣住了：一个年轻迷人的金发女子走进来。

艾米意识到末日来临，“那是你的莉娜，”她呆板地说。

迈克沉默了。

“你该过去了。”

他依依不舍地看着她，“是的，我该过去了。”

她再次目送他远去。看着他到那女子跟前同那女子说着什么，那女子点着头。他俩开始交谈了。

艾米倚靠着椅子，置身于失望的沮丧中。

当她从痛苦里抬起头时，被一种喜悦攫住。虽然他俩仍在一起，可出现了第三者——一个黑头发的小伙子。那女子面颊绯红，在讲着什么，而那小伙子打量着迈克，后来，那女子和小伙子都笑了，高兴地和他握手。接着，他俩走了，迈克急冲冲地朝她跑来。

“怎么回事?”艾米跳起来，忍不住大声喊道。

他语无伦次地说：“他们希望我和他们一块儿去吃饭，作为他俩的客人，一起玩三人游戏。”

“玩三人游戏?”

“是的，他们不想使我扫兴，她感到很抱歉。3周前，她和那小伙子闹翻了，通过梅恩说想见我。可今天下午他俩和好了。”他吸了口气，接着说：“她迟到了，她本想在电话里向我解释……”迈克刹住了话音，久久地伫立在那里，仔细地端详着她，他俩的目光交织在一起，迸射出热烈的光辉。

紫酱色的夜空，繁华的街道，色彩斑斓的车群像涓涓流淌的彩河，五光十色的夜灯和如璀璨的群星。

一切，都那样美好。

怎样生活？一些人千方百计逃避生活，另外一些人把自己整个身心献给了它。

模特儿

一大清早，伊弗雷姆·伊莱休就打电话给艺术学校，问接电话的女人怎样才能找到一个有经验的女模特儿，供他画裸体画。他告诉那个女人，他想找个30岁左右的："你能帮助我吗?""我不记得你的名字，"接电话的女人说，"你以前跟我们打过交道吗？我们有些学生愿意当模特儿，可通常只是为我们认识的画家。"伊莱休说没有，他想让人以为自己是个以前在艺术学校里学习过的业余画家。

"你有工作室吗?"

"有一间光线充足的大起居室。我不是新手，"他说，"可过了这么多年再开始画画，我想画几张裸体习作来找回对人的感觉。如果您想了解一下我的素描能力，我可以拿几张给您看看。"

他问她现在雇模特儿的费用，那个女人沉默了一会儿说："1小时6美元。"

伊莱休说他对此很满意，他想再谈下去，可对方并无此意。她记下了他的姓名、地址，并说她认为可以替他找一个人，不过得后天来。他对她的帮助深表感谢。

那天是星期三，模特儿是星期五上午来，她在前一个晚上来了电话，约定来的时间。9点过后，伊莱休家的门铃急促地响了，他立刻去开门。伊莱休是个70岁的白发老人，想到自己能够画这个年轻女郎，不由得异常兴奋。

模特儿是个相貌平常的姑娘，大约27岁。老画家认为她脸上最好看的是那双眼睛。老画家喜欢上她了，但他没把这一点露出来。她简直没向他看一眼就稳稳当当地走进了房间。

"你好。"他说。她也回答说："你好。"

"你妻子在家吗？"她往房间里看了一眼。

"不，我是个鳏夫。"

他说他有过一个女儿，可她已经在一次车祸中死去了。

模特儿说她很难过。"我要去洗澡间换衣服了，只需一小会儿。"

"你不必着急。"伊莱休先生说，心里可暗暗高兴自己马上就要画她了。

佩里小姐进了洗澡间，在那儿脱了衣服，很快就回来了。她利落地脱下了身上的毛巾布浴衣，她的头部和双肩都十分纤巧，线条很美。

他慢慢地调颜料，她一直看着他。

伊莱休没有立即注视她的裸体，只是说希望她能坐到窗边的那张椅子上去。他们面对着后院，那儿有一棵刚长出叶的樗树。

"你要我怎么样，要不要迭起腿？"

"怎样坐都行，你怎么舒服就怎么坐吧。"

她在窗边那张椅子上坐下来了，一条腿搁在另一条腿上。她的身材很不错。

"这样行吗？"

伊莱休点点头："好，很好。"

他把画笔蘸入桌面上已经调好的颜料，接着对模特儿赤裸的身子瞥了一眼，开始作画。他总是盯着她看，接着又很快地把目光移开，好像怕冒犯她似的。他一副心不在焉的样子，显然并没有在好好作画，而是时不时地盯着模特儿看，可也没有老是看她。她看来并没有意识到这一点。只要她一转过去观察那棵樗树，他就立刻琢磨起她坐在那儿能看到些什么。

接着她开始很有兴趣地观察起这位画家。她看着他的眼睛，看着他的双手，他不知道自己有什么地方不对头。大约过了1小时之后，她不耐烦地站了起来。

"累啦？"他问。

"不是。"她说，"天哪，我真想知道，你以为你自己是在画画吗？说实话，我看你连作画的第一步都不懂。"

他大吃一惊，伊莱休轻轻地喘息着，濡湿了干燥的嘴唇，说他并不认为自己是个画家，在打电话给艺术学校的那个女人时，他已经尽量把这一点完全讲清了。

接着他说："也许我请你今天来这儿是犯了个错误，我想我本该再对自己作一番测试才对，那样的话我就不浪费别人的时间了，我想我对自己想干的事儿还没做好准备。"

"我不在乎你要对自己测试多久，"佩里小姐说，"说实话，我认为你压根不是在画我。事实上，我觉得你对画我并不感兴趣，你感兴趣的是找个借口用你的眼睛在我的光身子上溜来溜去。我不知道你这个人的需要是什么，可我很清楚你们这种人多半对画画一窍不通。”

“我想我是犯了个错误。”

“我想是这么回事。”模特儿边说边披上了浴衣，系紧子带子。

“我是个画家，”她说，“因为穷才来当模特儿。我对一个冒牌货是能认出来的。”

“我可不认为有这么糟，”伊莱休说，“只不过是我没有尽量把自己的情况跟艺术学校的那位女士解释清楚罢了。”

“出了这样的事我很抱歉，”伊莱休声音嘶哑地说，“我本该想到这超出了我的能力。我已经70岁了，我一直是热爱女人的，到了我这个岁数，我没有什么亲密的女朋友了，真叫人伤心。这就是我想要画画的原因之一，不过我并不认为自己有多大的才能，而且我想我也没有认识到自己的画艺已经扔了多少。我不仅忘了画艺，也忘了女人的身体。没有想到你的身体会如此吸引我。同时，我也忘了自己的青春已逝。我很抱歉打扰了你，给你添了麻烦。”

“打扰我是要付出报酬的。”佩里小姐说，“不过，让我到这里来，忍受着你的目光在我的身体上爬来爬去，这种侮辱你是无法赔偿的。”

“我不认为这是侮辱。”

“可我就有这种感觉。”

接着她叫伊莱休脱下衣服。

“我！”他吃了一惊，“为什么？”

“我要给你画幅速写，把你的裤子和衬衣脱下来。”

他说他差不多从来不脱贴身内衣，可她面无笑容。

伊莱休脱下衣服，为自己在她眼中的形象羞愧万分。

她用飞快的笔触画下了他的形体。他并不是个难看的男人，可是被画得很难看。她画完后，把画笔蘸上黑色的颜料，涂在他留在画上的脸部，画上留下了一大块黑污。

他眼睁睁地看着她发泄仇恨，一声不吭。

佩里小姐把画笔扔进废纸篓，然后走回洗脸间去换衣服。

老人按他们先前商定的数目开了一张支票，他羞于签上自己的名字，但他还是签了，把支票递给她。佩里小姐把支票塞进她的大钱包，走了。

他想，虽然她不够仁慈，但就他本人来说还不算难堪。接着老人自问：“现在，我的生活中就不会有比这更美好的事了吗？留给我的就是这个吗？”

回答看来是肯定的，他为自己一下子就变得这么老哭了。

然后他拿开盖在画布上的毛巾，竭力想要补画上她的脸，可他已经把这张脸忘了。

时间的价值就像金钱的价值一样：完全体现在如何使用上。

爱的示意

为给女儿黛娜找件衣裳好让她参加化装舞会，我在阁楼的旧衣箱里翻来翻去，目光突然触到一只用绸带系着的小盒。我早已忘了里面的东西，不过既是用绸带系着，我想一定装着些有纪念意义的物品吧。

坐在阁楼里，我听见丈夫汤姆在托德的屋里叮叮当当地敲打着。星期六汤姆尽做这些木工活儿：上星期为我做了一只花架，今天又在给托德做采石标本箱。

我提起小盒忙忙地解开绸带，就在揭开盒子的一刹那，我想起了里面的物品——我怎么忘得了呢！这里是我幼年时光的乐园，后来又盛下多少少女的梦幻！里面装有我第一件圣瓦伦丁节(情人节)的礼物，汤姆送给我的；还有一条坠有金足球的链带，那是汤姆上大学时参加校运动队得的纪念品。

我一层层揭开我们相处的岁月：一朵枯萎的玫瑰，我18岁的生日项链，缠绵的情诗和略带伤感的书信……

往事如潮，我又回到初恋的时光，那金子般的岁月。有多少酸苦而又甜蜜的争吵和泪眼的和解；有多少青春的狂热和缱绻的相思。

汤姆曾是那样专注，那么痴情。

一颗泪珠滴到绸带上，我烦躁地揉了揉眼，提醒自己：“兰·纳茜，34岁的人了，还有什么浪漫可言?”

一种近似悲凉的情绪袭上心头：好久了，汤姆再不送我华而不实的礼品。我从不怀疑他仍然爱我，当我俩躺在床上悄谈，当他的双臂有力地拥抱着我时，一切仍是那样充实甜美。可我仍然怀念以往溢于言表的恋情，盒里装着的爱的表白。

晚饭时我有些抑郁，托德和黛娜谈得正热火，丝毫没有留意我的情绪，可我知道，有一双眼睛正关切地注视着我。汤姆端了一盘碟子随我走进厨房：

"兰，有什么心事，能不能告诉我?"

我似乎很为难，话说不出口。我揩干手，从罩衫里掏出那条足球链：

"还记得不?"

"嗨!"他容光焕发，高兴地咧嘴笑了，"从哪儿找到的?"

"阁楼的旧衣箱，一只小盒里。"

"盒里还有好多东西，"我说，"有礼品、有诗、还有我俩来往的书信。那时节我们多浪漫，多亲密！像是生活在梦里。"

"兰……"他看得出我要哭了，伸手把我搂在怀里。

"那时你爱我爱得——爱得那么深，"我贴着他的格子呢衬衫喃喃地说，"我们是怎么了，汤姆? 当初的柔情哪儿去了?"

"是生活改变了我们，兰。我们从梦中挣脱出来，开始了现实生活。"

"可它多美好！不该变的，我们不该失去那一切!"

他搂着我的手轻轻松开了。

"是的，那一切确实美好，可谁又能永远保持那种激情呢? 总要变的。你觉得我们失去了什么，真叫我难过。"他从椅子上拾起报纸，离开了厨房。

我开始涮洗精致的餐具，抚慰自己心灵的创痛，没有考虑他是否也受到刺激。我记起艾米莉姨妈生前送我餐具时说的话：

"记住，孩子，这餐具每天都要用。"

看着我不解的神情，她又说：

"只有不断使用的东西才有其永恒的价值，用的时间越长，它就越珍贵，而它自身也在不断的使用中增色。"

我看了一眼手中的银匙，它的光泽柔弱，却富丽深沉。这些年来我们的银餐具越来越漂亮，我知道，这些银餐具丰富了我生活的岁月，它们本身也更富有价值。

我凝视着窗外。花木丛生的庭院，溶入淡淡的暮霭之中。院围艳丽的玫瑰，丛丛的花木都经过汤姆精心的栽种和修剪。他搭的储藏室，此时多像一坐童话世界的小木屋!

那时汤姆热切地拉着我的手，来看他安在储藏室的蓝色白边的门。

"我自知比不上莫戈帝的灵庙，"他得意地扬扬手，"不过还有点风格，对不对?"

“挺有风格哩!”我又是高兴又是羡慕地赞同。

哦，还有，还有他给我的非洲紫罗兰设计的花架，还有托德的采石标本箱——“水晶宫，妈妈，这简直是水晶宫”——又是一幅爱的杰作。

这些不过是汤姆最近赠送给家庭的几件礼物，他送了我们多少礼物，这些礼物又倾注了一个真正理解了爱和关怀的男子多少心血!

我怎能因为他不再有爱的示意，就认为这是自己生活的缺憾呢?一只纸盒可能容纳我们婚前深深的爱恋，而这个家、却包含了我们日益丰富的人生。

我在围裙上揩干手，听见电视机声，我想，汤姆一定在看晚间新闻，我去找他。

走到门前，我停住了脚步——屋里空无一人。我知道伤了汤姆的心，不过他总有解脱的办法:把每件事在脑中过滤，想法一一解决。

我转身正要走开，差点撞到他的怀里，他默默地站在我的身后。

“啊!”我的声音颤抖了，“我正找你哪!”

“我不是在这儿吗?”

“汤姆……

他从背后伸出手，啊!一朵用信纸包着的玫瑰花——最心爱的花。

“小心点，”他说，“当心刺。”

我扑过去，紧紧拥抱着他。

“是真的，兰，我们不可能回到18岁，但爱的示意无论哪个年纪都是美妙的。”他吻了吻我的前额。

“本想再附首诗，可是……”他双唇摩挲着我的脸颊，“有些东西远远不是语言能概括的。”

行动者常常不如评论者高明，但评论者往往没有行动。

摘掉蒙眼布

没有任何人可以教会我们在人的感情与公务发生冲突时，如何做得四平八稳，八面玲珑。

作为一名急诊室护士，我几乎每天都看到病人死去；为了对付这些场面，我学会了给自己戴上那件被我称作“感情蒙眼布”的东西。我的职业特性使我变得冷酷无情，对我所看到或感觉到的痛苦无动于衷。

直到有一天，一辆救护车把比尔送到了我们这里来，我的态度才开始改变。

比尔是一位已开始秃顶，大约60多岁的男性病人，正患心肌梗塞，胸痛剧烈；他的皮肤苍白、发凉，脸上充满恐惧表情，这都说明他的病情非常严重。

当时我注意到有人正把一位妇女和两个年轻人领到等候室去，无疑，他们是比尔的妻子和儿子；但我并没有时间去考虑他们，面前这位危重病人需要我们照顾。我和一位医生及另一位护士开始采取一切我们所知道的必要措施来努力抢救比尔。

我们把监护器连接到比尔身上，开始让他吸氧，并给他滴注硝酸甘油。

“给我止止痛吧，可以吗?”比尔恳求道。

我们又给他通过静脉注射吗啡，但看来这并没起作用，比尔的病情迅速恶化。

“我快要死了！”他反复地说。

他这个预言使我忧虑万分。常常有这样的事：患者自己比我们更早地知道他已临近死亡。我也深知我们所做的一切努力对比尔都毫无帮助。

比尔突然睁开双眼说道：“海伦，我爱你，再见。”他随即进入了昏迷状态。监护器上显示出心室纤维性颤动。

我们用尽了制定好的一切措施也没有能够把比尔救活。我和另一位护士站在病床两侧绝望地互相对视着。比尔临终时所说的话是要对他妻子说的，但是她当时留在等候室里，听不到他说的话。

以后，当我有时间回想起这件事情时，我认识到自己实在对不起这位病人——这并不是因为我们没有把他救活，而是因为我们没有在他生命的最后时刻让他所爱的人陪伴着他。比尔临终时，围绕着他的只有陌生人，而他那心碎了的妻子和儿子们却不得不在他死后才向他告别。

太晚了！

我开始考虑：我们的病人所爱的人们也许比我们所想象的更坚强；也许我们不应该把他们和病人分隔开。我下了决心再也不要让病人在见不到他们所爱的人的情况下死去。

但这个决心不久又被我置于脑后，直到拉尔夫和他的妻子走进我们的急诊室那天，我才又想起它。

那是个星期天，危重病人一个接一个地到来。我们忙忙碌碌地工作了整整一上午以后，正要坐下来休息片刻，希望能吃上一顿不受干扰的午饭，而且下午的工作会轻松些。可就在这时候，拉尔夫进来了，他脸色苍白，神色恐慌，大汗淋漓。

“我想我的溃疡病又发作了。”他一边喘息着一边说。

这并不是什么溃疡病发作。

我们把他安置在心脏病病床上，又迅速开始了工作。我们给他插入静脉导管，又让他吸氧。

心电图监测记录显示出大块心肌梗塞。

10分钟后，拉尔夫说他自己觉得好些了。但不久他又觉着痛；因为疼痛的折磨，他的脸部表情变得非常难看。正当我们忙着抢救他的时候，他却要求见见他的妻子：

“菲菲和我刚结婚不久，我真希望她能在我身边。”

我看到他眼光中流露出的恐惧神色，我又想起了比尔。我立即去找到拉尔夫的妻子，虽然我知道这样做是要冒一定风险的：菲菲晕倒了怎么办？拉尔夫就在他妻子面前死去怎么办？如果我们要对拉尔夫进行复苏术，那么怎样才能把菲菲拉开，以免她妨碍我们工作？

我向菲菲简单地讲述了拉尔夫的病情后，她要求稍等一会以镇定一下自己，随即便跟我走到她丈夫身边。

“谢谢您，谢谢您让她到我这里来。”拉尔夫紧紧地拉住他妻子的手对我说。

有位护士反对我这样做，但她很快又抑制住自己。由于有菲菲陪伴着，拉尔夫的病情明显地得到缓解。虽然他仍未脱离危险，但是他不再精神紧张，他那忧虑不安的心情也似乎减轻了许多。

就在这一天不久以后，拉尔夫度过了病情最危急的时刻，被转到冠心病监护病房去继续治疗。这时候我又有了机会来思考我所做过的事。由于满足了拉尔夫的要求，也许我多少违反了一些规章制度，但我相信我的决定是正确的。对拉尔夫来说，他妻子在场就是最有效的药物；不管发生什么事情，他也不会是孤零零一人。

当拉尔夫的心肌梗塞痊愈后，我更进一步确信我做对了。在他出院那天，我到冠心病监护病房去和他告别，看到他和菲菲两人都笑容满面。

“她给了我巨大的力量；如果没有她，我真不知道如何熬过这场大难。”拉尔夫对我这样说着，他的目光却一直没有离开菲菲。

当我目送他俩走进电梯时，我默默地感谢比尔，因为是他把我的蒙眼布摘掉了；也因为是他帮助我更清楚地看到我对我的病人以及他们的家属所欠下的一切。

人的幸福十之八九有赖健康的身心。

唱片

我和弗雷德几乎没有什么共同点，可不知为什么我们却是好朋友，也许是他那双灵巧的手吸引了我。弗雷德善于制作各种东西，他制成的每一样杰作都是那样完美逼真，有时真让我嫉妒。

比如，我无意当中说出我的哪本书破得不像样子了，准备将它扔掉；弗雷德就把那本书拿回家，几天后就能带回一本装裱一新的书。

要是我打碎了一只花瓶，碎得一塌糊涂，弗雷德却能把它重新拼粘起来，甚至专家也看不出什么破绽。

我属于那种好高骛远，志大才疏而异常懒散的人。工作之余(鬼知道这工作多么无聊)，唯一感兴趣的是欣赏一段古典音乐，我收集了一大堆唱片。整天从早到晚，我都在想快点回家，听一曲交响乐或协奏曲。

我也试图使弗雷德对音乐感兴趣。当我激情大发的时候，能够滔滔不绝地讲上几个小时，大谈音乐之美。而弗雷德却聚精会神地凝视着壁炉上的那只黑色猴子雕像。我怀疑他什么也没听进去。他说：“我真希望哪一天也能制成那样一件工艺品。”

一个星期六下午，我比往常回家得早。逃离办公室回家是我的一大爱好，这是我唯一动作利索的时候。这天我更是超出以往的速度，因为我刚买到一张新唱片，是舒曼的钢琴协奏曲。

我简直是迫不及待了。

当我听完两遍的时候，弗雷德来了，也许是音乐的魔力，我比以前更高兴见到他，我激动地跟他谈起这张唱片。它是多么应该听一听。他一声不吭，坐稳后却问我把那只小黑猴子弄到哪儿去了。我不耐烦地说佣人不小心碰到地上摔碎了，我早把它扔了。弗雷德大叫：“太可惜了！”

我不理他，重新把唱片放上，命令他好好听音乐。我确信他肯定会喜欢。等我端着茶水从厨房回来的时候，第二乐章刚刚开始，我立刻随着唱片大声唱了起来。等我唱完了，才突然想起我让弗雷德听的是舒曼的钢琴协奏曲，而不是我的优美的伴唱。

我回头看看弗雷德，把茶杯递给他，猛然发现他的表情有些异常，眼睛里闪着一种好奇光芒，好像刚刚意识到了什么，甚至有一会儿他竟咧嘴笑了。天呐，他终于在听音乐啦！

等我把茶盘送到厨房再转回来的时候，发现他竟然在捧着那张唱片。如此娇贵的东西被他那双又大又粗糙的手抚弄着，我真想告诉他小心别弄坏了唱片，可心里太高兴了，不忍心破坏他的情绪。

“你喜欢吗?”我急切地问。

“噢，是的……是的……”

我不知道究竟是什么占据了我的心头，竟毫不犹豫地说，“如果你喜欢，就送给你。”弗雷德又惊又喜，“真的？给我唱片？不，不，我不能要……”

“拿去吧！”我慷慨地说。

“太谢谢你了。”弗雷德兴奋地走了。

几天后，弗雷德来了，胳膊下夹着个盒子。他笑嘻嘻地把那盒子递给我，神秘地说道：“一件小礼物。”

我把盒子打开，惊讶地看到了那只被我摔碎并扔掉了的小黑猴子。一模一样。

“这是你自己制作的吗?”我简直不敢相信。

“正是。”弗雷德开心地笑了。

“怎么作的?”我问。

“噢，非常容易，”弗雷德说，“我从一本杂志上得到的启发，你只要把一张唱片熔化，就可以塑造出你想要的任何形状的东西！”

灵魂有时真像是一口庞大而沉重的箱子。

风的心愿

汉特夫人在卧室里找到了正哭哭啼啼的她。夫人紧张地问：“斯芬娅，我来借点糖。门开着，我就进来了，到底发生了什么事?”

斯芬娅擦干眼泪，颤声说道：“你好，汉特夫人。没什么事。”

汉特夫人撇了下嘴：“真的没事吗？是因为杰普要离开这儿去坎吞，对吧？肯定是这样。”

斯芬娅把头发从眼睛旁拨开，“我不会这样，”她气呼呼地嚷道，“我不会的。”

“嗨，”汉特夫人说，“‘一个男孩的心愿就像是风的心愿。’这首诗说的是世界上最正确的事。违背它不会带来任何好处。记住这句话，你就会想开点了。”

“我不会一辈子从一个地方跑到另一个地方，而没有留下任何东西，没有家，没有——什么都没有！我不会！”

“他要走的话会失去工作的。”

“不！他会和我失去的一样多。我才不信那些老观念，什么女人只是奴隶，得跟着男人到处走，不管他们想干什么事。”

“那么你打算怎么办呢?”

斯芬娅低下头，然后用手绢擦干面颊，“我不知道。”她说。

“你当然不知道。你只是个孩子。”汉特夫人说，“除非有人告诉你怎么去做，而且是个知道怎么去做的人来告诉你。”

斯芬娅并没有被打动，“你要告诉我什么呢？汉特夫人？我和他吵得都快发疯了，可他——几乎不愿再听我说。他已经下定决心要去新鲜的地方，当那儿不再有新鲜感时，他又要去……"

"'一个男孩的心愿就像是风的心愿。'"汉特夫人说，"那首诗就是这么说的。越大他们越明白这一点，我想，"她撇了一下嘴唇，看着斯芬娅，"像汉特先生。"

斯芬娅抬起头，惊奇地说："你是说汉特先生以前也——"

"他是世界上最难留住的人。他对一切都感到厌倦，这是一种懒惰，是这样。但他留在了这儿，不管怎么说。"

"为什么？"斯芬娅问，"你怎么做的？"

汉特夫人说："每当他变得急躁不安，想离开这儿到其他地方寻找他认为更好的东西时，我总是由他去，我一点都不阻拦他。"

斯芬娅看上去又失望又迷惑："哦！"

"但是，"汉特夫人意味深长地说，"我总是带着他去旅行。只用一周左右时间，我让他每分钟都忙个不停。然后，当他重新回家时，他对来回奔波感到十分厌倦，你就是给他1000美元他也不愿再走了。"汉特夫人问："你发现男人的特点了吗，斯芬娅？他们喜欢开始行动，但他们更喜欢早点回家。"

斯芬娅怀疑地说："杰普好像不会——"

"可能他不会。我想每个人都该有自己的主意，都应当有自己的生活。但是汉特先生说磨房要关闭一星期，如果杰普能在一周内开车旅行，从一个地方到另一个地方，连口气也不喘……是的，一个男孩的心愿就像是风的心愿——这意思是说风总会很快改变方向的。"

"如果他不想去呢？"

"嗯，你告诉他去坎吞以前你想做一次小旅行。如果他认为你同意他走，他会答应的。试试看。"

他们一起前往密执安，向西去威斯康星，穿过明尼苏达、爱荷华、圣路易斯和孟菲斯，向东到诺克斯尔，又经过路易斯尔才回到家。

旅行一共有6天。每一天斯芬娅都安排早早起床，天亮时他们就已经在高速公路上了。她不停地计划着下一站要参观的地方，直到深夜。她常常叫杰普在路边的摊点旁停下，塞给他热狗、软饮料和糟糕的咖啡。

第三天，她看到杰普眼里疲倦的神色，又奇怪又高兴。

汉特夫人在他们回来的当天过来还借的糖。她说："哦！"然后满怀希望地停下，双手端着盛糖的杯子。

"今天他去上班了。"斯芬娅说，声音略带疲倦，"他这几天再没提到去坎吞。"

"嗨！到家后他说什么？"夫人问，"他从来没有感到家对他这么美妙吧？"

斯芬娅点头。她坐在厨房的椅子上，有好一会好像走了神。

“一个月内你都很难拉他出去看场电影，我告诉过你‘风的心愿’。他们都一样，所有的男人。”她把那杯糖放在厨房壁柜里，看着斯芬娅，“但是我看你并不怎么高兴，斯芬娅，你累了。”

斯芬娅下巴支在手上，叹口气说道：“我想我对这个小城有点厌倦了，我正在想，昨天我们回来的时候，它看上去那么——那么破旧，那么脏，无聊和乏味……我想到我们要一辈子呆在这儿，没有任何新东西，除了同样破旧的……哦，我正在想。”

汉特夫人退了一步，紧紧盯着斯芬娅，然后说：“你只是累了，斯芬娅。天哪，这次漫长的旅行——”

斯芬娅抬起头，眼里闪着光。“但我不累，”她说，“我玩得痛快极了。”

一个男孩的心愿就像是风的心愿。

火车上的邂逅

火车上的邂逅人们总是因为“自知”而不敢向前迈出蹒跚却暗藏潜力的一步！其实自知有时只是一种借口，为固步自守的平庸精装成花边也好常常挂在嘴上。胜与不胜往往只是一念之差。

便条传递的爱

贴在电话机上方的一片小黄纸是给我大儿子的，上面潦潦草草地写着："你的车子没油了，停在第47大街皇家饭店附近。我不知该怎么办。"落款"无名氏"。这是他的某个弟弟或妹妹写给他的。

我们这个大家庭的成员们来去匆匆，相互间不容易碰面。自然地，写便条成为一种主要的交流方式。条子随便地贴在厨房电话机上方的橱柜上，因为这地方大家都会看见。发明这种留言条的人在我的心目中的地位是仅次于电话发明者贝尔的。感谢这种便条使得我的家人们学会了一种简洁而有益的交流方式。

看看这张写给我的没署名的条子，"爸，有人给你来电话了，说是有要紧事。他好像说在华盛顿，可我忘了他叫什么名字。"

我的孩子们学会了写这样的条子使我确信所有这些教育并不会白费，他们正开始相互理解，建设性地沟通与交往。这也预示着美好的未来。

例如，上小学的儿子安迪贴了一张条子，是给比他稍大的哥哥的。上写："比利，你这坏蛋，昨晚你没擦地板就跑了，只好由我来干！可这是该你干的活，因为你输了。如果你再这么干，我要让你四脚朝天。别忘了今晚把我的擦桌子的活给干了。你，哦，我想应该干得好些，别让我多费口舌。"下签："你的朋友，安迪。"

我不知道有没有完全说清楚这些条子的作用。那么就让我们来分析一下这种细心的外交式辞令吧。安迪首先向比利表达了自己的不满，因为比利该干的活没干就跑了，只好由他安迪代劳。然后又说明了如果再发生这种事情他将采取更有力的方式来表达自己的不满。最后安迪还要求比利在当天晚饭后把他的活也代干了，来弥补自己的过失。并且要做好，别让他安迪成为父母指责的对象。谁还会说孩子们不会写作呢？

再看看我两个女儿间坦率的交流吧："别以为你早晨先起来去上课就可以想穿什么就穿什么！如果你知道什么对你有好处的话，我希望你今天晚饭时把我的衣服洗净烫平后放在我的衣橱里！顺便说一句，杰夫来了。因为你不在，所以我就穿戴着你的衣帽、手套和他一起溜冰去了。谢谢，亲爱的！"

瞧她多么会利用时机大肆渲染气氛，发泄不满，然而条子里却包含着另一种信号——不会有持久的对抗的危险——以“亲爱的”结尾。

再瞧瞧她姐姐是如何答复的：“你这小偷，讨厌的家伙，多么无耻的人!!! 穿着我的衣服，跟我的男朋友一起去溜冰!!! 我希望你立刻将这一切统统归还！否则你瞧着吧。

毫无疑问，这些便条使得我的家人之间更亲密了。

看看出自上大学一年级的女儿的便条写得如何？她端坐在厨房的餐桌旁，嘴里还得意地哼哼着，最后漫不经心地将它贴在柜门上。是给她大哥的：“你这耗子，借了我的钱，就把我扔给那个笨蛋，而你自己却带着你那个浅薄的家伙开车跑了！我要你今天还我钱，否则你永远别想从我这里借钱，永远不要再请我去参加什么晚会！永远！”最后签名“爱你的”。

“你真是这个意思?”我不禁要问她。

“当然，”她说，“那个讨厌的家伙邀我去参加校园晚会，并给我表演了一个极受欢迎的歌舞‘美男子’。美男子迎合我是想我的钱。这就是他的阴谋。他借了我的钱，然后就把我硬塞给那个‘DDUS’之王。”

“那个‘DDUS’是什么意思?”

“既笨、又哑又丑。”她解释道，“那个家伙竟还是世界冠军！爸，这简直不就是世界的末日吗!”

“那么你在落款处写上‘爱你的’是什么意思?”

她十分好奇地瞅着我说：“当然了，他是我大哥，他会为我做一切的！爸，当你和别人谈话或给别人写信时，你要记住将来某一天或许会求到他呢。”

多么有见地！不要说这些便条的交流不会加速年轻人学习处世的进程！我认为恰好相反。想到这我禁不住也抓起笔开始写我的便条：“如果以后哪个急躁鬼给我写什么‘华盛顿有人给你来电话说有要紧事，但我忘了他叫什么名字’一类条子的话，我将毫不留情地追查到底，坚决消灭!”落款：“爱你们的，爸爸”。

“那么你在落款处写上‘爱你的’是什么意思?”

情书风波

上午课间休息时，教会学堂的校长走进男生群中冷冰冰地说："苏亚雷斯，学监神父打电话叫你去。走吧！"我顿时慌了手脚。这是为了孔恰，对，是为了孔恰！

我慢腾腾向对面的女校走去。教会学堂的男校、女校就像美丽村庄中两个巨大的养蜂场并立一处。在男女生之间总是互相寄送着表露强烈的，也是转瞬即逝的爱情的诗篇。

孔恰头发金黄，眼睛碧绿。我给她写了什么？已经不记得了。我们在小教堂听戒律弥撒时，她用含笑的不安目光对我表示了赞赏。

我垂头丧气，诚惶诚恐地肃立在学监神父面前。孔恰也被带来。她眼里噙着比大海还深的泪水。我知道，这下我俩完蛋了！

在死一般的寂静中，突然，他咆哮起来："这么说，苏亚雷斯先生曾勇敢地给这位小姐写了情书，大胆地求爱？"

他抖落着我给孔恰的信。

难堪的沉默……

"这么说，孔恰小姐芳心默许已经是你的未婚妻了？"

我的天！事情比我想的还可怕！孔恰禁不住大放悲声，我也啜泣起来。

无情的审判官恶狠狠地吼道："只能这么办，我立刻举行仪式，给你们证婚！"他粗暴地摇起小银铃命人准备檀香、点燃香炉。孔恰顿足哀求："不，教士、神父、学监！我再，再也不接男生的信了！我不愿结婚呀……呜……"

"神父。"我胆战心惊地祈求，"我向你保证，以后我决不给女生写诗了。如果在学校里结婚，我妈妈该气死了。我不愿意结婚！"

好一阵沉默。不祥的檀香在缭绕……

神父的心似乎变软了。"好吧，我不让你俩结婚了，不过，你俩每人必须挨六戒尺。"我们两个罪人提心吊胆不敢吱声，只好点头表示同意。他举起一根很长的、上面钻着一百个小孔、抡起来嗖嗖响的戒尺对我的"未婚妻"命令道："把你的手伸出来，先打你！"孔恰抽噎着乖乖地伸出手。

此刻，在我心中打盹的堂·吉诃德从他的瘦马上挺立起来，发出神圣的呼喊。

“神父，”我坚决地请求，勇敢地跨上前，“请你打我十二戒尺，让我承担她的……”我用挑战的目光盯着他，重复道：“请打我十二戒尺吧！”“我不反对”。他冷冷地说，“伸出双手。”

寂静的房间里响起劈劈啪啪的戒尺声。孔恰不再哭泣。她碧绿的大眼睛凝望着我，瞳仁里激荡着海洋一样深不可测的东西，这是对我所受惩罚的嘉奖！当我俩由神父跟随走进校园草坪时，

小树上正有一对小鸟在亲吻，享受着早晨的甜蜜快乐。我俩对望着无言地问询：“为什么它们不挨打呢?!”

小树上正有一对小鸟在亲吻，享受着早晨的甜蜜快乐。

爱情的珍珠

道德家认为，珍珠比最璀璨绚丽的宝石更加可爱，因为它是一种生灵经历了痛楚才生成的。

对此我无话可讲，因为我对珍珠毫不迷恋，它们恍惚迷离的光泽丝毫不会使我动心。同样，《爱情的珍珠》究竟是一则最残忍的故事，抑或仅仅是一首关于美之永恒的精致寓言，这个世代延续的争论，凭我自己的力量也无法判定孰是孰非。

故事出在印度的北方，这里有产生天下最动人的爱情故事的第一流沃土。这个国度充满了阳光、潮水、茂密的森林、成群的山冈和富饶的幽谷。远方天际群山起伏，峰峦和山梁上覆盖的皑皑白雪可望而不可即，终年不化。一位年轻的国王治理着这个国家。他遇上一位国色天香、温柔可爱的姑娘，就娶为王后，全身心地热爱着她。爱情是他们的，它充满了欢乐、柔情和希望，它既细腻入微又大胆而热烈，无与伦比，你能梦想到的一切爱情都不能与之相提并论。他们的爱情持续了一年半光景，忽然有一天，王后被密林中的一种毒刺扎了一下，便香消玉殒了。

王后死去了，国王痛不欲生，一言不发，呆立不动。人们担心他会自杀；他没有儿子或兄弟来继承他的王位。他俯伏在爱妻的灵床脚下，滴水不进；灵床上是王后娴静的遗体，就这样过了两天两夜，后来，国王站了起来，吃了一点东西，平静地四处徘徊，似乎已经做出了什么重大的决断。国王下令把王后的遗体殓入铅与银铸的灵柩。灵柩外面是一口中棺，用最珍贵、最芬芳的包金木料做成；最外面是用雪花石膏做的石椁，镶嵌着珍奇的宝石。国王在池塘边，在花亭、水榭、矮丛和皇宫的楼阁里挨过大部分时光，追索亡妻的芳踪，昔日他们曾厮守在这些地方。他最后回到了大臣们中间，当众宣布了自己的打算。

他说自己再不能去接近别的女人，再不能想到她们了，所以决定找个英俊的青年代替着自己，训练他担负起国王的重担，等这个青年能代替他的时候，就让他去行使国王的权力。而国王本人将毕其余生，竭尽全力，用他的全部资金，用尽所有归他支配的财富去修一个建筑，纪念他那位无与伦比、温柔可爱的心上人。这个建筑应该尽善尽美，比现有的和未来一切建筑都更加辉煌，它落成以后将成为一个奇迹。人们将对它无比推崇，赞不绝口，都期待一饱眼福，从世界各地到这里参观，缅怀王后的芳名和她的一切。国王说，这个建筑将命名为“爱情的珍珠”。

臣民全都同意了他的打算，于是他开始实施了。

年复一年，他终年全力以赴地装修这颗“爱情的珍珠”。人们在一处地方垒起一个用天然石料筑成的巨型底座，从那里可以远眺幽谷对面群山上的开阔雪景。那里有村落、小山和一条蜿蜒的河流，离那里很远的地方还有三个城池。人们把雪花石膏外椁放在那儿，又修起一座精致的亭子。亭子周围是用奇特可爱的宝石做的立柱，还有雕刻得巧夺天工的围墙。巨大石椁上面是亭子的穹顶，上面有尖尖的立角和圆顶，如同钻石一般，精美绝伦。起初，“爱情的珍珠”的规划并不像它后来实施时那么大胆精巧。当时它的规模要小一些，更富于装饰性，外部的镶嵌也更繁复，包括许多透景，还有不少玫瑰的精巧立柱。石椁摆在其中，宛如孩子睡卧在花丛里。当初的圆顶上铺满了琉璃瓦，用银子做框架，用银子相连接，不过这个办法又被别的方法代替了，因为它显得过于致密，没有秀拔腾飞的态势，不足以体现国王不断增长的想象力。

因为，此时的国王已经不再是深爱着年轻王后的翩翩少年，而俨然是一个严肃稳重的男子汉了，他一心只想着“爱情的珍珠”。逐年的努力使他研究了修建拱门、墙壁和飞檐的种种新方法，研究了上百种石料、上百种色彩和上百种效果，这都是他以前没想到过的。他的色彩感觉更高雅、更冷静。过去，珐琅嵌金丝的熠熠闪光使他赏心悦目，而现在他对这些已经兴味索然。现在他寻求的是碧空般的蓝色，是朦胧玄妙的明影，是出人意料的一束乳白光芒，微泛紫色，他在追求恢弘开阔的胜境。他对雕刻、装饰、镶嵌以及所有小心翼翼弄出来的东西全部厌腻了。他提到以前的装饰时说："这些东西挺漂亮。"他把它们用在了附属的建筑上，以免妨碍他的主要计划。他的艺术趣味越来越高。目睹"爱情的珍珠"从雏形渐渐变成一个超越人类的现实，博大恢弘，壮丽无比，人们半是敬畏，半是痴迷。"这个奇迹真了不起啊，"人们私下议论着，"爱情会创造出奇迹来。"全世界的女人，不论她们有没有别的爱人，都爱上了这位感情深挚、气度宏伟的国王。

一条宽阔的走廊从建筑中心穿过。对这片景致，国王越来越关心了。他从建筑内部的门道朝排列着无数立柱的走廊望出去，目光掠过建筑中心的空地(空地上那些玫瑰色立柱早被去掉了)，掠过亭子的顶部，亭子底下摆着那个雪花石膏外椁，穿过一个精心设计的出口，望见了远方群山的开阔景象，万山之王就伏卧在几百里以外的地方。两边是立柱、拱门、飞檐和画廊，高耸欲飞，宽敞而含蓄，宛若一队巨型的大天使隐伏在上帝周围阴影里。人们看到这番严谨的美景，起初欣喜若狂，继而战起来，心生敬畏。国王常常伫立在这里，眼望这番景色，感慨万端，不过他并没完全心满意足。他觉得，在完成自己的任务之前，"爱情的珍珠"的什么地方还有待改进。他总是吩咐在它上面什么些小小改动，或是把刚刚改过的重新恢复起来。一天他说，如果没有那座亭子，雪花石膏外椁会显得更加简洁。他揣度了好一阵，才下令把亭子拆掉搬走。

第二天，国王来了以后一语未发，接着两天还是这样。接着他整整两天没露面。后来他回来了，带了一位建筑师和两位著名工匠，还有个随从。

人们聚在一起，默默地观看，置身于他们建成的宁静而辽阔的空间里。完美的建筑上没留下任何艰苦劳作的痕迹，俨然浑自天成。

只有一件东西破坏了这种绝对的和谐。那个雪花石膏外椁放得有点不是地方。它还像当初那么大，可是，似乎从那时起它就一直在渐渐扩大。它很惹人注目，它打断了连贯起伏的线条。外椁里面是铅银合铸的中棺，最里面是王后——这一切美景的不朽来源。而此时此刻，那石椁仅仅像只小小的黑匣子，在"爱情的珍珠"的宏伟景色中很不得体地摆在那儿，如同有人在蓝宝石般的天上掉下来的一只小旅行袋。

国王沉思良久，但谁也不知道他在想什么。

最后他终于开口了。他指着那个棺材说：

"把那个东西搬走吧。"

道德家认为，珍珠比最璀璨绚丽的宝石更加可爱，因为它是一种生灵经历了痛楚才生成的。

言语难诉的爱

珍妮弗·爱德华是个满头长着乱蓬蓬黑发的小女孩，1972年7月17日出生在俄亥俄州乡村的一所医院里。她的妈妈索尼娅从头到脚仔细地查看了这个7磅重的早产儿，然后小声地感谢上帝，尽管妊娠很不顺利，可孩子看来一切正常！

但是，有一天索尼娅在给3个月的珍妮弗洗澡时，发现女儿的右脚肿得很厉害，这引起了她的注意。她查看了孩子的全身，想找到是否有虫咬的痕迹，然后怀着不安的心情，立即带孩子去找医生。

医生也不能解释是什么原因引起的肿胀。肿胀渐渐蔓延至珍姆弗的整个右脚、右腿和右臀部，右手也肿得有正常的两倍大。在此后两年半的时间里，爱德华夫妇就像生活在一场噩梦中，虽然不断地请教专家，可总是一无所获。珍妮弗的患肢裹着弹性绷带，忍受着不时袭来的疼痛。

最后，丹弗儿童医院的威廉·戴维斯医生做出了严酷的诊断，珍妮弗得的是帕克斯一韦伯综合症。医生还说："这是一种很少见的淋巴水肿疾病，是天生的，原因尚不明。也可以说是一种不治之症。珍姆弗还会有更坏的情况发生，虫咬或搔抓都可能引起致命的感染，她面临的是轮椅上的生活，也许还要截肢。"

索尼娅和爱德华惊呆了。诊断之后，珍妮弗接受了当时唯一的治疗方法——放射治疗，并把患肢包在一种压力长筒袜中，但这些都没有减轻肿胀。

他们决心尽可能地让珍姆弗像正常孩子那样生活，可有些孩子常常嘲笑她。当珍妮弗从学校回来后，索尼娅总能看出她是否哭过，珍妮弗却只字不提这些，她鼓起勇气对待这些事，偶尔还流露出一丝幽默。

"有时男孩子们叫我'大胖腿'或其他什么，我才不在乎呢！"她说，"我就对他们说：'你们长着一个大头，却只有个小笨脑子。'要么我就冲他们挥着我的大拳头说：'这是我的最好武器！'于是，他们就不能把我怎样了。"

当索尼娅带着女儿们去商店时，珍妮弗对姐姐们买新衣服真羡慕。而她因为肿胀的腿，妈妈只好自己动手为她缝裤子。而她的右脚肿得有左脚的3倍那么大，也只得买特制的鞋。

尽管有病痛折磨和受人嘲笑的难堪，珍妮弗还是勇敢地承受了这些。她很顽皮，又很爱运动。她用左侧支撑着身体，学会了骑自行车。在学校，她参加健身锻炼，坚持跑步，尽管拖着病腿老是跑在最后一名。她也花了不少功夫学游泳，她说："在水里，我的两条腿就一样了。"

珍妮弗的祖父——老爱德华，为了孙女日趋恶化的病情深感痛苦，看着她穿着特别的裤子，肿胀的腿露在外面，老人的心都碎了。他觉得没有哪个医生能给孙女以帮助。

老爱德华不断地想办法帮助孙女。爱德华夫妇已经习惯不时从老人那里打来的电话，要么劝他们试着在珍妮弗睡觉时抬高患肢，要么劝他们用一个定型的外套阻止腿再肿大。尽管这些都无效，可老爱德华还是不断地寻找办法。

1980年春天，珍妮弗快8岁时，肿大的右腿出现了溃疡。必须采用某些措施，否则如果发生严重感染，就得截肢。匹茨堡T·D华盛顿康复医院的迈克尔·阿历克山大医生建议，让珍妮弗来做两周的实验治疗，因为该办法对另外一些淋巴水肿的人已产生了疗效。

爱德华夫妇同意了。珍妮弗的腿被一种袖带交替缠裹住，袖带连着一个泵，这个泵按设计压力不断送出气流，以推动淋巴液流向心脏。但不幸的是，这种泵对珍妮弗效果并不大，膝部的肿胀倒是消退了，可脚和大腿更肿了。

老爱德华来看望珍妮弗。当他看见孙女用这种单压力泵时，感到难以容忍。忽然他眼睛一亮：自己年轻时，曾学过工程，而且在当经理时，曾有过7项发明专利，现在第8项专利的构思已开始形成——他骄傲地称之为"我一生中最重要的发明"。

他建议医生，不能把整个腿裹在袖袋里，而是从脚到大腿向上逐渐移动压力推动液体向心脏流动。但是怎样才能做到呢？老爱德华发誓："在上帝的帮助下，我会为孙女做些事情的。"

在以后的三个月中，他一头钻在地下室的工作间里。这位坚毅的老人常常工作到深夜。他对生理学知之甚少，就频繁去图书馆查阅医学书籍。其间，他的心脏病发作了两次，但他毫不理会妻子不许他过分劳累的警告。

一个新装置终于诞生了。1980年11月15日，当阿历克山大医生在自己的胳膊上试验了老爱德华的泵的安全性，便立即决定让珍妮弗使用这种泵。这种新型泵由两个专为珍妮弗设计的袖袋和电子控制系统组成，一个放在右臂上，一个放在右腿上，每个袖袋分成三部分，每部分在特定时间接受特定的压力。

爱德华夫妇虽然满怀希望，但也感到担忧：因为即使泵是有效的，也可能会有副作用，肾脏和心脏能承受得了吗？

第一个星期里，珍妮弗每天用泵8小时，效果明显，看到患腿渐渐消肿，每个人都为之振奋。

一个月后，珍妮弗的右手出现了关节外形。她的眼睛闪闪发光，兴奋地叫道：“妈妈，我手上的骨头都突出来啦！”

在以后的几个月中，她的两条腿渐变得差不多粗细，珍妮弗和祖父愉快地分享每一点进步带来的喜悦。她学会了在自行车上重新掌握平衡，学会了不拖着腿走路。一天，珍妮弗回到家，上气不接下气地对祖父说：“爷爷，我现在跑得比班上的任何人都快！”老人的眼睛湿润了，他感到再也没哪件事比听到这些使自己更幸福、更快乐。

在获得专利后，老爱德华想让一些医疗器械公司生产这种装置，以使其他同样病的患者能使用它。但几乎没有一个公司对此做出反应。于是，他组织起自己的公司。索尼娅制作袖袋，珍妮弗在办公室里帮忙。现在，已有230多台这种泵用于医院和家庭，用户遍及全国，并远销至加拿大、意大利、巴哈马、日本、南非等。

在没有更新的方法治疗淋巴水肿前，珍妮弗要终生使用这种泵。但是，她现在一天只需使用1小时，其它时间均能正常生活。

就在老爱德华完成泵的研制工作后的两个月，他的右眼视网膜出血，加上他的另一只眼以前就有病，这样老人失明了。

索尼亚说：“是坚强的意志使他能等到泵发明完成后才失明。”现在珍妮弗以百倍的关心照顾回报爷爷的恩情。她给他读报纸，行走时总是拉着爷爷的手。

索妮娅又说：“他们之间的感情是特别的，这种情感不是华而不实的，而是难以用语言形容的，是朴实而又深厚的，这是一种超越言辞的爱。”

他们之间的感情是特别的，这种情感不是华而不实的，而是难以用语言形容的，是朴实而又深厚的，这是一种超越言辞的爱。

爱情歌曲

有些事并不值得窥探，然而她的发现却如此之快。

就在凯莉·切斯荷姆的结婚一周年纪念日及25岁生日前夕，她发现自己并没有如她想象的那么了解她的丈夫。这一发现是由她的丈夫戴维每天早晨去淋浴时哼的小调产生的。他总是哼道：

“玛丽·安·麦卡锡，她去挖蛤肉，

“玛丽·安·麦卡锡，她去挖蛤肉；

“可她从来也没有挖到一块蛤肉，

“她所挖到的只是牡蛎。”

戴维作为网球手，总能拿到高分，可是要作为一个歌手，只会扯着嗓子尖叫。

在他们婚后不久的日子里，凯莉是那么喜悦，以至于她确信自己欣赏那荒唐可笑的音调，并不介意戴维嘶哑的嗓音，当她举手抚弄自己的头发时，她自信从今往后能够信任那个好心的老玛丽·安。

然而，随着时间的流逝，这支歌开始让她不安、烦乱。干吗老唱这个，不唱别的？

一天早餐时，她故作轻松地问道：“你是否认为真的有什么玛丽·安·麦卡锡？”

“有啊，只是她真正的姓是麦克瑞德。”

“她有什么不同寻常吗？”

“没有。我不明白你干吗问这个？”

她讨厌他回答时的口气。

在她涮洗碗碟时，玛丽·安仍缠绕着她。她知道有关戴维在高中时代的罗曼史，也了解他大学时的恋人。在他们相爱的日子里，凯莉也曾对戴维提到过自己的一两个旧情人，但谁也没有成为她的歌乐声中不朽的小伙子。

婚后一年，她找到了和戴维的共同爱好。然而，她却对玛丽·安一无所知。玛丽·安犹如一扇拒她而入的门。

几天后的晚上，凯莉和戴维被西蒙和爱丽丝老两口请去吃了晚饭，在他们手挽手散步回家的路上，凯莉对戴维说道：

“跟我谈谈她。”

“谈谁？”

“玛丽·安·麦卡锡。”

“怎么想起这个？”

“我认为她很重要。”

“她是我大学里的戏剧课教师。”戴维说。

“迷你的老太太？”她松了口气。

“并不太老，大概比我大4岁。”在家门口，他掏出钥匙边开门边说，“她是另一个我想与之结婚的女人。这就是你真正想知道的，是吗？真有那么严重？”

她在他之前走进了屋子，小心地掩饰着自己。这突然而来的一阵嫉妒，使她感到自己幼稚而愚蠢。

“不过她拒绝了我。”戴维微笑着说。

“她很漂亮吗?”凯莉嘴上这样问，心里却希望她并非如此。

“她有修长的身材，加上那黑头发和大眼睛，很迷人。”戴维说，“当然，她是一个常因精彩表演而被观众掌声打断的演员。”

“她后来的情况怎么样?”

“不知道。你干吗问这些？这已经是好多年以前的事了。”

“我想我是嫉妒了。”她笑着承认道。

戴维微笑着伸出手臂接住了她。

“你是我非常信赖的妻子。”他吻了吻她的鼻尖，“每个人心中都有一块属于自己的特殊的角落，你只不过是听厌了我的歌。”

“别为这个责怪我。”她紧挨着他的胸脯说，“今晚真快乐。我们干吗不搞一个郊外野餐!

下个星期天怎么样？我们可以邀请西蒙、爱丽丝夫妇和帕切茨、裘夫妇。你做你最拿手的卡勃羊排，我可以做我最拿手的草莓馅饼。”

“我赞成。不过干吗请西蒙和帕切茨两家?”

“他们都请过我们呀。”

“或许可以请西蒙和沃德两家。我觉得这样会更好。”

“可我不欠沃德的。”

“好吧。”他握住她的双肩，深深地凝视着她的眼睛，“凯莉，我比你年长，我并没有多少时间来拈花惹草。”

她的不满整个地消失了，此刻，她的微笑是那么温柔。

第二天，她给这两家分别打了电话。他们接受了她的邀请。这真是一个美妙的夜晚，她甚至忘却了戴维的小插曲，一心考虑着晚餐该吃些什么。

星期天中午，油炸的熏猪肉还发着吱吱声，餐桌上各种菜肴和饮料一应俱全，一切准备就绪后，客人们准时来到了。

凯莉并不十分解帕切茨夫妇，因此感到与西蒙和爱丽丝在一起更随便些，这对年轻时结婚的夫妇仍像当初那么相配。

这时，凯莉听到戴维在浴室里哼着一首歌——《牧场上的家》。跟他以往所唱歌子的技巧相比，今天真可谓进步不小，但她却为他放弃了“玛丽·安·麦卡锡和她的蛤肉”而感到内疚。

她慢慢地坐在椅子里，暗自思忖：我太过火了。此刻他有意识的改变反而使我不安，那个“她”曾经只是习惯成自然地出现在歌词中，而戴维很可能并没有想到过真正的玛丽·安，恰恰是我自己又将那个美丽而且有着精彩演技的女郎带进生活中来，并赋予了她生命的光泽。

那天晚上直到客人走后他们准备就寝时，戴维打破了沉寂。

“你总该记得，亲爱的，我曾建议你不要同时邀请西蒙和帕切茨两家吧，现在你该明白为什么了。”

凯莉一边卸妆，一边从镜子中看着他：“我从来没有如此震惊过……那么窘……在我的一生中，你应该事先警告我。”

“我从来不希望这一幕会如此地发生。”戴维答道。

“就在我们的厨房里！就在我们的厨房里接吻！作为上流社会中的老西蒙倒在胆小如鼠的裘的怀抱里。这事有多久了?”

“没人知道，也没人为此大发议论——我们只是希望事情悄悄过去。”戴维耸耸肩膀，“而你只知西蒙和爱丽丝在年轻时就结了婚。有时候，一个家伙为时太晚才开始去撒播放荡的种子。”

凯莉在床沿上挨着戴维坐下说：“这不会在我们身上发生，没有人会抓住你和别人的妻子在厨房里干这个，对吗?”

“我的放荡不羁的生活已成为过去了。我也已经抛弃了我的小角落，而剩下的全部属于你。”

她拥抱住他。

第二天早晨，他去浴室唱着《华尔兹·玛蒂尔德》，世界上再也没有什么会让凯莉去询问谁是玛蒂尔德了。

就在我们的厨房里接吻!

珍 爱

工作是一回事，珍爱你的工作，又是一回事。

在我遇见班奇太太之前，护理工作的真正意义并非我原来想象的那么一回事。

“护士”两字虽是我的崇高称号，谁知得来的却是三种吃力不讨好的工作：替病人洗澡，整理床铺，照顾大小便。

我带上全套用具进去，护理我的第一个病人——班奇太太。班奇太太是个瘦小的老太太，她有一头白发，全身皮肤像熟透的南瓜。“你来干什么?”她问。

“我是来替你洗澡的。”我生硬地回答。

“那么，请你马上走，我今天不想洗澡。”

使我吃惊的是，她眼里涌出大颗泪珠，沿着面颊滚滚流下。我不理会这些，强行给她洗了澡。

第二天，班奇太太料我会再来，准备好了对策。“在你做任何事之前，”她说，“请先解释‘护士’的定义。”

我满腹疑团望着她。“唔，很难下定义，”我支吾道，“做的是照顾病人的事。”

说到这里，班奇太太迅速地掀起床单，拿出一本字典。“正如我所料，”她得意地说，“连该做些什么也不清楚。”她翻开字典上她做过记号的那一面慢慢地念：“看护：护理病人或老人；照顾、滋养、抚育、培养或珍爱。”她啪的一声合上书。“坐下，小姐，我今天来教你什么叫珍爱。”

我听了。那天和后来许多天，她向我讲了她一生的故事，不厌其详地细说人生给她的教训。

最后她告诉我有关她丈夫的事。“他是高大粗骨头的庄稼汉，穿的裤子总是太短，头发总是太长。他来追求我时，把鞋上的泥带进客厅。当然，我原以为自己会配个比较斯文的男人，但结果还是嫁了他。”

“结婚周年，我要一件爱的信物。这种信物是用金币或银币蚀刻上心和花图案交缠的两人名字简写。用精致的银链串起，在特别的日子交赠。”她微笑着摸了摸经常佩戴的银链。“周年纪念日到了，贝恩起来套好马车进城去，我在山坡上等候，目不转睛地向前望，希望看到他回来时远方卷起的尘土。”

她的眼睛模糊了。“他始终没回来。有人第二天发现那辆马车，他们带来了噩耗，还有这个。”她毕恭毕敬地把它拿出来。由于长期佩戴，它已经很旧了，但一边有细小的心形花型图案环绕，另一面简单地刻着：“贝因与爱玛。永恒的爱。”

“但这只是个铜币啊。”我说，“你不是说是金的或银的吗?”

她把那件信物收好，点点头，泪盈于睫。“说来惭愧。如果当晚他回来，我见到的可能只是铜币。这样一来，我见到的却是爱。”

她目光炯炯地面对着我。“我希望你听清楚了，小姐。你身为护士，目前的毛病就在这里。你只见到铜币，见不到爱。记着，不要上铜币的当，要寻找珍爱。”

我没有再见到班奇太太。她当晚死了。不过她给我留下了最好的遗赠：帮助我珍爱的工作——做一个好护士。

不要上铜币的当，要寻找珍爱。

爱你更深

约翰扭转车头，驶离了乡间窄路，在一所破旧荒凉的农舍前停下。一直跟在车后面的滚滚黄尘追过来把我们罩住。我一把抓起那幅折着的地图，忍着一肚子气，拼命扇。夕阳正在西下。

“好啦，”约翰说，“就是这个地方。我们进去看看，一定破烂得不像样了。”

“太热，你去吧。我在车上等你。”

“来呀，”他催我，“我要给你看看给我当年挂起长袜等圣诞老人来的地方。”

“你去你的！”我不耐烦地说，“快去快回来。”

约翰便独自穿过一片高可及膝的乱草，走到那幢老屋去。

我们横越全国，在路上足足吵了一个月，现在是在回家途中。我们的婚姻濒于破裂，这次旅行本是想作挽救的最后努力。两人心里都明白，如果到家之前仍然不能言归于好，就只好分道扬镳了。这三个星期以来，我们没有亲热过。我们坐在车里像陌生人一样——各据一角，离得远远的。

约翰有事业雄心，努力苦干，最后成功了，我开始觉得遭他冷落，感到凄凉难堪。

“你进来吧！”他从一个破窗口喊，“我刚看到祖父的鬼魂从楼梯上走下来，说不定还有别的鬼魂要出现呢。”他在强作欢颜。我装作没听见。

最后约翰回到车旁，手里拎着倒在草地上的一块“不得擅入”的告示牌。“你不会要把这东西带回家去吧。”我说。他没回答，但从衣袋里掏出铅笔，在告示牌上写了“小约翰在此睡过”几个字。他走回去，把牌子竖在破屋前，又进去了。

“怎么回事?”我想，“里面究竟有什么?”闷在车里热得要死。我走出来，穿过尘土飞扬的草丛，向前走去。

我进了屋，只见约翰站在那里出神，到处是尘土蛛网，还有天花板上落下的碎胶泥。他说，这是当年的客厅，也是招待客人的卧室。角落里从前摆着一张床，床头板有他祖父那么高，枕头靠着头板，上面罩着方枕头套，枕套上有十字钩针织出的彩色孔雀图形。

我们走到厨房。他指出老灶和他祖母放柴的柴箱所在，他时常规祖母拾柴火。还有厨桌。“上面铺着一块油布，”他说，“印了三色紫罗兰。很美丽。”

到了楼上，我们走进一个凄凉的大房间，只有一扇高大窗户。“我从前就睡在这里的床上，常常幻想那个窗户直通上天。”

“现在我明白你为什么要回到这里来了,”我说,“当年你把这地方当作家,是吗?”

“不。不能算是家。不如说来做客罢了。老人家照顾不了我。我在这里住上几个星期，随后一位姑妈或叔叔伯伯就把我接去住一阵。无论到什么地方，我的皮箱总是放在床底下，等他们对我烦了，就开步走。我小时候大概是个累赘。

“有一次，我到堂兄弟家去。墙上有一排挂衣钩，正好和我们孩子一般高。每个衣钩下面都有名字，谁也不敢使用别人的。啊，我想如果我也能像他们一样，有自己专用的衣，就问婶母米丽：‘可不可以把我的名字写在那个空衣钩下面’‘啊，你用不着，’她对我说，‘你下星期连人都不在这里了。’我跑到走廊上大哭大叫，后来她只好强迫我住嘴。”

“又有一次，我的堂兄弟克尔特脚趾受了一点伤，婶母米丽把他搂在怀里，替他包扎。我记得我站在门口望着，感觉世界上最美妙的事，莫过于有母亲包脚趾，搂得紧紧的，还说‘不要紧的，一会儿就好了。’

“我想，我一生想要的就是这么多。受一点伤或感觉寂寞的时候，有人搂着我；有一个地方住，真正是我的家，这星期，下星期，永久住在那儿，能有自己的衣，挂我的衣裳。”

约翰坐在积满灰尘的窗台上，拉我坐在他身边。他好像是闲谈，无动于衷的样子，但是讲得历历如绘，我心疼极了，不知不觉忘记了自怜自私。我见到很久以前这房间里那个寂寞孤独，没有母亲，才6岁大的孩子，我对那孩子突然有了爱心。

我听到冬天的狂风把这所农舍的窗户吹得嘎嘎响，就和当年所听到的一样，从结了霜的玻璃窗望出去，可以看到一轮明月。那可怜的孩子孤零零的睡在又黑又冷的屋子里，好像只有月亮是他唯一的朋友，给些光亮安慰他。

那天晚上祖父对婶母米丽说“我们一清早就把孩子送到你们那儿。他已经大了，可以给你们捡柴火。我下星期来领那头小牛。”

他想，他原来是和一头小牛交换了。他以后永远不能再在祖父的那辆漂亮黑马车上接连坐几个钟头，假装自己在赶着几匹腾跃的黑马了。

他穿的是叔叔的睡衣，大得差不多看不见人，他爬下床，蹑手蹑脚地走过冷冰冰的地板。他把食指放进嘴里，濡湿弄暖，然后在结霜的玻璃上擦出一声透明的地方，往外窥探。他望一望明月，小身子打个冷颤。“月亮老公公啊，我求求您，”他祈祷着，“别让他们把我换掉。请您保佑我留在这里。”

“那一晚我大叫大闹，疲倦了才睡着。”

最后他不说话了，我发现我的手已经不知不觉地伸了过去，紧握着他的手。我抓紧的不仅是丈夫的手，也是那个惊慌已极，伤心欲绝的小孩子的手。以后我每次看到约翰，就不能不想起那个家伙，他只想要一个挂衣钩，只想要一个可以称做家的地方，只想伤了脚趾有人来照顾他。现在我明白了，需要别人表示关切与情爱的，不仅是我一个人。我有了恬然的新心境，能了解他的意向，这才是最重要的。

现在他如果说“去擦擦粉，我们出去兜风。”我就知道他是在说：“我爱你，来和我一起享受户外情趣，”有时候我们打算晚间外出访友，他忽然说：“我们在前廊上坐坐算了，听听屋顶上的雨声。”我知道他的意思是：“在这里和你一起，比到任何地方都好。”

约翰和我离开那幢老房子，向黄尘滚滚的土路上驶去，我们的生活进入了新的境界。此后若干年内，我们俩如胶似漆。有时候我觉得有点恼怒，快要按捺不住，或是我知道他有些什么不大顺心的事，就一声不响地把手伸过去握住他的手，“不要紧的，一会儿就好了。”无论情形多么紧张，他的反应永远不变，总是抓紧了我的手。

有一天，约翰患了严重的大脑血栓症，不能动弹，陷于昏迷。救护车把他送到医院去，我一路上坐在他身旁紧紧抓住他的手，清晰地说：“不要紧的，亲爱的，一会儿就好了。”

在短短一瞬间，他两眼睁得大大的凝视着我，我同时感觉到他抓紧了我的手。

他清醒了一刹那，抑或仅是反射作用？我不知道。可是我愿作如此想——在那一刹那，他知道他已经得到了终生想往的爱与安慰。

在那一刹那，他知道他已经得到了终生向往的爱与安慰。

荒岛奇遇：我与饿狼共度七日

那年春天，我在北美西部进行水资源考察，，当我只身来到库普列洛夫岛时，这里的积雪还没有融化。听说这里经常有狼出没，所以从迪灵汉出发前我专门买了一支双管猎枪。为了安全起见，我选择了一处河岸作为我的宿营地。这条河叫凯赫河。

到达那里的第二天早晨，我背着猎枪四处漫游，希望能碰到几只野兔或野羊为我荒岛的生活增添一点新意。走了不到两英里，刚钻出一片小灌木林，我突然被眼前的景象吓呆了：在二三十步远一块平坦的草地上，站立着一只高大的阿拉斯加大灰狼！那一刻，我的心脏几乎停止跳动，双管猎枪差点从肩上落下来。我准备慢慢退到树林里找一棵树干作掩护向它射击，可当我再定睛一看时，发现狼的一腿被被什么东西拴着。在它又一次凶狠地向我跳起时，我看见它的脚上夹着一只捕狼器。

这一下我放心了，恐惧感顿时消失，但我依然握着枪小心地向它靠近。狼见我朝它走来，显得有点惊慌失措，吓得直往后退，拴在腿上的铁链发出“哗哗啦啦”的响声。等离它十几步远的时候，我停止了脚步。原来，这是一只母狼，我看见它腹下的乳房因充溢了奶水而下垂着。从外表来判断，这只狼被夹住大概才两三天的时间，它肯定是出来为狼崽寻食时，不小心落入了猎人的圈套。在这荒芜的小岛上，很少有人长住，猎人也许早已忘了这只捕狼器，所以母狼便陷入了欲走不能欲死不得的境地。

我突然对这只狼产生了怜悯崇敬之情，我想，它此刻一定在焦急地挂念着自己的孩子。如果它被夹住的确才只几天的话，说不定小狼都还活着。所以，我最初产生的念头是立刻把母狼放掉，让它赶快回去喂它的小崽。但转念一想我又觉得这样太危险，于是，我决定先去找到狼窝，然后把小狼抱到它们的妈妈这里来。

因为地上还有残留的积雪，我可以寻着母狼来时的足迹往回找。我仔细地在周围观察，终于在向北的那条小道上看见了几只狼的脚印。脚印沿着这个方向穿过半英里的茅草地，然后上了一个多石的山坡。翻过这道坡，又是一片低洼沼泽地，我提心吊胆地踩着狼的脚印走过去，最后在一堵岩石边高大的云杉树根处发现了一口大洞，狼的足迹在这里消失了。从洞中发出的气味来判断，这里必是狼窝无疑。

我试探地朝洞里望了望，可是里面一团漆黑，再仔细听了一会儿，什么都没听到。我开始仿效母狼呼唤幼崽的尖叫声，可是连叫几遍，里面连一点动静都没有。我又大声叫了两遍，这时我听见洞里发出了“咕咕吱吱”的声音。再过了一会儿，4只呆头呆脑的小狼在洞口出现了，估计它们出生只有几个星期。我把手伸过去，它们争抢着吸吮我的指头，并抓着我的手臂往上攀。我把它们一个一个地放进随身带来的粗麻布口袋，然后就顺着原路直奔母狼而去。

当母狼看见我又朝它走近时，猛然站立起来，发现一声令人毛骨悚然的悲嗥。我站在它能够到达的极限之外，把口袋放下来解开，4只小狼马上向母狼奔去。片刻之间，就仰在妈妈的肚子下面“叭嗒叭嗒”地吃起奶了。看到这一切，我觉得心里一热一热地，头脑中开始思考怎样才能解除它们母子的困境。

人狼沟通始于善意与信任翻过小山回到凯赫河边，在离帐篷很远的一块雪地上我发现了一只冻死的小鹿。我把死鹿从雪堆里扒出来，从它身上割下一大块后腿肉，再把剩下的埋进雪堆。我背着这块鹿肉回到山上，小狼正在不懂事地趴在母狼身上翻腾嬉戏，发出快乐的叫声。我小心地向母狼走近，用一种柔和抚慰的声调说：“好啦大狼，开饭啦。不要害怕，来，吃一顿美餐……”我把鹿肉用力割成一片片丢过去，母狼先用鼻子嗅一嗅，然后才小心地嚼起来。

第二天天蒙蒙亮的时候，我被几个毛茸茸的胖肉团拱醒了，等侧过脸一看，原来4只小狼正用鼻子舌头在我的脸上脖子上蹭来蹭去，并且发出娇里娇气的哼哼声。母狼在远处焦虑不安地看着我和它的4个孩子，把铁链子拉得紧紧的，好像随时都打算奔过来把它的子女救出去。我故意把小狼抱起来放在我的头上和胸脯上，用指头把它们逗得“吱吱”怪叫，我想用一些亲昵的动作慢慢赢得母狼的信任。

以后的几天，我一边做我自己的事情，一边四处为母狼觅食。我温和地同它说话，给它弄来更多的鹿肉和兔肉。只要一有功夫，我就把小狼引到母狼的圈子之外同它们无忧无虑地嬉闹。渐渐地，我发现母狼看我的眼神再不像原来那么凶狠。但是，只要我与小狼在一起，它总是把一双大眼睛瞪得亮亮的，一刻也不从我的身上移开。

第五天傍晚，我又在另一个地方找到了一只死鹿，我高兴地把两只后腿扛到山上来。母狼看见我时眼睛眨动了几下，这让我觉得它变得温柔多了。那天，我一直克制着心底的恐惧和母狼对坐很晚，我希望通过长时间的对视，增加彼此的信任和理解，从而消除人狼之间的天然敌意。等到月亮升起来时，我看见母狼把眼睛闭了起来，小狼围在它的身边安静地睡去。

长嗥中我与狼友好地挥手道别半夜，我一下子从梦中惊醒，外面传来了一些很陌生奇怪的嘈杂声，我把头伸出帐篷一看，简直吓得魂飞魄散：在我的围栏四周环立着8只黑色的狼影，它们正虎视眈眈地向我张望。

我马上翻身坐起来，取下双管猎枪握在手上，可是我不敢轻举妄动，只要我的枪声一响，它们就会发疯地向我扑来。我朝母狼那边望去，发现它正直立着身子，两条腿绷得硬硬地站在那里，4只小狼也焦躁不安地在母狼的身边转来转去，嘴里发出低低的叫声。

看到帐篷里毫无动静，有两只站在门口的狼用前腿开始拨弄木栅栏，当一条狼的前腿再一次伸进来时，我抓起一根短木棒用力砸去。狼受到冷不防的一击，发出惊恐的狂叫，随后几只狼都一齐围过来向我发出可怕的低吼。它们像人一样站立起来，绿灿灿的眼睛放射出一触即发的凶光。我一时惊恐万分，料想最害怕发生的事可能瞬间就要发生了。

正在我感到万念俱灰的时候，只见母狼将头高高昂起，发出一串声嘶力竭的长嗥，叫声在寂静的旷野回荡，仿佛大地也在随之震颤。接着，令人难以置信的奇迹发生了：围在我帐篷外的群狼突然间像黑色的闪电一样向荒野奔去，一眨眼功夫就消失在沉沉夜幕之中。我浑身瘫软地坐下来，怀里抱着枪一直等到天亮。

当太阳照进帐篷的时候，噩梦般的惊悸才慢慢从心头消失。看着小狼在贪婪地吃奶，我怀着感激向母狼走去，虽然我仍然把步子迈得很小，表情也一直保持着亲热温和的样子，但这一次我一点都不像原来那样感到害怕。在离它们只有两步远的时候，我停顿了一下，母狼依然半闭着眼睛，露出一副安闲慈祥的神态。我又向前迈了一步，这时两只小狼放掉妈妈的奶头奔到我的脚边轻轻撕咬我的裤脚，我连忙蹲下来爱抚它们，把它们一齐抱进怀里。母狼把眼睛张开，两边的耳朵向上竖了几下，然后又恢复了原来的样子。

我一手抱着小狼，另一只手试着摸了一下被捕狼器夹住的狼腿，幸好只有两个脚趾被钢齿咬住，如果及时放开它，这只脚估计还不会残废。我必须现在就开始行动，母狼已经信任了我。

我把捕狼器连同母狼的前脚轻轻向外移动了一下，母狼低叫了一声，痛苦地露出两排白牙，我吓得一哆嗦，赶忙停了下来。母狼又恢复了常态，说明刚才只是因为疼痛而不是恼怒。我把狼夹摆平，一只脚踩在弹簧板，两只手一齐向两旁按压，只听见“哗”地一响，钢夹被我弄开了，母狼迅速抽出了它的伤脚。有几秒钟的功夫，我与母狼都站在那里不动，可能我俩都被突然出现的事实弄得惊疑不已。

母狼悲嗥着跑来跑去，虽然有一只脚还不能着地，但奔走的步伐仍然矫健轻捷。4只小狼欢喜地跟在它的身后发出狂喜的叫声，它们一起分享着母亲重获自由的幸福。

母狼狂奔了一阵之后突然停止，然后朝我这边走来，在离我两三米远的地方，母狼站住了，它将长长的尾巴拖在地上，眼睛一眨不眨地盯着我。小狼都聚到母狼的身边，它们使劲朝妈妈身上窜，发出的声音像摇篮里的婴儿那样幼稚可爱。

过了一会儿，它开始一跛一跛地朝森林走去。几分钟之后，母狼远远望着我发出一声长嚎，紧接着又有其他几只狼也一起发出类似的嚎声。当最后的叫声在山谷间回荡的时候，这群狼终于从我的视线中消失。冲着母狼最后的身影，不知为什么，我下意识地把手举过头顶，轻轻地挥动了几下。

阿拉斯加大灰狼的浓浓母爱。

一件丝裙的故事

那时我还是一名大学生，利用课余时间在一家服装店做导购员。我的工作就是将那些质地华丽、做工精细的高档服装，推荐给那些穿着入时、打扮得体的有钱女人们。

有一天，店里来了一位三十五岁左右的漂亮女人，穿着一件黄色的太阳裙，略微卷曲的长发披在肩上。“您需要我帮忙吗?”我走上前去问道。

“噢，我丈夫的同学们要举行聚会，邀我与丈夫同去参加，所以我想选一件得体的衣服。”

她说，“六个星期前我在这里看到过一件亮丽的桃红色丝裙，但我穿上一试，才发现它的价格不菲，而且由于我刚生过孩子，体形还没有完全恢复，当时显得那裙子的样式并不太适合我，便打消了购买的念头。但那件裙子实在是太漂亮了，它激起了我减肥的欲望。而今我终于又恢复了自己的体形，并且聚会的时间就剩下两个星期了，我希望还能买到那件裙子。我也知道那样精美的裙子可能早已经被卖掉了，但我还是想来碰碰运气，不知你能不能帮我找一下儿?”

“那我们一起找找看吧。”我说着带她看了所有的服装展架，却没有找到她想要的那件丝裙。可以看得出来她十分失望。

“上星期我们刚刚新到了一批丝裙，”我安慰她说，“你再看一看，说不定你能找到类似的款式，或是发现更漂亮的裙子。”她走到那排服装展架前，细心地看着，并用手轻抚着那精美的衣料。

“噢，你真该看看那件丝裙。”她悲叹道，就像被那件特殊的裙子施了魔法一样，她看着别的服装，嘴里仍念念不忘地形容着那件丝裙的美丽。

这时，我突然想起为了摆放新到货的服装，我们把原来的一些衣服转到另一家服装店去了。

“请问你穿几号的衣服?”我问。

“六号的。”她回答说。

“如果你不介意，请在这里等一下，”我说，“我到另一家店里去找找看。”

我回来时发现她静静地坐在椅子上，耐心地等着我。看到我手里拿着的正是她所要的那件丝裙，脸上充满了惊喜。

“噢，就是这件丝裙!”她兴奋地说道。

“六号的，”我说着愉快地将裙子交给了她，“而且现在降价了，打六折!”

“噢，噢，简直难以置信!”兴奋的她拿过丝裙，便一溜烟儿进了试衣间。稍后她走出来站在镜前，变换着不同的角度，仔细观察着镜中的自己。她说得对，这件裙子的确是美丽极了，她一穿上，立刻显得光彩夺目，衬得她的身材是那样优雅、迷人，就连她的脸都放射着快乐的光芒。

“谢谢你，实在太感谢你了……”她看了一眼我的胸卡，说，“贝蒂，顺便告诉你，我叫莫莉。”

莫莉从手包里拿出一摞钱，一张张地仔细点出了买那件裙子所需的，放在了柜台上。我将裙子包好交给她，她伸手握住我的手，并诚挚地对我说：“再一次感谢你的帮助，贝蒂，我真高兴你为我找到了这件丝裙，穿上它去参加丈夫的同学聚会，一定会让丈夫为我自豪的。”

我相信自己结婚后也一定像她一样，会因为为丈夫做了一件特别的事情而兴奋不已。同时也让我意识到自己的工作可以为别人提供帮助，还可以使自己挣到钱，这真是件奇妙的事情。

但如此的想法并没能持续多长的时间。

几天后的一个傍晚，一位非常英俊的男士来到我的柜台前，扔上来一个我们店里的包装袋，怒声说道：“我要退货。”

我打开包装袋，里面是一件六号的桃色丝裙，我将上面的卡片翻过来，有我写着的购买日期及登记号。

“卡片完好无缺，买回去还从没穿过呢。”一个女人的声音轻缓地说道。

我抬头一看，在男人的身后站着温顺、窘迫的莫莉。一时间让我感觉困惑不已。

“哦，”我说着，暗自奇怪这件丝裙怎会又被退了回来，“是不是哪里穿着不合适啊？如果不合适，我们可以为你修改。”

“不，衣服挺合适，”那个男人说道，“只是没人会像她这样神经兮兮地花这么多钱买一件裙子。”他接着又说了许多难听的话。

我将钱退了给他们，男人拿起“他的”钱塞进兜里，便命令道：“行了，我们走吧。”说着他便径自走出了商店的大门，可怜的莫莉柔顺地紧跟在后面。

这件事情发生得那样突然，那样不合情理，就像是一部电影的故事情节前后颠倒了次序，像是在一个阳光灿烂的夏日下起了冰雹，或是一个人穿着睡衣去参加宴会，总之一切都是那样的不协调。我从莫莉的身上看到的是她的美丽、她温柔的个性以及那种强烈渴望讨丈夫欢心的心情，我以为如此感人的爱的举动一定会得到同等的爱的回报——至少该礼貌地接受啊，但事实却完全不是如此。

那件事困扰了我好几天。由这件事我得出一个结论，结婚后我不仅要自己挣钱，同时也要有自己的主张。

然而我的心里还是放不下这件事，我总在想那位丈夫是否知道为了买那件裙子莫莉花了多少心思？如果他知道了莫莉的举动完全出于对他的爱，也许他会同意莫莉留下那件裙子，或者至少是以完全不同的态度来处理这件事。

过了一星期，我看到那件裙子的价格又下调了。每次看到那件裙子，我都会有一种不安的感觉。

几天后我整理退货清单时，发现那件裙子的收据上留着那位丈夫的电话号码。虽然我知道这有一点冒险，但我还是给他的公司打了电话。

“先生，”我说，“希望我没有打扰您。那天您和妻子来服装店退一件丝裙，我是为你们退货的那个导购员。”

“哦，我想起来了。”对方冷漠地说道，“有什么事吗？”

“我可能是多管闲事，”我说道，“但是您的妻子给我留下了深刻的印象，我想您该知道……”对方仍然沉默，我只好恳切地说，“她不仅是外表美丽，同时也深爱着您与刚刚出世的孩子，并为你们做出了很多牺牲。我知道您一定为妻子花那么多钱买一件裙子而不高兴，但您妻子只是希望为您把自己打扮得美丽动人，去参加您的同学聚会，让您为她自豪。并且那天她意外地发现那件裙子打了折扣，才决定买下的，她这样做全都是为了您呀。”深吸了一口气，我继续说，“现在那件裙子又降价了，您还不同意让她买下来吗？”

为了能更好地传达我的意图，我又加了一句：“我想自己刚才所说的就是父亲教给我的道理：对于金钱可以买得到的东西，很容易衡量它的价值，但偶尔也要去审视一下那些金钱买不到的东西，并确信自己一生当中不曾失去那珍贵的东西。”

对方仍是沉默，似乎是在沉思。我以为有了希望，谁知他突然开了口：“你确实是在多管闲事，我在服装店时已经把退货的原因说得很清楚了。但感谢你还想着我们的事。”紧接着电话便挂断了，连声“再见”都没有。

受到如此的冷遇，我感到很灰心。但这种情绪并没有困扰我，打电话之前我就已做好了心理准备，我只是想让他知道我的想法，让他知道妻子对他的爱，我已经表述了自己的感受，他是个感情白痴，这并不关我的事，但我不会后悔自己打电话给他——即使事情的结果并未能如我所愿。

两天后我去上班时，收到一束白色的雏菊，卡片上写道：“感谢你的细心周到。”底下也没有签名。

“这花是什么时候送来的？”我问同事海伦。

“昨天。”

“你们知道是谁送的吗？”

“我们猜想你有一位秘密的崇拜者！”

迷惑不解的我只好先把花的事放在一边，依旧照常工作。

我在挂衣服时听到一个熟悉的声音兴奋地对我说：“我知道可以在这儿找到你！”

“噢，莫莉，真高兴再见到你。”我惊喜地说。怎么我没有想到是她送的花呢？她一定是想借此为丈夫粗鲁的举动而向我表示歉意的。

“知道吗？他给我买了回来！”她兴奋地告诉我。虽然她没有明确说明丈夫买回了什么东西，但她毫不怀疑我会准确地理解她的意思。

被她的话惊呆的我发现自己也露出了与她同样欣喜的笑容：“噢，真的吗？我真为你高兴，那件裙子那么适合你！”

“还不只如此，”她说着打开手包取出了一张信纸，“其实这还不是最令我快乐的事情，我必须再让你看看他将丝裙送给我时所附的短笺。”她下意识地将那张短笺紧贴在胸前，好像那张纸片对她是那样的珍贵。随后她将短笺递给了我，渴望让别人也分享她的快乐。

脸上仍然带着为莫莉欣喜的笑容，我细心地打开了那张短笺：

亲爱的：

很抱歉！工作的压力以及想为你提供更优越的生活条件的愿望，使我忘记了自己工作的目的，同时也为自己用了这么长的时间才意识到那件丝裙的意义而向你道歉，有太多的事情我都没能及时意识到——包括你穿上这件丝裙时的美丽，但最重要的是我已经意识到能拥有你，拥有你的爱，自己是多么的幸运。感谢你的爱。

永远爱你的

当我看那短笺时，感到莫莉一直在观察着我的表情，并且眼中已涌满了泪水。毫无疑问，她曾不止一次地用心看过这张短笺，并已将其中的每一个字铭刻在心。莫莉心灵的满足感与她丈夫短笺中充满柔情与爱的话语，都深深地使我感到。

“真是太奇妙了，莫莉。”我由衷地说道。

“我也这样想，”她回答说，“所以我一定要与你分享这份奇妙的感觉。嗨，多可爱的花啊！”她看着收款台旁的雏菊说道，“是男朋友送的？”

还不等我回答，她就又继续道：“知道吗？我丈夫昨天也送给我一束玫瑰，噢，我就喜欢这样浪漫的男人。”

我什么都没有再说。我知道不该告诉她自己曾给她的丈夫打过电话，以及他为了感谢我的提示而给我送来的白色雏菊。

用心工作就会得到意外的收获，对吗？

用心工作就会得到意外的收获，对吗？

火车上的邂逅

我在圣玛格丽顿车站第一次见到她时，她正在上火车，用膝头把一只巨型褐色皮行李箱推上很高的梯级。她穿着棕色灯芯绒裤子，鲜绿色衬衣的袖子卷了起来。

黑色的眼睛，黑色的头发，深色的皮肤，年纪很轻，充满神秘感。

她把重负举起放在头上的行李架上，然后坐在和我隔着通道的另一边的座位上，汗流浃背，但神态安闲。银色的空调火车开动了，继续其横贯瑞士往西行的5小时旅程。

阿尔卑斯山上融化的冰水，沿着小河汩汩流下；五月已经到来，田野尽是耀目的罂粟花。我最初想打盹，后来尝试跟旁边的人交谈，但都不成功。终于，我又注意到她。她拿着一束野花放在膝上，显然在想着送花的人。我走过通道那边，与她相对而坐。

“这是什么花?”我用德语问道。她对我的问题唯一的回答是微微一笑。呀，我想，不是德国人。那一定是意大利人了。

我挨向前，小心翼翼地用意大利话问了一个有关那些鲜花的问题。她仍然不回答。我忽然想到她可能是个哑巴，但立刻抹去了脑中这一闪而过的念头。既然这是瑞士，我最后可以一试的便是法语了。回答跟刚才一样，仍然是蒙娜丽莎式的微笑。

我把身子向后一靠，以浅笑回报，尝试摆出一副莫测高深的脸孔——不过，看了那一身打扮：起皱的渔夫帽，红色长袖汗衫，芥末色条子长裤，以及皮运动鞋，此举注定失败。正当我预备认输放弃时，蒙娜丽莎说话了。“你懂西班牙语吗?”她问。为什么我竟没有想到！她是西班牙人。

偶尔，我会把那个春日偶遇的细节娓娓向他人道来，并随意更改事实，把那个少女说得更痴情，而我自己却更潇洒或更冷傲。有时我还说少女厚着脸皮追求我。

我太太特别喜欢我这样的添枝加叶。不过她觉得故事的某些更改令她吃惊。她坚持说她在火车上并不痴情，我也不是冷傲或潇洒。而且，虽然那天我穿得那么不像样，她第二年就离开瑞士跟我结婚了。

伟大的灵魂，并不是爱得最频繁的灵魂。

非凡的礼物

如果星星在一千年中才出现一次，设想一下那将是多么令人激动的景象啊！然而，由于天空中每晚都有星星，我们几乎难得看上一眼。

新嫁娘的前夜

他俩坐在门廊石级上，偎依着，在饱经风霜的古树干上，月亮的光华映出一个叠套着的影子。明天，婚礼就要举行；那个洋溢着激动与困惑、泪花与笑语的时刻正步步临近。明天，他们将无暇独处了。而安宁和静谧的此刻却依然归他们享有。

她说："多么宁静呀。"她，凝视着头顶上肃穆漫移的云朵，目光滑向银波幻动的大海。他盯着她瞧，觉得自己从未发现她竟这么美。起风了。海浪刷刷地轻抚着沙滩。"你知道吗？"她说，"我一直猜测着在婚礼的前夜自己的心情会是怎样的。是忧心忡忡，是激动不安，是心乱如麻，或者还有其他什么别的感觉。"

"你感到忧心忡忡吗？"

"噢，当然不。"她迅速回答，冲动地抱住他的胳臂，脸蛋贴在他的肩膀上，"可能，只不过觉得有几分神圣吧。半是庄严，半是快乐；觉得长成大人啦，又觉得更年轻了；又是高兴又是伤感。你明白我的意思吗？"

"是的，"他说，"我懂。"

"我认为，这全都由于爱情。"她说，"那个亘古永存的话题。我们从来没有细谈过它，是吗？我指的是，关于爱情本身。"

他微微一笑："我们没有谈过。"

"我感觉到有一种欲望，就是现在，"她说，"我极想告诉你我怎样感觉出爱情，愿意听吗？就在此刻，在明天——降临之前。"

"过了明天再说就有区别吗？"

"区别倒没有。只是那时我可能永远无法表达出来了。它们可能深深地落到心灵的深处，没法再表达了。"

"好吧，"他说，"就谈谈爱情吧。"

仰面注视着一片正追逐月亮的云朵，她开始说："爱情，对我来说是光华灿灿的物件，像金色的火焰，像银色的云雾。爱，悄悄地降临，你既不能命令它，也不能否认它。爱情来临之际，你难辨清，又难触摸；但你却可以感觉到——它在你心中，它在你和你所钟情的人的周围。你变了，万物也变了。爱使色彩迸发出光芒，爱使得音乐更甜美，爱使得好玩的事物更加有趣。普通的语言也不够用了——你搜索枯肠寻觅探求，唯恐不能畅抒胸臆。于是你开始读诗，或许自己也写起诗来……"

她往后靠了靠，双手搂定膝盖。月光在她的脸上跳跃闪烁，如痴如醉。

"噢，爱情，要经历多少快乐体验：夜间在暗处快快地溜达；守着电话，等铃声响起的期待；打开装着鲜花礼盒的激动；电影院中两人手儿拉着手儿，悲伤的小调也能唱得那么快快活活，还有雨中双双漫步，乘敞篷车兜风，让风儿托着头发飘呀飘。当然，也有争吵斗嘴，再重归于好。清晨醒来，心中怀着脉脉温情，深夜告别，回味着丝丝热吻……"

她猛地停住了，看着他，目光略显孤寂凄楚："这一切早已是老生常谈啦，是吗?"

"哪怕是的，"他温柔地回答，"也不能说明这并非千真万确的呀。"

"也许，我显得傻里傻气。"她满腹狐疑地说，"你也是这么看待爱情的吗?"

他好一会儿默不作声。最后终于开口了："我想对你的说明作一些补充。"

"你指的是——修改它?"

"不，只是增添。"

她用双手托住下颏："说吧，我听着。"

他接过她递给的烟斗，擦去面颊上的一颗细细的沙子："爱体现在许多小小的事情上。你说的对，我还可以数出一些不那么炫目耀眼、但又十分重要的细节，它们滋养着……"

她看着他的瘦削的手指，开始往烟斗里装填烟丝。"给我举几个例子。"她说。

"俯拾皆是。如，下班时知道家里有人等候着你——或者在家等候人回来；给予或接受赞扬——哪怕言过其实；分享逗乐——哪怕无啥可笑；一块儿种树看它成长，一块儿陪伴生病的

孩子，一块儿回忆纪念日……我是否把爱情描绘得太枯燥无味啦?"

她没有回答，只摇了摇头。

"你所说的每一件事都是爱情的一部分，"他继续说，"但是，你知道，爱并不仅仅是甘美、是快乐，还包括失望和悲痛。爱，是生活的勇气和智慧，你若精疲力竭，爱能使你重新振作。爱是容忍，是宽厚，你将最终打破自我和利己的坚茧……你将逐渐地承认、宽恕不足之处——别人的和自己的。爱使你牺牲个人的某些追求，而将其移植到下一代身上……"他的声音在寂静的夜空飘荡、逝去。

良久，她终于开口："你所说的是生活，还是爱情?"

"你会发现二者互相依存，缺了一方，另一方也就所剩无几了。"

"什么时候，什么时候你开始明白这些的呢?"

“好些年了……你母亲去世之前。”他的手抚摸着她的闪亮柔发，“你最好睡觉去，孩子。明天是你的大喜日子哩。”

她突然倚靠着他：“噢，爸爸，我舍不得你！”

“傻话！”他说，“我能常常看到你的。现在回屋去吧。”她走了，可是他还在那儿坐了很久，很久，在那月色里。

如果有一种不和我们其他激情相掺杂的纯粹的爱，那就是这种爱。

夏日的启示

约翰·莱恩站在夏季别墅的台阶上，望着他妻子驱车沿一条小路驶去。她是去村里找箱子，准备装运他的大批手稿和书籍的。莱恩心情抑郁，他正在写的书进展缓慢，而夏天即将过去。“整个夏天白白浪费了，”他对妻子说。“哪儿的话，约翰，”她温柔的答道，“我们每个人都玩得很开心。”“可是我的著作毫无进展，”他苦涩地说。

他将烟斗撂在台阶上，苦笑似的看着他的爱犬老“宾哥”走过来，在烟斗上嗅着。“宾哥这样做是为了与他亲近，约翰在它头上轻轻拍了拍。这时他又想起了他那未完成的著作，于是问他女儿：“今天是我们在这里的最后一天，能不能不坐船出海，想点儿别的干?”

小姑娘正在用脚趾头摩挲地上炽热的沙土，听到问话，她仰起头，满脸忧伤的问：“爸爸，我们明天非要离开不可吗?”

“是的，”他说，“礼拜一学校就要开学，你忘了?”

她瘦小纤弱的身子里发出一声呻吟。

“宾哥”用嘴拱约翰的手心，使他想起了一串往事。他豢养这条狗时，他不满九岁的女儿还没出世呢，甚至他与妻子多丽丝的相识也是在那之后，他俩初次认识时她才十八岁，如今她已二十九了。十一年来，她一直想使自己看上去跟他一般大，而他也努力使自己同她一样年轻。此刻他心境不佳，便怀疑起他们的爱是否值得这么些年的努力和常常是失败的尝试。

女儿说："爸，我想不出有什么可玩的，就想坐船去海上。"

一听这话他更加恼火。他驾帆技术极差，曾经弄翻过一次船。他妻子的话恐怕是对的，他想，她说他就知道他的古希腊艺术和他的书，在风浪和帆船面前，他已成了败将。这天他同意带女儿张帆出海，果然又被风浪击败了。

他对失去的时光耿耿于怀，心不在焉，一阵飓风刮来，把他的小船刮翻了。他被掀进水里，吓得吃了一惊。他担忧的是他女儿的安危，而不是他自己。她的水性不错，可今天的情况有所不同。他慌乱地钻出水面，拨开浪头，朝四下里张望。他先看到了漂向右方的帆船，涂在船身一侧的红漆在阳光下熠熠闪光。他又朝右边望去，看到了女儿的金色头发，她正惊恐万状地与激浪搏斗，大口大口吸着气，尖声叫着。他大喊着让她镇静下来，然后游向她，女儿啜泣着，他伸出一只胳膊紧紧将她搂住。她就像一只受到极度震惊的纤弱小动物紧紧贴在他身上，他可以感受到她的恐惧，活生生的令人发疯。他真想大喊救命，尽管他知道周围没有一个人影。他想以他的全部力量与激浪展开搏斗，但他强迫自己镇定下来。

"不要哭，"他抚慰说，"没事儿。"

他两条腿一上一下地踩水保持平衡，轻声地与女儿说话，她紧紧钩住他的双臂终于松弛了一些。

他突然大笑起来："这是我们最后一次翻船，可惜你妈妈没看着！"

女儿也大笑起来，问："船呢?"

他看到船在他们的右方。"它漂远了。"抬头望去，他意识到他们离岸已经很远，足有半英里的距离。他又感到一阵紧张和恐惧。

"你抓牢我，我来游，行吗?"他问女儿。

女儿又笑出了声，她伸出胳膊抱住他脖子。

开始时她似乎很轻，游了一百下，他停下来浮在水上休息。我一定要游回去，他对自己说。

第三次休息时，他突然感到精疲力竭，女儿压在身上的体重沉得像一块铅。他这样的年龄已应付不了这样的局面，他想。渐渐地，他已记不清休息了多少次。怕是游不到岸了，他想。

他开始思索自己一心只顾读书、写书、教书而忽视了锻炼是否明智，多年来他是不是不该将生命的大部分时间花费在他的书、狗和烟斗上，别的一概不闻不问。

他回忆起多丽丝第一次选修他的课时的情景。她那时是一个活泼可爱，眼睛会说话的姑娘。后来他又在校园里遇到她，她逗“宾哥”玩，说那狗长得漂亮，有性格。他大笑着说：“这条狗又懒又馋，不中用。”

她听后也放声大笑。

听着她的笑声，他知道自己的生活中必须有她。

于是他们举行了婚礼。她说：“我要生一大屋调皮吵闹的儿子，那样你就会忘记你的书本，他们将逗得你开怀大笑。第一个儿子就叫小约翰。”然后他们生了一个女儿，由于早产，她长得瘦小孱弱，活的可能性极小。但她活了下来，他们给她起名叫乔安娜，平时称她乔妮。

此刻他正载着乔妮朝岸上游去。他的力气已经耗尽，只感到身体的每一部分都虚弱地正在迅速下沉。活到九岁和四十岁就死是什么滋味？他思忖。他若死了，老“宾哥”和他放在房前台阶上的烟斗会怎么样？要过多久多丽丝的脸上才会重新出现笑容？此时他意识到，为一本书写不成而气恼是多么的愚蠢。

这时乔妮问：“爸爸，我们的船永远找不回来了吗？”

“不，它会被冲到岸边的。”

“真的！”她又发出了笑声。

他痛苦地仰起头，看到海岸已经很近。这时他每移动一寸都感到十分的困难。

“爸爸，我先上岸，看咱俩谁先赶到房前。”

约翰觉得海水漫过了他的下巴，又漫过了他的嘴，他双脚下沉，却突然踏着了底。他用尽力气往前跨了两步，便四肢瘫软地坐在了沙滩上。

乔妮笑着又跑回海边：“爸，我赢了！我先到房子！”

约翰慢慢抬起头，望着乔妮，他想起自己九岁时也是那副模样：长长的腿，匀称的身材，唯有她的金发和蓝眼睛是她妈给她的。他醒悟到，若是他淹死了倒无关紧要；而乔安娜若淹死了，他和多丽丝就完了，他们的未来将产生巨大的变化。他突然明白了自己降生在这个世界上的原因，并非是为了写一本书，而是当一名父亲，保护眼前这个小生命。

“妈妈回来了！”乔妮欢快地大声喊。

约翰支撑着站起身，跟着乔妮朝前走去。

“妈妈，我和爸爸把船弄翻了。我们俩比赛往岸上游，我赢了！”她开心地笑着。

多丽丝显得很吃惊，顷刻之间，她仿佛明白了发生的一切。陡的，她双腿一软坐到了地上。

约翰在她身旁坐下，把她的手放在自己手里。

"你说得对，"她柔声说，"我们度过了一个美好的夏天。"

等她浑身停止颤抖后，他在她额上深情地吻了吻。

他在她额上深情地吻了吻。

一颗善良的心

"你别再制造这可怕的噪音，好不好？我的头都要炸了。"巴科斯特·海斯对着窗外大声喊道。自打隔壁搬来的新邻居开始每天下午吊嗓子练声起，窗外的春色都给搅浑了，搞得他整天心烦意乱，不得安宁。

"这个讨厌的女人，为什么不到别处出丑呢？"他恼火地自言自语道，"或许我该立刻搬走。"

他是名退役警官，经过数十年的搏杀后，渴望过上一种平静安逸的生活，颐养天年。他特地选择了街区边缘只有孤零零两座房子的地方安了家。可这会儿，隔壁那座房子里又搬来了一个退休的歌剧演员。他讨厌歌剧。

巴科斯特在心中默默地数着数字，等着敲门声的到来。"砰！"他赶紧拉开前门，莉莉已双手叉腰站在门口，瞪着双眼怒视着他。

"你这个老顽童，就不能停止你的恶作剧吗？我刚搬来才两周，你每天都大叫大嚷干扰我练声，我对你的行为已无法容忍！"

"是吗？你倒是恶人先告状。你那叫练声？哼，简直是可怕的噪音，使人无法忍受！"

"如果你的耳朵那么娇嫩，你为什么不到别处去消磨这一个小时呢？比如去钓鱼，去喝酒，去游泳，总之去做些什么。我住这儿，就要在这儿唱。即使是'噪音'，你也必须习惯。"

说完，她甩头而去，脚下的高跟鞋踩在台阶上"噔噔"作响。

真有趣，他还是第一次注意到她走路时的姿态，双胯摆动得是那样自然优美。他出神地望着，心想，都60岁了，她竟然还保持着这般轻巧苗条的身段，真有点不可思议。是不是该约她出去。

关上门后，他又觉得自己很可笑，怎么会有如此荒唐的念头。他俩绝不是同一类人，况且，自打老伴过世后，他还从未对任何女人产生过兴趣。

第二天，也不知怎的，他竟然鬼使神差地按照莉莉的建议去做了。在她练声时，他去杂货店购物。回来时，他看见莉莉在浇花。

他走上前去，仔细地打量，深红色的玫瑰花瓣上沾着点点水珠，阳光照在上面熠熠闪亮。他情不自禁地叫了起来："真是太美了！"

莉莉抬起头，看着他，用一只手随意地抹去额上的汗珠："谢谢，海斯先生。"她似乎准备离去可好像又想起了什么，说道："我刚巧想歇会儿，想喝点什么吗？"

他望着她的脸，她的皮肤光滑，几乎看不到皱纹；一双浅绿色的眼睛温柔迷人；唇上抹了淡淡的口红，显得底蕴十足又不过于张扬的性感。"那太好了，有啤酒吗？"

"当然有。户外劳作后，喝上杯冰啤酒多爽呀，你说是吗？"一抹笑容使她的眼角处绽开扇形的鱼尾纹，宛若两朵怒放的菊花。

巴科斯特眼睛一亮："噢！那还用说。"

清晨，巴科斯特被门铃吵醒了，他瞅了一眼床边的闹钟，才7点钟。

莉莉站在门口，一只手拿着一束刚采下的红玫瑰，另一只手端着一盘自制的烤面包，一并递过来说："我们订个停战协议，好吗？你只要每天给我一小时，我保你再也用不着扯着嗓子大喊大叫了。"为了使他不至于过分敏感，她又问道："你过去最感兴趣的是什么？"

"什么？哦，我想是钓鱼吧。你问这干什么？"

"我有个建议。你教我钓鱼，我教你歌剧。"

"如果我说我不想学歌剧呢？"

"那我也不学钓鱼。其实，这只不过是一种增进邻里关系的方式。"

真是两个倔强的老人，性格迥异，互不相容。直到后来发生了一件事，才使他们在各自的精神世界中找到了共振点。

一个星期天的早晨，莉莉来请巴科斯特共进早餐，巴科斯特以有许多事要做为由，草率地拒绝了她。他关门时，看到莉莉脸上难堪的神色，他突然感到自己很猥琐。

过了会儿，敲门声又响了。

"对不起，再次打搅了，巴科斯特先生。这小家伙遇到了麻烦。我想这可是你职责范围内的事。”莉莉说着，低头看了看身边大约五岁的小女孩。

“发生了什么事?”他急切地问道。

“我找不到家了，”小女孩怯生生地说，“我刚才一直跟着一只小花猫，跑到这儿就迷路了。我要找妈妈，可妈妈见到我，肯定会骂我。”说着，两行泪水哗哗地从她的双颊流淌下来。巴科斯特弯下腰，轻轻地抚摩着小女孩因抽泣而颤抖的小肩膀说：“小宝贝，不要怕，我们会帮你找妈妈。你叫什么名字?”

“凯……凯瑟琳·本森。”小女孩抽泣着说。

“好了，凯瑟琳，我叫巴科斯特，这位奶奶叫莉莉。我们先进屋。我们一定会为你找到妈妈，你妈妈见到你不会骂你，只会高兴地拥抱你。”他又对莉莉说，“你陪着她，找妈妈的事就交给我了。”

巴科斯特给他在警察局里的朋友挂了电话。几分钟后，小女孩的住址就找到了。他俩驾车把小女孩送回了家。

回来的路上，两人奇怪地沉默不语。车进了街区，巴科斯特把车停了下来，转过脸来，正巧碰上了莉莉含情脉脉的目光。刹那间，一股暖流涌上了他的心头：“有时候，我真是又蠢又笨。今天早上真是对不起你。你的心肠真好，我根本配不上你。我是个粗人，又不懂歌剧。”

莉莉一只手温柔地搭在他肩上说：“可你有办法让小凯瑟琳不哭，让她和父母重新团聚。我才不在乎你懂不懂歌剧呐。你有一颗善良的心，这就足够了。”

巴科斯特感到体内有了一种异样的冲动。这是他多年来第一次由衷产生的激情。他意识到眼前这个女人在自己心中的分量。

“告诉我，我们……哦，我到哪儿去买歌剧票? 我想进一步增进我们的邻里关系。”

莉莉满脸笑得似一朵粉色的菊花：“巴科斯特·海斯，你真是个老滑头。”

“唉——我的老祖母又开始训人喽。”

两人四目相对。巴科斯特知道，他再也不会从这儿搬走了，而要搬进隔壁那座房子里去。

这是他多年来第一次由衷产生的激情。

结婚礼物

"无论如何，"卡丽契卡说，"我们得给他们寄去点什么。"

耶尼克说："卡丽契卡，把那只花瓶送给他们吧！"

卡丽契卡睁大眼睛问道："什么花瓶？"

"那只刻花的红花瓶，安娜姑姑送给我们的那一只。"

"可那花瓶已经断了颈啊！"

"等一等！"

耶尼克打开衣柜，小心翼翼地将一只断了颈的刻花红花瓶放到桌上，又将另一个纸包打开，取出那节花瓶颈，将它安在瓶上。"要是瓶颈没断就值钱了，对不对？"

"是呀，真可惜！"

刻花玻璃像泪血般地闪着光，这是耶尼克的姑姑送给卡丽契卡的，贵重的花瓶寄到他们手里时已经断了颈。

"有啦，卡丽契卡，奥琳卡在我们家不是从来没见到过这只花瓶吗？咱们将花瓶装到一个小木箱里，写上一张贺婚卡。喏，他们准会以为花瓶颈是在邮寄的路上断的。这样一来，他们顶多只会感到遗憾，但在蜜月中这一点遗憾还是承受得了的。"

"我们怎能这样糊弄唯一的妹妹？"

"那你说还有什么别的办法吗？"

"那好吧！"卡丽契卡琢磨了一会儿说，"把这只花瓶给他们寄去，等将来我们什么时候有了钱，再给他们补上这个礼。"奥琳卡结婚了。

"亲爱的贝比克，我真遗憾卡丽契卡他们没有来。他们该来参加我们的婚礼呀！她不是总说他们过得如何顺心，耶尼克对她如何如何好吗？"

"可能，他们虽然过得还不错，但也没什么剩余的。"

"他们啥也没给咱们寄。"

"还不到1号嘛，也许要等到发了薪才有条件表示这个心意。"

说话间，房门轻轻开了，女仆走了进来。

“太太，邮差来了，说有你们的一个小木箱。”

“哪儿寄来的?”

“布拉格。”

“卡丽契卡寄来的。”两人同时欢呼起来。

贝比克小心翼翼地准备开小木箱，看到上面贴着的纸条上写着“小心！玻璃！”几个大字。

“先生，”女仆提醒说，“这儿还有一封信。”

贝比克放下用来撬小钉的刀子，拆开信封。来信是耶尼克写的。

亲爱的约瑟夫：

尽管我们没来参加你们的婚礼，可是我们整天都在想着你们。每时每刻都在祝福你们幸福。

你知道吗，贝比克，我们本想来的，可是我们没有钱。这你可别告诉奥琳卡，卡丽契卡正保着密呢，只要她以为谁都不知道这情况，她就觉得自己仿佛并不那么穷。要是我们没干那件倒霉的事，我也不会给你写这封信的。我们想给你们送件礼物，可又没有钱，于是想出了一个小小的骗术：我们曾经收到过一只刻花的红花瓶，在邮寄的路上断了颈。我想，寄给你们的花瓶也可以在路上碰断啊。请别生气，贫困逼着我想出了这么个馊主意，我便把那只断了颈的花瓶包了起来。我在这么做的时候，心里一直不好受，我为自己穷得连给自己最亲的亲戚送礼的钱都没有而愤懑异常，以至忘了把断下来的瓶颈包进去。卡丽契卡不知道这情况，她要是知道，会羞死过去的。第二天早上，我发现包在纸里的花瓶颈还在桌上，而那只小木箱已经寄去。约瑟夫，我求求你，别生我们的气，特别是别让奥琳卡知道我们的困境和骗人的把戏。不是为我，而是为了卡丽契卡，我求你这样做。祝你幸福。

可你知道，尽管我们一直穷得不行，但我们俩仍然过得很幸福。

你的耶尼克

贝比克读完信，思索了片刻。

“这是什么?”奥琳卡问道。

“别忙!”贝比克回答说。

“快，打开小木箱看看!”

“马上，马上……”

贝比克重又拿起了小刀子，可那钉子似乎总也撬不开。

“我得拿个榔头来……”

“小心点儿！”

贝比克摆好小刀的位置，对准它就是一榔头。

“小心点！贝比克！”

“该死的钉子！”贝比克喊了声，笨手笨脚地将木箱扔到了地上。

“天哪——”奥琳卡吓了一大跳。

“奥琳卡，”贝比克请求她说，“原谅我，怪我性子太急。快进你的房间去，我先看看里面的东西碎了没有。喏，别难过，要是摔碎了，我给你买个新的。别哭，奥琳卡，亲爱的！”

奥琳卡受了他一连串的亲吻之后，安静了下来，乖乖地上饭厅去了。女仆玛莉则被打发去买啤酒。贝比克徒手打开了木箱盖，一眼看到了耶尼克用纸包着的那只没颈花瓶，上面扎着一根粉红丝带，周围塞满了刨花。

“可怜的人啊！”贝比克轻声地说。

奥琳卡得到了一只非常漂亮的刻花红玻璃花瓶，这是贝比克买来代替那只被他不小心摔碎的残花瓶的。奥琳卡那一回还一个劲儿地埋怨他性子太急，以至用榔头砸碎了花瓶，好让他一个劲儿地亲她，求她饶恕。贝比克为此感到很幸福。美滋滋地竟然忘了给耶尼克写封回信，只是卡丽契卡却得到了妹妹的一封简短的信：

亲爱的、金子般可贵的卡丽契卡：

你们给我寄来的花瓶是我所得到的礼物中最喜欢的一件。我每天往它里面插鲜玫瑰，我看它总也看不够。谢谢你们，你们真好，给我们带来了莫大的欢乐。

你的奥琳卡

“小可怜的！”卡丽契卡读完信说，“她不愿告诉我们，花瓶在邮寄的路上摔断了颈子。她心眼儿那么好。而我们却干了这丢人的欺骗勾当，但总算过去了。”

“谢天谢地！”耶尼克感叹了一句，脸红到了耳朵根儿。

尽管我们一直穷得不行，但我们俩仍然过得很幸福。

情节谜

新婚夫妇巴萨和阿拉正在返回麦蒂希市的途中。他们在那里租赁了一间独门独户的房子。

“想不想玩游戏?”我想借此消磨旅途中的时间。

两个旅伴爽快地答应了。

“我给你们描述一段情节，你们要设法解释它。可以向我提任何问题，而我只回答‘对’或‘否’。”

新婚夫妇对此热心起来，于是我便开始讲起我的游戏:

“夜阑人静。一个男人正在睡觉。突然响起了电话铃。他醒了，摘下电话听筒，却没有人说话。男人挂上了电话，又睡着了。请解释一下情节。”

年轻人显然很感兴趣，没过多久就开始提问了:

“是女人打来的电话?”巴萨一箭中的地问。

“为什么偏是女人?”阿拉蹙眉说，但我的“对”字已经出口了。

“女人认识他?”巴萨紧追不舍，看得出，这年轻人是个真正会玩游戏的人。

“你干吗缠着这女人?”阿拉发火了，但我又已经给予了肯定的答复。

“男人结婚了?”情绪激动的姑娘也参加了游戏。

“对。”我宽慰她说。

“你满意了吧?”她揶揄丈夫说。

“但打电话的，大概不是妻子吧?”巴萨以一种见多识广的人的口气说。

阿拉的脸刷地红了。我实事求是地肯定，这不是妻子打的。

“这样看来，她只在晚上打电话?”巴萨迅速地迫近情节的谜底。

“瞧他那样子!”阿拉声音颤抖地喊道，“好像无所不知似的。”

“亲爱的，”年轻的丈夫温情脉脉地微笑着，“家庭生活中无奇不有嘛!”

阿拉也微笑了。但这笑容预示着凶多吉少:

“好啊，那又怎样?”

如果巴萨有经验的话，他可能会到此打住但夜半铃声的情节完全吸引了他，他无暇留心爱妻的语调。

“这个女人，她很漂亮?”他孤注一掷地问。

“对，”我答道。于是巴萨喜笑颜开了。毋庸置疑，每个人都会为发现自己具有演绎推理的才能而感到高兴的。

“那么，”他得意洋洋地问，“那女人是想证实一下她的情人是否在家?”

“太卑鄙了！”阿拉喊道。

“不，”我坚决地回答。

巴萨皱起眉头，沉思了片刻。

“他使女人痛苦了?”他问。

“对，”我答道，

“太好了！”巴萨喊道。

“您听见了吗?”阿拉问我，“一提到男人使女人痛苦，他就开心了。”

“等等，”巴萨说，“别打岔……”

“啊，我打岔?”

“等等，我跟你说……”巴萨眼露凶光，“一切都很清楚，这是暗号！”

“我也一切都清楚了，”阿拉站起来走向车门口，正好电气列车在一个站台边停下了。

“阿拉！”新郎喊道，“我们是下一站下车！”

“那是您下一站下车。”阿拉傲然回答，说罢便消失了。

巴萨绝望地随妻子跑去。在跑进通道台之前，他猛地站住朝我喊道：

“我猜对了?”

“没有！”我大声回答。

小伙子脸上流露出失望的神色。电气列车徐徐开动了。他挥了一下手，便消失在门外。

打那以后，我再也没遇见巴萨和阿拉，也不知道小两口是否言归于好了。须知阿拉不应平白无故地(说实话，这种事是屡有所闻的)怀疑自己的丈夫。情节的谜底出奇地简单无邪。

男人睡觉打鼾。鼾声吵醒了隔壁的女人。为了把邻居弄醒，她拨了他的电话号码。确信折磨着她的人醒了之后，她挂了电话。事情就是这样。

不是吗，新婚夫妇毫无争吵的理由。因而我吁请大家，如果你们在哪儿遇到巴萨和阿拉，请向他们说明情节谜的实质所在。让我们共同努力使年轻的家庭免遭破裂！

一切都很清楚，这是暗号！

特殊礼物

我的长女弗朗西斯卡和她那容光焕发的情郎特雷决定在七月份举行婚礼。我不慌不忙地做着我的计划。安排一次婚礼，你能从中学到不少东西，因为有许许多多事情要组织：教堂、管风琴师、礼堂、司仪和乐队。我们找到一家礼堂和一支由三件乐器组成的轻音乐乐队。钢琴手花了一个晚上的时间帮助我们确定我们喜爱的乐曲。

租一架钢琴要花很多钱，于是我们决定用自己的钢琴。婚礼前两天的下午，我在礼堂等着人们将钢琴搬来，这时，我看到有一个上年纪的人在门口往里探头。

“喂。”我招呼一声，他便走了进来，从交谈中我知道了他只是个想跟人说说话的孤独老人——他还有点不太正常。他告诉我，小时候他的头部的曾遭受严重的摔伤，以致他的大半生是在亚历山德拉福利院度过的。现在他到他兄弟这儿来往几天，正趁晚饭前愉快地散散步。

他问我为什么到礼堂来。我把关于婚礼的事讲给他听。他带着孩子般的天真，问我是否允许他在婚礼那天来看一眼。我能感觉出他想要得到应允的心情，于是我说欢迎他来。

在我们乡村里，七月是个寒冷、多风的月份，但是，那个星期六太阳却穿出云端，照射得暖洋洋的。每次参加婚礼我往往禁不住要哭，但当我那容光焕发的女儿走下侧廊时，我知道自己的心脏跳得加倍的快。但她脸上的表情告诉了我，不该有眼泪。

结婚仪式结束了。礼堂里整个下午充满乐曲声，人们在跳舞和欢笑。一个服务员走过来说，在旁门有位先生坚持要见我。是那天相识的人，他衣着整洁，但有些腼腆。我邀请他进来，他不肯。于是我回去取了一块上边带一朵玫瑰花的蛋糕给他。他很感动，犹犹豫豫地拿出他的礼物。“送给新娘的。”他骄傲地说。这是个包裹得很糟的小包，一张粗糙的棕色包装纸，用绳子系着，很不起眼。我把它放在桌上成堆的礼品旁边。他挥挥手说声再见就离去了。

我的小女儿米歇尔负责清点在礼堂收到的礼品，她细心地记下每位客人送的礼物。当清点到那个棕色小包时，她感到很惊讶。我从她手里拿过小包，把它打开，原来是个罐子，一只普普通通的小牛奶罐，那种人们在医院、在火车上以及在像亚历山德拉那的福利院里用的水罐。

当时我不由得流下眼泪。我为女儿的幸福而流泪；我为这个由于患有精神病而在福利院度过了大半生的人的孤独而流泪；也为他的经历触动了我，并且通过我同样触动了我女儿的这种爱的表示而流泪。于是，我们在礼品单上填写了以下字样：“一件小罐——亚历山拉福利院的一位先生赠。”

弗郎西斯卡继承了一个漂亮的玻璃柜，陈列我母亲多年来收藏的各种银器。我们一致同意把这件小水罐高高摆在美丽的银器当中，这是从一个绝望的世界送给一个充满希望的世界的一件特殊礼物，是一个从生命到生命的爱的象征。

我为女儿的幸福而流泪。

夜莺与玫瑰

“她说，如果我送红玫瑰给她，她就会和我跳舞的，”年轻的学生哭着说，“可是我的花园里一朵红玫瑰也没有啊！”

夜莺在圣栎树上的巢中听到了他这番话。透过层层树叶，她循声望过去，心中感到有些疑惑。

“我的花园里没有红玫瑰呀！”他哭着说，美丽的双眼盈满了泪水，“啊，主宰幸福的竟是这样微小的东西！圣人贤士的著作我都读过了，各种哲理的个中三昧我也都学到家了，然而我的生活，仅仅因为缺少一朵红玫瑰，却变得如此不幸。”

“终于找到了一个真正的痴情郎，”夜莺说道，“虽然我夜夜为他高歌，但我并不了解他；

每晚我把他的故事讲给星星听，现在他就在眼前。他的头发浅黑如风信子的花瓣，他的嘴唇红润如他所渴求的玫瑰花；但激情却使他的脸如象牙般苍白，悲伤印在了他的眉梢。”

“王子明天晚上要举办舞会，”年轻的学生喃喃自语，“我的爱人就是那位舞伴。如果我送给她红玫瑰，她就会和我共舞通宵。如果我送给她红玫瑰，我就可以拥她入怀，握着她的小手，而她就会把头倚在我的肩上。可是我的花园里没有红玫瑰，我就只有独自一人坐在那里，看着她从我的身边走过去。

“她根本不会注意到我，我会心碎的。”

他躺进草丛，双手掩面，哭泣不止。

“他为什么在哭呀?”一只绿蜥蜴翘着尾巴从他身旁经过时问道。

“唉呀，到底是怎么啦?”一只舞着双翅追逐着阳光的蝴蝶说。

“唉呀，到底是为什么呀?”一朵雏菊悄声问她的同伴。

“一朵红玫瑰。”夜莺说。

“就为了一朵红玫瑰?”他们惊叫道，“真可笑！”好挖苦人的小蜥蜴放声大笑。只有夜莺知道年轻的学生为何伤心。她静静地栖在圣栎树上，心中想着那神秘的爱情。

忽然，夜莺展开她那棕色的翅膀飞向空中。她像影子一般飞过小树林，又像影子一般掠过了花园。

在这片草地的中央长着一丛美丽的玫瑰。一看见这丛玫瑰，夜莺就飞过去，栖落在一根小枝上。“给我一朵红玫瑰吧，”她叫道，“我会把我最甜美的歌唱给你听的。”

玫瑰却摇摇头。

“我的花都是白色的，”它回答说，“白得就像大海的浪花，白得胜过山顶的积雪。不过你可以去找找我的兄弟，他就在那个旧日晷附近，或许他会给你所要的东西。”

于是，夜莺又飞到了旧日晷旁的那丛玫瑰上。

“给我一朵红玫瑰吧，”她叫道，“我会把我最甜美的歌唱给你听的。”

玫瑰却摇摇头。

“我的花都是黄色的，”它回答说，黄得就像那坐在琥珀宝座上的美人鱼的金色，黄得胜过那些在刈草者拿着大镰刀到来之前盛开在草丛中的黄水仙。不过你可以去找找我的兄弟，他就在学生的窗下，或许他会给你所要的东西。”

于是，夜莺又飞到了学生窗下的那丛玫瑰上。

“给我一朵红玫瑰吧，”她叫道，“我会把我最甜美的歌唱给你的听的。”

玫瑰摇摇头。

“我的花都是红色的，”它回答说，“红得就像鸽子的脚，红得胜过那些在海底的大洞穴里摇摆着的大珊瑚。但是，严冬冻坏了我的经脉，冰霜摧残了我的花蕾，暴雨折断了我的枝条，今年我一朵花也开不了了。”

“我只要一朵红玫瑰就够了，”夜莺叫道，“就一朵！一点办法都没有吗?”

“办法倒是有一个，”玫瑰回答说，“不过这个办法太残酷了，我不敢告诉你。”

“告诉我吧，”夜莺说，“我不怕。”

“如果你想要一朵红玫瑰的话，”玫瑰说，“你必须在月光下用歌声来孕育它，再用你心脏里的血来为它染色。你必须把你的胸膛顶在一根尖刺上，并不停地对我歌唱。整整一夜你都要不停地对我歌唱。而这根刺也必须扎进你的心脏，你的生命之血必须流入我经脉，变为我的血液。”

“为一朵红玫瑰而死确实代价巨大，”夜莺说，“何况生命对谁来说都非常宝贵。可是，和生命相比，爱情更加美好，况且，与一个人的心相比，一只鸟的心又算得了什么呢?”

于是，她展开她棕色的翅膀飞向空中。她像影子一般掠过花园，又像影子一般穿过了小树林。

年轻的学生此刻还躺在夜莺离开时他躺的那片草地上。他那美丽的双眼里泪水还没有干。“快高兴起来，”夜莺叫道，“高兴起来吧，你可以得到你想要的红玫瑰了。我会在月光下用歌声孕育它，再用我的心脏的血来为它染色。作为对我的回报，我只求你忠于爱情。”

学生抬起头来看着夜莺，但他却听不懂夜莺在对他说些什么——他只知道那些写在书本上的东西。但圣栎树听懂了，他感到很悲伤，因为他非常喜欢这只小夜莺，这只把巢筑在他的树枝上的小夜莺。“给我唱最后一支歌吧，”他轻声说，你走后我会很寂寞的。”

于是，夜莺为圣栎树唱了一曲，她的歌声就像银罐里汩汩流出的清泉一样清纯亮丽。

皓月当空时夜莺飞上玫瑰枝头，把自己的胸膛顶在了一根尖刺上。整整一夜她高歌不止，整夜她的胸膛都顶在那根尖刺上。清冷的明月俯身倾听着。她唱了整整一夜，而尖刺也越来越深地扎进了她的胸膛。她的生命之血慢慢衰竭了。

起初，她歌唱一个男孩和一个女孩，歌唱他心中爱情的萌生。于是，在那丛高高的玫瑰梢上盛开了一朵奇迹般的玫瑰。伴随着一支儿歌又一支歌儿，花瓣一个接一个地绽开了。这朵花儿淡淡的，淡如河面上的雾霭，淡如清晨的脚步，又淡如黎明时银白的翅膀，开放在高高的树梢上。这朵花儿宛若银镜中玫瑰的幽像，又恰似水池中玫瑰的倩影。

但是玫瑰对夜莺叫喊着，叫她让尖刺扎得更深一些，“再扎深一些，小夜莺，”玫瑰说，“否则花儿开不完就天亮了。”

于是夜莺让尖刺扎得更深了，她的歌声也越来越响亮了，因为她唱到了在男女灵魂深处激情的爆发。

一抹粉红爬上了红玫瑰花瓣，就像新郎亲吻新娘的双唇时她脸上的红晕一般。但尖刺还没有扎进夜莺的心脏，所以玫瑰花心仍然是白色的，因为只有夜莺心脏的血才能染红玫瑰的花心。

但是玫瑰对夜莺叫喊着，叫她让尖刺扎得更深一些，“再扎深一些，小夜莺，”玫瑰说，“否则花儿开不完就天亮了。”

于是夜莺让尖刺扎得更深了。尖刺扎进夜莺的心脏时她感到了一阵钻心的剧痛。疼痛越来越剧烈，她的歌声却越来越高亢，因为她唱到了爱情，用死亡升华的爱情，永生不灭的爱情。

这朵美丽非凡的玫瑰终于红透了，红得就像东方天空的云霞一般——花瓣深红，花心仿佛一颗红宝石。

但是夜莺的歌声渐渐低弱了，她的小翅膀开始扑扇发抖，一层薄翳遮住了她的双眼。歌声越来越微弱，她感到喉咙让什么东西给哽住了。

终于，她唱出最后的一声。这一声明月听见了，明月忘记了黎明，久久逗留在天空不愿离去。这一声红玫瑰听见了，红玫瑰激动得全身颤抖，在清冷的晨风中展苞怒放。这一声在山谷那紫色的洞穴里回荡，唤醒了梦乡中的牧羊人。这一声飘过河里的芦苇林，芦苇又把歌词告诉大海。

“看啊！看啊！”玫瑰叫道，“这朵红玫瑰终于开出来了。”但是夜莺没有回答——她已经躺在了深草丛中——死了，尖刺还扎在她的心上。

中午时分，学生向窗户外望去。

“啊，运气真好！”他叫道，“这儿开了一朵红玫瑰。我从未见过如此漂亮的玫瑰，它简直太美了，我想它肯定有一个很长的拉丁名。”他俯身摘下了这朵红玫瑰。

然后他戴上帽子，拿着这朵玫瑰直奔教授家。

教授的女儿坐在门口，她正往纺车上绕蓝色的丝线，脚边趴着她的小狗。

“你说过如果我送你一朵红玫瑰你就会和我跳舞的，”学生叫道，“这朵是世界上最红最艳的玫瑰。今晚你把它戴在胸前，当我们一起跳舞时它就会告诉你我是多么的爱你！”

可是女孩却皱起了眉头。

“恐怕它与我的衣服不相配吧，”她回答说，“再说张伯伦的侄子送了一些珠宝给我，谁都知道这些珠宝要比花儿昂贵得多。”

“喂，我说你也太忘恩负义了！”学生气愤地说。他把玫瑰扔到了街上。玫瑰掉进了一条小水沟，一只大马车轮子从上面辗了过去。

“忘恩负义？”女孩说，“我告诉你，你这人说话太不礼貌了；别忘了，你算什么——不过一个学生而已。哼，我不信你的鞋上也有张伯伦的侄子有的那些银扣。”她从椅子上站起身，进了屋子。

“爱情真是个无聊的东西！”学生一边往回走一边说，“它还没有逻辑推理一半有用。因为它证明不了任何问题，却总是在讲述着一件不可能发生的事情。其实，爱情太不实际了，既然在这个年代里一切向实用主义看齐，我宁愿回到哲学中去，宁愿去学点空洞的哲学理论。”

于是，他回到了自己的房间，拿出一本积满灰尘的书读了起来。

一抹粉红爬上了红玫瑰花瓣，就像新郎亲吻新娘的双唇时她脸上的红晕一般。

初秋

比尔很年轻的时候就恋爱了。多少个夜晚，他们在一块儿散步，谈心。后来，为了点小事，他们不说话了。因为一时的感情冲动，她和一位她认为她所爱的男人结婚了。比尔离开了，对女人满怀怨气。

昨天，经过华盛顿广场时，她见到他了。这是几年来的第一次。

"比尔·沃克。"她叫道。

他停下了脚步。起先，他不认识她。她看上去那么老。

"玛丽！你从哪儿来?"

她无意识地抬起了头，好像等着一个吻。他伸出了他的手，她握了。

"我现在住在纽约。"她说。

"哦。"带着礼貌的微笑。接着，他皱起了眉头。

"我一直想知道你怎样，比尔。"

"我在商业区附近的一家合伙的事务所当律师。"

"结婚了吗?"

"当然，而且还有两个孩子。"

"哦。"她说。

熙熙攘攘的人群从他们身边流过，穿过广场。全然陌生的人群。已经傍晚了，太阳就要下山了，天冷得很。

"你丈夫怎么样?"他问道。

"我们有三个孩子，我在哥伦比亚大学的会计室工作。"

"你看上去很……(他想说"老")……健康。"他说。——她明白他的话。在华盛顿广场的大树下面，她发现自己在极力追怀着逝去的岁月。在俄亥俄州的时候，她比他大。但现在，她一点儿也不年轻了。而比尔却依然是年轻的。

"我们住在中心西街区，"她说，"有时间来看我们。"

"一定去。"他答道，"哪天晚上，你和你的丈夫一块儿到我们家来吃晚饭，随便哪天晚上。露西尔和我都非常欢迎。"

广场上的树叶从树上慢慢地往下落着，没有风声。在秋色的黄昏里，她觉得有点儿病样的感觉。

"我们很乐意。"她回答道。

"你可要看看我的孩子哟。"他露齿而笑。

突然间，五号街一条长街的路灯都亮了，一长串朦胧的灯光映在蓝蓝的夜空。

"我乘的公共汽车来啦。"她说。

他伸出他的手，"再见！"

"什么时候……"她想说，但车子要开了。街上的灯光朦胧，闪耀，模糊。她上车的时候，害怕张开嘴，害怕说不出一句话。

她突然尖叫起来："再见！"但车门已经关上了。

汽车开动了。人们在汽车和比尔之间横街而过，那些他们不认识的人们，间隔的距离，人群。她看不见比尔了。她想起了忘了把地址给他，——或找他要地址，

——或告诉他，她的小儿子也叫比尔。

她上车的时候，害怕张开嘴，害怕说不出一句话。

不平凡的礼物

小提琴呈现出那种久经摩挲的柔和而亮丽的色彩。在问世后的两个多世纪里，这把光彩夺目的琴，不知曾流泻出多少美妙的音乐，苏珊心想。

泰勒先生用枯瘦的双手捧起小提琴说：“这琴音色极好，就像丝绸一样华丽。”

“的确很美。”苏珊说。

泰勒先生把小提琴放回琴盒，在床上直起身子，然后连琴带盒一起递给苏珊。那副用透明胶带粘补的破旧眼镜，低低地耷拉在他的鼻梁上。“真希望这琴能归你。”他急切地说。

“您的琴吗?”苏珊惊呆了。

“我想把它送给你和你的先生。”泰勒先生说，“就算我给你们结婚一周年的礼物吧!”

她接过了琴盒，“它可是价值连城呢!”

“没那么值钱。”泰勒先生说。他又重新躺下了。

苏珊和斯迪夫在梅琳达太太那幢破烂不堪的褐色砂石房里租了四楼一套背阴的一居室单元。

斯迪夫在一家汽车行里打工，晚上到夜大读工程学，苏珊则替别人加工灯罩来补贴家用。对他们来说，生活才刚刚开始，所以尽管没钱也不怎么放在心上。他们打算养6个孩子，再买一幢房子。他们隐约觉得，只要斯迪夫一拿到学位，这一切就很快都会有的。

泰勒老先生长期卧病不起，患有关节炎和严重的心脏病。他住在五楼背阴的一居室里，正好就在苏珊夫妇楼上。苏珊几乎天天都要到泰勒先生那儿待上一阵子。她喜欢听泰勒先生讲音乐。老先生在交响乐团拉了一辈子小提琴。除了房东太太，苏珊是唯一来看望他的人。

斯迪夫回家后，苏珊就把小提琴盒给他看。他说："我的天，真是他那把琴，这玩意儿可值大钱啦！"

"他过生日，我从杂货店买了葡萄酒送他；我们结婚满周年，他又把小提琴送我们。他一个劲儿地坚持，我真不忍心拒绝。他也就这么一件东西可以送人，所以就拿了送我们。这事可真叫人哭笑不得，倒让我觉得像是我们存心骗他琴似的。"苏珊说。

"别这么想，"斯迪夫说，"那是因为他喜欢你。我能理解，我自己也觉得你非常可爱。"

"他现在非常寂寞，说不明白人活一辈子到底为个啥呢。我回家后都哭了。"苏珊说。

"哎，我们可以把琴卖了，用那钱给泰勒先生买点东西，"斯迪夫说，"要不就用一部分钱买，这总该扯平了。就买点药吧。"

苏珊摇摇头："什么药也帮不了他。告诉你我是怎么想的吧，我想把琴卖了，给他买一台好点的唱机和好多唱片。说不定也会给你添一双新鞋和衬衫呢！"

斯迪夫上夜大听课去了。苏珊洗了个澡，穿上结婚时那套漂亮的西装套裙，夹起小提琴盒，穿街走巷来到乐团排练场，找到音乐会的主办人克林耐尔先生。

他说："泰勒？你说什么，这是泰勒的琴？你把他的琴怎么了？偷了？"

"我没偷，"苏珊愤然地说，"是他自己送我的。"

克林耐尔不屑地一笑："笑话！你是谁，他女儿吗？咦，他不是没有家小吗？得啦，你呀，还嫩点。"他从头到脚把苏珊打量一番。

"不，"苏珊说，"他不过是把小提琴当一件礼物送我。"

克林耐尔垂下眼皮瞅瞅苏珊，问道："你说这是礼物，那为什么要卖呢？你会拉小提琴吗？"

"噢，不，我不会。我们手头很拮据，是他让我把它卖了。你知道，这是个周年纪念品。"

她没想到自己竟然要做如此解释，她感到一筹莫展。

克林耐尔对一个秃顶的矮个男人说："你不是泰勒先生的得意门生吗，乔？这是他的琴，他要卖掉。"

秃顶人不安地说："我还以为泰勒先生已经过世了呢。自从战争中我离开此地之后，就和他断了联系，他不缺钱用吧？"

苏珊说："嗨，他够穷的，只能凑合着过日子。他孤独寂寞极了。他就住在我们楼上，有关节炎，不能再拉琴了，大部分时间都待在床上。今天是他生日，我送了他一个小礼物，他竟然把小提琴送给了我。"她的脸发烧了。

秃顶的矮男人朝泰勒先生的小提琴俯下身去，拨动一根琴弦。他自言自语地说："你知道，我的琴就是跟泰勒先生学的，他从来不收学费。我坚持要给他，而且每年也真的给了，可等我学成满师的时候，他给了我一个小盒子，里面装着我以前付给他的所有学费，分文不少。

他知道我需要这些钱。我不应该和他断了联系。如果你能给我他的地址，小姐，我会登门拜访他。"

苏珊把地址告诉他，说道："他见到你一定会高兴极了，真的。"

"这个善良的好老头，"克林耐尔说，"总是用自己的钱去接济别人，你刚才说为什么送他礼物来着，是他过生日吗？我们大家也许都该到那儿去看看泰勒老先生，而且要快，"克林耐尔冲秃顶的矮男人一眨眼说，"至少你该去，乔，还要带上没练完的那部分四重奏。大家意见如何？今晚再多干半小时。行吗？"

"哎，这主意不错。"乔说，他脸上开始浮现出笑容，"我一定去。"

"我想在座的大部分人或多或少总得到过那老人的帮助吧，"克林耐尔说，"我们还缺一个倍大提琴，谁去叫珊米来，他也是泰勒的学生……

晚上11点刚过，苏珊就听见门外大厅里一阵纷乱的脚步声，接着又有人敲门。

斯迪夫打开门，苏珊看到克林耐尔夹着小提琴站在那儿，身后是乔，再后边是另外两位拿着乐器的音乐家，在他们身后还有更多的人，在人群的最后头立着一个高个儿男人，他手里拄着一把倍大提琴。

他们走到窗前向外张望。音乐家们按照乐器的不同声部，沿着四五楼之间的火警通道一层层地坐在楼梯上。那把倍大提琴的位置就在窗外的平台上。音乐家们纷纷从盒子里取出乐器，开始调音，克林耐尔不住地从最高一层台阶向下面发出嘘声，显得十分诡秘。

"噢，明白啦，"苏珊说，"这一定是送给泰勒先生的礼物。他们对泰勒离团后就被大家遗忘感到愧疚，他们真的很喜欢他，你说呢？"

没等斯迪夫答话，音乐声就响起来了。那音乐仿佛并不是发自音乐家手中的乐器，而是直接从漫漫暗夜里飘然而出。

四周那些破旧大楼的窗户，一下子全打开了，无数张朦朦胧胧的脸出现了，人们在倾听。

"什么曲子？"斯迪夫问。

"莫扎特，"苏珊说，"好动听的小夜曲。"

楼上，泰勒先生的窗户砰地打开了。苏珊心里想象着泰勒先生该是多么艰难地从床上下来，走到窗前将它打开。这会儿苏珊看见泰勒先生倚在窗口向外眺望，眼睛里滚动着泪花。

苏珊任斯迪夫把她搂在臂弯里，她的手抓住斯迪夫的手，紧紧地握着。斯迪夫漫不经心地说："我有点想把它留下。"

"说不好，我也正有此意，"苏珊说，"6个孩子当中，将来怎么也得有一个要用它来学小提琴。"

音乐袅袅地飘过屋顶，飘过云朵，向着撒满繁星的夜空深处飘去；仿佛那音乐也将人们轻轻托起，带向远方。

你是人，带着他的一切。

相逢在雨夜

拉达兰妮是个不到十一岁的姑娘。她正向湿婆神庙走去。

从前，她的家境富裕，过着安闲舒适的生活。然而，自从她父亲去世之后，情况就急转直下、一落千丈了。同族的一个亲戚为了鲸吞她家的财产，跟她母亲打了一场官司。法院判处寡妇败讼。判决刚一生效，那个亲戚就把母女俩赶出宽敞豪华的住宅，霸占了近百万卢比的财产。拉达兰妮母亲付清打官司的费用，手头的钱也就全花光了。但她仍不甘心，出卖了首饰物品之后，又向上一级法院递了一封上诉书。这样一来，连买米的钱也没有了。寡妇带着女儿搬到邻村一间茅屋里，干些力气活儿，勉强度日糊口。

真是祸不单行！庙会前夕，拉达兰妮的母亲得了一场重病，母女俩只好挨饿。庙会这一天，拉达兰妮一边哭泣，一边采摘野花，然后编成花环。她想：我把这花环拿到庙会上去卖一两个钱，就可以给妈妈买点吃的东西。

真不凑巧！庙会还没进行到一半，就下起大雨来了。雨落人散，花环没有卖出去。夜幕渐渐降临，四周一片漆黑，瓢泼大雨仍下个不停。一想到妈妈在挨饿，拉达兰妮的眼泪也如雨注。她哭着哭着跌倒了，含着泪水爬起来；抽泣着又滑倒了，擦擦眼泪再爬起来……尽管如此，拉达兰妮也没有把那仅值一两个钱的花环扔掉，而是把它好好地藏在怀里。

黑暗中，拉达兰妮忽然觉得有谁拍了她一下肩膀。一瞬间她停止了哭泣，随后又哇的一声大哭起来。

那个拍她肩膀的人问道："喂，你叫什么名字？为什么哭呢？"

"我叫拉达兰妮。"

"啊，拉达兰妮！我们去的是一个方向，我可以顺便把你送回家。"

他们一边走一边说，谈得很融洽。"拉达兰妮，你还是个小孩，怎么就一个人去看庙会？"

拉达兰妮讲到了自己的花环。于是陌生人说："我正要买一个花环。家里有一尊神像，要献一个花环。如果你这花环还想出卖的话，就卖给我吧！"

拉达兰妮很高兴。可是她想：这个人拉着我的手，在茫茫黑夜里领我回家，怎么能收他的钱呢？但是，假若不要钱白送给他，那我又怎么能买点东西给妈妈吃呢？看来，钱还是要收一点的。

拉达兰妮把花环交给了同路人。那人说："这值四个派萨。你接住钱！"

那人边说边交给拉达兰妮两枚硬币。

拉达兰妮接到钱，觉得沉甸甸的，颇感奇怪。便问道："这是派萨吗？怎么这么重，您是不是错把卢比当派萨了？"

"不会的。"

"好吧！到了家我点灯看看。要是卢比，我再还给您。可您一定要等我一下。"

她回到家点燃火把一看，那个人给的果然是卢比而不是派萨。

拉达兰妮手持火把跑出来，寻找那个给钱的人。可是人已走了。

拉达兰妮很懊丧。她把所发生的一切都告诉了母亲。母亲说，"他难道错把卢比当派萨了吗?！他是一个乐善好施的恩主！他知道了我们的不幸，就解囊相助。我们现在确实太穷了，那就收下来用吧！"

拉达兰妮为了把卢比换成零钱，并给母亲买点吃的东西，来到商场。随后动手扫地，扫着扫着，拉达兰妮看到了一张纸。她拾起来问道："妈，这是什么？"

"一张支票。"母亲看后说。

"这一定是他留下来的！"

"对！是给你的。你看，还写着你的名字呢！"

“妈，真有意思！他到底是谁？”

“支票上也有他的名字。”母亲说，“为了以后谁也不会说这钱是偷来的，他专门写了自己的名字。他叫鲁克米尼库马尔·拉伊。”

第二天，母女俩到处找听鲁克米尼库马尔·拉伊。但是，无论是斯里兰普尔，还是其周围地区，都没有一个叫鲁克米尼库马尔·拉伊的人。支票没有兑换，而是被珍藏起来。她们虽然很穷，但并不贪婪。

过了一段时间，从最高法院传来了好消息——母女俩向法院提出的上诉书，得到了有利于她们的裁决。她们所有的财产和债权可以全部收回，三次打官司的花费也能得到补偿。然而拉达兰妮的母亲却因精神和肉体上的双重痛苦使她难以忍受，因而病情日益恶化，不久，拉达兰妮的母亲离开了人世。

五年过去了，拉达兰妮已经成了一个美丽非凡的十六岁少女。拉达兰妮一着手管事，就给政府当局寄去了二十万卢比，请求用这些钱在她自己的村子里修建一所救济院，取名为“鲁克米尼库马尔宫。”

一两年之后，救济院里来了一位很有身份的人。他大约有三十五六岁。从外表来看，使人觉得是个稳重端庄的富豪。这位参观者在救济院里转了一圈，返回门口时问道：谁是这里的施主？他的名字是不是叫‘鲁克米尼库马尔’？”

“不，她叫拉达兰妮。”守门人回答说。

“这位施主住在哪里？”陌生人问道。守门人用手指了指对面那座宏伟的公馆。问话人慢慢朝拉达兰妮的宅邸走去。然后进到了屋里。拉达兰妮来到客厅，把女仆打发走后，来者拿出一张很旧的报纸，递给了拉达兰妮。当拉达兰妮看到报纸上有那张寻找鲁克米尼库马尔的广告时，她站了起来。站着站着，开始像椰子树叶一样颤抖起来。看到来人英俊的外表，她心里暗想：他就是我要找的鲁克米尼库马尔吗？拉达兰妮再也按捺不住内心的激动，轻声问道：

“您就是鲁克米尼库马尔先生吧？”

来者回答说：“不是……”

“要是这条广告与您毫无关系，那您为什么要保存它呢？”拉达兰妮问道。

“因为有些好奇。”陌生人回答说，“七八年前，我曾到处漫游。某种原因，隐去了自己的真名实姓，用了一个随意想出来的名字——鲁克米尼库马尔……”

等拉达兰妮稍许平静一点，陌生人继续说：“我不清楚，是否有人真的叫鲁克米尼库马尔。

这是很有可能的，所以我并不认为一定是找我。但这毕竟是个谜。我也曾认识一个叫拉达兰妮的小女孩。自从那天看到她以后，我就再也不能忘怀了。我曾多次寻找过她，但都无下落，拉达兰妮为了给自己母亲弄点吃的，忍饥挨饿采集野花编花环……”陌生人的话语哽住了，双眼噙满了泪珠。

拉达兰妮也热泪滚滚，她擦去眼泪后说道：“别人有什么好讲的呢？还是谈谈您自己吧！”

“拉达兰妮不是别人！”陌生人争辩说，“如果世界上有女神的话，那拉达兰妮就是女神！如果说，我见到过圣洁、淳朴的人，那就是拉达兰妮！要是说，有谁的言辞使我永生难忘的话，那也是拉达兰妮。”拉达兰妮走出客厅，揩干眼泪，开始沉思：他就是那个鲁克米尼库马尔，我也是那个拉达兰妮。

尔后，两个人坐在幽静的地方倾心交谈。拉达兰妮，就像那印度杜鹃沐浴在风雨之中一样，感到无限欣慰和满足。戴本德罗，正像那晒得发烫的山岭雨后变得格外清凉一样，烦躁顿消，精神一爽。彼此心心相印，沉浸在无比幸福之中。

所有成功的人都承认自己是因果论者，他们相信成功不是由于命运。

夜晚的窗口

我穿着一件褪了色的旧上衣走出家门。这件上衣是我祖父留下来的，我现在敢穿了(这一年我长高了许多)。我一边在街上走，一边在心里念叨着母亲吩咐我做的事，同时摸着衣兜里的一封要我送的信。不知为什么，我觉得自己很重要。母亲这么突然派我去送信，这证明了母亲早就对我讲过多遍的话。“你已经是个真正的男子汉了。”她说这句话时语调平静而缓慢，表情严肃而庄重。这对她那张我一向认为是慈爱的准确表现形式的面孔来说，是不寻常的。

我踏着泥泞的路(那个下午落了一阵大暴雨)，躲闪着水坑儿往前走。一个个水洼儿反射着街区唯一的一根灯柱上垂着的路灯的微弱灯光。我的步子既迟缓又谨慎，不知是因为路太难走了，还是因为心中暗暗渴望永远保留着“你已经是个真正的男子汉”这种唯一感觉，仿佛做个男子汉的意识就像一把硬币那么容易失去。

走到街角那一棵在寒冷中缓缓摇曳的柳树下，我回头望了望，发现我是站在两个不同世界的界线上。对心灵来说，黑夜是一盏揭示被声音和悠闲的太阳掩盖着巨大区别的明灯。我的家所在的街上的一切房舍都透射出微弱的光线，这可能是因为贫穷的居民区只配使用剩余电光，也可能是因为玻璃窗上布满了污垢，倘若不是硬纸板或尼龙纱遮挡的话。但是前面，高柳树大约十步远的地方，两排铁灯柱上的灯光却明晃晃的特别亮。灯柱的上端弯鞠躬似的弯下来，把霓虹灯光洒在潮湿而光亮的黑马路上。

这是我第一次在这样的时刻独自在街上走路。我按照母亲的嘱咐，顺着右边的人行道走了五个街区，然后向右拐弯。湿润的空间平静异常。几条横街我曾经走过，因为那时上学老走一条路觉得乏味，就不顾一切地转弯抹角到处串。

走到目的地后，我先查看了几遍地址，然后胆怯地按了一下门铃，唯恐引起陌生的主人的反感。等了很久也不见有人出来，我真想再按一遍门铃，再不来人开门我就走。于是我按住了电钮。那座灰不灰白不白的房子(很可能原先是葵绿色的)同铁栅栏间隔着一段距离，不高不矮的三层楼房好像没有人往。我正想走开的时候，三层楼上的一扇窗子忽然亮了。光线虽然不强，但是一位姑娘的身影是看得清的。她可能想看看我。随后在她身边出现了另一个身影。那个身影拉了拉倾斜在窗框上的半透明的窗帘。毫无疑问，他们就是想看看我是谁。我没有做任何动作，只是等着他们采取什么决定。这时我看到了那个房间的天花板，但是看不清是什么色的。过了一会儿，那第二个人影(好像是个成年妇女)把窗帘放了下来，让它轻轻地回到了原来的位置。姑娘的面孔几乎看不清，她依然立在那儿看我。又过了一会儿，楼门终于开了。一位老太太向我走来，慢腾腾地穿过门前那片荒芜的、看上去曾经做过花园的空地，走到离我差不多2米远的地方停下来，问我有什么事。我结结巴巴地说有一封信要交给女主人，是我母亲让我送来的。她冷淡地问我，你母亲是谁。听到我的回答后，她点了点头，走到栅栏门前来，我胆怯而慌乱地把信从栅栏孔里递给她时，我望了望楼上。发现那个姑娘仍然在望着我。这时我才发觉自己的样子是多么可笑：我穿着祖父的又肥又大的上衣，肯定显得很寒酸。老太太带着古怪的表情(现在她可能是个家道中落的贵妇)，一句话也不说(我真希望她说几句话)，慢慢地转过身回楼里去了。我深深地叹了一口气，觉得自己羞愧得无地自容。我那么可怜巴巴地站在那里，受到人家蔑视，心中不由得产生一种内疚，好像那位老太太不知道我，完全是我的过错，那个姑娘还站在窗口望我，似乎想察看清楚，确信我不是个鬼怪。我呢，虽然看不清她的眼睛，但是我知道它们是美丽的……而且可能是蓝色的……她的长发是金色的；光线虽然又黄又弱，她的金发仍然闪闪发光。根据她那细嫩的前额，可以猜想她的皮肤是平滑的。她的嘴巴的表情说不清怎样，但是我觉得那种表情既让人感到甜蜜，又觉得她很痛苦。我深深地感觉到了这一点。我离开栅栏门之前又看了看她：她依然无动于衷地站在那儿，目不转睛地盯着我这个可怜而痛苦的人儿。

她有多大岁数？这可没办法知道，尽管看上去她比我大些。从她的面部表情看，可以想象到她具有女人的完美体形。在我回家的路上，她的形象一直不离开我的脑海。我把双手伸进上衣兜儿，觉得整个世界都压在我的背上。我咒骂我忽然要穿我祖父的上衣的那个时刻，这件遗物弄得我的模样可笑不堪。我走到我们的居民区时，天上落下了蒙蒙细雨。我没有看那棵柳树，一直跑到家门口。一进门我就脱掉了上衣，气恼地把它扔在一个角落里。母亲马上看出我遇到了什么不顺心的事，但是不敢问，只是谨慎地问我是不是把信送到了。

一天又一天过去了，站在窗口的那位姑娘终于成了我生活中的一部分，这使我的生活发生了很大变化。我决定找机会再到那幢楼前去看她。但是我不知道应该找个什么借口。一想到我母亲可能知道我的企图，我就感到恐惧。如果我想出门或者想玩耍的话，我可以凭着“我是个真正的男子汉”这个事实打破必须遵守的习惯的束缚。此外，放学的时候我可以晚些回家，回家后对母亲说在学校受到了处罚才回来晚了。但是，我讨厌说谎。然而，我必须再去看她，去看清楚那个刻在我脑海里的形象；我也必须消除那个站在窗口望我的姑娘的身影留给我的不安；再说我也不能仅仅停留于那个姑娘留给我的表面印象，我需要弄明白隐藏在那种模糊的现实后面的东西，感受她的心灵的跳动。我的急切心情到了绝望的程度。

夜色正在降临，紫色晚霞使我增加了出门的勇气。我丢下我的事情，不顾母亲的反对，悄悄地溜出了家门，拼命跑到那幢悲哀的灰楼前。我停在那里，举目往楼上看：窗口黑糊糊的，看去那里空无一人，比其他楼层显得还凄凉，因为我知道其他楼层没有人居住。但是窗子里头是有生命的，而且是高贵而纯洁的生命。我走到对面的人行道上，打算一直站在那儿，直到看见她出现的窗口、相信不是梦见她为止。突然，奇迹出现了：灯亮了，我看见了她，她又像第一次那样望着我了。由于灯光比较亮，东西的轮廓看得清，所以我能清清楚楚地看到她的形象；她的确是世界上最美丽的、我从没有见过的女子。但是虽然我很激动，我还是认为灯亮之前她就立在窗前，这说明她早就在望着我了；因此说，她是喜欢我的，她早就认出了我。夜色渐渐把她的形象变得模糊了；但是她的剪影却越发清晰了。那个夜晚，我感到我的生活没有她就失去了意义，我相信她对我也有这种感觉；不然的话，她为什么老是站在窗前不动呢？我不知我跟她彼此相望了多么久。只是因为我欺骗了母亲心里觉得不安，使我的幸福受到些许影响。我对她打了个手势，愉快而不安地匆匆离开了那里。

差不多就跟我料想的一样，我母亲正哭哭啼啼地等着我，为我着急、担心。我该怎样对她解释呢？我从来也不敢对她透露我心中的秘密。我知道，我不说话会使她感到痛苦，因为这会使她产生疑问，疑问会像伤痛一样折磨她的心灵。但是，一想到那个姑娘，一切就得到了补偿。虽然我不知道她的名字，但是我们还是远远地相爱着，我们可以像我们的渴望要求我们的那样彼此称呼。所以后来我又好几次溜出家门，尽管我知道我的行为会让我母亲生气和痛苦。母亲没有说什么，但是她的脸上有一种难以形容的失望表情。为了避免母亲感到失望或减少她的失望心情，我就设法缩短站在那幢楼前看望她的时间。而那个窗口好像知道我的到来，我一到它就开灯。

然而，终于有一天，我产生了一种隐秘的行动。我不但要看到她，而且渴望抚爱她，吻她，因为我确信她是爱我的。对此我毫不怀疑。于是，我就设法寻找机会到那幢楼里去。但是我知道，要达到目的并不容易；我还知道，她每天傍晚都懒洋洋呆在窗口，期待我采取主动。

我不能辜负她的期望。

一天傍晚，窗子里没有灯光，从此我的心情就开始沮丧了，虽然我知道她仍然立在窗前等待我采取什么行动。她那看不见的身影无形的银鸥般同夜色融为一体。这使我决心克服我的恐惧心理，不怕母亲发觉发生的一切。我要谨慎地、转弯抹角地向她打听一下关于那个老太太的情况。母亲好像早就知道她的话的重要性。她告诉我说，她知道那个老太太患重病住了院。

听到她这么说，我感到一阵不安，但是同时又增添了勇气。当天晚上我就冒着第二次雨赶到那幢楼前，克制着忧伤心情对那个姑娘打手势，告诉她我已经知道发生的事情，知道了她的痛苦、她的焦虑和她的孤独；我还告诉她，不久我就到她的身边去保护她，爱她，永远不离开她，虽然我还不清楚怎样才能办到。她像在梦中一样被夜色笼罩着，没有回答我的手势。

我在雾蒙蒙的人行道上逗留了很久，在她那种不可想象的孤独中陪伴着她；后来我回家了。

母亲的脸上毫无斥责我的阴影，她正打着瞌睡等着我。在她的额端可以看到我的行为给她带来的痛苦。她给我端来一杯咖啡。我带着沉思的神情闷闷不乐地喝咖啡的时候，母亲告诉我说她已经知道我下午打听的那位老太太死了。我压根儿就不清楚我母亲跟那个老太太是什么关系，但是我知道她的话不会错。此外(过了很久我才理解)她也知道，我的变化在某种程度跟她派我送信的那个夜晚有关，并且根据这一点她料想到老太太死去的消息会使我感到悲痛，会使我彻底发生变化，或者使我回到她所希望的那个基点去。因此她相信冒险是值得的。

夜里我没有睡，久久地思索着避免使她痛苦的办法。因为知道那个老太太(她的母亲还是祖母？)的死讯后，她很可能正在难过。我要是在这个时候离开家门，那就正好证实了母亲的怀疑。所以我决定第二天不去上学，而去找那个姑娘，让命运和情况解决一切，倘若有什么事情需要解决的话。母亲发现我情绪不安，但是什么也不想问我，仿佛猜到了我心中正在爆发着一场暴风雨，明白最后一切都会风平浪静。天一亮我就起了床，竭力掩饰着不安的心情。

我把笔记本收拾好，等着吃早饭。早饭后，我在惯常出门的时间离开家，让母亲觉得我跟往常一样，没出什么事。我匆匆忙忙地赶到柳树下，然后跑起来，一直跑到那幢楼房前面才停下来，早晨的楼房显得比平常更古老。一辆大卡车停在栅栏门前。三个留着又乱又脏的黄头发的男人从楼里往外搬东西，往卡车上装。可是哪里也不见那个姑娘的影子。我猜想，她准是被带到别处去为老太太守灵了。当我打算走开的时候(心里自然是空荡荡的)，我看见一个男人扛着一个时装模特儿很吃力地从楼里走出来。模特儿的头上披着金色的长发，她的肤色白晰无比，是我生来不曾看见过的。

然而，终于有一天，我开始了一次隐秘的行动。

你们都是最优秀的

成功者懂得真正的成功常不是一开始就可以得到的，而坚持不懈却几乎总是可以达到目的。应牢记心头的是每跨过一个跳栏，到达终点的跳栏数就少了一个。

蓦然回首

一

回到巴黎，我总是很高兴的，这次尤甚。因为一个半月来，眼前除了刺目的烈日、灼热的黄砂、罐装的淡水外，就是激动的阿拉伯人。一个长长的热水澡，一顿美食之后，我虽然悠闲自在，可总觉得好像有什么事会发生。

果然，当我溜达进旅馆休息时，正是7点半，首先映入我眼帘的是托尼·阿瑟斯特——我在中学和大学时的同学。

他身材瘦长，优美而结实，就像许多有名的登山家一样。

“啊哈，吉姆！”他像小男孩般快活地冲我招呼，“见到你太好啦！”

“我也是。”我边回答，边盘算着该不该问候他的妻子卡伦，据道听途说，似乎他的婚姻不甚美满，所以还是决定少冒险为妙。

“你这些时间都在干什么？”

他略显诧异：“你没看过报纸？”

“我呆的地方是撒哈拉大沙漠。”我只好把采访石油勘探的事全盘托出。

“那么，你也没听说过《登山家夫妇的发现》那篇报道？”

我摇头：“总不会是石油吧？”

他笑了：“不是……它是写……噢，吉姆，在我遇见的所有人中，你是第一位不向我打听那事的人，鉴于你尚不知内情，我想跟你分享我的体验，我想从头说起——有些事对别人难以启齿……你是否觉得我企图恭维你？”

“的确有点！”我说。

服务员端来了饮料，我们边喝边谈。

“实际上，4年前就开始了。”他说，“那时，卡伦与我刚刚结婚。”

我回忆起了他们的婚礼——当时社交界的一件大新闻，托尼和卡伦周游列国，度过了一个漫长的蜜月。

可是后来，事情竟然起了变化。那并非由于他俩彼此厌倦，而是因为——卡伦厌恶山。

她从未设法阻止托尼——他也小心翼翼地遵约守定，只是周末才去登山。卡伦从没说过他一个字，可是他知道她烦躁不安，这便弄得事事全都不对劲儿了。他为追求这桩除了婚姻以外的唯一乐趣而内疚。

托尼说："去冬，我组织攀登安第斯山，当然，我们的冬天正是那儿的夏天。我让卡伦随便在哪儿等我，就是不要到南美去，我想成为第一个登上拉多罗若沙山峰的人，怎能为她分散精力呢。卡伦没说什么，但我知道伤了她的心。为此，搞得我差点儿取消了一切计划，但是到了最后关头，我觉得这是自己的软弱。

"于是，我故意将出门的时间超过了原定的3个月……"他停顿下来，呷了口饮料，"6月里，我心舒气畅地回来，略感忏悔。……麻烦的是……"他突然变得嗫嚅起来了，我看见他的手指紧紧地捏着杯子，"她有了外遇。"

我什么也没说，没啥可说的。

"当天夜晚，她就全对我说了……她说她主要是为了惩罚我，因为我撇下了她……她很难过，请求我的饶恕。"

尽管天气很冷，但是托尼的前额汗珠晶莹。

"天知道。"他说，"我想，这事已经过去了，她再也不会对我不忠实了。卡伦那么美，总是神采飞扬，高傲矜持，从理智上我全能理解，可是从感情上说来却……"他摇了摇头，"我们再不能像夫妻那般了，这样过了几个月，大约是3周前吧，我对她说：'离婚吧。'"

托尼又说道："第二天，卡伦要我带她上山去。她认为如果能了解山——那使我心驰神往的山岭，也许，我就能谅解她。我们出发了，当然，并不是真去登山，但我也有预感——一旦我们真的登上高山，说不定能找到问题的症结。"

尽管他没有再谈细节，可我是能设想得出来，他俩是如何乘坐在那辆豪华的车内，看来又有钱又幸福，可有谁知道他们心事重重呢？

二

接着，托尼又给我讲了许多，使我知道了他们以后的一些事——他俩在山前的一家小客栈内住下，互相之间体贴周到，彬彬有礼，但只是同伴，再不是爱人。

第4天，他俩在一处冰坡上吃午餐。远处不勒斯克山和罗沙山的雪峰壮观奇丽，托尼将望远镜递给卡伦说："看看吧。"

她举起望远镜，并未去调整焦距，刹那之间，托尼明白她什么也不想看。

"托尼，"她说，"看来还是不成，是吗？"

托尼心乱如麻，想说一切都会好起来的，但怎么也不能开口。这时，望远镜不知怎么从她手中滑了下去，眨眼功夫就消失在冰山的裂隙之内。卡伦惊呆了，惊呼道："噢，托尼！"

那是托尼的父亲赠送给他的珍贵礼品。托尼小心翼翼地挪到山崖边，向下望去，峡底深不可见，所幸的是望远镜就在距他们约70英尺的一块突出的岩壁边——托尼简直不敢相信自己的好运气。

"不！"卡伦失态的叫喊声，刹那间透出她对冰山的全部恐惧。

"别怕。"托尼说，"我用斧头固定绳子。"

她脸色苍白，向幽幽峡谷瞥了一眼："那么……请一定带上我。"

他俩面对面呆立了大约10分钟之久。15分钟后，他俩一起站在那岩壁边上，托尼捡起了望远镜，阳光从周围半透明的冰层折射出来，使人恍若置身于令人炫目的神秘海底。

"那是什么？"卡伦突然喊道。

前方约20英尺远的地方，好似有什么影像映在冰墙上。托尼拉着她小心地摸着冰坡向前走去。

啊，竟是一幅粗犷美丽的雕刻画，像一张扑克牌那么大小。托尼当时在雪峰下看到这个，背上的汗毛都竖起来了。因为他见过那画上的动物，在法国南部的山洞内，那些卷毛尖牙的猛犸像是几千年前才有的……

这时，托尼感觉到卡伦使劲捏住他的手——他朝上看去，便全明白了——他和她！就在他们头顶的冰内，犹如被关在一个晶莹剔透的水晶柜中，简直就是活人，没有丝毫腐变。那个姑娘在下面，离他们近些，她的头侧向上方，托尼无法看到，但是她那黑色的长发，奇特的绑脚，却显现得一清二楚……她双臂向上伸去，朝着那个男的。他差一点儿就够着她了……他脸上的怜爱和痛苦一览无余。他匍匐着身子，正向姑娘递过一根短棍子之类的东西……

最外行的人也能猜出：或许是她一脚踩空，或许失落了护身符，因而跌到一个只能进不能出的冰穴之中，他来救她，而雪崩发生了……

三

托尼沉默了，周围人声鼎沸，他却觉得置身于孤岛似的。许久，他才继续说下去：“当时，我就意识到这一发现将轰动一时，就是古代巴比伦城的发现也不能与他俩相比。但是，使我震惊的不是那不可思议的人体的保存，而是那一种生死拆不开的挚情，他俩的爱越过千百年的时光，仍是那么栩栩如生……我突然觉得自己的渺小……”

不知何故，他突然缄口不言了。

“怎么样？”我敦促他快讲下去。

他的目光越过我向后看去，微笑着。原来是卡伦正朝我们走来。她朴素的黑色衣裙上仅带一样饰物——细细的金链上穿着那扑克牌大小的雕刻。她显得比我记忆中的更妩媚。

“噢，吉姆。”她对我说，“真是个愉快的巧遇！”

我慢慢地站起身来，此刻，我明白了托尼没说完的话，明白了他真正的发现何在。

她把手放在丈夫肩上：“我来晚了，对不起，亲爱的。我打断你们的交谈了，是吗？”

“故事说完了。”我对她说，“可你并没有打断它，你就是故事快乐的结尾。”

我为他俩高兴，非常高兴。

你就是故事快乐的结尾。

心债

修道院位于一座山上，山下是广袤的农田，山北是蔚蓝的大海。

修女安已在修道院生活了50年，但至今辽阔的大海仍令她惊叹，令她心醉神迷。安是个太简朴、太平凡不过的女人，没有一个至爱亲朋，也没有谁关心和热爱她。她年幼时就被领进了修道院，从来没有家，也没有父母。她总是别人吩咐干啥就干啥，所以最劳苦的活儿总会搁到她肩膀上。记不清多少年了，她一直负责擦洗那些硕大而肮脏的锅、壶、盆、罐。奇怪的是，多年的辛劳并没有损伤她的精神，反而使她的精神充满了力量。

安并非天生强壮。年幼时她十分孱弱。为促进她发育，她被安排在阳光充足的菜园里干活。

随着时间流逝，她越来越喜爱她精心培育的绿色植物。当嫩绿的幼苗破土而出时，她的心便会兴奋得战栗。对菜园的热爱开阔了她的心海，四周的大自然——田野、树林、动物和白云，无一不令她欣喜和沉迷。

她年轻时，总想向人倾诉这种喜悦和陶醉的感受，但似乎谁也不理解，也没人认真听她的话。于是，她渐渐沉默了，变得沉默而谦卑，对他人怀着善心和敬意，觉得大家都比她强。不论读经，还是作漫长的祷告，都是她心力难及之事。她天生不擅劳心，又拙于言语，做祷告便很艰难。但她觉得自己已拥有了太多的欢乐，有满心幸福却无法与人分享，她觉得于心不安。

平静的岁月就这样流逝着。终于，有一天安遇到了一件事——她一生中重大的时刻来临了。

那是个炎热、晴朗的夏日。修道院派安去给山下一位老渔翁捎个口信，但渔翁不在家。在返回山上的途中，她来到一处可眺望大海的地方。她从没见过海水像今天这样湛蓝，船帆像今天这样洁白。痴迷的她向地平线方向眺望了很久。就在她将要离开时，她忽然发现距海滩1里远的礁石上躺着一个人。

安急忙来到海滩，鞋也没脱就进海水，向那人走去。到跟前时，她看出那是个16岁左右的男孩，长着金黄头发，又高又瘦。他一动不动地躺着，头上有一道很深的伤口。她听了听他的心脏，他还活着。于是她坐在他身边，帮他洗净伤口。他是那样年轻，皮肤像婴儿一样光滑。她想背他上岸，但他太重。怎么办呢？渔翁家里空无一人，修道院又太遥远，她不可能在海潮涌来之前去修道院喊来帮手。

最后她脱下身上的黑袍，垫在男孩的头下。她又听了听他的心脏，想唤醒他，却做不到。她便开始祈祷上苍。海水逐渐涨了上来，她已打算和男孩一块儿死了。就在这时，男孩发出一阵咕哝声，片刻后他苏醒了，向四处望了望，坐起来了。

“你得赶快向岸上游去，”安说，“海潮就要来了。如果你呆在这儿，会被淹死。如果你现在游，还能赶到岸上。”

他挣扎着站了起来。

“你必须游。”安又说了一遍。

“我——我的头一定被礁石撞伤了。你怎么知道我在这儿的?”

“我路过这儿，看见了你，当时水还不深。”

“你——你不会游泳?”

“噢。不会。”

“你本可独自上岸的，却一直呆在这儿救护我?你不知道海水会淹上来吗?”

“我老了，日子不长了，你还那样年轻，你母亲……”

那男孩跪下来向岸上望去，仿佛在目测距离。

“把你的鞋子脱下好吗?”男孩说。

她看着他，仿佛不明白。

他解释说，他必须这样才能使两个人都上岸。他是个游泳好手。但如果她穿戴太重……”

她立刻照他说的办了。

那天晚上，修道院热闹非凡，但安却很平静。她坐在窗前，希望别人离去后她好观赏明月爬上山头。

修道院院长和副牧师亲自来看望她，说了许多佳言妙语，但她大都听不懂。

整个修道院闹哄哄的，因为，想想看，修女安救了个富翁、名人的儿子，连名人本人也来看她。他的巨大财富和名望并没使她受到惊吓，因为他是个温和的人。儿子讲述的遭遇深深感动了他，他很想知道，为什么这位老妇人愿冒死救他儿子。

他温和地向她提了些问题。是否她感觉到某种责任?是否是宗教熏陶所致?不，答案不是这些。那是什么呢?是否她感到生活孤寂和空虚，那是她宁愿死的原因吗?不，这也不是答案。他沉默了，坐在那儿沉思良久，想悟出一个正确答案。

夜色越来越浓了。“月亮就要升起来了，”安想，“即使现在，它也一定照耀在树梢上了。”这时名人说了句赞美山谷里那些美丽树木的话。

安突然扬起头说:“它们现在正是最繁茂的时候。”

名人突然悟到了怎样可获得他探寻的答案。他又提了些问题，这下问到点子上了。

安用不太连贯、不太完整的句子，向他描述了自己的灵魂:她一直觉得，她享有了那样多的喜悦和幸福，为此而深怀心债。这心债在她心里成长，她不知如何可偿付它。当她看见礁石上的男孩时，她同时也发现了偿付心债的机会。如果她可救他的命，或在救他之时牺牲了自己，她欠这世界的心债就可偿付了。

于是，名人全明白了，便说:“生命的价值，是语言所无力描述的。你以自己的微薄之力，奉献了一份最伟大的礼物。享受人生的美好吧。当明天你看见旭日在海面照耀时，你就对自己说：‘如果没有我，世上就会少一人欣赏这瑰丽的旭日！’”

平心而论，对于母亲来说，孩子得以身心健全地成长，便已是一份千金不易的礼物了。

化装舞会

他在这个或那个乡间俱乐部中流连，人们梦幻般地转着华尔兹，唯有他形单影只。外面是温暖而静谧的夜，蚱蜢在月光闪烁的河道旁高唱仲夏夜之歌。

比别人稍高些的他站着，绞着脑汁：究竟哪位姑娘最迷人？猜这道题尽管是令人心悦神醉的差事，但也太伤脑筋啦。在昏暗的灯光下，那些雪白的肩膀全都滋润光泽，脸蛋全都绯红娇艳，长裙全都飘飘逸逸，她们全都那么可爱，或者说，显得那么可爱。

当一位金发碧眼、穿着带银色花边长裙的高个美人从眼前飘过时，主人问：“要介绍吗?”

他摇摇头。

一位红发绿衣的姑娘飘过，接着是一位头戴栀子花冠的。她们在舞伴中飞来旋去，犹如彩蝶。那个金发碧眼的自然迷人，似乎冷漠了些；红头发的有些做作。噢，戴栀子花冠的那位姑娘转回来了，火焰般灿烂的衣裙衬出她的身段，恰到好处，秀目微闭，睫毛浓密的阴影映在腮帮上。

刹那间，他拿定了主意。他大步越过纷转的双双对对，径自拍拍那位戴栀子花冠的姑娘的肩膀。她连正眼也不瞧他一下，便转入到他的臂弯。栀子花香沁人心脾。她抬眼望他时，双眸恰似亮晶晶的紫罗兰，却闪着敌意。

“不高兴吗?”他说，“我敢说咱俩一定见过面，可能在前几世。”

她不回答。他俩在沉默无语中共舞了一阵。她身高正及他的腮帮，轻轻盈盈，仿佛一片落叶。

“看来，你不同意。”他总算又捡起话头。此刻，有人正想插进来，他便急忙提议：“咱俩到阳台上去吧，我能使你记忆恢复。”

“我的记忆力完美无瑕。”她虽这么说，但还是尾随着他。

在有白色扶手的阳台上，半阴半暗中有烟蒂闪亮。他温情地拉着她，跨下台阶，踏上小径。

只听到她冷冷地问：“看来，你很熟悉这儿？”

他大笑。“生来如此。”他说，“此外，我要斗胆请求你的事。恐怕你在阳台缺乏勇气。”

“是吗？”她说，“我还以为你是帮我回忆哩。”

“我带你来此，想吻你。”

“行呀，”她回答，秀目在月光下睁得大大的盯着他，“听起来你像是在铤而走险似的，难道还不曾有人对陌生人施过恩吗？还是我正巧是最后一个？”

他皱起眉毛：“你说话怎么像我妻子的口气？”

她或许战栗了一下，但决显不出来。“别跟我扯什么你妻子不了解你那一套。”她说。

“正相反，她太了解我了，并知道我的弱点。”他说，“所以，今晚她同意我吻一个最美的姑娘。当然，只吻一次，前提是那位姑娘答应。此刻，你答应不？”

她微微一笑：“我算是最美的吗？”

“是的，小姐。”

在他们说话的当儿，已来到栀子树荫影下。他冲动地俯身过去，可她后退。

“那么，你那可怜的妻子呢？”她问，“她如何……如何应付这试验？”

“噢，”他说，“她也一样，可以吻一次别的男人。”

她盯着他：“告诉我，她是否应将真相告诉那……那受害者？”

“不，不必实情相告，她只要将结婚戒指摘下即可，我相信她会依约而行的。”

姑娘低着头看着自己的手指，说：“你确信你真想试试吗？其他姑娘有幸与你试验过吗？”

“刚才有一位金发美女，”他不假思索地承认，“她很美，但你是最美的，亲你划算。”

她猛地转身搂住他的脖子，他低下头去。宇宙万物在他们的周围默不作声。

他们缓缓地、不情愿地分开来，彼此注视着对方。

“谢谢。”他说。

"该谢谢的是你。"她说，"我们还回舞会吗?"

"不，我有个好主意。"他说着又吻了吻她，"把戒指带上，我们回家去。"

把戒指带上，我们回家去。

情归旧梦

这天夜晚，我觉得和这个男子的情感有了一种微妙的变化。即将成为我丈夫的他，正从圣坛前朝我投来深情的注视，这种深情没有热恋中的激情，但深深地震撼了我。

他是我在寄宿学校时结下的缘分。我们没有汽车，没有像样的家具，没有可以炫耀的金银首饰，更没有可以让我们拥有一份自由的属于自己的屋子，比尔甚至还没有正式的工作，然而，我却一阵风似的遇上了我的新郎，贫穷和梦想的失落，对我来说都无关紧要了，我还在乎什么？我爱这个男子！

我依偎在他的身边，透过婚纱平静地仔细瞧着他。他的耳朵上沾着一块白色颜料块，这是为了挣钱在画室里沾上的，他身上散发着一股淡淡的松节油的味道，这种漫不经心要改一改！

我瞧着他的头发，那样短，我甚至憎厌起来，以后一定要让他的头发留长！比尔以后应该有一份好工作，靠他在画室里的涂鸦，我们无法生活。

这时，他的最好的朋友和扑克牌搭档，艾德·菲利普斯把结婚戒指递给了比尔。当比尔把戒指小心地戴上我的手指时，我甜蜜地笑了。艾德以及其他的朋友马上要变成过去的回忆了，

比尔不再孤独，他不再需要在整个早晨在扑克游戏中消磨时光了，从今往后，只有我和他，在每天的日出时分，默默地凝视着对方的眼睛。

我们双肩相倚地站立在牧师的面前，我没想着要为他拟定一个时间表，我们一

起度过的这些年中，他对每件事都拖拖拉拉，而我此时却正在上帝面前发誓永远忠于这个不守时的男人，今后我得让他按时间表来安排生活。

"我宣布你们结为夫妇！"牧师宣布。

比尔深情地望着我，他的白色颜料块，短发，拖拖拉拉都不见了，我只觉得大地在旋转，热血在胸中奔腾，我只有一个念头，我爱比尔婚礼仪式结束了，等我缓过神来，发现我的新郎比尔不见了，我四处寻找，结果在停车场不远处，看见他和艾德等朋友正在肆意地笑谈着，并大口大口地喝着啤酒，我听见他们在谈论等比尔与我的蜜月一过就要举行一次扑克比赛。我很恼火，看来，我对婚后生活的安排仅仅是我的臆想罢了！

以后的日子像流水般过去，比尔依然留着短发，做事依然拖拉，他和他的朋友依然聚在一起打扑克，我仅仅是他生活的一部分而不是像我憧憬的我是他的全部生活，但是我依然经常想起我在圣坛前的誓言——我一定要把比尔塑造成符合我标准的丈夫，尽管这很艰难。

有一个星期天，我和比尔拜访了艾德和他的妻子。艾德对我们说他要在下个星期接受心脏手术，他神情开朗，口吻轻松，没有丝毫忧虑。我们相约等他手术恢复后，好好欢聚一次。

但是，艾德再也没有回来，手术后几个小时他就死了，年仅33岁。

噩耗传来，我俩都惊呆了，我们谁也没有经过如此的伤痛，我们的同辈人怎么会死去？也许我们的祖父母会故世，也许高龄的父母也会离开我们，年轻的艾德怎么会死呢？

比尔独自一人去帮着处理后事了，这时候离开比尔，我简直就失魂落魄。我的朋友来到了我的身边，有她们的安慰我觉得好过些，但是我需要的是温暖，朋友的安慰就像寒冷的时候搁放在身边的棉衣，可以感觉到温暖却和温暖又隔了一段距离，而比尔才是真正能温暖我的。

朋友们走了，屋子里一片寂静。我穿过门廊来到卧室，没有灯光，我看到我丈夫在黑暗中的轮廓，他坐在床上，双肩低垂。我走近他，见他眼窝深陷，神情沮丧，看上去是那样孤苦无援，我很想和他一起分担悲痛，但是我不知怎么办。

这时我感觉到了和这个男人——我的三个孩子的父亲、共居12年之久的丈夫之间的距离，我并未完全理解他，至少我们还未彼此理解到共同哭泣的地步。由此，我也想明白了，我们的婚姻并没有把我们两个人变成一个人，大概所有的婚姻都不可能使两个人变成一个人。

我想伸出手去搭在他的肩上，但相反，我身不由己走向门去，这时，他的声音打破了沉默，"我们过去常一起在仓库后那条小胡同的垃圾堆里玩。"他平静地说。

我走回来，在床边挨着他坐下，“艾德安排了我们第一次的约会。”我接着他的话说。比尔不安起来，他似乎发现他失去了他不该失去的东西。慢慢地，我们两人都沉浸于回忆中，泪水从我们的脸上淌下来。两个命运结合得最紧密的人终于为家庭遇到的打击而共同哭泣了。我们互相握着对方的手，不知道该给予对方多少力量和安慰。但是，我们知道，在任何变故面前，只有夫妻携起手来，才可能共同承担。友情是不可少的，但是夫妻间的情感却是友情所替代不了的。婚姻是双方的融合，但不是捏合，婚姻可以使两人最紧密地结合但是不可以使双方消失而成为一体。婚姻的建立并不能抹去本来就有的背景，真正美满的婚姻并不是使对方变成另一个人，美满的婚姻可能就是你的容忍和你的理解。我和比尔已建立起这么一段微妙的情感的历史，可能我和比尔都没有感觉到。

我们的手紧紧相握，我们终于意识到我们谁也离不开谁，是艾德——我们共同的朋友第二次把我们连在了一起。

在任何变故面前，只有夫妻携起手来，才可能共同承担。友情是不可少的，但是夫妻间的情感却是友情所替代不了的。

一世真情

这是一个关于我老家的小镇上长大的女孩凯蒂的故事。

听母亲讲，凯蒂小时候胆大任性，满脑子的恶作剧，有一次竟然将一个黄蜂巢带进了教堂。

那件事令库尔牧师非常生气，多亏了奶奶求情才平息了风波。奶奶常说：“孩子有孩子的上帝。”

小镇上唯一能使凯蒂驯服的只有伍德大哥。我见过伍德的照片，一个长得极英俊的青年，他是凯蒂心中的英雄。伍德非常宠爱凯蒂，常常带着凯蒂去打猎，有时还教她骑马。“我只要伍德大哥在乎我。”这是凯蒂的信念。

凯蒂10岁那年，一场谁也无法预料的灾难，夺走了她全部的快乐。

那是一个星期天的下午，凯蒂跟伍德上山打猎，回来时他们就坐在一座石桥的栏杆上休息。

当时正值黄昏，桥下的铁轨在夕阳的映照下犹如两条金色的丝带。一阵山风吹来，把凯蒂戴的红草帽吹落到桥下。伍德拍了拍凯蒂的头，然后笑着跑下桥去拣，谁知草帽竟随着风沿铁轨向前滚去。伍德抓空了几次后才在铁轨的分岔处用脚踩住了帽带。凯蒂坐在桥上咯咯直笑，她根本没有想到，灾难已经降临。伍德的脚陷到交叉的铁轨中，竟然拔不出来。就在这时，一列火车轰鸣着驶来了……

是库尔牧师为伍德主持的葬礼。凯蒂没有参加，她远远地躲在一旁，泪水淹没了一切。伍德走了，凯蒂的生活中再没有了阳光和笑容。除了奶奶，她不再主动和任何人说话。后来，她上了中学，学会了抽烟、喝酒和赌博。镇上的人都说凯蒂这辈子完了。

只有奶奶没有放弃凯蒂。凯蒂17岁那年，奶奶请来了外乡的一位叫西娜的姑娘。这已是奶奶第6次为凯蒂请私人老师了。西娜长着金色的卷发，目光柔和善良。镇上的人谁也没想到就是这个柔弱的女孩子改变了凯蒂并影响了她一生。

那时凯蒂已经很少上学了，她出没于酒馆，和男人们玩纸牌游戏，谁也别想占她的便宜。西娜从不规劝凯蒂，却像影子一样跟在她的身边。有一天黄昏，忍无可忍的凯蒂终于想出了甩掉西娜的方法。她驾着一辆破旧的敞篷车，带着西娜来到车站旁的铁轨边。这时一列火车缓缓地从车站驶出，凯蒂快步向列车跑去，然后一纵身跳上了一节车厢。“你敢吗？胆小鬼。

”凯蒂大声冲着西娜喊。哪知话音刚落，西娜已向她跑来。西娜紧紧地抓住了车厢门的扶手，却怎么也跳不上来，火车速度已越来越快，凯蒂终于向她伸出了手。

天渐渐地黑了，火车隆隆地向远处驶去。“我们这是要去哪儿?”西娜问。凯蒂也不答话，在列车驶过一个村子时，她将车厢里的那些罐头食品往下扔，铁轨旁的孩子们欢快地争抢着这些从天而降的物品。西娜终于被感染了，她也开始扔。两个姑娘哈哈笑着，直到筋疲力尽才停手。她们坐在车厢地板上，彼此第一次打量着对方。漆黑的夜色中，她们感到有种神奇的力量正在拉近她们的距离。“该回去了。”不知过了多久，西娜站起身说。就是从那个时刻起，凯蒂不再觉得孤独了。

凯蒂终于有了笑容，她开始阅读从西娜那里借来的书，有空的时候，就带着西娜去打猎，然后告诉她许多关于伍德大哥的故事。那段日子，小镇上经常能听到凯蒂和西娜欢快的笑声。

奶奶觉得很欣慰，她更加坚定了自己的信念："孩子有孩子的上帝。"

夏天过后，西娜就要回去做新娘了，凯蒂却还蒙在鼓里。一天下午，她们在山间小路上漫步时，发现了一个巨大的蜂窝。"里边有蜜吗?"西娜好奇地问。"当然有。"凯蒂很自信。

她问西娜："你还没吃过新鲜的蜜吗?"西娜笑着摇了摇头。"你等等。"凯蒂说完快步向蜂窝走去。西娜吓得脸发白。只见凯蒂很从容地把手伸进蜂窝，然后缓缓地取出蜂，她一边嘴里哼着什么，一边拿着蜂向西娜走来。"放心地吃吧，它们不叮人。"她说着将浓浓的蜜汁送到西娜的嘴边。西娜看着凯蒂，眼眶忽然红了。

两个月后，西娜走了，和一个叫贾德的人结了婚。西娜向凯蒂发了邀请，然而凯蒂却没有出现在婚礼上，她把车停在离贾德家不远的一棵大树下。贾德大笑着把西娜抱进屋去。那时凯蒂眼中含满了泪水，她发誓再也不见西娜。

在奶奶的帮助下，凯蒂在镇头靠近铁路的地方开了一间小酒吧。警官奥维尔是酒吧的常客。

镇上的人都知道，奥维尔爱上了生性泼辣的凯蒂。9月的一天，又到了采蜜的季节，凯蒂违背了自己的诺言，她装了满满的一罐蜂蜜，开着敞篷车来到西娜的住处。然而，她万万没想到，在门口她看到的却是一个满脸伤痕的西娜。"他打你了?"凯蒂愤怒地叫起来。"快走吧，求你快走吧，别让他听见。"西娜一边央求一边就把门关上了。接着，凯蒂就听见屋里传来男人凶狠的咆哮和西娜的惨叫。"开门！西娜！"凯蒂使劲地砸门，可屋里已没了声响。

一个月后，凯蒂带着警官奥维尔接走了西娜。那个叫贾德的男人喝得酩酊大醉，在西娜走的时候，他恶狠狠地将她从楼梯上推下，要不是奥维尔劝阻，拿着猎枪的凯蒂几乎要和贾德拼命。

回到镇上，凯蒂才知道，西娜已经有了身孕。她发誓，一定要帮西娜和她未来的孩子过上好日子。日子一天天地过去，西娜终于从恶魔般的恐惧中解脱了出来。她帮凯蒂打理着酒吧，两个女人日夜忙碌着。秋天的时候，她们把酒吧改名为月光酒吧，听大人们说，那个时候，月光酒吧几乎成了小镇男人夜晚最爱去的地方。奥维尔警官一直在等着凯蒂，可是凯蒂的答复总让他失望。第二年的春天，西娜的孩子出世了，一个惹人喜爱的男孩，西娜给孩子取名为伍德。

孩子出世的消息很快传到醉鬼贾德那里。一天晚上，他终于找上门来，要强行从西娜怀中夺走孩子。假如不是凯蒂和奥维尔及时赶来，也许他已得手，临走时，他恶狠狠地说："我还会来，我一定要带走他。谁敢阻拦我，我就杀死谁！"凯蒂毫不示弱，她拿着猎枪指着贾德说："你来吧，看我的猎枪答不答应！"

那以后，西娜和凯蒂日夜守护着小伍德，生怕那个恶魔般的影子会再次出现。复活节那天，有人曾看见贾德开着车疯狂地向酒吧驶去，不过当时西娜正带着小伍德在戏院看戏，并不知道酒吧里发生了什么。

那以后贾德再没有出现过，谁也不知道他去了哪里。噩梦终于过去，小镇又恢复了宁静。然而好景不长，冬天的时候，西娜病了，医生诊断说是癌，日子已经所剩不多。那年冬天，小镇上下了好大的一场雪，封了山，也盖没了铁轨，大雪一连下了7天。就在雪停的那天早上，西娜轻轻地握着凯蒂的手，用微弱的声音对凯蒂说："对不起，不能再陪你爬火车了，也再吃不到你采的蜜了……"凯蒂泪如泉涌，自伍德大哥去世后，她还从没有像今天这样流过泪。"我把小伍德交给你了……凯蒂，别哭，全镇上你是最勇敢的女孩……"西娜的声音越来越弱，她美丽的双眼终于闭上了。

凯蒂又失去了一个最好的朋友。然而悲恸之后，就有一股力量血液一样迅速流遍她的全身。

小伍德已能和伙伴们在山野里奔跑了。凯蒂仿佛看见一条河，从伍德流向西娜，再流向她，最后是小伍德。生命就是这样延续的。时光像小镇边的火车一样飞奔着。凯蒂又经历了一次次的生离死别。奶奶病故，奥维尔在一次和劫匪的枪战中不幸身亡。不过这些都转化成丰厚的馈赠，她觉得自己生命的河床变宽了。伍德读到中学那年，凯蒂卖掉了月光酒吧，移居得克萨斯。她要伍德念最好的学校，要他成为真正有用的人才。

这个故事到这儿就结束了。从前的那个女孩凯蒂其实就是我的姨妈。凯蒂姨妈终身未嫁。在她临终的时候，身边站着她的儿子——一直把她叫做妈妈的伍德。

有学问的人和有知识的人是不同的。记忆造成了前者，哲学造成了后者。

我在把你期盼

妹妹给我准备好早餐，一边往外走一边说：

"蒂阿娜是个好姑娘，和她谈话可别刺伤人家的心！"

妹妹关上门，匆匆走了。我的心思转到了妹妹的嘱告上面。蒂阿娜是她邻居家的姑娘，身材苗条修长。每天早晨，当她出门上班正碰上我在水龙头旁边时，总是尊敬地跟我打招呼：

"早晨好，贝尔特！"

"早晨好，蒂阿娜！"我边答话边举目盯着这位漂亮姑娘。清晨，爽心的风拂动着她长长的头发。

蒂阿娜的父母挺喜欢我，看得出来，老夫妻俩心里对我很有把握。

每当谈话涉及到蒂阿娜，就会有一个问题拨动我的心弦：那样的话，叫丝科尔齐米雅怎么办？这个问题一直紧紧地压迫着我的心。

丝科尔齐米雅是我本村的女同志。难道只有这点关系？这一内在的声音向我提出发问，使我的心胸变得狭小。我觉得，把我们的关系说成这样会伤她的心。我不晓得是什么东西促使我作出了这一改变：她是我亲密的同志。但我仍然觉得，关于这个姑娘，似乎还没有把一切都说出来。她那双蔚蓝色的眼睛出现在我的面前，那蓝晶晶的色彩好像对我发问：只有这点关系？你和我再也没有任何一点别的关系？"我不知道该对她说什么。我觉得它正在我的心灵深处欢乐地跳荡，可我拿不准它究竟是什么，尽管已经内在地觉察到了它的存在。"我要到地拉那去，把我的工作成绩给一位名画家看看。"我对丝科尔齐米雅说。她抬起蓝眼睛，以那样一种闪烁着亲热光芒的表情盯着我的眼珠。当我给她画头像的时候，经常能看到这种表情。

"在地拉那呆多久？"她问我。

"一个星期。"

"太久了！……"她嘟囔着，蔚蓝色的眼睛变成了深蓝色。

她只了解我外出旅行的一个原因，第二个秘密原因她连想都没想到。她对于我妹妹给父亲的两封任性执拗的来信茫无所知，"……我结识了一个对贝尔特来说非常好的姑娘……”她还没有察觉到一个正在插入到我们中间的第三者的冷酷的干预。

她不可能知道，用圆珠笔在一张白纸上写的信，一份邀请赴地拉那的请柬，会带来怎样的不安。

出发的日子越是临近，便越加体验到心灵深处有一种微微不安的感觉，这种感觉使我去地拉那的愿望动摇起来。一种内在的声音对我说：“不要去了！”

“贝尔特在地拉那订婚了。”——我在琢磨丝科尔齐米雅得到这一消息时会是什么样子。她的眼睛将露出怎样一种惶遽的神色！我几乎已经不再想去地拉那。可是，另外一个声音又对我说：你真是个傻瓜，真是个多愁善感的人。对一个你未有过任何许诺的姑娘，你能承担什么道德责任呢？有好几天，这些念头一直在我脑海里翻腾着。

我听到走廊里传出一阵轻轻的怯懦的脚步声。我知道那是蒂阿娜的声音，我把门打开了。蒂阿娜惊慌地站住，不知所措。

“蒂阿娜，你怎么了？”我问她，“为什么发慌？”

“不，我不慌。”蒂阿娜惶惑地说道。她脸色发红，竭力露出微笑的表情。

我请她进屋，让她坐在沙发上。

她的眼睛茫然地在屋子里扫来扫去。

“你画过秋天的风景画吗？”蒂阿娜稍微平静下来后问道。

“我？画过两三幅吧。秋天叫我伤感。我一想到整个绿色，全部漂亮的叶子都变成焦黄一片，寒风把它们打落在地，让它们失去生命，心里就难过。我热爱绿色，热爱春天。虽然如此，我也不能说秋天是不美的，它能赋予画家以趣味和灵感。”

“确实如此，我喜欢你的作品。”蒂阿娜说。

“只喜欢作品？”

这问题提得太突然，蒂阿娜慌神了。她若有所思地低下了头。长长的瀑布似的浅栗色秀发搭在了双肩上，遮住了她的瘦瘦的瓜子脸。

突然间她站了起来，走到一幅挂在橱柜上的肖像跟前。

“你认识这个姑娘？或者它只是件作品？”

我沉默不语。

“我这么问是有原因的，你看她怎么瞧人。”蒂阿娜说。

这一会儿，我面前出现的只有科丝尔齐米雅的眼睛。画布上全是她的形象。此时我想起了一名画家看此幅画时说过的，“姑娘处在恋爱中的两只眼睛才可能这样凝视，而且也只有处在恋爱中的画家才能在一个姑娘的眼睛里注入那么多的光彩和温情。此画应叫'我在把你期盼'。"

突然，一种本能的力量促使我抓住蒂阿娜的手腕，长时间地凝望她那双漂亮的多少又有些忐忑不安的咖啡色眼睛。

"蒂阿娜，你只是喜欢我的画吗?"我小声问道。

她把目光转向一边，似乎想再要我激一激她。

"不喜欢我?"我问道。

"也喜欢你。"她细声细气地说。

轻轻的微笑使她的面容大放异彩，补充了她似乎想要隐藏的秘密。

她双手握着我的手，直盯盯地望着我眼睛，显然，她那双眼睛期待着什么。

我爱怜地望着蒂阿娜那瀑布似的秀发，俏丽的嘴唇和光滑的面颊。我很想伸手去抚摸那对我很有吸引力的头发。可是，丝科尔齐米雅怎么办? ——她的声音在我耳边回响，眼前又浮现出她的面庞。我让蒂阿娜离开我，松开了她的手。

"蒂阿娜，你喜欢我什么呢?"一阵短暂的沉默之后，我再次问她。

姑娘又微微地哭了，沉思起来。她聚精会神地注视着我，"就喜欢你的眼睛。"

"就算眼睛漂亮吧，可是爱恋一个人就凭这个?"我问蒂阿娜。

"蒂阿娜，你是一个非常好的姑娘，对此我毫不怀疑。"我说道，"可是……我不知道该怎样对你表达清楚。谈论婚姻之事，相爱的双方一定得心心相印才成。我觉得，我们俩缺少的正是这个。蒂阿娜，你说是不是这样?"

"也许你是对的，贝尔特!"她慢声细语地说，接着又补充道，"贝尔特，你还没告诉我，你认识这个姑娘吗? 瞧她长着一双怎样的眼睛，而且又用怎样的目光看人啊!"

我觉得，肖像上的一对眼睛，正带着一种急不可待的我想要说的感情朝前望着。

"我认识她。"我说，"她叫丝科尔齐米雅，是我的一个亲密的同志，大概比亲密的同志还多点什么。"

我伸手从像框上取下一张小纸片，那上面写着这张肖像的标题。

"你知道这幅肖像的标题叫什么吗? 叫《我在把你期盼》。她的眼睛也说明是这个意思，蒂阿娜，你说对不对?"

她打了个寒噤，死死地盯着我的眼睛，冷不丁小声地说起来:

"对，对，是这样，正是这样。"

她站了起来:

"我该走了，我该去做午饭了，这就走。"她急急忙忙地说道。

我没有挽留她，甚至都没请她站一会儿，只是隔着窗目送她匆匆离去。

我一直站了好久，不知为什么，我尝受到了一种既轻松又遗憾的感情。与此同时……一双蔚蓝色的眼睛，正从肖像上把我凝望……

希望使聪明的人振奋。

你们都是最优秀的

我开始教学生涯的第一天，先上的几节课里还顺利。我于是断言，当教师是件容易的事。接着，轮到了我那天的最后一节课——给7班上课。

当我朝教室走去时，我听见了桌椅乒乒乓乓的撞击声。我走进教室：见一个男孩将另一个男孩按在地板上。“听着，你这低能儿。”被压在底下者嚷道：“我又没骂你妹妹！”

“不许你碰她！你听到我的话了么？”骑在上面那男孩威胁道。

我用黑板擦在讲桌上拍了拍，叫他们停止打斗，刹那间，14双眼睛刷地一下集中到我脸上，我意识到自己没什么震慑力。那两个男孩悻悻地爬起来，慢条斯理地走到自己座位上。这时，走廊对面教室的老师把头伸进门来，喝斥我的学生们坐下，闭上嘴巴，照我的话去做。我感到无能为力，被冷落在一边。

我尽力地讲授我备好的课，但遭到的却是一片谨慎戒备的面孔。下课后，我拦住了打架的那个男孩，他叫马克。“太太，甭浪费时间喽！”他对我说，“我们是低能儿。”说罢便悠哉游哉地溜出了教室。

我一听顿时瞠目结舌，颓然跌坐到椅子上，开始怀疑我究竟是否该当教师。像这样尴尬地收场，难道是解决问题的办法么？我对自己说，我姑且忍耐一年——待翌年夏天结婚后，我将去做更有收益的事情。

“他们让你为难了，是不是？”先前进来干涉的那位同事问。

我点点头。

"别犯愁，"他说，"我在暑期补习班教过其中许多人。他们中的大部分都将毕不了业，我劝你不要把时间浪费在那帮孩子身上。"

"你的意思是……"

"他们生活在田间的小棚屋里，他们是随季节流动的摘棉工的孩子，只有在心血来潮时，他们才会来上学。昨天摘蚕豆时，挨揍的那男孩招惹了马克的妹妹，哥哥便叫人报复。今天吃午饭时，非叫他们闭嘴不可。你只需让他们有点事做，保持安静就行了。如果他们惹麻烦，就打发他们来见我。"

当我收拾东西回家时，总也忘不了马克说"我们是低能儿"时脸上的表情，低能儿！这字眼在我脑海里反复出现。我琢磨了许久，认为必须采取点戏剧性的行动。

次日下午，我请求那位同事别再进我教室来，我要按照自己的方式来管束这些孩子，我返回教室，逐个打量着学生们。然后，我走到黑板跟前，写上"丝妮珍"。

"这是我的名字，"我说："你们能告诉我它是什么吗?"

孩子们说我的名字挺古怪的，他们以前从没见过那样的名儿，于是，我又走近黑板，这次我写的是"珍妮丝"。几个学生当即脱口念出声来，随后蛮有兴趣地说那就是我。

"你们说得对，我的名字叫珍妮丝。"我说，"我刚上学时，老把自己的名字写错。我不会拼读词语，数字在我脑海里浮游不定。我被人称做'低能儿'。对了——我是个'低能儿'，我至今依然能听见那些可怕的声音，感到羞惭不已。"

"那你是如何成为老师的?"有个学生问。

"因为我恨那外号。我脑子一点也不笨。我最爱学习，所以才会在今天给你们上课，倘若你们喜欢'低能儿'这贬称，那么你们尽可以走，换个班好了。这间教室里没有低能儿！"

"我不会迁就你们。"我继续说："你们要加倍努力，直到你们赶上来。你们将会以优异的成绩毕业——我还希望你们当中有人接着读大学哩。这可不是开玩笑，而是许诺。在这间教室里，我再也不想听见'低能儿'这词儿了。因为，你们都是最优秀的，你们明白了吗?"

这时，我发现他们似乎坐得端正些了。

我们确实非常努力。时隔不久，我便看到了希望。尤其是马克，相当聪明。我听他在走廊内对另一个男孩说："这本书真好，我们原先从没看过小人书。"他手里拿着一本《杀死模仿鸟》。

几个月眨眼就过去了，孩子们的进步令人吃惊。有一天，马克说："人家认为我们笨，还不是因为我们讲话不合规范。"这正是我期待已久的时刻。从此，我们可以专心学习语法了，因为他们需要它。

眼看6月日益临近，我心头好难过：他们要学的东西实在太多了。我的学生都知道我即将结婚，离开这个州。每逢我提起这事，7班的学生们便明显躁动不安起来。我为他们喜欢我而高兴。但是我就要离开这所学校了，他们会生我的气么？

我最后一天去上课时，一走进大楼，校长即招呼我："请你跟我来，好吗？"他面无表情地说："你教室里出了点蹊跷事。"他径自直视前方，带着我穿过走廊。我暗自纳闷：这次又是怎么啦？

嗬！7班的教室外边，14名同学整齐地站成两排，个个笑逐颜开。"安德逊小姐，"马克不无自豪地说，"2班送给您玫瑰，3班送给您胸花——然而，我们更爱您。"他示意我进门，我凝神往里头瞧去。

好绚烂缤纷啊！教室的每个角落都摆着花枝，学生们的课桌上放着花束，我的讲桌铺了一块大大的花"毯"。我分外惊讶：他们是怎么办成这事的？要知道，他们大多来自贫困家庭，为了吃饱穿暖得靠学校补助。

此情此景，使我不由得哭泣起来。他们也失声跟着我哭了起来。

后来，我才弄清楚他们办这事的经过。马克周末在当地花店干活时，看到了别的几个班为我订的鲜花，遂向同学们提到它。这个自尊心极强的孩子，再不能忍受"穷光蛋"这类侮辱性的称呼。为此，他央求花店老板将店里不新鲜的花统统给他。尔后，他又打电话给殡仪馆，解释说他们班需要花为即将离任的老师送行。对方颇受感动，同意把每次葬礼后省下的花束给他。

那远不是他们给我的唯一礼物。两年后，14名同学全都毕业了，其中还有6人获得了大学奖学金。

20年后，我在一所著名的大学任教，距我当年从教时那地方不太远。我获悉，马克跟他的大学情人喜结良缘，并成为一位成功的企业家。更凑巧的是，3年前，马克的儿子进了由我执教的优秀生英文班。

每当我回忆起那一天被学生顶撞，自己居然想放弃这一职业，去做"更有收益"的事情时，我就禁不住哑然失笑。

你们要加倍努力，直到你们赶上来。

影子和欲望

精神病院的病人鲁道夫·丹塞站在二楼的窗边呼吸着新鲜空气。

"丹塞先生，布莱思大夫请您进去。"护士打开诊室的门，微笑着说。

鲁道夫立即紧张起来，不时地提醒着自己：我叫鲁道夫·丹塞，48岁，未婚，生于乌特里奇，护照上就是这样写的。他不知道他有天晚上神志不清，在这座陌生的城市四处徘徊，最后不得不请警察帮忙，按照口袋里记事本上的地址送他回去。他是荷兰一家烟草公司驻英国的业务代表。

布莱思大夫迎上前来："早上好，鲁道夫！今天觉得怎么样？"

鲁道夫耸耸肩，表示对这种日复一日的问话的轻蔑。

"不要老是垂头丧气，我会治疗你的病。"

这当然是鲁道夫梦寐以求的结果。他勉强笑了笑。布莱思是他的救命稻草，他一定要抓住。

"和你的病友关系怎样？交谈对双方都有好处……"

"大夫，我担心我这一生就这样完了。我不能永远呆在精神病院。"

"鲁道夫，我说过那是不可能的。即使我们还不了解浮客症的全部，但我敢肯定那一定与大脑中的压抑机能有关。"

"我接受您的意见。"鲁道夫苦笑着说。

布莱思从抽屉里取出一份材料的，说："我看完了。没有什么，银行里没有透支，没有坏消息，没有人敲诈你，连笔账单也没有。"

鲁道夫对这些材料不屑一顾。是他允许布莱思查看他的私人材料的，希望能从中找到他失去记忆的原因。

"你那些梦是怎么回事？"布莱思问道。

"一句话，荒诞不经。"

布莱思盯着他说："能详细谈谈吗？"

"说来惭愧，"鲁道夫尴尬地说，"我一直在撒谎。"

"你到底梦见了什么？"布莱思耐心地等待鲁道夫回答，"我并不是说我们一定能通过梦找到病因，但二者可能有关。”

“好吧！我梦见的是一个女人。她每晚都出现在我的梦中。”

“相思梦?”

“不是。”鲁道夫想了想又说，“也可以那么说，我想她想得发疯。”

“她长得怎么样?”

“不知道。我从未看见过她的脸。她始终是个影子，头发长长的，非常迷人，我怎么也抓不住。整个梦境就像一种……情绪……一种……状态，有形而无实。我醒来时全身汗淋淋的，情绪沮丧到了极点。”

布来思微微点着头：“你也许隐隐约约认识她，只是你的意识受到了压抑。”

“压抑?”鲁道夫立即反驳，“能认识她我宁愿去死?”

“不要着急。我说过你的病因比较复杂。”

鲁道夫的忍耐终于到了极限。他站起身，挥舞着拳头，吼叫道：“我再也受不了啦。在这里好人也能被你们折磨疯！”

“受不了什么?”布莱思抬起头，略微吃惊地说。

“这里的一切！尤其是关于我的梦的胡说八道！一个大男人爱上了幽灵，对影子产生了强烈的欲望，这不是千古奇闻吗?”

“这种事现实中没有吗?”

“什么意思?”

“比如说，一个人不顾一切地爱上了一个女人，却遭到拒绝。”布莱思用铅笔敲着桌子，“

不管怎么说，对影子产生欲望一定会带来麻烦。”

“你是在谈你的经历吗?”鲁道夫冷冷地问。

“你是不是觉得心理医生就没有爱情?”

鲁道夫的大脑里闪过一丝念头。他努力使自己显得彬彬有礼，坐直身子，以道歉的口吻说：“你当然有爱的权力。”

布莱思莞尔一笑：“对。但爱情不能干扰我的工作。”

“你也陷入了爱的烦恼?”鲁道夫穷追不舍，眼睛里流露出无比的好奇。

布莱思面有难色，说：“在这里对你谈我的爱情烦恼，违背我的职业道德。”

“我作为病人对此绝无怨言。”鲁道夫微笑着说。

布莱思犹豫片刻后说：“也没什么可说的。我在一次晚会上碰见一个美若天仙的姑娘，被她的美貌迷住了。你要是个浪漫派，不妨认为我是一见钟情。”

鲁道夫说：“我是有一点浪漫。”

“她也对我情有独钟。我们很快就坠入了爱河。坦率地说，如果她同意，我明天就娶她。"

"难道她不同意?"

布莱思长长地吁了口气，说："她当然想嫁给我。问题是在我之前她已有一个情人，那是个中年傻瓜，对爱情的理解就是不停地送礼物。"

"后来呢?"

"我们不仅要偷偷相会，而且还要识破那老东西的诡计和圈套。一对情侣被一个糟老头横亘其中，真是耻辱。我敢说，我碰到的麻烦比你的梦要棘手多了。"

此后，布莱思的爱情烦恼萦绕在鲁道夫的脑海里。他们虽然同病却不相怜。鲁道夫愈来愈心神不宁。

有天早上，鲁道夫实在忍无可忍，冲着布莱思吼道："我说话是在对牛弹琴!"

布莱思站起身，默默地在诊室里踱步。

渐渐地，鲁道夫的火气消了点，以后悔的眼神看着他，说："难道你的问题……"

"对。"布莱思厉声说。"我无法集中精力工作——这实在是渎职。"他顿了顿，接着说，"很抱歉，我必须请假休息，整理整理紊乱的思绪，我实在对不起我所有的病人。"

"请不要这样。"鲁道夫想到又要面对另一位心理大夫，沮丧极了。"到底发生了什么事?"

布莱思耸耸肩，粗声说："现在还没有。那个老东西似乎嗅到了什么，动辄对我的情人发脾气。我的灾难已经临头了。"

鲁道夫若有所思地说："她一定很迷人。"

布莱思神情茫然地点点头，从抽屉里取出一张照片，递给鲁道夫。他看见照片上微笑的面孔，只觉一阵昏眩，他难到又要做梦?他突然睁大眼睛，布莱思已从眼前消失，早已站到了他的身后，双眼盯着他。

"就是这个女人!"鲁道夫从喉咙里挤出这几个字。

"你发疯了。"布莱思怒气冲冲地说。

鲁道夫非常激动，厉声说："她就是我梦中的女人，你这个笨蛋，懂吗?"

布莱思忍俊不禁："简直是狂人呓语。"

"什么?"鲁道夫贪婪地盯着照片上的女人，"她就是我梦系魂牵的女人。"

"你怎么能爱上一个从未见过面的女人?"布莱思的口吻充满鄙夷。

鲁道夫感到不可思议，他抬起头说："没见过面?我爱她胜过自己的生命……"

"老东西，这纯粹是你的幻觉。不要把幻觉和现实混为一谈。她就是与我同床共枕的姑娘。除了那个老色鬼外，我是她唯一的情人。”

“胡扯！”鲁道夫突然站起身，不住地摇头。

布莱思翘起下巴，轻蔑地说：“你知道她的名字吗?”

“名字?”鲁道夫觉得一阵冷意袭上心头，眼前突然一亮，大脑一片澄明。“她叫吉娜。”

“是吗？你不要以为你碰巧知道她的名字，就拥有她的一切！”

鲁道夫按捺不住心头之火，大声骂道：“你这个杂种，巧言令色，把她从我身边骗走，我非宰了你这个畜生。”他一拳击空，身体失去平衡，布莱思趁机抓住他的手腕，把他按倒在椅子上。鲁道夫盯着年轻力壮的布莱思，非常失望。鲁道夫觉得诊室拥进了几个人，他右臂上的袖子被高高挽起，针头刺进了肌肉。

布莱思俯身问道：“你因此而杀了她，对吗?”

鲁道夫不理解布莱思怨恨的目光，悠悠地说：“杀了她？我爱她胜过一切，怎么会呢?”那天的情景浮现在脑海，历历在目。他在她的房子前等她，她回来的很晚，他怀疑她与别人幽会，俩人在楼梯上吵了起来，她轻浮地咯咯大笑……

“我怒不可遏，”鲁道夫茫然地说，“我打她，她从楼梯上跌下去便一动不动了。我绝没有杀她的意思。我爱她……”

倦意一阵阵袭上心头。布莱思松开手，一只胳膊搂着他的脖子，脸色非常柔和，目光中充满友爱和真诚。“鲁道夫，一切都好了。你说得对，你无意伤害她。不幸的是，那一跤要了她的命。你应该学会勇敢地面对现实，逃避是无用的。”

鲁道夫越发迷惑不解。愤怒和嫉妒之情不知不觉飘然而去，头脑中只留下困惑。“这都是你的错。”他含混地说。“你和吉娜……”

布莱思摇着头说：“鲁道夫，我根本不认识她。警察发现她的死与你有关，就给了我吉娜的照片。”

鲁道夫失神地看着布莱思。强烈的睡意袭上心头。

强烈的睡意袭上心头。

飞来的吻

先生，我并不想向您讲述一个缠绵悱恻，或者惊心动魄的故事，但刚才的一段经历，确实令我百思不得其解，所以请别介意，我想来一杯苦艾酒。我现在就像受到一阵骤然刮起的狂风袭击，原因仍然是这个该死的故事。

我当时正坐在包洛格公园林荫道旁的一张长椅上。在那里，你能躲开都市的喧嚣，在野外的绿树浓荫下静静地休憩个把钟头。没过多一会儿，一个年轻漂亮的姑娘走过我坐的长椅旁边。她先是瞥了我一眼，似乎感到吃惊地停住脚步。接着，她又似曾相识地打量了我一阵。然后，索性走上前来，坐到我身旁，一面不停地端详我。

我已不再年轻。您要是问我为什么至今还孑然一身，我只能对您说，我还没遇到过一个高尚、值得信赖、以至可以放心地让她自由支配我的财富的女子，而我又一向认为这是夫妻和谐相处的一个条件。还是回过来说那个年轻的姑娘吧。她继续盯着我看，眼里含着笑意。

毫无疑问，这个姑娘在挑逗我，而且以一种如此不知羞耻的方式。我挺生气，想站起身来离开。可是，那姑娘却开口道："您好！"仍是笑盈盈的。

我严厉地、带着责备地看了她一眼，好让她自重一点。可是那姑娘突然抓住我的手拉过去贴在她的脸蛋上。我惊呆了，一种念头突然从我的脑海里闪过……您也知道，先生，社会上有这样一些女孩子，她们的职业就是晚间去勾搭男人。不过，您完全可以相信，我觉得这个女孩还不属于那一类……

那姑娘把我的手拉过去贴在她的脸蛋上。我现在还似乎感到那娇嫩、细软的肌肤！堂倌，拿苦艾酒来！今天年轻人的道德沦丧真叫人害怕！

我觉得那姑娘太过分了。"小姐，"我对她道，"你怎么胆敢？……"我的后半句话没能说出来，因为她突然捧住我的脸，把她的嘴紧贴在我的嘴唇上。那姑娘不过20岁，而我已经50多岁了。因此您能理解，我差点就要喊救命。

可我不知道事情是怎样发生的。您可以想像，先生，那甘甜的红唇！上帝可以为我作证，我是个恪守原则的人。就连在睡梦里，我也能约束住自己的胡思乱想，就如同约束我所教育的孩子们那样。我是个教师，不是自吹，可以说我受到同行和学生们的特别尊敬。可那个姑娘……这简直就像邪恶本身同我接吻似的。我还得承认，我忘记了反抗。是啊，伟大的莱辛说得好："从善跌向恶，比闪电、比世间任何事物的速度都要快……"

接下去，最令人吃惊的事发生了！姑娘移开脸，突然挥手狠狠地抽了我一耳光，然后，拔腿就跑了。

您能推断这个完全陌生的姑娘如此奇怪的举动是什么动机吗？您能猜出是什么原因促使她先主动吻我，然后又打我一个耳光吗？堂倌，拿苦艾酒来！是啊，太令人费解了！

无论如何，明天晚上我还到那里去，坐到长椅上等待。如果今天的事重复发生，我对您发誓，先生，我一定要把这个谜底揭开。

晚上好，先生！我们已经有好几天没见面了。这几天我没到咖啡馆来，我想您能猜到其中的缘故。每天晚上我都坐在包洛格公园林荫道旁的长椅上。一个小时前，我又见到那姑娘了。

她由两个女伴陪着走过长椅旁。3人见到我，几乎同时扑哧一笑，接着嘻嘻哈哈地跑开了。

这太过分了！我当即站起来，快步地跑在那3个姑娘的后面。不一会儿，迎面碰上个警察。我以一种严厉的口吻让他帮我查清那个先主动吻我，然后又打我耳光的姑娘是什么人。

我们终于追上了那3个姑娘。警察向她们提了几个问题。周围聚了好多看热闹的人。姑娘们一个个羞红了脸，显得困窘而又害怕。我的态度却很坚决，要求她们马上把事情给我解释清楚。原来，那姑娘曾经是我的学生。大约10年前，我曾打了她一耳光。谁知这件事深深地印在她的心里，10年后找我来报复……警察倒是没有为难那姑娘。

我不知道因为那一耳光的缘故，有朝一日自己能否进天堂。可是，倘若有机会见到伟大的教育家裴斯泰洛齐的话，他肯定会对我说，是命运借那姑娘的手打了我的耳光，因为我没有遵循他的理论，特别是他的论断："每个孩子的心中都孕育着一个成人。"

可是，那个年轻的姑娘，她那娇嫩的红唇和明亮的双眸，却一直留在我的脑海里……

您看吧，先生，生命就这样从我们的指间流逝了。猛然间，我们已成了老人，只得承认我们恪守的那些原则就像是一道铁窗，封锁了我们走向生活的道路。也许，当我还是个年轻教师的时候，应当时不时地到包洛格公园林荫道边的长椅上去坐一坐，而不要整天把头埋在书本里……堂倌，再来一杯苦艾酒！我想您会理解吧，先生，从今往后，我要是上包洛格公园去，我一定会远远地绕开林荫道旁那张长椅……

她那娇嫩的红唇和明亮的双眸，却一直留在我的脑海里……

礼拜日的仪式

礼拜日的上午总是同样的。一觉醒来，我几乎还能嗅到妻身上的芳香，我的手急切地想要触摸她……可我却总是发现，陪伴我的只有妻的清冷的空枕——这就是妻离我而去留给我的切实感受。

我心情沮丧，懒洋洋地用握紧的拳头揉了揉睡眼，然后双手挠挠蓬乱的头发，强打精神下了床。此时，电视机里“Bullwinkleandrocky”节目的乐曲声已经在客厅里飘荡——我的女儿安杰尔已经醒了。

我微微一笑，径直走下楼梯，紧紧地抱着她，吻她。每个礼拜日的上午，我们都重复着同样的仪式。有时我太疲乏了，忘了吻她，安杰尔便会对我甜甜地噘起双唇。“你想干什么，宝贝！”我问她。“今天是礼拜日的早上。”她回答道，随即又把嘴唇鼓起。“我知道是早晨。但是你究竟想干什么呢?”我故意地逗她。

这地，安杰尔总会以一个3岁孩子所特有的可爱表情大声夸张地叹口气，又转转眼珠子：“爸爸，我等着你亲我呢。”于是，我弯下身，假装懊恼地吻一下她那娇小的双唇。孩子的脸上立即会绽出比朝阳还要明亮的笑容。

与安杰尔共进早餐是礼拜日一天中我最快活的时光。过去岁月里，我那如夜猫子般的娇妻，礼拜日不到正午是绝不会醒来的。为了自己和女儿的肚子，我早已将自己练成了一个不赖的厨师。我们的桌子通常摆满了薯条、熏肉、肉桂松饼、鲜橙汁，还有咖啡。安杰尔的早餐话题不外乎她的布娃娃和一天的安排。她通常用大多数时间玩“过家家”，还有吃零嘴儿。我摊开报纸，指给她看所有的图片，并把相关的故事讲给她听。“跟电视里没什么两样！”她总是这样大叫，而我也只得笑着摇摇头。

接下来的是穿外出的衣服，安杰尔坚持自己动手穿衣。我仔细地看着她，在她实在系不上扣子时帮她一把。礼拜日必须衣冠楚楚。安杰尔对此很不情愿，因为这使得她在室外玩耍十分不便，可她却从不抱怨。因为她清楚为什么要穿戴整齐。

我将衣服披上，钻进了汽车，开始系安全带。“谁最后系上谁是臭蛋！”安杰尔喊道。我们便争先恐后地把安全带系上。这已成为我俩一定要玩的游戏。我发动车子，向墓园驶去。

穿梭于墓碑与鲜花之间，安杰尔开始变得沉默寡言。这里是父亲的伤感之地，她本能地晓得不能喋喋不休乱说话。很感激孩子此时的沉默，这使我得以沉浸于伤感之中。

卡丽·罗切尔·戴维斯

迈克尔的爱妻、安杰尔的慈母

生于1966年5月2日

殁于1995年7月1日

坚硬的、灰暗的碑石上刻着冰冷的文字。即使在深夜里闭上眼，我也能感觉到那幽凉的微光。

此时，环绕我们的已是春天的气息，树林枝繁叶茂。我听到孩子们在邻近院子里嬉戏的声音，我还听到远处割草机的轰鸣声。和煦的微风拂暖了我臂膀上的汗毛……

然而，这一切都不是卡丽，不是那个耳后散发着香草芬芳的卡丽，不是那个有着淡蓝双眸的卡丽，也不是那个快乐的随着车内高音量的乐曲哼唱走调的卡丽。这只是块死般沉静的地方，它不是卡丽。或许，我的卡丽会笑我如何痴心，她定会希望我重新开始我的人生，找一位可以付出爱的好女人。可是，每个礼拜日，我依旧带着孩子来到这里。

安杰尔双膝跪着，凝视着我放在地上的那束橘黄色的郁金香。“妈咪喜欢花儿吗?”她问道。“是的，宝贝，她最喜欢鲜艳的花儿，这些花儿使她开心得很。”说这话时泪水直在我的眼眶里打转，我不得不强忍住。

就在我感觉刚刚要平静下来的时候，安杰尔突然问道：“妈咪什么时候回家呀?”我一下子心如刀绞，无法回答她。看到我满脸的痛苦，安杰尔不禁用柔弱的双臂搂住了我的腿。说道：“好了。那，我们跟妈咪道声再见吧。”我默默地点了点头。安杰尔随后起了身。

"妈咪，再见了！当心别让虫子给叮了。"安杰尔拍了一下墓碑顶部，就像在拍一只爱犬的脑袋。我不禁有些心酸地笑了。对于她，这里永远是妈咪的睡榻，而爸爸则不断地将一束束鲜花放在她的床边。安杰尔永远也不会了解这个将她从医院抱回家的女人，也不会晓得这个女人曾经整个晚上在我怀中泣不成声，只因为"安杰尔总有一天会长大，上学，恋爱，嫁人，而我则成了一个老奶奶……"

想着想着，又一丝微笑不知不觉地挂在了我的嘴角。"过来吧，小美妞儿，我们一起回家去玩过家家吧。" "那我能扮成妈咪吗?" "当然可以。"我牵着女儿的手，转身离开，一同去迎接下午的来临。

想着想着，又一丝微笑不知不觉地挂在了我的嘴角。

天赐芳邻

那含苞待放的玫瑰花蕾绽开了。我从来也不敢说："我的玫瑰树开花了。"而我总是这样欢呼着："大地开花了，妙极啦！"

天赐芳邻

我第一眼看到这位新邻居就不喜欢她。她太爱笑，笑声又太响。还有，她涂了鲜红色的口红。搬运工人还在替她卸家具，她已经走过来自我介绍。

“喂——”她在我家门外叫道，好像是我家的老朋友似的，“我叫安·利提克，是你的新邻居。”她推门进来，很自然地搂了我一下。在她背后，我看到3个黑头发的小男孩，笑容同样灿烂。

“我有空，可以喝杯咖啡。”她一面坐下来一面说。我倒了一杯咖啡，很想挤个笑容出来，可是连咧一下嘴也办不到。她离去后，我对浪费了许多时间去闲聊感到十分不满。

接着那个周末，太阳才出来，我就听到她的孩子们在敲敲打打。他们正在后院搭建树上小屋。安在汽车棚旁边种玫瑰。那天下午我经过时，她叫道：“喂，玛利安，来看看我的玫瑰。”我很勉强地走过去。

“安，这泥土不适合种火映红，”我说，“这种玫瑰在这里不会长得好，我以前种过。”

“不过，我已祈求上帝让玫瑰好好生长，叫它开花。”她说。我瞪眼看着她。她又说：“你坐一会儿，别走开啊。我正在炸鸡做晚餐，要去翻动一下。”

她进了屋，一阵炸鸡的香味飘出门外。正好小女茉莉和珍妮弗过来看玫瑰，安又出来了，亲热地搂着两个小女孩。

“你在做什么?”珍妮弗问。

“炸鸡”。安兴高采烈地说。

“炸鸡有啥好开心的?”我心想，“我炸鸡总是被油溅一身。”

她的男孩也出来了，七嘴八舌地同时说话，嗓门大极了。安说声失陪，进屋里把炉子上的炸鸡拿开，然后做了件令人诧异不已的事情。她捧着一盘香脆的炸鸡出来请我们吃。茉莉和珍妮弗吓了一跳，但每人都拿了一只鸡腿，我也想尝尝，不过还是拒绝了。我脑子里只想到这个问题：“谁会在下午就把晚餐吃的鸡拿出来请人吃?”

另一天，女儿告诉我："你知道利提克太太刚才做了些什么？她在叠衣服，一见到我们走过就停下手来，请我们进屋，从烤箱里拿出新鲜的小甜饼，坐下来和我们一起吃。"我最讨厌拿小甜饼给聚在我家院子里玩的邻家孩子吃。

有一天，安问我知不知道有什么人她可以请来帮忙熨衣服。她背部有毛病，站着熨衣服很痛。我摇摇头。她又露出独有的灿烂笑容，好像我一下子介绍了十几个帮佣给她似的，她说："我会祈求上帝差遣一个人来帮我的忙。"

第二个星期，利提克一家人出现在我们的教堂。我丈夫杰里和两个女儿简直是跃过教堂的长椅去招呼他们。我在教堂的另一边向他们挥手。我还发现安原来是新的主日学教师，感到真意外，她居然志愿去教孩子！

不久，我就发觉每逢星期四都有一个女人上她家。安找到了人替她熨衣服。此外，我又发现她的火映红玫瑰长满了花蕾。玫瑰开花时，她送我一大束。"玛利安，什么事你都可以祈求上帝的，"她温柔地说，"我们搬到这里之前，我甚至祈求上帝给我一个好邻居。"

我接过那一大束玫瑰，费了点劲叫自己说了一声"谢谢"。我终于知道为什么她令我那么不舒服，这不关鲜红口红、玫瑰或搂抱的事，而是她使我感到自己样样都不如她。她看来总是那么开心，我希望自己能够多像她一点，却不知道该从哪里着手。

珍妮弗去做切除扁桃体手术时，安知道我怕，便来陪我。珍妮弗爬进她怀里，茱莉把小手伸给进她的手里。在医院里，珍妮弗呕吐，吐到了自己心爱的"嗒嗒"——一块粉红色的婴儿小毯上，她缠着要我把"嗒嗒"洗干净，可是我家没有干洗机。

我抛开自尊心，开车到安的家，强迫自己开口："你可以……能不能……"

安先是搂着我，然后叫我吃两个刚烤好的松饼，一边等"嗒嗒"洗净烘干。"主啊，"我祈祷，"求你助我向安学习，以她为榜样。"

那一年，我知道自己怀孕了，多年来杰里和我都想再生一个。怀孕7个月时，我看起来却像即将分娩。有一天，医生替我照X光。"双胞胎！韦斯特太太，"她嚷道，"你怀的是双胞胎！"

我从诊所打电话给杰里，但他不在。我一定要找个人分享这喜讯。我开车回家，心怦怦跳，一把车开进车库，就知道应该把消息告诉谁。

我快步跑到安的家，她听到消息就呱呱叫起来，又哭又笑，我们互相拥抱。

然后，她带着我到邻居的家去。她一家一家地按门铃，不管谁来应门，她都立刻宣布："玛利安和杰里要生双胞胎了！"

安差不多每天都要到我家来看我。有一天，她叫她的帮佣过来帮我熨衣服。她为我举行了个茶会，朋友都送礼来了。在我终于入院分娩时，她替我照顾茱莉和珍妮弗。当双胞胎出世并回到家时，两个初生婴儿的小秃头上都印满了鲜红的唇印。

此后数年，在利提克家和我们家之间逐渐走出了一条小路。然而，有一天早上，安来到我家后门，出奇地沉默，没有笑容，没有搂抱。我从来没有见过她会这个样子。

“我们要搬家了。”她说。

整整两天，我站在卧室里望着窗外，看着巨大的搬运车。我真希望他们突然回心转意，但搬运车终于隆隆离去。我看着利提克一家人鱼贯上了他们的旅行车，走出了我们的生活。

几个月后的某天下午，女儿放学回家，我正在把糖霜涂到巧克力蛋糕上。我听见女儿们细语交谈，珍妮弗说：“我真希望妈妈会让我们吃一小块蛋糕。”

茱莉向妹妹解释：“她不会的。蛋糕是用来招待朋友的。”

我叫女儿进厨房，提起盖着蛋糕的玻璃圆顶盖，然后切了几大块蛋糕，又倒了几杯牛奶。我把双胞胎也叫了进来。

我们5个人围坐在厨房桌前，才两点钟就把大半个蛋糕吃掉了。那对孪生兄弟把黏黏的蛋糕屑掉得满地都是。地板我刚打过蜡，我却从心底笑了出来。

“我们在开茶会吗?”一个女儿问。

“是的，就是利提克太太常开的那种茶会。”我微笑着回答。我们保留了安的一点作风。

“我们要搬家了。”她说。

徒手搏熊的姑娘

“啊，太美了!”

一个深秋的早晨，两个年轻姑娘冒着蒙蒙细雨驾车行驶在加拿大不列颠省的公路上，她们是28岁的安和25岁的克里斯琴。安是一个酷爱户外运动的专业滑雪手，个子高高，留褐色短发，乍一看就像个男孩子；克里斯琴则是一个金发披肩的娇美的姑娘。安与她一年前在旅行途中相遇，由于都爱好运动和探险，结为挚友和旅伴。这次两人的目的地是一个群峰掩映的滑雪度假小舍。为检验一下是否适应这里艰险的环境，两个姑娘决定不像一般游客那样乘直升飞机前往，而是步行到小舍去。

正前方出现了一条崎岖小道，安打开地图，图上注着：全程16公里，要翻过一座山、越过一条冰河，大约需要6小时。

两人背上背包，安特意把一盒驱熊剂在身上的皮套里绑好——这是几年前她为一家公司做野外工作时配备的，还未用过。“这不过是以防万一！”她笑着对克里斯琴解释，“因为听说要过几条熊常去饮水的小溪。”

最初一段路是长满针叶松的缓坡，虽然套了防水服，她们的衣服仍被打湿。山路越来越窄，两人爬过一个坡，又跳过几条小溪沟，边走边高声叫喊以此吓退可能出现的熊。

路上看到了熊的粪便，克里斯琴观察未消化完的部分，发现不是草莓等多籽植物，而是青草，她对安说：“看来熊的食物最近很缺乏。”

3个小时后，她们上了一个海拔约3000米的岗子，翻过山脊，面前出现了一片高水草地。

“啊，太美了！”安凝视着下面山谷的苍茫景色惊叹。透过低垂的雾霭，深秋的谷底在她们眼前变幻着迷人的色彩。

安和克里斯琴一边欣赏山谷奇景一边沿水草地的小路继续前行。忽然，安盯着水草地深处叫了起来：“克里斯琴，看！熊！”——只见一头灰熊带着两只小熊出现在300米外。

安心里并不太害怕，她曾在熊多的地区工作过，知道除非受到惊吓，熊一般是避让人类的。

但看来这一次例外——几秒钟后，两人终于明白熊是冲着她们来的。克里斯琴紧张地看着安，周围没有树木可攀登，她们的处境十分危难。

安仍难以相信熊真的会攻击她俩，因为据说熊常常伪装进攻以吓退入侵者。但是母熊继续冲来，把小熊丢在后面，速度之快令人吃惊。

两个姑娘挥舞手臂大喊大叫试图吓退它，看来无效，她们开始转身逃跑了，跑了一段安停住脚。

“不能跑！”她喊住克里斯琴，想起了逃跑会使熊认为你是个容易到口的猎物，更加肆无忌惮地追逐你。

两人放慢脚步，走下一个脱离灰熊视线的小丘。安从皮套上解下那盒内装梅斯催泪药液的驱熊剂，扯掉喷嘴上的安全夹，屏声静气地等着。不一会儿，灰熊的脑袋就在5米外的小丘上出现了。

人熊搏斗

安把喷嘴朝前瞄准，心想：不用慌，熊没见识过这玩意儿，我只需要准确地把药剂打进它眼睛里。距离只有1.5米了，安正要击发，那野兽陡然将两米多长的身躯直立起来，小山般竖在她们面前。只见它毛发倒竖，怒目欲裂，恐怖的样子令两个姑娘不自觉地紧闭了眼睛。安的手在一刹那僵住了，等她回过神来，连忙按动触发器，把一股灼热的红色药液喷了过去。

灰熊痛得转了一个圈，放下前掌，吼叫着冲过来，与她擦身而过。安长舒一口气："它跑了！"猛然，她想起身后的克里斯琴……

克里斯琴还来不及反应，熊牙已经像铁钳般咬住她的左臂，进而把她的整个肘部都含进腭里，拼命地扯来摆去。体重不到50公斤的姑娘无法抵挡它的蛮力，眼看就要命丧熊口。

"我不能丢下她不管！"安奋勇冲过来，对着灰熊再次按动触发器。

暴怒的灰熊头一摆甩开克里斯琴，对安扑上来。安第三次按动触发器，心底一阵战栗——药盒空了！

刹那间熊咬住了她的右臂，将她拱倒在地，人和熊一起滚下山坡。安痛得尖叫一声，她闻到了熊身上的恶臭，感到自己臂部的肌肉被撕裂。

这时，她的心里反而没有了恐惧，所学的对付熊的一切办法都涌到脑子里，"我可以装死！"她想，"不然，那野兽永远不会松口的。"

她翻身趴到地上，希望保护住内脏。但灰熊咬住她的腰，把她提转来。她再次翻过去，双手抱住颈部，躺着一动不动。

灰熊用爪子抓挠她的背包，并沿着她的腰部乱啃。接着，猛地对她头部一抓，长7厘米的爪子穿透防水服的兜帽和里层的棒球帽，安只觉得头部一阵剧痛，一大块头皮被抓了下来。

被灰熊甩进灌木丛的克里斯琴看到了这一幕，艰难地爬了起来，"我不能眼睁睁让它这样折腾安。即使是送死，也要和它作最后一拼！"

"我来了，安！"她大喊着冲了上去，到熊面前时，心想：首先得把它从安的头部引开！

这个娇小的姑娘穿的是旅行鞋，只比跑鞋硬一点。她朝熊头上猛踢一脚，反冲力使她“咚”地一声跌倒在地。

她躺在地上拼命对熊乱踢，突然，她记起鼻子是熊最敏感的部位，定下神来，以右臂撑地，集聚全身之力腾身一脚……

这一脚又快又狠，恰好踢在灰熊的鼻子上，痛得它一个趔趄，扑过来朝她臂部狠咬了一口，就哀嗥着窜到山下，钻进灌木丛不见了。

克里斯琴挣扎起来，看见安的头部和撕碎的衣服都浸透了血，一动不动，毫无声息地躺着，她轻轻地呼唤：“安，安！你还活着吗？它跑了！”

安缓缓抬起头，克里斯琴被吓得后退一步——一大块头皮在安浸透了血的后脑上摆动。

“我们得赶快离开这儿，说不定熊还会回来！”克里斯琴扶起她。

安的背包里带着急救用品，但她的右臂和克里斯琴的左臂都被熊咬坏了，两人各用另外一只手配合着设法包扎了臂伤，打了吊带，并用一件衬衣裹住了安的头。小雨还在淅沥下着，温度接近零度，她俩浑身湿透，又失了很多血，继续往前走实在危险，于是决定返回出发地。

终于脱险

为了防止晕眩和吓退野兽，她们边走边大声说话和唱歌。走了一阵，两人剩余的力量渐渐枯竭，下一个陡坡时，安立脚不稳，重重摔了一跤，头上包的东西也掉了，克里斯琴重新帮她包扎，继续赶路。约走了一半路时，克里斯琴注意到血成一条细线从安的右臂摘下来，为了减缓流血，她提出把安的吊带往上升高一点，但稍一碰安就痛得要命，只得作罢。

拐了一个弯又一个弯，汽车仍不见影子，安的身体越来越虚弱。她对克里斯琴说：“我恐怕不行了，请转告我的亲人，我永远爱他们。”克里斯琴坚定地说：“不！这话必须由你回去自己说！”

又走了几公里，安的呼吸越来越困难，克里斯琴竭力鼓励她：“我们就要到达了，再转一个弯就看见汽车了！”安在克里斯琴的搀扶下艰难地一步步向前挪动。终于，两人走到汽车眼前。安弯腰开车门时，有什么东西“哗”地溅了满地——原来是积在她防水服中的血。

克里斯琴用未受伤的右臂握住方向盘，乘客座上的安则用好的右臂调档，两人小心翼翼地把车开出了蜿蜒的山路。拐上公路，她们再也开不动了，看到一个伐木工人，两人用最后一点力气喊："我们被熊咬伤了，请帮帮我们！"他连忙顺公路跑下去求援。100米外有一队筑路工人正在修桥，得知情况后，队长吩咐一名受过急救训练的职员速往救护，然后去打电话要救护车。经过重重艰险，两上姑娘终于得救了。

经过重重艰险，两个姑娘终于得救了。

女友

在离李斯特广场不远的地方，我进了一家酒店，想再喝点咖啡。我还不想睡，还要思索一些问题。柜台上面的墙上挂着一只钟，时针正指着十一点。我一落座，就感到浑身一阵颤抖。

我已在城里逛了两个小时。邻桌坐着一位姑娘，年纪和我相仿。那边挨墙坐着两对夫妇。桌上到处杯盘狼藉，灰白相间的仿大理石塑料贴面上沾满了一圈圈滑腻腻的残迹。我不晓得这儿几点关门。咖啡在咖啡锅里放的时间太长，所以味儿苦了。

街上仍是狂风怒号，飞沙走石，不住地吹打着窗户。呜呜的风声中不时隐约传来店铺招牌或百叶窗的啪嗒啪嗒声，帆布篷的哗啦哗啦声，以及女人因为开不开门，或者关不上窗户，或者被风吹走了什么东西而发出的叫喊声。纸杯，罐头盒，香烟盒等等，凡是松散的东西，全被狂风卷起，一会儿吹到这边，一会儿刮到那边。只有沉甸甸的香蕉和橘子皮仍旧粘糊糊地残留在路边的排水沟里。

挨墙坐着的那两对夫妇现在准备走了。但是他们刚开门走上大街，就尖叫着被一阵劲风吹得缩了回来。正在这时，电灯灭了，收音机也不响了。柜台后面的女郎下意识地在咔哒按着开关，仿佛心里害怕似的。邻桌上的那位姑娘漫不经心地说：

"街上全黑了。"这时我们才发现，果真已经看不到外面商店橱窗和霓虹灯广告了，红、蓝、黄等等各种五颜六色的东西全消失了，剩下的只是一片漆黑。对于这突如其来的一片黑暗，大家的眼睛还没有习惯。

但是邻桌上的声音我却觉得可以形象地感觉出来。这声音从嗓子眼里刚冒出来就打住了，转成一阵平缓的笑声。这笑声流露出一种极大的优越感，听来很不是滋味。

先前，收音机里的音乐一停，谁都没有说话，现在大家又都谈笑风生了。酒店点了两支蜡烛，其中一支就放在我的桌上。邻桌的姑娘俯过身来，凑着烛火点香烟。她的长发披落到前面，她仰起脸，下巴往前翘起，把头发轻轻往后一甩，以免被火烧着。我们谈论狂风，谈论停电，谈论医院、工厂、夜班，谈论开不了火车。我们不信一次狂风就会把行车时刻以及生产都统统打乱。但我们什么也不懂，结果表明，对于技术问题我们都是一窍不通。她是音乐学院的学生，是学钢琴的。"不是！"她笑道。"学的不是贝多芬！是韵律，是韵律体操。"

嗯，噢……我没有认真听，心里一直在考虑，能不能和她交个朋友。但是，怎么好请另一位女子，一个萍水相逢的、眼下对自己毫无兴趣的年轻女子去约会呢？她一个人坐在这里，和我一样一个人坐在这里，这是偶然的情况，还是惯例如此？我们谈论着我们租赁的带家具的房间，谈论女房东，谈论城市和戏剧。我们一起离开酒店往广场走去，广场上也是漆黑一片。"您看，所有街道，整个小区都是黑咕隆咚的！你想，全城是不是都黑了？"我问道。

"也许都黑了，"她说。

"这风……真……"我嚷道。

"什……什……什么？"

"这风倒真还可以！"

我们禁不住笑了。我们像是在浪里搏斗的人，浪头一落，立刻就想到，这风浪已过，水面该平静了。但是下一个浪头又盖过她的头。从广场到我的寓所，一路上都是树上刮下来的干枝。我们头上，树枝还在咔咔作响。我们缩着脑袋。我从她的谈话中得知，她住的地方离我并不远。午饭她在食堂吃。到了我的门口。我们停住了脚步。我故意磨磨蹭蹭在自己身上找钥匙，虽然我知道门并没有锁上。看来老是忘了锁门。有回我在楼里就碰到一个推自行车的人，正在啃面包，另一回碰到一对情侣，坐在楼梯最下面的阶梯上。起先我以为是一个人，吓了一跳，便停住了脚步。随即我见到了两个。"二"是个吉利的数字，虽然并不总是如此，但大多数的吉利的。从"三"开始就危险了，不论是单数或双数。我很怕人。

姑娘向我伸出了手。"晚安，"她说。"黑洞洞的，您上楼可别摔着啊！"她笑了起来。

"我小心就是了"，我说，也笑，同时在搜索枯肠，想找点话来说说，好让她再多呆一会儿。但当树梢上又发出吓人的咔咔的响声的时候，她便蜷缩着身子，笑着疾步离去了。

我闪过黑暗，穿过陌生、冰冷、宽敞的楼梯屋，上了楼，走过一家家门口，门上有的安了姓名牌，有的放着纸条或名片。我心里思忖，也许，也许她不是我要找的那样的女友。要是灯亮着，恐怕我们刚才就不会相互产生什么好感。我竭力回想她的脸庞模样，可是她的脸庞已经消失，还有头发，那不让烛火烧着的长长的绺绺金发，那叼着香烟向前伸着的小嘴，那由于怕被烛火烫着而眯缝着的眼睛，还有那映在脖子上的鲜明的暗影，以及那抑制的笑声……

是啊，这多好，多好啊！但是后来我就没有再听到她的声音，虽然她说的几句话我还记得。

她的声音再也没有了。我脑子里记录的东西不太靠得住。这是什么原因？是因为我考虑自己太多了——虽然我曾竭力争取她，——太怕这寂寞的房间，太怕孤独地在城里逛荡，太怕自己那种种无益的念头，太怕想到独自一人吃饭毫无滋味的情景？她只是一个对象，淡漠的、偶然的对象？

我已经在床上躺了很久，还在不停地向她提出这个问题：某天中午我们是否能一起吃饭，在我们萍水相逢的那个小酒店，或是在火车站，或者在一个饮食摊上？但是她每次都说"谢谢"，她要和同学一起在学校的食堂用餐。

生命的意义因人而异，因日而异，甚至因时而异。

世上最美的姑娘

我站在地铁车站的平台上。车站的那头儿蹲着一只刚刚成年、中等大小的长毛牧羊犬。它正咧嘴笑着，顾盼流动的目光显露出非凡的善良和忠诚。

“喂!”我喊道。它闻声跑了过来，怀有戒心地舔舔我的手，并允许我搔搔它的身子，之后便将尾巴卷成高贵的圆圈状再一次趴下去。我至今仍记得当时我是怎么想的：“上帝总是让你做出选择。”我选择了那条狗。

当它明白我决定要它之后高兴得发狂，活蹦乱跳，并垂直地沿抛物线跳起来亲吻我的脸。为了把它带回家去，我只得像抱婴儿那样抱着它。对狗来说，这是个很不舒服的姿势，可它却没有反抗。

我给这条狗取名叫“伊丽莎白”。它身高大约30英寸，褐色眼球，红色的舌头，尾巴毛茸茸的丰满而厚实，一身中国瓷器般纯白的毛蓬松而有光泽。夏天，它脱毛脱得厉害；到了冬天则更加糟糕，我所有的衣物和家具上都覆盖着一层形似亚麻的白毛。

至于它的个性，我所能说的是上帝造它的时候忘了赋予它恶毒、狡诈和攻击欲。如果另一条狗向它进犯，它会立即仰面朝天地滚倒在地上，以自己的柔软腹部示敌。实际上它一生中从未被任何动物伤害过。

伊丽莎白并不十分聪明，但“它是世界上最温柔的狗”。我的一位朋友这样说。我和它常常一边吃饼干一边看电视，我想再没有谁比它更适合做我的同室伴侣了。

不久我的住处就成了狗窝，可我觉得那样很好。它吃空了的狗食罐头盒和我吃剩的意大利包子冷冷地散落在房间各处。一长条一长条的毛纸挂得到处都是，因为当它觉得无聊的时候喜欢玩这些纸——把它们抻出来，再把它们弹到别的什么地方。它钻进塑料垃圾袋里，把里面的垃圾弄得四散飞扬。它一刻也不让自己闲着。

在我结婚后的一段时间里，伊丽莎白是我们唯一的孩子。它从我们那里得到了很多的爱。当我们散完步回家之后，我把它的项圈解开让它沿着大楼走廊跑向我们那套三居室的公寓。它像只发疯的猎犬一阵风似的刮过走廊。我们去海边，它就在海滩上自由自在地奔跑，追赶着大海的波浪。一次我将一只烤鸡用锡箔纸包着放在了厨房的柜台上。然而两个小时以后，剩下的就只是一小片锡箔纸和地上的点点油渍了。我监视了它好几天，满以为它定会露出马脚，因为它一贯疏于心计。可事实上没有任何迹象显示出是它偷吃了鸡。它真是个不可战胜的对手。

伊丽莎白宽厚谦和的美德迎接了我两个孩子的出生，即使他们拽它的眉毛，尖叫着扑倒在它身上又抱又亲时它也从不恼怒。

那年的一个早晨，伊丽莎白无法从床上爬起来了。我带它去看兽医，兽医说它的脾肿大。最后我们终于治愈了它的病，这是我花得最值得的一笔钱。当它在医院里休养时，我两岁的儿子终于拼凑着说出第一句完整的话："我想伊丽莎白。"然后他便哭了起来。

但是，伊丽莎白毕竟14岁了，走路常常跌倒。到了它一天要跌倒5次的时候，兽医对我说："你有必要考虑一下它这样活着是否还有意义。"望着神志已游离于冥冥世界之外的伊丽莎白，14年与之朝夕相依的时乐重新浮现在眼前。我抱起它，走进兽医的工作室。我的这位兽医是个很不错的小伙子。"第一针会使它安详地睡着"，他说，"接着第二针就能让他安息了。"几分钟后，兽医说："它已经安息了。"我忍不住失声痛哭起来。

伊丽莎白的遗体躺在那里，身上的绒毛依然闪闪发亮，鼻子还是那样湿润，舌头就像我第一天见到它那样垂到嘴巴外边。可是它却永远地去了。

永别了，伊丽莎白，世上最美的姑娘。

幸福在事物的回味里，而不在事物的本身。

蛇口逃生

美国国防部解密文件档案里有许多越战时期的机密情报。根据这些资料显示，美军官兵伤亡人员中近1/10是非战斗性减员，其中令人震惊的一次意外伤亡是在1970年雨季过后的一场人蛇遭遇战中。这份机密文件被锁在国防部机要室长达30年，几十页的文字和图片详实地记录下鲜为人知的惨烈一幕——

1970年夏季的一天，美军第七集团军D连接到潜伏命令，上尉连长马丁带着一百多名士兵全副武装，星夜兼程，赶赴潜伏地段，一路上他们吃尽了苦头，热带雨林里根本没有路，荆棘藤条密如蛛网，泥泞的林间布满了厚实的苔藓，每挪动一步差不多都有人跌倒划伤。

午夜时分，他们悄悄地进入预定潜伏地带，周围都是越南部队重兵把守的要地。在这里潜伏，稍有风吹草动，即招来灭顶之灾。稍事休息之后，士兵们不敢怠慢，借着依稀的星光，开始修筑工事掩体。松软湿润的沙土很适合修建工事，但堑壕太松散了，他们需要用石块来加固垒实营造掩体。军部传来消息说，在距此2公里处以北，有一处废弃的河谷，那里有石头。

工兵排一摸到河边，便解开背包，七手八脚地把石块往里装。突然，一个士兵在掀开一块石头后，无意中见到石块下有两条杯口粗的长蛇扭缠在一起，幽黑的鳞片上闪着淡绿色的鳞光。出于好奇，他用刺刀把蛇挑了起来。这下可糟了，受到惊吓的毒蛇一下蹿了起来，还没等人有所反应，便亮出长有毒牙的巨腭，狠狠地咬了上来，这名士兵的脸上顿时血流如注，等同伴扑上来营救时已来不及了，他们不敢开枪，纷纷拔出匕首，一刀一刀挥刺过去。一条蛇被杀死，另一条负伤钻进石缝逃走了。

就在他们背包里装满石块，准备离开河滩的时候，大祸来临了。蛇从四面八方爬来，像幽灵般响起细微而清晰的“咝咝”声，在万籁俱寂的星夜里听来让人毛骨悚然。上百条黑绿相间的大蛇，吐着鲜红的蛇信子，向他们袭来。面对这突如其来的骇人的蛇阵，每个人的腿都在发抖。人蛇对峙着，直到毒蛇已经贴近眼前了才如梦方醒，操起刀子来拼命。一时间人蛇战成一团，刀光蛇影交映在一起，只要人的动作稍一迟缓，几条毒蛇就一拥而上缠了上来，在脚上，身上，瞄准机会对着裸露的肌肤就是致命的一口。中毒以后的中枢神经被毒液破坏，几十具死尸面目狰狞，只有几个行动敏捷，受伤较轻的士兵得以侥幸逃生返回营地。

可是蛇群并不善罢甘休，它们凭着敏锐的嗅觉，顺着人逃走的路线，蜿蜒游动，首尾相连，像一股黑绿色的浊流，一路追踪而来，缓缓地向美军潜伏营地游来。而此时，美国士兵们都已知道了河谷边的惨案。马丁布置全连士兵加强戒备扎紧裤管领口，一百多人蛰储存在堑壕里严阵以待。没多久，蛇群大部分便旋风般涌到了。满身的鳞片发出幽幽的冷光，三角状的蛇头昂扬得很高，细长的舌信一闪一闪咝咝作响。它们边攻边喷毒液，沾到脸上手上，火辣辣地剧痛，渗进皮肤里，就觉得一阵麻木。大敌当前，面对着毒蛇群，他们冲出堑壕，拼死地用枪托、刺刀，狠狠地往蛇头、蛇身上砸，几个人背靠背围成一圈，相互保护。笨重而结实的军用皮鞋此时成了最好的武器，对着柔软的蛇身一脚猛踏上去。对着昂起的蛇头一脚踢过去。有些经验的士兵拿着韧性极好的树枝，像抽马鞭一样一鞭一鞭地抽着蛇身，十几分钟过后蛇群不再进攻，一瞬间像缩到地洞一样消失得无影无踪。一百多人的连队里，将近一半人被蛇咬伤中毒，没有受伤的人忙着紧急救护，用匕首在伤口处放血排毒。马丁也被蛇咬伤了，手背上两个深深的湄公蛇牙印。但军令如山，潜伏计划必须执行，撤退是绝不允许的，他只能命令所有人员继续原地潜伏，把手雷、地雷里的炸药硫磺取出来，洒在各条道路上，因为蛇是怕闻到硫磺刺激味道的。

浓烈的硫磺味道果然把蛇熏走，远远地不敢靠近，一直到傍晚时分也没有一点蛇的影踪。不料来了一场滂沱大雨，在电闪雷鸣的伴奏下，把美国人的火药硫磺防线冲得一干二净。天一黑，蛇可以凭着敏锐的红外线感准确地探明人的方位，而人眼却在黑暗中什么也看不清，现在唯一的生路只有撤离。马丁在咽气以前作出最后一道命令：火速撤离！

D连最后生还的只有12个人。他们永远谈蛇色变。

蛇从四面八方爬来，像幽灵般响起细微而清晰的“咝咝”声，在万籁俱寂的星夜里听来让人毛骨悚然。

康康舞

“我想开车去兜兜风，”他对妻子说，“一两个钟头后就回来。”

“好哩！”妻子欢快地说，那语气好像是他在给她以恩惠。其实，她并不真想让他离开，丈夫在家她有一种安全感，而且他还能帮助照料孩子。

“能摆脱我你很高兴，是吗？”他问。

她嫣然一笑，样子妩媚动人。

她并未问他要开车去哪儿，她不爱刨根问底。即使有嫉妒，她也表现得很冷静，很微妙，叫人看不出。

他一边穿外套，一边看着她。此时她正和大女儿一起在起居室里。“跳康康舞吧，妈妈！”

女儿叫道。听见孩子的话，她果真撩起裙子跳起康康舞来，朝着他把腿踢得高高的。

他并不像他所说的要驱车去玩儿，而是去酒吧与莎拉幽会，然后与她一起到湖边一个避暑别墅里去。妻子认识莎拉，不过对她并无猜疑，至于湖边别墅她就一无所知了。

“好，我走啦。”他说。

“拜拜！”她高声回答，仍在跳舞。

这可不像一个妻子的表现，尤其是当丈夫离开自己去另一个女人幽会时，他想。他希望妻子做些缝缝洗洗之类的事，而不是跳什么“康康”。是的，看在上帝的分上，她应该做些令人乏味、毫无诱惑力的琐碎事，她没有穿长袜，也没穿鞋。两条修长的大腿显得洁白如玉，光滑细嫩，神秘撩人，似乎他从未碰过或接近过。她的两只赤脚在空中上下晃动，像是在向他点头示意。她把绉褶裙摆提得高高的，风采迷人。她近来为什么总是跳这种舞？他有些踌躇。她边跳边笑，眼里似有一种嘲弄他的神色。

他想起他为安排这次幽会所遇到的种种麻烦。莎拉是有夫之妇。不知挂了几次电话最终才与她确定了这次约会的日期。

在酒吧等她的时候，他突然产生了一个连他自己都吃惊的想法——希望她不会来！约会时间是三点，现在已经三点十分了。哼，她总是迟到。他不时看看钟，又看看窗外。三点二十了，啊，还有些希望。希望？真奇怪，他竟希望她不来。倘若希望她不来赴约为什么要打电话约她呢？他解释不清。要是她不来，事情就简单多了，因为他现在想做的一切就是抽完那根烟，喝掉那杯咖啡，仅此而已，别无奢求。他希望能独自一人自由自在、无牵无挂地驱车兜风，就像来时对妻子说的那样。但他还是等着。直到三点半，莎拉才到。“我差点就没做指望了。”他说。

他们开车来到湖边别墅。当他把她揽在怀里的时候，他心里并没想她，他已无法再去想她了。

“你在想什么？”事后她问他，似乎已感觉到了他的冷淡。

他没有立即回答，过了一会儿才说：

“你真想知道我在想什么吗？”

“真想知道，”她急切地说。

他忍住笑，像是要告诉她一件荒谬可笑的事。

“我在想一个跳康康舞的人。”

“嘿，”她终于放心了，“有那么一会儿，我还担心你在想你妻子呢。”

你真想知道我在想什么吗?